国家社会科学基金重大招标项目

『十三五』国家重点图书出版规划项目

吴笛 总主编
吴笛 等著

外国文学经典生成与传播研究

第八卷 当代卷（下）

图书在版编目 (CIP) 数据

外国文学经典生成与传播研究 . 第八卷，当代卷 . 下 / 吴笛总主编；吴笛等著 .—北京：北京大学出版社，2019.4

ISBN 978-7-301-30453-2

Ⅰ . ①外… Ⅱ . ①吴… ②吴… Ⅲ . ①外国文学 – 现代文学 – 文学研究 Ⅳ . ① I106

中国版本图书馆 CIP 数据核字 (2019) 第 075270 号

书　　名	外国文学经典生成与传播研究（第八卷）当代卷（下） WAIGUO WENXUE JINGDIAN SHENGCHENG YU CHUANBO YANJIU （DI-BA JUAN） DANGDAI JUAN （XIA）
著作责任者	吴　笛　总主编　吴　笛　等著
组稿编辑	张　冰
责任编辑	刘　虹
标准书号	ISBN 978-7-301-30453-2
出版发行	北京大学出版社
地　　址	北京市海淀区成府路 205 号　100871
网　　址	http://www.pup.cn　　新浪微博：@ 北京大学出版社
电子信箱	zpup@pup.cn
电　　话	邮购部 010-62752015　发行部 010-62750672　编辑部 010-62759634
印 刷 者	北京虎彩文化传播有限公司
经 销 者	新华书店
	720 毫米 ×1020 毫米　16 开本　20.25 印张　361 千字
	2019 年 4 月第 1 版　2019 年 4 月第 1 次印刷
定　　价	82.00 元

编委会

目　录

总 序

文学经典的价值是一个不断被发现的过程,也是一个不断演变和深化的过程。自从将"经典"一词视为一个重要的价值尺度而对文学作品开始进行审视时,学界为经典的意义以及衡量经典的标准进行过艰难的探索,其探索过程又反过来促使了经典的生成与传播。

一、外国文学经典生成缘由

文学尽管是非功利的,但是无疑具有功利的取向;文学尽管不是以提供信息为己任,但是依然是我们认知人类社会的一个非常重要的参照。所以,尽管文学经典通常所传播的并不是我们一般所认为的有用的信息,但是却有着追求真理、陶冶情操、审视时代、认知社会的特定价值。外国文学经典的生成缘由应该是多方面的,但是其基本缘由是满足人们的精神需求,适应各个不同时代人类生存和发展的需要。

首先,文学经典的生成缘由与远古时代原始状态的宗教信仰密切相关。古埃及人的世界观"万物有灵论"(Animism)促使了诗集《亡灵书》(*The Book of the Dead*)的生成,这部诗集从而被认为是人类最古老的书面文学。与原始宗教相关的还有"巫术说"。不过,虽然从"巫术说"中也可以发现人类早期诗歌(如《吠陀》等)与巫术之间有一定的联系,但巫术作为人类早期重要的社会活动,对诗歌的发展所起到的也只是"中介"作用。更何况"经典"(canon)一词最直接与宗教发生关联。杰勒米·霍桑

(Jeremy Hawthorn)[①]就坚持认为“经典”起源于基督教会内部关于希伯来圣经和新约全书书籍的本真性(authenticity)的争论。他写道:“在教会中认定具有神圣权威而接受的,就被称作经典,而那些没有权威或者权威可疑的,就被说成是伪经。”[②]从中也不难看出文学经典以及经典研究与宗教的关系。

其次,经典的生成缘由与情感传达以及审美需求密切相关。主张“摹仿说”的,其实也包含着情感传达的成分。“摹仿说”始于古希腊哲学家德谟克利特和亚里士多德等人。德谟克利特认为诗歌起源于人对自然界声音的摹仿,亚里士多德也曾提到:“一般说来,诗的起源仿佛有两个原因,都是出于人的天性。”[③]他接着解释说,这两个原因是摹仿的本能和对摹仿的作品总是产生快感。他甚至指出:比较严肃的人摹仿高尚的行动,所以写出的是颂神诗和赞美诗,而比较轻浮的人则摹仿下劣的人的行动,所以写的是讽刺诗。“情感说”认为诗歌起源于情感的表现和交流思想的需要。这种观点揭示了诗歌创作与情感表现之间的一些本质的联系,但并不能说明诗歌产生的源泉,而只是说明了诗歌创作的某些动机。世界文学的发展历程也证明,最早出现的文学作品是劳动歌谣。劳动歌谣是沿袭劳动号子的样式而出现的。所谓劳动号子,是指从事集体劳动的人们伴随着劳动动作节奏而发出的有节奏的呐喊。这种呐喊既有协调动作,也有情绪交流、消除疲劳、愉悦心情的作用。这样,劳动也就决定了诗歌的形式特征以及诗歌的功能意义,使诗歌与节奏、韵律等联系在一起。由于伴随着劳动号子的,还有工具的挥动和身姿的扭动,所以,原始诗歌一个重要特征便是诗歌、音乐、舞蹈这三者的合一(三位一体)。朱光潜先生就曾指出中西都认为诗的起源以人类天性为基础,认为诗歌、音乐、舞蹈原是三位一体的混合艺术,其共同命脉是节奏。“后来三种艺术分化,每种均仍保存节奏,但于节奏之外,音乐尽量向‘和谐’方面发展,舞蹈尽量向姿态方面发展,诗歌尽量向文字方面发展,于是彼此距离遂日渐其远。”[④]这也从一个方面说明,文学的产生是情感交流和愉悦的需要。“单

---

① 为方便读者理解,本书中涉及的外国人名均采用其被国内读者熟知的中文名称,未全部使用其中文译名的全称。

② Jeremy Hawthorn, *A Glossary of Contemporary Literary Theory*, London: Arnold, 2000, p. 34. 此处转引自阎景娟:《文学经典论争在美国》,北京:社会科学文献出版社,2010年版,第27页。

③ 亚理斯多德、贺拉斯:《诗学·诗艺》,北京:人民文学出版社,1962年版,第11页。

④ 朱光潜:《诗论》,北京:生活·读书·新知三联书店,1984年版,第11页。

纯的审美本质主义很难解释经典包括文学经典的本质。”[①]

再者，经典的生成缘由与伦理教诲以及伦理需求有关。所谓文学经典，必定是受到广泛尊崇的具有典范意义的作品。这里的“典范”，就已经具有价值判断的成分。实际上，经过时间的考验流传下来的经典艺术作品，并不仅仅依靠其文字魅力或者审美情趣而获得推崇，伦理价值在其中起着极其重要的作用。正是伦理选择，使得人们企盼从文学经典中获得答案和教益，从而使文学经典具有经久不衰的价值和魅力。文学作品中的伦理价值与审美价值并不相悖，但是，无论如何，审美阅读不是研读文学经典的唯一选择，正如西方评论家所言，在顺利阅读的过程中，我们允许各种其他兴趣从属于阅读的整体经验。[②] 在这一方面，哈罗德·布鲁姆关于审美创造性的观念过于偏颇，他过于强调审美创造性在西方文学经典生成中的作用，反对新历史主义等流派所作的道德哲学和意识形态批评。审美标准固然重要，然而，如果将文学经典的审美功能看成是唯一的功能，显然削弱了文学经典存在的理由；而且，文学的政治和道德价值也不是布鲁姆先生所认为的是“审美和认知标准的最大敌人”[③]，而是相辅相成的。聂珍钊在其专著《文学伦理学批评导论》中，既有关于文学经典伦理价值的理论阐述，也有文学伦理学批评在小说、戏剧、诗歌等文学类型中的实践运用。在审美价值和伦理价值的关系上，聂珍钊坚持认为：“文学经典的价值在于其伦理价值，其艺术审美只是其伦理价值的一种延伸，或是实现其伦理价值的形式和途径。因此，文学是否成为经典是由其伦理价值所决定的。”[④]

可见，没有伦理，也就没有审美；没有伦理选择，审美选择更是无从谈起。追寻斯芬克斯因子的理想平衡，发现文学经典的伦理价值，培养读者的伦理意识，从文学经典中得到教诲，无疑也是文学经典得以存在的一个重要方面。正是意识到文学经典的教诲功能，美国著名思想家布斯认为，一个教师在从事文学教学时，“如果从伦理上教授故事，那么他们比起最好的拉丁语、微积分或历史教师来说，对社会更为重要”[⑤]。文学经典的一个重要使命是对读者的伦理教诲功能，特别是对读者伦理意识的引导。

---

① 阎景娟：《文学经典论争在美国》，北京：社会科学文献出版社，2010年版，第1页。

② 克林斯·布鲁克斯：《精致的瓮》，郭乙瑶等译，上海：上海人民出版社，2008年版，第232页。

③ 哈罗德·布鲁姆：《西方正典：伟大作家和不朽作品》，江宁康译，南京：译林出版社，2005年版，第28页。

④ 聂珍钊：《文学伦理学批评导论》，北京：北京大学出版社，2014年版，第142页。

⑤ 韦恩·C.布斯：《修辞的复兴：韦恩·布斯精粹》，穆雷等译，南京：译林出版社，2009年版，第230页。

其实,在作者与读者的关系上,18世纪英国著名批评家塞缪尔·约翰逊就坚持认为,作者具有伦理责任:"创作的唯一终极目标就是能够让读者更好地享受生活,或者更好地忍受生活。"[①]20世纪的法国著名哲学家伊曼纽尔·勒维纳斯构建了一种"为他人"(to do something for the other)的伦理哲学观,认为:"与'他者'的伦理关系可以在论述中建构,并且作为'反应和责任'来体验。"[②]当今加拿大学者珀茨瑟更是强调文学伦理学批评的实践,以及对读者的教诲作用,认为:"作为批评家,我们的聚焦既是分裂的,同时又有可能是平衡的。一方面,我们被邀以文学文本的形式来审视各式各样的、多层次的、缠在一起的伦理事件,坚守一些根深蒂固的观念;另一方面,考虑到文学文本对'个体读者'的影响,也应该为那些作为'我思故我在'的读者做些事情。"[③]可见,文学经典的使命之一是伦理责任和教诲功能。文学经典的生成与伦理选择以及伦理教诲的关联不仅可以从《俄狄浦斯王》等经典戏剧中深深地领悟,而且可以从古希腊的《伊索寓言》以及中世纪的《列那狐传奇》等动物史诗中具体地感知。文学经典的教诲功能在古代外国文学中,显得特别突出,甚至很多文学形式的产生,也都是源自于教诲功能。埃及早期的自传作品中,就有强烈的教诲意图。如《梅腾自传》《大臣乌尼传》《霍尔胡夫自传》等,大多陈述帝王大臣的高尚德行,或者炫耀如何为帝王效劳,并且灌输古埃及人心中的道德规范。"这种乐善好施美德的自我表白,充斥于当时的许多自传铭文之中,对后世的传记文学亦有一定的影响。"[④]相比自传作品,古埃及的教谕文学更是直接体现了文学所具有的伦理教诲功能。无论是古埃及最早的教谕文学《王子哈尔德夫之教谕》(*The Instruction of Prince Hardjedef*)还是古埃及迄今保存最完整的教谕文学作品《普塔荷太普教谕》(*The Instruction of Ptahhotep*),内容都涉及社会伦理内容的方方面面。

最后,经典的生成缘由与人类对自然的认知有关。文学经典在一定意义上是人类对自然认知的记录。尤其是古代的一些文学作品,甚至是

---

① Samuel Johnson, "Review of a Free Inquiry into the Nature and Origin of Evil", *The Oxford Authors: Samuel Johnson*, Donald Greene ed., London: Oxford University Press, 1990, p. 536.

② Emmanuel Levinas, *Ethics and Infinity*, Trans. Richard A. Cohen, Pittsburgh: Duquesne University Press, 1985, p. 88.

③ Markus Poetzsch, "Towards an Ethical Literary Criticism: the Lessons of Levinas", *Antigonish Review*, Issue 158, Summer 2009, p. 134.

④ 令狐若明:《埃及学研究——辉煌的古埃及文明》,长春:吉林大学出版社,2008年版,第286页。

古代自然哲学的诠释。几乎每个民族都有自己的神话体系，而这些神话，有相当一部分是解释对自然的认知。无论是希腊罗马神话，还是东方神话，无不体现着人对自然力的理解，以及对人与自然关系的探索。在文艺复兴之前的古代社会，由于人类的自然科学知识贫乏以及思维方式的限定，人们只能被动地接受自然力的控制，继而产生对自然力的恐惧和听天由命的思想，甚至出于对自然力的恐惧而对其进行神化。如龙王爷的传说以及相关的各种祭祀活动等，正是出于对于自然力的恐惧和神化。而在语言中，人们甚至认定"天"与"上帝"是同一个概念，都充当着最高力量的角色，无论是中文的"上苍"还是英文的"heaven"，都是人类将自然力神化的典型。

二、外国文学经典传播途径的演变

在漫长的岁月中，外国文学经典经历了多种传播途径，以象形文字、楔形文字、拼音文字等多种书写形式，历经了从纸草、泥板、竹木、陶器、青铜直到活字印刷，以及从平面媒体到跨媒体等多种传播媒介的变换和发展，每一种传播手段都伴随着科学技术的进步以及人类文明的发展进程。

文学经典的生成与传播，概括起来，经历了七个重要的传播阶段或传播形式，大致包括口头传播、表演传播、文字传播、印刷传播、组织传播、影像传播、网络传播等类型。

文学经典的最初生成与传播是口头的生成与传播，它以语言的产生为特征。外国古代文学经典中，有不少著作经历了漫长的口头传播的阶段，如古希腊的《伊利昂纪》（又译《伊利亚特》）等荷马史诗，或《伊索寓言》，都经历了漫长的口头传播，直到文字产生之后，才由一些文人整理记录下来，形成固定的文本。这一演变和发展过程，其实就是脑文本转化为物质文本的具体过程。"脑文本就是口头文学的文本，但只能以口耳相传的方式进行复制而不能遗传。因此，除了少量的脑文本后来借助物质文本被保存下来之外，大量的具有文学性质的脑文本都随其所有者的死亡而永远消失湮灭了。"[①]可见，作为口头文学的脑文本，只有借助于声音或文字等形式转变为物质文本或当代的电子文本之后，才会获得固定的形态，才有可能得以保存和传播。

第二个阶段是表演传播，其中以剧场等空间传播为要。在外国古代

---

① 聂珍钊：《文学伦理学批评：口头文学与脑文本》，《外国文学研究》，2013年第6期，第8页。

文学经典的传播过程中,尤其是古希腊时期,剧场发挥了极其重要的作用。古希腊埃斯库罗斯、索福克勒斯、欧里庇得斯等悲剧作家的作品,当时都是靠剧场来进行传播的。当时的剧场大多是露天剧场,如雅典的狄奥尼索斯剧场,规模庞大,足以容纳 30000 名观众。

除了剧场对于戏剧作品的传播之外,为了传播一些诗歌作品,也采用吟咏和演唱传播的形式。古代希腊的很多抒情诗,就是伴着笛歌和琴歌,通过吟咏而得以传播的。在古代波斯,诗人的作品则是靠"传诗人"进行传播。传诗人便是通过吟咏和演唱的方式来传播诗歌作品的人。

第三个阶段是文字形式的生成与传播。这是继口头传播之后的又一个重要的发展阶段,也是文学经典得以生成的一个关键阶段。文字产生于奴隶社会初期,大约在公元前三四千年,中国、埃及、印度和两河流域,分别出现了早期的象形文字。英国历史学家巴勒克拉夫在《泰晤士世界历史地图集》中指出:"公元前 3000 年文字发明,是文明发展中的根本性的重大事件。它使人们能够把行政文字和消息传递到遥远的地方,也就使中央政府能够把大量的人力组织起来,它还提供了记载知识并使之世代相传的手段。"[1]从巴勒克拉夫的这段话中可以看出,文字媒介对于人类文明的重要意义。因为文字媒介克服了声音语言转瞬即逝的弱点,能够把文学信息符号长久地、精确地保存下来,从此,文学成果的储存不再单纯依赖人脑的有限记忆,并且突破了文学经典的口头传播在空间和时间的限制,从而极大地改善和促进了文学经典的传播。

第四个阶段是活字印刷的批量传播。仅仅有了文字,而没有文字得以依附的载体,经典依然是不能传播的,而早期的文字载体,对于文学经典的传播所产生的作用又是十分有限的。文字形式只能记录在纸草、竹片等植物上,或是刻在泥板、石板等有限的物体上。只是随着活字印刷术的产生,文学经典才真正形成了得以广泛传播的条件。

第五个阶段是组织传播。科学技术的发展,尤其是印刷术的发明,使得"团体"的概念更为明晰。这一团体,既包括扩大的受众,也包括作家自身的团体。有了印刷方面的便利,文学社团、文学流派、文学刊物、文学出版机构等,便应运而生。文学经典在各个时期的传播,离不开特定的媒介。不同的传播媒介,体现了不同的时代精神和科技进步。我们所说的"媒介"一词,本身也具有多义性,在不同的情境、条件下,具有不同的意义

① 转引自文言主编:《文学传播学引论》,沈阳:辽宁人民出版社,2006 年版,第 55 页。

属性。“文学传播媒介大致包含两种含义:一方面,它是文学信息符号的载体、渠道、中介物、工具和技术手段,例如‘小说文本’‘戏剧脚本’‘史诗传说’‘文字网页’等;另一方面,它也可能指从事信息的采集、符号的加工制作和传播的社会组织……这两种内涵层面所指示的对象和领域不尽相同,但无论作为哪种含义层面上的‘媒介’,都是社会信息系统不可或缺的重要环节。”①

第六个阶段是影像传播。20世纪初,电影开始产生。文学经典以电影改编形式获得关注,成为影像改编的重要资源,经典从此又有了新的生命形态。20世纪中期,随着电视的产生和普及,文学经典的影像传播更是成为一个重要的传播途径。

最后,在20世纪后期经历的一个特别的传播形式是网络传播。网络传播以计算机通信网络为平台,利用图像扫描和文字识别等信息处理技术,将纸质文学经典电子化,以方便储存,同时也便于读者阅读、携带、交流和传播。外国文学经典是网络传播的重要资源,正是网络传播,使得很多本来仅限于学界研究的文学经典得以普及和推广,赢得更多的受众,也使得原来仅在少数图书馆储存的珍稀图书得以以电子版本的形式为更多的读者和研究者所使用。

从纸草、泥板到网络,文学经典的传播途径与人类的进步以及科学技术的发展是同步而行的,传播途径的变化不仅促进了文学经典的流传和普及,也在一定意义上折射出人类文明的历史进程。

三、外国文学经典的翻译及历史使命

外国文学经典得以代代流传,是与文学作品的翻译活动和翻译实践密不可分的。可以说,没有文学翻译,就没有外国文学经典在中国的传播。文学经典正是从不断的翻译过程中获得再生,得到流传。譬如,古代罗马文学就是从翻译开始的,正是有了对古希腊文学的翻译,古罗马文学才有了对古代希腊文学的承袭。同样,古希腊文学经典通过拉丁语的翻译,获得新的生命,以新的形式渗透在其他的文学经典中,并且得以流传下来。而古罗马文学,如果没有后来其他语种的不断翻译,也就必然随着拉丁语成为死的语言而失去自己的生命。

所以,翻译所承担的使命就是真正意义上的文化传承。要正确认识

① 文言主编:《文学传播学引论》,沈阳:辽宁人民出版社,2006年版,第52页。

文学翻译的历史使命,我们必须重新认知和感悟文学翻译的特定性质和基本定义。

在国外,英美学者关于翻译是艺术和科学的一些观点具有一定的代表性。美国学者托尔曼在其《翻译艺术》一书中认为,“翻译是一种艺术。翻译家应是艺术家,就像雕塑家、画家和设计师一样。翻译的艺术,贯穿于整个翻译过程之中,即理解和表达的过程之中”。[①]

英国学者纽马克将翻译定义为:“把一种语言中某一语言单位或片断,即文本或文本的一部分的意义用另一种语言表达出来的行为。”[②]

而苏联翻译理论家费达罗夫认为:“翻译是用一种语言把另一种语言在内容和形式不可分割的统一中业已表达出来的东西准确而完全地表达出来。”苏联著名翻译家巴尔胡达罗夫在他的著作《语言与翻译》中声称:“翻译是把一种语言的语言产物在保持内容也就是意义不变的情况下改变为另外一种语言的言语产物的过程。”[③]

在我国学界,一些工具书对“翻译”这一词语的解释往往是比较笼统的。《辞源》对翻译的解释是:“用一种语文表达他种语文的意思。”《中国大百科全书·语言文字卷》对翻译下的定义是:“把已说出或写出的话的意思用另一种语言表达出来的活动。”实际上,对翻译的定义在我国也由来已久。唐朝《义疏》中提到:“译即易,谓换易言语使相解也。”[④]这句话清楚表明:翻译就是把一种语言文字换易成另一种语言文字,以达到彼此沟通、相互了解的目的。

所有这些定义所陈述的是翻译的文字转换作用,或是一般意义上的信息的传达作用,或是“介绍”作用,即“媒婆”功能,而忽略了文化传承功能。实际上,翻译是源语文本获得再生的重要途径,纵观世界文学史的杰作,都是在翻译中获得再生的。从古埃及、古巴比伦、古希腊罗马等一系列文学经典来看,没有翻译就没有经典。如果说源语创作是文学文本的今生,那么今生的生命是极为短暂的,是受到限定的;正是翻译,使得文学文本获得今生之后的“来生”。文学经典在不断被翻译的过程中获得“新生”和强大的生命力。因此,文学翻译不只是一种语言文字符号的转换,而且是一种以另一种生命形态存在的文学创作,是本雅明所认为的原文

---

① 郭建中编著:《当代美国翻译理论》,武汉:湖北教育出版社,2000年版,第4页。

② P. Newmark, *About Translation*, Clevedon: Multilingual Matters Ltd., 1991, p. 27.

③ 转引自黄忠廉:《变译理论》,北京:中国对外翻译出版公司,2002年版,第21页。

④ 罗新璋编:《翻译论集》,北京:商务印书馆,1984年版,第1页。

作品的“再生”(afterlife on their originals)。

文学翻译既是一门艺术,也是一门科学。作为一门艺术,译者充当着作家的角色,因为他需要用同样的形式、同样的语言来表现原文的内容和信息。文学翻译不是逐字逐句的机械的语言转换,而是需要译者的才情,需要译者根据原作的内涵,通过自己的创造性劳动,用另一种语言再现出原作的精神和风采。翻译,说到底是翻译艺术生成的最终体现,是译者翻译思想、文学修养和审美追求的艺术结晶,是文学经典生命形态的最终促成。

因此,翻译家的使命无疑是极为重要、崇高的,译者不是一般意义上的“媒婆”,而是生命创造者。实际上,翻译过程就是不断创造生命的过程。翻译是文学的一种生命运动,翻译作品是原著新的生命形态的体现。这样,译者不是“背叛者”,而是文学生命的“传送者”。源自拉丁语的谚语说:Translator is a traitor.(译者是背叛者。)但是我们要说:Translator is a transmitter.(译者是传送者。)尤其是在谈到诗的不可译性时,美国诗人罗伯特·弗罗斯特断言:“诗是翻译中所丧失的东西。”然而,世界文学的许多实例表明:诗歌是值得翻译的,杰出的作品正是在翻译中获得新生,并且生存于永恒的转化和永恒的翻译状态,正如任何物体一样,当一首诗作只能存在于静止状态,没有运动的空间时,其生命在某种意义上来说也就停滞或者死亡了。

认识到翻译所承载的历史使命,那么,我们的研究视野也应相应发生转向,即由文学翻译研究朝翻译文学研究转向。

文学翻译研究朝翻译文学研究的这一转向,使得“外国文学”不再是“外国的文学”,而是我国民族文化的一个有机的组成部分,并将外国文学从文学翻译研究的词语对应中解放出来,从而审视与系统反思外国文学经典生成与传播中的精神基因、生命体验与文化传承。中世纪波斯诗歌在19世纪英国的译介就是一个典型的例子。菲茨杰拉德的英译本《鲁拜集》之所以成为英国民族文学的经典,就是因为菲氏认识到了翻译文本与民族文学文本之间的辩证关系,认识到了一个译者的历史使命以及为实现这一使命所应该采取的翻译主张。所以,我们关注外国文学经典在中国的传播,目的是探究“外国的文学”怎样成为我国民族文学构成的重要组成部分以及对文化中国形象重塑方面所发挥的重要作用。因此,既要宏观地描述外国文学经典在原生地的生成和在中国传播的“路线图”,又要研究和分析具体的文本个案;在分析文本个案时,既要分析某一特定的经典在其原生地被经典化的生成原因,更要分析它在传播过程中,在次生地的重生和再经典化的过程和原因,以及它所产生的变异和影响。

因此,外国文学经典研究,应结合中华民族的现代化进程、中华民族文化的振兴与发展,以及我国的外国文学研究的整体发展及其对我国民族文化的贡献这一视野来考察经典的译介与传播。我们应着眼于外国文学经典在原生地的生成和变异,汲取为我国的文学及文化事业所积累的经验,为祖国文化事业服务。我们还应着眼于外国文学经典在中国的译介和其他艺术形式的传播,树立我国文学经典译介和研究的学术思想的民族立场;通过文学经典的中国传播,以及面向世界的学术环境和行之有效的中外文化交流,重塑文化中国的宏大形象,将外国文学译介与传播看成是中华民族思想解放和发展历程的折射。

其实,"文学翻译"和"翻译文学"是两种不同的视角。文学翻译的着眼点是文本,即原文向译文的转换,强调的是准确性;文学翻译也是媒介学范畴上的概念,是世界各个民族、各个国家之间进行交流和沟通思想感情的重要途径、重要媒介。翻译文学的着眼点是读者对象和翻译结果,即所翻译的文本在译入国的意义和价值,强调的是接受与影响。与文学翻译相比较,不只是词语位置的调换,也是研究视角的变换。

翻译文学是文学翻译的目的和使命,也是衡量翻译得失的一个重要标准,它属于"世界文学—民族文学"这一范畴的概念。翻译文学的核心意义在于不再将"外国文学"看成"外国的文学",而是将其看成民族文学的一个组成部分,是民族文化建设的有机的整体,将所翻译的文学作品看成是我国民族文化事业的一个重要的组成部分。可以说,文学翻译的目的,就是建构翻译文学。

正是因为有了这一转向,我们应该重新审视文学翻译的定义以及相关翻译理论的合理性。我们尤其应注意翻译研究的文化转向,在翻译研究领域发现新的命题。

四、外国文学的影像文本与新媒介流传

外国文学经典无愧为人类的文化遗产和精神财富,20 世纪,当影视传媒开始相继涌现,并且在人们的日常生活中占据重要位置的时候,外国文学经典也相应地成为影视改编以及其他新媒体传播的重要素材,对于新时代的文化建设以及人们的文化生活,依然起着极其重要的作用。

外国文学经典是影视动漫改编的重要渊源，为许许多多的改编者提供了灵感和创作的源泉。自从1900年文学经典《灰姑娘》被搬上银幕之后，影视创作就开始积极地从文学中汲取灵感。据美国学者林达·赛格统计，85%的奥斯卡最佳影片改编自文学作品。[①] 从根据古希腊荷马史诗改编的《特洛伊》等影片，到根据中世纪《神曲》改编的《但丁的地狱》等动画电影；从根据文艺复兴时期《哈姆雷特》而改编的《王子复仇记》《狮子王》，到根据18世纪《少年维特的烦恼》而改编的同名电影；从根据19世纪狄更斯作品改编的《雾都孤儿》《孤星血泪》，直到帕斯捷尔纳克的《日瓦戈医生》等20世纪经典的影视改编；从外国根据中国文学经典改编的《花木兰》，到中国根据外国文学经典改编的《钢铁是怎样炼成的》……文学经典不仅为影视动画的改编提供了丰富的素材，也通过这些新媒体使得文学经典得以传承，获得普及，从而获得新的生命。

考虑到作为文学作品的语言艺术与作为电影的视觉艺术有着各自不同的特点，在论及文学经典的影视传播时，我们不能以影片是否忠实于原著为评判成功与否的绝对标准，我们实际上也难以指望被改编的影视作品能够完全"忠实"于原著，全面展现文学经典所表现的内容。但是，将纸上的语言符号转换成银幕上的视觉符号，不是一般意义上的转换，而是从一种艺术形式到另一种艺术形式的"翻译"。既然是"媒介学"意义上的翻译，那么，忠实原著，尤其是忠实原著的思想内涵，是"译本"的一个不可忽略的重要目标，也是衡量"译本"得失的一个重要方面。

对于文学作品改编成电影应该持有什么样的原则，国内外的一些学者存在着不尽一致的观点。我们认为夏衍所持的基本原则具有一定的科学性。夏衍先生认为："假如要改编的原著是经典著作，如托尔斯泰、高尔基、鲁迅这些巨匠大师们的著作，那么我想，改编者无论如何总得力求忠实于原著，即使是细节的增删改作，也不该越出以致损伤原作的主题思想和他们的独持风格，但，假如要改编的原作是神话、民间传说和所谓'稗官野史'，那么我想，改编者在这方面就可以有更大的增删和改作的自由。"[②]可见，夏衍先生对文学改编所持的基本原则是应该按原作的性质而有所不同。而在处理文学文本与电影作品之间的关系时，夏衍的态度

① 转引自陈林侠：《从小说到电影——影视改编的综合研究》，北京：中国社会科学出版社，2011年版，第1页。

② 夏衍：《杂谈改编》，《中国电影理论文选》（上册），罗艺军主编，北京：文化艺术出版社，1992年版，第498页。

是："文学文本在改编成电影时能保留多少原来的面貌，要视文学文本自身的审美价值和文学史价值而定。"[1]

文学作品和电影毕竟属于不同的艺术范畴，作为语言艺术形式的小说和作为视觉艺术形式的电影有着各自特定的表现技艺和艺术特性，如果一部影片不加任何取舍，完全模拟原小说所提供的情节，这样的"译文"充其量不过是"硬译"或"死译"。从一种文字形式向另一种文字形式的转换被认为是一种"再创作"，那么，从艺术的一种表现形式朝另一种表现形式的转换无疑更是一种艺术的"再创作"，但这种"再创作"无疑又受到"原文"的限制，理应将原作品所揭示的道德的、心理的和思想的内涵通过新的视觉表现手段来传达给电影观众。

总之，根据外国文学经典改编的许多影片，正是由于文学文本的魅力所在，也同样感染了许多观众，而且激发了观众阅读文学原著的热忱，在新的层面为经典的普及和文化的传承作出了应有的贡献，同时，也为其他时代的文学经典的影视改编和新媒体传播提供了借鉴。

在长达数千年的历史长河中，对后世产生影响的文学经典浩如烟海。《外国文学经典生成与传播研究》涉及面广，时间跨度大，在有限的篇幅中，难以面面俱到，逐一论述，我们只能选择最具代表性的经典作品或经典文学形态进行研究，所以有时难免挂一漏万。在撰写过程中，我们紧扣"生成"和"传播"两个关键词，力图从源语社会文化语境以及在跨媒介传播等方面再现文学经典的文化功能和艺术魅力。

---

① 颜纯钧主编：《文化的交响：中国电影比较研究》，北京：中国电影出版社，2000年版，第329页。

绪论 外国文学经典的精神流传与文明分享

所有的星星最终会消失,可它们总是无畏地闪耀。[①]

——(芬兰)艾迪特·索德格朗(Edith Södergran)

经典之外,别无奇书。一般来说,经典是经过历史反复检验、为人们所普遍认同与尊崇的著作,凝聚着人类的智慧和文明的精华,思考和表达了人类生存与发展的根本问题,其智慧光芒穿透历史,思想价值历久弥新,艺术想象跨越时空,语言延展民族独创。善读经典,在精读中领悟其中积淀的深厚内涵,能够收到事半功倍的效果。

翻开汪洋浩瀚的外国文学史,从《荷马史诗》到《尤利西斯》,从莎士比亚到普鲁斯特,从古希腊悲剧到英国湖畔派诗歌,从福斯塔夫性格到浮士德精神,从文学史上被重新解读和诠释的陀思妥耶夫斯基到“作家中的作家”博尔赫斯……外国文学经典包罗万象、洞幽烛微,却坚持给人留存希望,带来人性的温暖,品察生命的本真。相伴经典,与伟大的心灵相互感应、良性共鸣;直面先贤,枯燥会变成有趣,寂寞会变成娴静,可信者益发可爱,每一次新的发现都会让人从内心生发感动。[②]

(一) 认识世界与深入心灵:社会内爆中的诗性正义

民谚说:“天不言自高,地不言自厚。”外国文学经典的精神魅力是非

① 艾迪特·索德格朗:《存在的胜利》,《艾迪特·索德格朗诗选》,北岛译,北京:外国文学出版社,1987年版,第49页。

② 傅守祥、魏丽娜:《诗性正义与活用经典——兼论外国文学经典研究的立场、方法及路径》,《浙江社会科学》,2016年第1期。

同凡响的，既能启迪思想，又能温润心灵；既能深刻反映大时代的变革，又能精微刻画人性的复杂；既是文化外交的“民族名片”，又是文化创新的“源头活水”。它可以是“随风潜入夜，润物细无声”式的滋养，也可以是“盐溶于水”式的融化；它可以让你在静心阅读后发出“多活了一次”的兴叹，也可以是用来“大话”“戏仿”“拼装”的“无厘头”素材……总之，外国文学经典里有各式人生的五味杂陈，有各种思想的源头浓缩，有各色人性的立体呈现，还有各种积郁的择机喷薄，也有各类情趣的艺术激发。真正属于“你的”经典作品是这样一本书，每次重读都好像初读那样带来发现；它使你不能对它保持不闻不问，它帮助你在与它的关系中，甚至在反对它的过程中确立你自己。[①] 正如意大利小说家伊塔洛·卡尔维诺(Italo Calvino，1923—1985)在其《未来千年文学备忘录》的英译本前言中所写：“我对于文学的前途是有信心的，因为我知道世界上存在着只有文学才能以其特殊的手段给予我们的感受。”因此，中外古今无数文人骚客以及文学“粉丝”都曾发出过类似“文学经典里蕴藏着活法”“文学经典里包含着历史”“文学经典是真善美的合一”等感慨。

中国文化优秀传统中有“文须有益于天下”的倡导，现已成为世界通行的道理。一部文学作品之所以能够成为外国文学史中的经典，一定有许多原因：它的历史影响巨大，它的内容历久弥新，它反映了普遍的人性及普遍的问题，它的词采闪亮惊人，它的思路细密曲折，它的架构雄浑庞大等，不一而足。理性地审视，从世界文明演进的视角看，外国文学经典无疑是世界各国文化传承与文学承继的核心，既体现了各国文学大师们在特定文化情境中的生命体验和族群想象，又反映了某一个时代人类精神的整体面貌与文明程度。外国文学经典是历史留给全人类的丰富遗产，它们既是民族的也是世界的，既有特殊性也有普遍性。其民族人类学意义上的历史生成、时代流变主要承载着本族群的文化基因和精神密码，而其跨文化交流与跨媒介重构不但可以使本身焕发出新的生命，折射出新的光彩，还可以供世界其他民族在推进文化反省和文明重构时借鉴与参照。[②]

文学经典是时间锤炼出来的，是跨越时空给人生以指导和借鉴的东西，也是特定时代、特定人群、特定地域的文化记忆、共识性体验与延展性

---

① 伊塔洛·卡尔维诺：《为什么读经典》，黄灿然、李桂蜜译，南京：译林出版社，2006年版，第1—2页。

② 傅守祥：《立足动态文化场域重估外国文学经典》，《中国社会科学报》，2015年2月1日。

想象，是作家、批评家与读者长期磨合的共同创造。文化——包括文学——乃是人创造的符号，其作用在于服务或满足人——个体和群体——的需要，因此，满足人的需要的广度、强度和平衡度，就成为衡量某一文化优劣高下以及生命力强弱的标准。优秀文化，尤其是文学经典，是一个国家的精神旗帜，更标志着全人类的精神品质。德国哲学家康德(Immanuel Kant，1724—1804)曾说，世界上只有两样东西是值得我们深深景仰的，一个是我们头上的灿烂星空，另一个是我们内心的崇高道德法则。从这层意义上说，外国文学经典既可以化为人生的滋养与历练，帮助人们认识当下的世界和自己，也是深刻理解异域人情事理、潜心学习其优秀文化的重要途径；而相关的人文研究则能够贯通物我，有效应对人类共同面临的精神挑战。

如果没有对文学价值的沉思和观照，人们也许永远进入不了心灵的深处。正如 1987 年度诺贝尔文学奖得主、俄裔美籍诗人布罗茨基(Joseph Brodsky，1940—1996)所说：

> 文学是社会拥有的唯一的道德保险，是对以邻为壑(dog-eat-dog)之法则的永不失效的拮抗，也是对任何一种推土机式、一刀切式方案的最有力反驳——如果必须给一个理由的话，这理由便是，因为人类的多样性恰恰是文学的存在理由和全部内容。我们不得不谈，因为我们不得不坚持，在展示人性的微妙这一点上，文学无疑是比任何教义和信条都更伟大的、最伟大的教师；也因为，一个社会若是干预文学的自然存在，妨碍人们从文学中获得教益，则它必然会降低自身的潜能，放慢进化的步伐，或许，最终还将危及它自身的稳固。①

今天的中国身处地球村里，信息化社会使各国处在彼此影响和深度关联中。在当今世界文化呈现出多元分化的大趋势下，深入研究和重新评估外国文学经典，既可以明晰“全球化时代”现代文明的普适性与可通约性，也可以进一步凸显现代文明的本土性与民族特色，还可以在“后现代式的价值多元时代”里探索树立伦理共识、坚守价值底线、温暖人心、和合世界的途径。

---

① 约瑟夫·布罗茨基：《我们称之为流亡的状态》，Gill 译。原译者按：本文为布罗茨基为 1987 年 12 月在维也纳举行的第一届 Wheatland 文学大会所作。据 *On Grief and Reoson* (New York：Farrar, Straus and Giroux, 1995)译出，参考了王希苏译本《从彼得堡到斯德哥尔摩》(桂林：漓江出版社，1992)。

后现代社会媒介过度引发的"意义的内爆",亦即媒介意义的瘫痪导致意义的内爆,在精神分裂的国度尤为明显。在《媒介意义的内爆》(*The Implosion of Meaning in the Media*)中,鲍德里亚指出:媒介中符号和信息的激增,通过抵消和分解所有的内容消除了意义——这是一个引向意义的瓦解以及媒介与现实之间差别消除的过程。当前,网络和数字技术裂变式发展,带来媒体格局的深刻调整和舆论生态的重大变化,新兴媒体发展之快、覆盖之广超乎想象,对传统媒体带来很大冲击。

总体上看,在一个"理性""效用"和"科学"占据主流话语的社会中,包括小说在内的文学艺术还能起到什么样的作用?情感与感受还能扮演什么样的角色?想象力是否能够促进更加正义的公共话语,进而引导更加正义的公共决策?这些"原初性"的跨界问题,都值得人文学界重新思考和评估。美国著名古典学家玛莎·努斯鲍姆(又译"纳斯鲍姆")(Martha C. Nussbaum,1947—)认为,文学,尤其是小说,能够培育人们想象他者与去除偏见的能力,培育人们同情他人与公正判断的能力;而正是这些畅想与同情的能力,最终将锻造一种充满人性的公共判断的新标准,一种我们这个时代亟需的诗性正义[①]。她提出,公民要"培养人性"(Cultivating Humanity)的当务之急是需要三个方面的能力——批判性的反思、相互认可与关心、叙事想象力[②]。努斯鲍姆倡导,通过文学艺术的审美想象来培养自我的道德同情和伦理认知。如何解决好人与人之间、人与自然之间、人与社会之间的问题,处理好人类永恒的矛盾,外国文学经典能够带给人无穷的启迪,相关的人文研究和文艺批评也应该发挥重要作用,以便更好地实现文化人类学家费孝通先生晚年积极倡导的"将精神遗产转化为现实资源"的美好愿望。

(二)介入生命与跨界会通:媒介化生存中的活用经典

古希腊哲学家苏格拉底(Socrates,前469—前399)曾说:未经审视的生活是没有价值的生活(见柏拉图:《申辩篇》)。然而,经过审视的生活却

① 芝加哥大学教授、当代最重要的古典学家玛莎·努斯鲍姆的论著《诗性正义:文学想象与公共生活》(*Poetic Justice: The Literary Imagination and Public Life*,丁晓东译,北京:北京大学出版社,2010年版),考察了文学想象如何作为公正的公共话语和民主社会的必要组成部分。作者以优美而犀利的文字回答了一些看似不相关的人文问题,正式提出跨界性的思想命题"诗性正义"。

② 玛莎·纳斯鲍姆:《培养人性:从古典学角度为通识教育改革辩护》,李艳译,上海:上海三联书店,2013年版,第18—33页。

非轻松的生活。阅读和深入经典，无疑会“延长”我们的生命，“丰富”我们的体验，“敏锐”我们的感觉。当代中国的“外国文学经典研究”应该要有开放的胸襟、变通的本领、担当的意识与批判的精神，既要“入乎其内”式地“敬畏经典”，又要“出乎其外”式地“重估经典”。“敬畏经典”意在强调恢复经典的思想尊严，细寻经典的精神魅力；“重估经典”意在强调激活经典的思想命题，开掘经典的精神蕴藏，甚至敢于将“经典”堕落为“经验”，将“意识形态”下降为“具体问题”，特别是在“媒介化生存”的“大数据时代”。人文学界的前辈先贤，都有“苟利国家生死以，岂因祸福避趋之”的担当精神和天下品格；当代中国的“外国文学经典研究”应该以“问题”为先导，用大数据“思想”，优化中国人文研究的未来，同时也要警惕和防止外国文学经典研究中的断章取义、歪曲解读以及随意“创新”。

阅读经典，领会经典，更要“活用”经典。经典的价值与内涵需要透过各式各样的“读者”（特别是人文学者们）加以阐发与印证，成为有效“介入”生命历程的“秘籍”与“宝典”。

古人云：欲成一代经纶手，须读数本紧要书。“文学经典”深藏与化合着无穷的知识、艺术、思想，是人文富矿，蕴藏丰富，品质上乘。世人皆知，与知识相遇，潜在的智识得以开发；与艺术相遇，积蓄的情绪得以释放；与思想相遇，细碎的思考得以连缀。面对人类共同的文明遗产和精神探索，21 世纪中国的外国文学经典研究需要直面现实，关注民众的精神困惑和人文需求，提升学术“公器”的“公共性”，在全球化日益深入的过程中构建本土文化的精神支撑，完成价值再整合。中国近代学术大家蔡元培（1868—1940）将“学术”分为“学”与“术”两个方面，认为“学为学理，术为应用”，“学必借术以应用，术必以学为基本，两者并进始可”。[①] 此话表明：做学问，既要探究学理又要加以应用；进一步说，学理从何而来，应用到哪里去，是做学术者始终需要面对和回答的。中国古语有云：为学患无疑，疑则有进。古希腊哲学家苏格拉底说，他接近真理的方法是提出正确的问题。[②] 无论是定位于“大数据时代”还是定位于“消费主义时代”，每个时代总有属于它自己的问题。而问题是时代的声音，只有树立强烈的问题意识，才能实事求是地对待问题，才能找到引领时代进步的路标。新世纪中国的人文学术和文艺批评无法回避这些问题，它有责任直面问题

① 高平叔编：《蔡元培教育文选》，北京：人民教育出版社，1980 年版，第 221 页。

② 转引自柏拉图：《普罗泰戈拉篇》。

而发言。文以载道,文以化人;中国所谓“文化”者,人文之化成于天下也。兼具世界情怀与人文情怀的外国文学经典研究,应当成为加深中外文化交流、化解可能的文化冲突的亲善大使,应当成为自觉策划和运用文化力量实现自身的国家利益的排头兵,应当成为推动中华民族伟大复兴的文化原动力和精神正能量。

这是一个彼此跨界、彼此融合的创新发展的时代,人们应该适应复杂思维,学会正和博弈,熟练运用大数据思想。“明鉴所以照形,往古所以至今”,如何把握传统学术中“道往而明来”之学,对于当前的外国文学研究具有重要创新意义。随着经济全球化步伐的加速与信息化革命的到来,文化领域包括人文研究领域交流对话的进程显得更加紧迫。可以说,世界市场的扩大与开放,使世界各国经济与文化的交流变得前所未有的迅捷和频繁;而网络技术的更新与提高,更是打破了海关与出版的疆界,使各种信息、观点、情感、思想得以跨越时空进行交流。目前,人们特别关注“大数据时代”的相关问题,其实大数据的正面价值在于“有效”使用海量数据做出准确分析、明智决策与远见性预测,以使公民个体和社会整体更充实、更自如、更完善、更和谐,而这些得以实现的前提还在于“独立思考”和“善于判断”。

正如人的生命需要多种营养搭配,文化需要各种资源交相滋养,当代人文研究也需要多维视野和多种研究方法的“会通”。基于外部世界的这些巨大变化,复合型文化生态下的“外国文学经典研究”应该转变传统的文学研究范式,超越文本细读式的研究,广泛借鉴现代哲学、社会学、人类学、传播学等学科的研究方法、理论视角和学术立场;应该从传统单一的、学科界限坚硬的“诗学研究”转向更具包容性、更少学科限制的“文化研究”,增强问题意识、突出问题导向,以更具想象力和思想力的姿态凸显本来就具有的独立性与自主性;应该彻底摒弃自说自话的理论“部落主义”,把外国文学经典置于其社会文化语境之中进行整体性的观照,将文学经典“文本化”、审美机制“历史化”,在“文本世界”与外部世界之间搭建互动嵌入的印证平台、扩展互为交流的阐释空间,以“复杂思维”和“博弈思维”在历史与文化情境中寻求“文本世界”的立体化定位,探究与甄别“源文本”以及各式“延展文本”中沉淀的文化态度、蕴藏的现代性取向等。

常言道:高度决定视野,角度决定观念。从历时的角度看,外国文学经典文本的历史传承与时代生成如同连绵的河水,代代延续、生生不息;从共时的角度看,流动的、活态的文本好像奔涌的河水,变动不居、充满歧异,形成“文本之河”。由此看来,今天的外国文学经典已经不再是一个个“孤立”的文学文本,而成为一个容量巨大的文化“场域”,“话语”海洋,各种来自文学和非文学的力量形成的对话与张力使其“意义”得以不断生成、增殖与传播。只有立足于“动态”的文化“场域”视野,外国文学经典研究才能避免将文本细读与社会语境人为割裂的危险,进而在文学与社会、精英与大众、美学与商业之间架起一座“有效”沟通的桥梁①。

(三)文明分享与经典研读:全球化时代的文化复兴

文化是主体的创造过程,文明是文化的既成状态,文明多样性的深化是增加现代社会复杂性的重要原因。在全球化时代,人人都应该认同自己的优秀文化传统,都应该有一种深沉的民族自尊和文化自信,但对外来文明又必须保持一种开放、开明的态度。既要抵制霸权国家的文化“转基因”战略,有效抗击其文化暗战,又要反对民族主义的泛滥并锐意进取,这样才能学人之长以壮大自己,自我完善以延续文化慧命,才能避免陷入文化部落主义式的故步自封或者民粹主义式的夜郎自大,才能防止国家发展因片面、畸形而出现新的失衡。鲁迅先生早在1908年就提出了中国文化发展的战略思想:“明哲之士,必洞达世界之大势,权衡较量,去其偏颇,得其神明,施之国中,翕合无间。外之既不后于世界之思潮,内之仍弗失固有之血脉,取今复古,别立新宗。”②其基本宗旨和辩证内涵是:欲求国家达到世界领先水平,就必须放眼天下,博采众长,关注世界潮流,了解人类的新创造,吸收、利用一切好东西;同时,对数千年传承的中国固有文化也绝不能采取鄙薄轻视的态度,更不能将近世落后的责任全部归于传统文化,而是应该冷静分析,将传统文化中那些堪称精华的内涵继承下来并发扬光大。唯有如此,才能使中华文化与世界其他民族的文化相融共生、各领风骚,从而达到“各美其美,美人之美,美美与共,天下大同”的和谐圆融的境界。正如习近平总书记2014年10月15日在文艺工作座谈会上指出的:“我们社会主义文艺要繁荣发展起来,必须认真学习借鉴世界各国人民创造的优秀文艺。只有坚持洋为中用、开拓创新,做到中西合璧、融会贯通,我国文艺才能更好

---

① 傅守祥、魏丽娜:《诗性正义与活用经典——兼论外国文学经典研究的立场、方法及路径》,《浙江社会科学》,2016年第1期。

② 鲁迅:《文化偏至论》,《鲁迅全集》第1卷,北京:人民文学出版社,1981年版,第56页。

发展繁荣起来。”[①]在历史上,中华文化曾多次以开放性姿态融合各地域和各民族文化而激荡丰富起来。

过去三十来年,中国发展之快、变化之大,可谓历史罕见;中国已经成为全球第二大经济体。令人遗憾的是,中国的发展还很不平衡,文化建设、文明积淀远远落后于经济成就,造成了当前发展中的“文化瘸脚”。殊不知,在当今世界,文化建设关系国家发展,文化品质关乎国家品质并决定个人的幸福层级和生命意义,文明的传承更是关乎一个民族存亡的生命线。正如国务院总理李克强在十二届全国人大四次会议闭幕后会见记者时所说:“市场经济是法治经济,也应该是道德经济。发展文化可以培育道德的力量。我们推动现代化,既要创造丰富的物质财富,也要通过文化向人民提供丰富的精神产品,用文明和道德的力量来赢得世界的尊重。”[②]这段话起码有两层含义:其一,市场经济是法治经济,也就是在强调法治是市场经济的必要条件,没有健全的法制,没有完善的法治,市场经济就会脱序,其结果将是灾难性的;而贯彻法治精神,要使之深入人心,就必须依靠文化和道德的力量。其二,通过发展经济,让民众生活富足,只是手段不是目的,让民众拥有丰富的精神追求,才能真正推动现代化,在这个过程中,“用文明和道德的力量来赢得世界的尊重”同等重要。当前,中国的发展已经到了必须谈文化的阶段,文化与经济再也难分彼此,文化分享的水准直接决定文化复兴的成色。

越来越多的中国人已经意识到,富有的衡量指标不仅仅是GDP,幸福的指针更不仅仅是经济收入[③],还可以用生活中休闲时间的多少作为衡量个人幸福和社会富有的标准:个人自由支配的时间越多就越富有;社会中越多的人有越多的自由支配时间,这个社会就越富有。中国要进一步成为一个“文化强国”,尤其是极具魅力的“人文强国”,除了继承本民族

---

① 习近平:《在文艺工作座谈会上的讲话》,见中共中央宣传部编:《习近平总书记在文艺工作座谈会上的重要讲话学习读本》,北京:学习出版社,2015年版,第29页。

② 《李克强:市场经济是法治经济,也应该是道德经济》,新华网2016年3月16日,http://news.xinhuanet.com//politics/2016lh/2016-03/16/c_128804383.htm,访问时间:2018年12月12日。

③ 对于“人的幸福感取决于什么?”这样的问题,哥伦比亚大学教授霍华德·金森以其持续研究为基础,在《华盛顿邮报》上发表的一篇题为《幸福的密码》的论文表明:所有靠物质支撑的幸福感,都不能持久,都会随着物质的离去而离去。只有心灵的淡定宁静,继而产生的身心愉悦,才是幸福的真正源泉。(《真正的幸福密码》,《辽沈晚报》,2013年8月30日。)

的优秀文化传统并具有高度的文化自觉与文化自信，拥有覆盖全社会的城乡一体化的完善的公共文化服务体系、强大的文化产业以及科学的文化管理体制与机制外，还需要基于自身不断完善与创新的文化软实力、对世界文明的领悟力以及人人都能感受到的人文魅力，在实施文化“走出去”战略、增强国际影响力的同时，继续做好“拿来主义”的工作，提升文明分享的效度。在其中，21 世纪中国的人文研究责无旁贷，而外国文学经典研究在人文濡化、文明分享、批判性转化等方面独具擅场；尽管研究对象是异域文学经典，但是它应该有中国的立场、观点和学术风格，围绕思想的产生和人文的“化育”，在充分尊重里完成知识考古学的工作，在满心敬仰里探寻精神现象学的轨迹，在灵动“出入”间翻检人性生死书的秘密，以“才”“学”“识”最佳的状态，帮助国人成为“既能用中国眼光看世界的人，又能用世界眼光看中国的人”。

文化是一个国家的精神旗帜，文化复兴是中华民族全面复兴的标志。当代中国迫切需要解决“软实力”的提升如何跟上“硬实力”的发展等问题，以构建新的社会平衡并培育更加良性的发展机制和文化生态，其中的关键是如何建立与时代相符合的“思想市场”[①]以及如何更好地坚守“制度正义”，在新型生态文明奠定的“美丽中国”的基础上更好地展现“文化中国”的魅力和优雅。发展中的问题是客观存在的，要敢于正视问题、善于发现问题并优先解决事关全局的关键问题。就当今世界的发展格局来看，看似不可阻挡的全球化的历史进程，其正面价值主要在于人类文化不断提高其内在的“文明总量”，但它又常常在人类文明不断减少其外在的“文化差异”的过程中，遮蔽人类文明可能的前进方向，甚至湮没人类更好的生命形态。如何在增加人类“文明总量”的同时尽量保持“文化多样性”，既是全球化时代人类的共同课题，又是中国新型城市化亟待解决的难题，这事关“文化正义”的匡扶与“文化正能量”的有效释放，对于尽快扭

---

① “思想市场”这个概念，最早见于美国著名经济学家、1991 年诺贝尔经济学奖得主罗纳德·科斯(Ronald H. Coase，1910—2013)在 1974 年发表的一篇名为《商品市场和思想市场》的论文。该文认为：思想市场和商品市场没有什么不同。科斯就此挑战了美国主流社会一个悖论：思想市场是高尚人士从事的活动，应该有足够的自由，商品活动等而下之，里面充满了卑劣的利益诉求，所以恰当地给予管制是应该的甚至是必要的。科斯挑战的论据：第一，思想市场由很多个人想法推动，很多人发表的言论不管怎么声明是为了全人类和全社会，实际上是表达他个人的想法，跟一个从事商品活动者要表达的东西没有什么不同，在道德上没有高下之分；第二，这两个市场里既有需要管制的内容，也有需要减少管制的可能；到底什么领域要增加管制，什么领域要减少管制，要依成本而定。在科斯晚年著作《变革中国》里，对“思想市场”也有详细论证。

转中国现代化进程中的"文化瘸脚"以及"文化生态失衡"至关重要[1]。然而,如果细致深入地体察和探究"全球化进程"以及与其密切相关的"消费主义"对于每个人的影响,就将发现:消费社会的问题不仅仅在于过度满足,而在于把人世的苦难和不幸等原本让人珍惜生命的反思,转化为消费资源,产生一种所谓的"自恋型幸福"[2]。由此可见,当代中国这个"大转型"社会中的问题愈发显得复杂。

世界因文化而温暖,因文化而别具声色。优秀文化更是人们获得理想信念、生存意义、心灵慰藉、终极关怀的精神家园,它可以制衡消费主义、物质主义对人性的异化与啃噬。文学与文学阐释是全球化时代表达民族身份和自我身份的一种方式,也是要求表达权、语言权和维护文化多样性的具体方式。研读外国文学经典是全球化时代的明智选择,基于经典阅读的人文教育,其核心功能就在于帮助我们在新的历史情境下重新发现和思考"人"自身的内在含义。阅读,因自由而美丽;文学经典,因诗性正义而厚德载物。对个人来说,防止庸俗,集中精力的一个办法是只读经典,只读那些经过历史淘汰保留下来的精华,正所谓"腹有诗书气自华"[3]。意大利著名作家卡尔维诺对"经典"做的第一条定义:"经典是那些你经常听人家说'我正在重读……'而不是'我正在读……'的书。"[4]重读,证明了经典拥有更长久的生命力。当然,更重要的是经典作品所能带来的阅读乐趣、智慧启迪和心性觉悟。

文化不以任何其他事物的存在、发展为目的,而只以人本身的自由发展、自我完善为目的;必须把文化自身的发展当作目的,才能真正发展文化而拥有真正的文化。发展文化的一个根本要件,就是尊重文化本身的目的性,尊重思想的自由。人们应当铭记一个常识:自由之于文化,正如水之于鱼、肥料之于庄稼、空气之于人类。但这种自由绝不等同于极端化的无政府主义,特别是不能放任文化成长中的"娱乐至死"。坚持阅读文学经典,对于个人来说可以改变气质,对于社会来说可以改善风气。

当今全球时代的文化景观,乃是人文涵濡的产物,又是文明创化的进程:异体化生,涵化濡染,往返滞留,远缘媾合,于是生生不息,创化不已。

---

① 傅守祥:《城市发展的文化正义与有机更新》,《湖南城市学院学报》,2014年第2期。

② 徐岱:《审美正义与伦理美学》,《文学评论》,2014年第2期。

③ 语出苏轼《和董传留别》:"粗缯大布裹生涯,腹有诗书气自华"。

④ 伊塔洛·卡尔维诺:《为什么读经典》,黄灿然、李桂蜜译,南京:译林出版社,2006年版,第1页。

用儒家经典《中庸》的一句话来总结人类的理想是:“唯天下至诚,为能尽其性;能尽其性,则能尽人之性;能尽人之性,则能尽物之性;能尽物之性,则可以赞天地之化育;可以赞天地之化育,则可以与天地参矣。”文化是需要代际传承的,而经典恰好是代际传承的绝佳纽带。对于经典,我们要心存敬畏之心,因为敬畏经典就是敬畏人类自身的历史。但是仅有敬畏之心是远远不够的,我们还必须承担起文化传承的使命,不能让经典所承载的文明火炬在我们这一代人手里熄灭。传承文明的使命鞭策我们走向经典,而经典本身正散发着诗意的光辉,向走近她的人们报以会心的微笑。当然经典阅读并不见得轻松,要想领悟先贤的智慧玄机,还得下一番苦功夫。

要在系统性、长期性的人文文化涵养和化育事业上有所成就,自上而下的政治清明与持续改革确实能够提纲挈领、振奋人心,而基层性、零散性的人文教育、文化“涵化”与价值启蒙更可以撒豆成兵、化人养心。中国要建设文化强国和人文强国,须坚守中国共产党优秀的思想传统,秉承整体性的科学发展观和永续性的生态思维,大力改善文化生存与发展的制度环境,以更大的政治智慧解放文化创造力,推进文化正义,保障文化生成的创新性、多样性,并确保文化发展的先进性、厚重性。在互联网+时代“媒介化生存”的当下,传播力决定影响力并展现魅力,我们既要练好内功、对接世界潮流,也要适时变换传播方式、注重传播效果;在讲好中国故事的同时,向世界大力传播好中国声音、阐释好中国特色,在中国与世界各国的良性互动、互利共赢中开拓前进,为提升全人类的福祉而努力。①

---

① 傅守祥、魏丽娜:《诗性正义与活用经典——兼论外国文学经典研究的路径与方法》,《浙江社会科学》,2016年第1期。

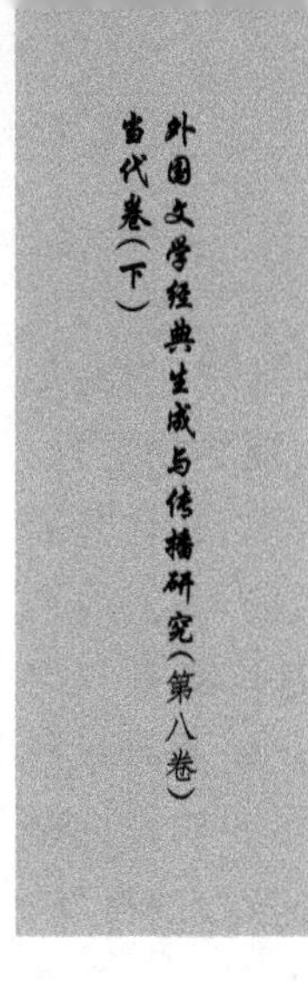

第一章
奥登的诗学精神及其诗歌经典性

威斯坦·休·奥登（Wystan Hugh Auden，1907—1973）是一位本卷绕不过去的人物。虽然他成名于“现代”，但是他在“当代”（第二次世界大战以后）文坛仍然非常活跃，而且涉及他诗作的经典性要素的讨论在20世纪下半叶更具有深度。

在20世纪英语诗坛，奥登绝对是个中翘楚，被誉为继T.S.艾略特之后最重要的英语诗人。20世纪30年代初，刚走出牛津大学校园的奥登以左翼诗人的姿态登上诗坛，给英语诗歌带来了新内容、新技巧和新方向，迅速奠定了他在英语诗坛的突出地位。此后整整十年，奥登诗名煊赫，成为“奥登一代”的领袖人物。随后，他漂洋过海去了美国，加入了美国籍，并且信奉了基督教[①]，这一举动在大西洋两岸掀起了轩然大波。然而，即便是在奥登的诗名饱受争议的20世纪四五十年代，他仍然受到众多学院派批评家的强烈推崇，甚至一直是20世纪后期诗人们最常提及的诗人。[②] 1965年，奥登与诺贝尔文学奖失之交臂，而有关他的成就，却已经由布罗茨基（Joseph Brodsky）、谢默斯·希尼（Seamus Heaney）、沃尔科特（Derek Walcott）等诺贝尔文学奖得主做出长篇论述，且皆已成为诗歌评论史上的经典。奥登去世以后，《时代》（*Time*）杂志发表了纪念他的讣文：“奥登，这个英语诗坛的顽童，66岁时与世长辞，最终毫无争议地成为大师。”[③]

---

① 奥登于1939年初移居美国，翌年起信奉基督教。1946年，奥登正式加入美国国籍。

② Stan Smith，*The Cambridge Companion to W. H. Auden*，Cambridge：Cambridge University Press，2004，p. 24.

③ Ibid.，p. 234.

奥登从初出茅庐到功成名就，前后仅仅经历了几年时间。虽然早在20世纪30年代他就已经成为“奥登一代”的核心人物以及英语诗坛的杰出人物，但彼时有关奥登的讨论与研究主要集中于他的政治取向和人生选择，真正关涉他诗歌创作的内在品质和艺术追求的深度探讨则始于20世纪下半叶。同样，我国虽然在20世纪30年代末就已经译介了奥登作品，但奥登对中国诗人的切实影响和对中国新诗现代化的推进作用，则主要体现在20世纪40年代中后期，并在以后的岁月里持续地给予穆旦、杜运燮、卞之琳等诗人创作的灵感。可以说，奥登开阔的诗路、丰厚的诗作和纯熟的诗艺，经时间的漫长涤荡而折射出经久不衰的耀眼光彩。

第一节 奥登诗名的沉浮与奥登经典的生成

在充满幻灭、颓废的20世纪20年代，英语诗歌方面的杰出代表是艾略特，然而自从他于1928年旗帜鲜明地把自己定义为“文学上是古典主义者，政治上是保皇主义者，宗教上是英国国教徒”[①]之后，他在年轻一代中便失去了曾经的先锋派吸引力。关于这一时期的英国诗坛，美国学者贝雷泰·斯特朗(Beretta Strong)是这样描述的：“在英国，20世纪20年代和30年代分别代表着盛期现代主义(High Modernism)的两个不同阶段；前者以艾略特的《荒原》为代表；后者以有关共产主义具有拯救力的诗歌为代表。”[②]正是在艾略特遁入了宗教和保守主义，叶芝驶向了“拜占庭”的神秘体系的时候，奥登以1930年出版的《诗集》(*Poems*)迅速成为诗坛焦点，“给迂腐、沉闷、故步自封的英国诗坛漂亮的一击”[③]，进而成为整整一代先锋诗人之中独领风骚的一位，甚至以他的姓氏冠名了同时期优秀的牛津诗人们——“奥登一代(the Auden Generation)”，还出现了一个专有词汇——“Audenesque”(奥登的，奥登式的)。

早期的批评家们倾向于建构“奥登一代”的经典地位。经典地位的确

---

① Thomas S. Eliot, *For Lancelot Andrews: Essays on Style and Order*, London: Faber & Gwyer Limited, 1928, p. ix.

② 贝雷泰·斯特朗：《诗歌的先锋派：博尔赫斯、奥登和布列东团体》，陈祖洲译，南京：南京大学出版社，2011年版，第123页。

③ William Plomer, “Vigorous Attack”, in John Haffenden ed., *W. H. Auden: The Critical Heritage*, London: Routledge & Kegan Paul, 1983, p. 95.

立,有赖于作品的经典性和经典化这两大因素[1],而早期批评家们更多地把目光投向了作品的经典化这一因素,尤其是"奥登一代"诗作的政治维度。关于这一点,塞缪尔·海因斯(Samuel Hynes)于20世纪70年代已经分析得很到位。他在详细分析了奥登诗人们的创作轨迹后指出,到了1933年,"'30年代'这一代已形成影响力"[2]。这种影响力,并不局限于英国,还辐射到了大西洋对岸的美国。1934年,美国学者詹姆斯·伯纳姆(James Burnham)撰文说,奥登诗人们"应当作为一个团体来看待","就像法国的青年作家们一样,他们发表宣言,表明自己的态度"。[3]随后,批评家们开始给他们冠上各种称谓,如"MacSpaunday"(根据他们的姓氏)、"新签名诗人"(根据他们1932年出版的诗选《新签名》)、"新国家团体"(根据他们1933年出版的选集《新国家》)、"牛津诗人"(根据他们就学于牛津大学的经历)、"奥登团体"("Auden Group")和"奥登一代"等。1939年,格里格森(Geoffrey Grigson)在诗刊《新诗》(*New Verse*)前言中曾经强调,奥登和他的诗友们逐渐形成了一种诗风,其标准遵循了科学、弗洛伊德理论和马克思主义思想,以及世界的政治和经济形势。[4]在充满危机的20世纪30年代,奥登诗人们有意识地充当时代的喉舌、预言家、领导者,而社会也选择了奥登诗人们成为文化英雄。然而,随着共和党在西班牙内战中失败,法西斯军事侵略的意图昭然若揭,奥登偕同衣修伍德(Christopher Isherwood)去了美国定居,戴-刘易斯(C. Day-Lewis)和斯彭德(Stephen Spender)等人相继退出了共产党,一代人的政治信仰在沉重的现实面前深受打击。

不过,在学术界还没有开始大范围地重新审视"奥登一代"经典地位的时候,奥登诗人们已经迫不及待地开始清算他们当年的文学创作与政治激情。也就是说,诗歌创作的内在品质和艺术追求,亦即诗歌的内在经典性,成了关注的焦点。我们且看奥登在1965年为自己的诗选撰写序言时的一段话:

---

① 参考本卷绪论中的界定。

② Samuel Hynes, *The Auden Generation: Literature and Politics in England in the 1930s*, London: Faber and Faber, 1976, p. 131.

③ James Burnham, "On Change and Reorientation", *W. H. Auden: The Critical Heritage*, p. 160.

④ 贝雷泰·斯特朗:《诗歌的先锋派:博尔赫斯、奥登和布列东团体》,陈祖洲译,南京:南京大学出版社,2011年版,第156页。

我过去写的某些诗歌，很不幸已经付梓，这次将它们剔除了出去，因为它们不那么诚实，要么无礼，要么就无趣。

一首不诚实的诗歌，不管有多好，总在表达它的作者从未体会过的感情或并未抱有的信仰。举例来说，我曾一度表达了对于"建筑的新风格"的期望；但我从来就没喜欢过现代建筑。我更喜欢旧玩意儿，而一个人必须保持诚实，即便在谈论自己的偏见时亦复如此。[①]

第二次世界大战以后，奥登进入了一个反思阶段，并对自己创作于20世纪30年代的部分诗歌开始反感，这才有了上面引文中的"不诚实、无礼、无趣"一说。不过他关于"建筑的新风格"的那一段话值得细究——我们只消通读他的那首涉及现代建筑的诗歌，即创作于1929年的《请求》("Petition")，就会发现字里行间绝非述说建筑方面的喜好，而是把语句的重心落在了紧接其后的"心灵的改变"[②]。正因为如此，奥登才会像前面引文中所说的那样，反对"不诚实的诗歌"，即"表达……从未体会过的感情或并未抱有的信仰"的诗歌。奥登在此反思的，恰恰是促使他成为20世纪30年代英语诗坛领军人物的政治化写作。这种置身于公共领域的创作，委实是一把双刃剑，虽然可以让他迅速与时代建立紧密关系，在社会确立自己的听众并进而成为时代的代言人，但长此以往，却使他难以"做出诚实公正的观察，难以摆脱自己时代的传统反应所造成的偏见"[③]，而这种"偏见"势必会造成艺术上的遗憾。奥登后来不断删除、修改20世纪30年代的部分诗歌的行为，可以视为他对过往政治化写作的一种反思。他在1955年写下的这段话，便是一种自辩：

回溯过往，我发现我和朋友们对马克思的兴趣……更多地出于心理上的原因，而非政治上的考量；马克思吸引我们，就像弗洛伊德吸引我们，它们都是撕开中产阶级意识形态的技术性工具……[④]

他的好友斯彭德也在晚年的回忆录里为他辩护说：

---

① Wystan H. Auden, *Collected Poems*, New York: Vintage Books, 1991, pp. xxv—xxvi.

② Wystan H. Auden, *Selected Poems*, London: Faber and Faber, 1979, p. 7.

③ 奥登：《牛津轻体诗选・导言》，见王敖译：《读诗的艺术》，南京：南京大学出版社，2010年版，第127页。

④ Wystan H. Auden, "Authority in America", in Edward Mendelson ed., *The Complete Works of W. H. Auden. Vol. III, Prose, 1949—1955*, Princeton: Princeton University Press, p. 524.

> 相比于很多与共产主义组织保持密切联系的作家来说,他(奥登)对马克思主义的理解更深入,也更能游刃有余地利用这些理论写出好作品。这使得人们以为他经历了一个共产主义阶段。但事实上,《一个共产主义者说》并不是他本人的声音,而是一种转换角度的尝试。[①]

然而,正如奥登自己所言:"时间并非在我身外循环运作,而是由独特的瞬间组成的不可逆转的历史,我自身的选择决定了这些瞬间。"[②]无论奥登后来如何解构曾经的"奥登一代",也无论他如何淡化自己曾经的政治化写作,甚至不惜移居美国信奉基督教,我们至少可以确信:作品一旦形成并出版,就已经进入了公共领域,成为历史的一部分。因此,奥登对自身早期政治化写作的反思,已经表明他的诗学取向和创作原则发生了变化,而这一切又构成了学术界关于他创作分水岭的讨论。

在英国,许多评论者视奥登的移居为创作上的分水岭,认为他正在走下坡路,甚至连他的朋友西里尔·康诺利(Cyril Connolly)和斯彭德等人都怀着矛盾的心态解读他的作品。当斯彭德写下诸如"奥登的诗歌之路令人堪忧"和"如果我被炸弹击中的话,但愿奥登能为我写几首萨福[③]体诗"[④]的时候,一向心高气傲、不为他人言论所动的奥登也感到深受伤害。美国学术界同样视奥登的移居为创作上的一个分水岭,但他们对奥登的诗歌之路持比较积极的态度。马尔科姆·考利(Malcolm Cowley)的观点非常有代表性。在一篇条理清晰、论述严明的评论文章中,他以奥登的诗集《双面人》(*The Double Man*,1941)为例,详细分析了奥登逐渐脱离政治因素的局限,以及他更多地关注现代人类的伦理道德和精神生活的趋向。一些评论者更是毫无保留地表达他们对奥登的推崇之心,玛丽安·莫尔(Marianne Moore)认为他"是节奏和韵律的大师,他的作品决不会沉闷",奥斯卡·威廉斯(Oscar Williams)认为他的才华足以获得诺贝尔文

---

① Stephen Spender, *World within World: The Autobiography of Stephen Spender*, New York: St. Martin's Press, 1994, pp. 247—248.

② Edward Mendelson, *Later Auden*, London: Faber and Faber, 1999, p. 392.

③ 萨福(Sappho,公元前 6 世纪前后希腊女诗人)善于撰写浪漫抒情诗。斯彭德在这里实际上暗指奥登的诗歌题材越写越窄。

④ Stephen Spender, "On Another Time", in John Haffenden ed., *W. H. Auden: The Critical Heritage*, p. 39.

学奖。[①] 不过,兰德尔·贾雷尔(Randall Jarrell)和德尔莫尔·施瓦茨(Delmore Schwartz)等少数评论者却发出了批评的声音,他们的观点虽然不是四五十年代美国学术界的主流,但是影响颇为深远。

更有意思的是,奥登的移居也给文学史类书籍的撰写带来了难题。英国文学史类书籍对他的介绍与评析往往停留在20世纪30年代,有些书籍甚至不再为他开辟章节。戴维·达契斯(David Daiches)的一句话代表了大多数英国人的心声:奥登已经是一个美国诗人了,因此他属于美国诗坛。[②]然而,美国文学史类书籍却又将他归属到英国诗人的行列。比如,诺顿出版社的编辑将奥登归入了《诺顿英国文学选集》(*Norton Anthology of English Literature*),而不是《诺顿美国文学选集》(*Norton Anthology of American Literature*)。《希思美国文选》(*Heath Anthology of American Literature*)也没有收录奥登的作品。国籍的转变,使奥登在文学史上的身份变得模糊,他越来越像一个"超国家的诗人"(super-national poet)。虽然两国的文学史都没有明确地将他归入自己的范畴,但这并不妨碍奥登在读者心中的地位。事实上,奥登的双重身份不但拓宽了他自身的视野,也为他在大西洋两岸赢得了广大的读者群。在英国,奥登的作品已经深入人心,每本诗集的出版都会引来众多的追捧者。托利(A. Tolley)在《英国20世纪40年代的诗歌》(*The Poetry of the Forties in Britain*,1985)中指出,奥登的作品在20世纪40年代的发行量远远超过了30年代[③],并以充分的例证分析了他对青年作家们的影响。在美国,奥登的作品也相当受欢迎。他的《诗选》(*Collected Poetry*,1945)在短短一年内印刷了4次,发行量近15,000册。基于此,埃德蒙·威尔逊(Edmund Wilson)发出了如下感慨:奥登作品的发行量已经差不多要赶超美国本土诗人了。[④]

20世纪50年代以来,奥登的诗名仍然高高地悬挂于大西洋两岸的诗坛上空。尽管学术界批评他诗质下降的呼声从来没有停止过,甚至愈

---

① John Haffenden, "Introduction", in John Haffenden ed., *W. H. Auden: The Critical Heritage*, pp. 44—45.

② David Daiches, *The Present Age: After 1920*, *Vol. V*, London: The Cresset Press, 1958, p. 48.

③ A. Tolley, *The Poetry of the Forties in Britain*, Ottawa: Carleton University press, 1985, p. 9.

④ Stan Smith, *The Cambridge Companion to W. H. Auden*, Cambridge: Cambridge University Press, 2004, p. 230.

演愈烈,但是他的每一部新作都会在学术界掀起大波浪;而且每一次波浪过后,支持的、否定的声音都不绝于耳。以1951年出版的诗集《午后课》(*Nones*)为例,乔治·弗雷泽(George Fraser)毫不吝惜赞美之词,称“奥登先生从来没有像这样轻松自如地写过诗”“奥登这么多年来的作品中,我最喜欢的就是这本诗集了”。[①] 斯彭德等评论者尽管不认同奥登的思想转变,也由衷地敬佩他日臻圆熟的诗歌艺术。但是,也有很多评论者对于奥登略带反讽意味的沉思冥想无所适从,提出了否定性的看法。可以说,大多数评论者对奥登的中后期创作怀有“复杂的情感”(“mixed feelings”,语出 *New Year Letter*,1940),他们希望“奥登先生有朝一日能够重新发现自己,能够像当年那样满足他们对他的喜爱与期待”,但是他们却失望地发现奥登“迷了路”“没有预期的成熟”。[②] 在这些评论者的言论中,约翰·韦恩(John Wain)、约瑟夫·比奇(Joseph Warren Beach)和菲利普·拉金(Philip Larkin)三位评论者对奥登其人其作造成的“杀伤力”最强烈。然而,他们之所以对奥登创作的早期和中后期持截然相反的观点,主要是受到本身的创作观影响。以拉金为例,他注重事实,认为诗歌应该保存所见、所想、所感的事物,因而他的创作深深扎根于英国本土的历史环境,逼真地折射出岛国人民复杂的心态和情感。对于他来说,奥登的早期创作与第二次世界大战前的英国本土息息相关,描绘了一代英国人的生活状况和精神肖像,具有感知一个社会的整体流动的意义,而奥登中后期的创作尽管在诗艺上非常圆熟,却脱离了现实生活。

当然,学术界不乏奥登的支持者。安东尼·哈特利(Anthony Hartley)就认为奥登仍然是20世纪50年代以来英语诗坛的大师。[③] 同样,萨克斯·康明斯(Saxe Commins)也盛赞奥登的诗歌才华,并强调“一个人熟知他的诗歌,并不是因为刻意背诵,而是因为被深深打动”[④]。更多的评论者勤奋研究奥登其人其作,积极撰文著书,以实际行动延续并丰富奥登的诗歌版图。理查德·霍加特(Richard Hoggart)的《奥登引论》

---

① George Fraser, “The Cheerful Eschatologist”, in John Haffenden ed., *W. H. Auden: The Critical Heritage*, pp. 381—382.

② Robin Mayhead, “The Latest Auden”, in John Haffenden ed., *W. H. Auden: The Critical Heritage*, p. 383.

③ Stan Smith, *The Cambridge Companion to W. H. Auden*, Cambridge: Cambridge University Press, 2004, p. 231.

④ Dorothy Commins, *What Is an Editor? Saxe Commins at Work*, Chicago: University of Chicago Press, 1978, pp. 137—138.

(*Auden: An Introductory Essay*,1951)是第一部专门研究奥登的专著。门罗·斯皮尔斯(Monroe K. Spears)的《威·休·奥登的诗歌:征服神秘的岛屿》(*The Poetry of W. H. Auden: The Disenchanted Island*,1963)在大量背景材料的基础上,帮助读者充分理解奥登。相比于弗兰克·利维斯(Frank Leavis)对奥登诗歌之路的悲观看法、兰德尔·贾雷尔对奥登信仰转变的无法认同,斯皮尔斯显然更加接近真实的奥登。他认为,那些否定奥登的评论者在下结论时,"明显带有政治或者宗教的意图","他们对奥登的早期诗作,或者说全部诗作,都有一定的误读",而且他们还忽略了一个事实,即"奥登对政治和社会问题的关注从未停止过"[①]。应该说,斯皮尔斯的解读,较少受到先入为主思想的干扰,"整合了奥登已有的诗歌创作,避免了对'阶段'的偏见"[②],因而真实地反映了奥登的成长轨迹,是"研究奥登的第一部重要的专著"[③]。这一时期还出现了数本研究奥登的专著,研究性论文更是多得惊人。值得注意的是,受到学院派"新批评"理论的影响,很多奥登研究者在"内部研究"的指引下强调文本细读,着重探讨具体诗歌作品的形式与内容,从而发现并阐释奥登作品的内在经典性,这其实是为奥登正名的最佳途径。

奥登去世以后,虽然关于奥登诗歌质量下降的言论还有零星的延续,但是他的诗歌却持续地吸引着众多阅读者、评论者和研究者去欣赏、思考、阐释乃至争辩。无论是各类研究专著的出版、各种研究论文的发表,还是大学博士和硕士论文的选题、国际学术会议的热议,都显示出奥登诗歌艺术的蓬勃生命力。在这些奥登研究中,有关"奥登一代"的研究热情持续升温,塞缪尔·海因斯(Samuel Hynes)的《奥登一代:20 世纪 30 年代英国的文学与政治》(*The Auden Generation: Literature and Politics in England in the 1930s*,1976)、罗纳德·卡特(Ronald Carter)的《20 世纪 30 年代的诗人:"奥登一代"》(*Thirties Poets: "The Auden Group"*,1984)以及迈克尔·奥尼尔(Michael O'Neill)和加雷思·里维斯(Gareth Reeves)合著的《奥登、麦克尼斯、斯彭德:20 世纪 30 年代的诗歌》

---

① Monroe Spears, *The Poetry of W. H. Auden: The Disenchanted Island*, New York: Oxford University Press, 1963, p. 330.

② John Blair, *The Poetic Art of W. H. Auden*, Princeton: Princeton University Press, 1965, p. 4.

③ George Bahlke, *Critical Essays on W. H. Auden*, New York: Macmillan Publishing Company, 1991, p. 12.

(*Auden, MacNeice, Spender: The Thirties Poetry*, 1992)等研究型专著是这方面的代表性作品。这一方面说明了奥登以及"奥登一代"在英语诗坛是一个重要的存在,另一方面也证明了文学经典并不会因为作者本人或少数批评家的观念而变质,它们在历史沉浮中是客观性的存在。

20 世纪 90 年代以来,奥登的文学遗产委托管理人门德尔森教授孜孜不倦地编纂《奥登全集》,"散文卷"现已出版从 1926 年至 1962 年的四卷,其余各卷尚在紧锣密鼓的审校当中。这些一手资料,是打开奥登诗歌宝库的一把钥匙,也为奥登作品的广泛流传和奥登研究的持续升温提供了基础性道具。布罗茨基、希尼等诺贝尔文学奖得主先后表达了他们对奥登的由衷敬意,人们也随之不再对奥登在诗坛的地位进行质疑。哈罗德·布鲁姆(Harold Bloom)甚至略带夸张地指出,"奥登的诗歌在学术界受到普遍的尊重","如果有人对奥登诗歌的评价偏离正轨,那么他将背负文学异端的指责"。[①]

第二节　奥登的诗学精神及其诗歌经典性

从 20 世纪 30 年代到 21 世纪,奥登的诗名可谓一波三折,但是奥登作品的内在经典性确保了他的作品拥有广大的读者群和广泛的影响力。受益于他的英语现当代诗人层出不穷,其中包括著名的布罗茨基、摩温、约翰·阿什贝利(John Ashbery)、约翰·贝里曼(John Berryman)和卡尔·夏皮罗(Karl Shapiro)等。若要深究那些慕名前去拜访他、咨询他、学习他的诗人,这个名单还可以拉得更长。作为前辈诗人,奥登给予这些诗坛后辈们的最好启迪,便是对艺术创作孜孜探索、永不倦怠的诗学精神,这保证了他在艺术道路上的不断进取和诗歌作品的内在价值。关于这一点,奥登曾在晚年撰写的文章中表述得相当精彩:

> 每一首诗歌都或多或少地表现出艾瑞儿和普洛斯派罗之间的竞争关系;在每一首优秀的诗歌里,他们之间的竞争结果虽然是愉快的,但始终维持着彼此之间的张力。希腊古瓮体现了艾瑞儿的胜利;同样地,普洛斯派罗可以在约翰逊博士的这句话里找到自己的优

---

① Harold Bloom, *Poets and Poems*, Philadelphia: Chelsea House Publishers, 2005, p. 337.

势——“写作的唯一目的是帮助读者更好地享受或者忍受生活”。[①]

奥登在这里用艾瑞儿和普洛斯派罗——莎士比亚剧作《暴风雨》中的两个角色——来指代艺术的两个维度。这两个角色被奥登借用于长诗《海与镜》(*The Sea and The Mirror*,1942—1944),分别代表了自我和精神,也代表了存在和可能。

也就是说,奥登相信每一首诗歌都在现存生活的基础上创造艺术的可能性。这两个维度之间的平衡点,并非像黄金分割点那样是一个固定值,而是一个动态值,称职的诗人理应持续不断地在这个范围内进行艺术探索。奥登本人就做出了很好的探索姿态,并且深信自己作为重要诗人的地位主要是建立在这一探索之上的。比如他在谈论叶芝时,用的就是这样的评价尺度:

> 大诗人们有一个显著的特点,那就是他们都会坚持不懈地自我发展。一旦他们掌握了某一类诗作的写法,他们就会进行别的尝试,引入新的主题、新的写法,或者两者皆有,尽管尝试的结果很有可能不尽如人意。他们的心态,就像叶芝所说的,“痴迷于挑战难度”……[②]

奥登对待叶芝的态度十分复杂。他早年敬慕叶芝,但是在剔除自身的浪漫主义因素的过程中,又开始清算叶芝的诗歌介入政治的观点。在《诗悼叶芝》(*In Memory of W. B. Yeats*,1939)里,奥登带着五味杂陈的心情用了一个词来形容叶芝——“愚蠢”(silly)。奥登的这些言论,很容易让人以为他是要跟叶芝划清界线了,但奥登仍然称他为“完美的大师”(a consummate master)[③],并在诗体自传《感恩节》(*A Thanksgiving*,1973)里说他是“一个帮手”(a help),原因便在于叶芝身上有着这样一个显著特性——“坚持不懈地自我发展”。[④]

---

① Wystan H. Auden, “Robert Frost”, *The Dyer's Hand and Other Essays*, London: Faber and Faber, 1962, p. 338.

② Wystan H. Auden, “Yeats As an Example”, in Edward Mendelson ed., *The Complete Works of W. H. Auden. Vol. II, Prose, 1939—1948*, London: Faber and Faber, 2002, pp. 387—388.

③ Ibid., 2002, p. 63.

④ Wystan H. Auden, *Collected Poems*, New York: Vintage Books, 1991, p. 891.

奥登抱着终生学习的虔诚态度在艺术探索的道路上步步为营。他戏称歌德为“求知若渴的学生”(an avid student)[①],在晚年撰写的《洞的生成》(*The Cave of Making*,1964)里自我期许要做“大西洋岸的小歌德”(a minor Atlantic Goethe)[②],这未尝不是因为他在这位18世纪的文学巨匠身上,看到了对“诗”与“真”同样诚心和执着的追求。因此,对于痴迷于艺术探索的诗人而言,“艾瑞儿和普洛斯派罗之间的竞争关系”永远不可能停歇。他在不断汲取新知、不断尝试变化的过程中无限接近于那个平衡状态,他的诗作也因为这种“求知若渴”而变得异常丰饶。他在谈论斯特拉文斯基的作品时说,小艺术家和大艺术家的根本区别,就在于有无进步:小艺术家满足于偶然发现的艺术之美,成熟到一定的程度之后就停止发展了;大艺术家则不断地寻找新的可能性,攀登新的高峰,尽管在这个探索的过程中,他会失败,留下遭人诟病的诗行,但是他创造的更多可能性也是小艺术家永远无法企及的。[③] 正是在这个层面上,奥登才会说:“大诗人在一生中写的坏诗,极有机会多过小诗人。”[④]

如叶芝所言,“赤身行走”的确需要有“更大的魄力”。奥登曾自认是“英语语言完整性的首席捍卫者”[⑤],同时又坚持不懈地尝试各种英语诗体,寻找诗歌内容与形式的完美统一。如果说13卷本的《牛津英语词典》(*Oxford English Dictionary*)是奥登诗歌创作的“圣经”,那么乔治·森茨伯里(George Saintsbury)编写的3卷本《12世纪至今的英语诗体历史》(*A History of English Prosody from the Twelfth Century to the Present Day*,1906—1910)就是他的“祈祷书”。罗杰·金伯尔(Roger Kimball)曾对奥登的少年习作有过细致入微的研究,他认为,奥登是自叶芝以来最圆熟的诗艺匠人,很早就有意识地在诗歌技巧方面进行严格的自我训练。[⑥] 约翰·布莱尔(John Blair)也盛赞奥登的诗歌艺术,认为他的“诗体风格

---

① Wystan H. Auden, “On Goethe: For a New Translation”, see R. Victoria Arana, *W. H. Auden's Poetry: Mythos, Theory, and Practice*, 2009, p. 45.

② Edward Mendelson ed., *Collected Poems*, New York: Vintage Books, 1991, p. 693.

③ 约瑟夫·布罗茨基、所罗门·沃尔科夫:《布罗茨基谈话录》,马海甸等编译,北京:东方出版社,2000年版,第141页。

④ Wystan H. Auden, *19 th Century British Minor Poets*, New York: Delacorta Press, 1966, p. 16.

⑤ Wystan H. Auden and Michael Newman, “The Art of Poetry XVII: W. H. Auden”, *Paris Review* 56, Spring, 1973, p. 33.

⑥ Roger Kimball, *Experiments Against Reality*, Chicago: Ivan R. Dee, 2000, p. 95.

已经达到了令人目眩的多样性”[①]。仅以《海与镜》为例，这首长诗简直是诗体的盛宴，其中既有一些音节诗，也有一些散文诗，以及各种各样的重音音节诗：斯蒂潘诺部分采用的是法国的叙事歌谣(ballade)，由三节八行诗和一节四行诗组成，每行诗为四步抑扬格(iambic tetrameter)，全诗只有三个韵脚，押韵格式为 ababbcbC ababbcbC ababbcbC bcbC，其中“C”为重复的单词；塞巴斯蒂安部分采用的是意大利的六行六连体(sestina)，由六节六行诗和一节三行诗组成，每一个诗节自身不押韵，但是第一个诗节每一行诗结尾的词要在以后每个诗节的诗行结尾处重复，而且这种重复依循特定的规律；米兰达部分采用的是意大利的维拉内拉诗体(villanelle)，由五节三行诗和一节四行诗组成，诗行重复，押韵方式也颇为复杂。《海与镜》的副标题是“莎士比亚《暴风雨》评注”，诗作带有几分中世纪寓言剧的色彩，各个角色搭配特定的古老诗体说话，充分展现了他们各自的性格特点，以及对生活与艺术的不同思考，赋予长诗形式极大的丰富性和内容极强的深刻性，体现了奥登高超的诗歌艺术。

更为重要的是，奥登并不满足于已知的英语诗体，还向东方诗体(比如俳句)取经，或者干脆创造新的诗体。《如他这般》(*As He Is*，1937)是个典型。全诗由七节八行诗组成，按照宽松的归类方式，当属八行诗的范畴，但奥登的写法跟传统的意大利八行诗(Ottava rima)、法国叙事歌谣(ballade)、维但八行诗(Huitain)等诗体有很大的不同。在这首诗中，奥登按照 $a_4 b_3 a_4 b_3 d_4 c_3 d_3$(阿拉伯数字代表每行诗的音步数量，字母代表韵脚)的模式进行创作，每节诗的末尾两行必须有一个重复的单词。《纵身一跳》(*Leap Before You Look*，1940)也很有意思，全诗由六节四行诗组成，五步抑扬格，仅押两个韵，韵脚格式为 abab bbaa baab abba aabb baba，后三节诗与前三节诗的韵脚形成了镜子般的里外对应关系。奥登后来还创作了一些诗作，乍看之下似乎无韵可言，实则暗藏玄机。

如果我们单纯地把奥登的诗艺探索看成一个偏执狂的游戏，那就大错特错。奥登认为，诗歌所承载的智性和情感的内容，必须与相应的形式统一。也就是说，形式可以影响内容：“诗人选择了特定的形式，因为他最想表达的内容在这种形式下可以得到充分的表现，而不是在其他形式下……形式可以扩展并塑造诗人的想象力，可以让他表达出意想不到的

① John Blair, *The Poetic Art of W. H. Auden*, Princeton: Princeton University Press, 1965, p. 124.

内容……”[①]让我们依然以《溪流》为例：奥登曾在写给朋友的信中回忆了这首诗的创作情形：“我在某处个人圣地(北约克郡)住了两晚，没有让任何人知道我的所在。写这首诗之前，我坐在绿草葱郁的岸边饮茶，旁边是石灰岩峡谷，瀑布垂直而下，毛茛和三叶草长得很好，几乎挨着我的鼻尖了。这是多好的地方啊，可以手挽着手山盟海誓直到永远了。”[②]也就是说，这首诗试图通过关键意象“水”，引申出一种盟约关系。我们暂且不论具体的诗歌内容，单就诗歌形式来看，奥登已经做出了相应的努力：错落有致的诗行模拟了水的流动性，诗行之间的内在押韵呼应了水的牵引性。

在自由诗盛行的现当代诗坛，奥登却坚持在诗歌的内容和形式之间寻找平衡点。他曾多次表示，极端地重内容轻形式，或者重形式轻内容，都是不可取的：

> 清教徒式的态度和唯美的态度都有自身的危险之处。第一种态度忘记了诗歌是一种艺术，也就是说，是人工产物，是创造而非行动。在这种态度指引下，诗人很有可能会写出单调的作品，韵律上粗糙，形式上乏味，无法让人获得阅读快感，因而背离了创作初衷。第二种态度忽略了艺术家也是人的事实，他们身上同样肩负着诚实、谦卑和自省的道德责任。在第二种态度指引下，诗人只要有了切实而有效地保证诗歌形式之美的思路，就心安理得，故步自封了。一个诗人如果不能在认真梳理这两种态度的过程中，抖落错误的成分，完善剩下的部分，就不可能将自身的创作潜能发挥到极致；那么，他只能继续以曾经熟谙的旧方式书写各种变体。[③]

诗歌不会直接地作用于社会，不会使任何事情发生，也不会阻止任何事情的发生。人类所经历的苦难以及正在经历的各种困境都是硕大的真相，是我们不得不面对的现实。诗歌对此无能为力，它无法担当起重整乾坤的使命。奥登在此提醒我们，务必摈弃极端的“清教徒式的态度”(puritanical attitude)，不要因为对诗歌过于严苛的期待而忽略了它本身是艺术品的事实。这是奥登所理解的诗人的职业道德，他反对“直接地祖

---

① John Blair, *The Poetic Art of W. H. Auden*, Princeton: Princeton University Press, 1965, p. 147.

② John Fuller, *W. H. Auden: A Commentary*, Princeton: Princeton University Press, 1998, pp. 448—449.

③ Wystan H. Auden, “Yeats: Master of Diction”, in Edward Mendelson ed., *The Complete Works of W. H. Auden. Vol. II, Prose, 1939—1948*, London: Faber and Faber, 2002, p. 62.

露自己的信念”，觉得那样做“很不明智”，也反对“机械地模仿生活细节”，认为那是“缺乏个人风格和深层意义”的表现。[①] 对于他而言，“诗歌是一种仪式”，“仪式的形式必须具备美感，展现出之所以使用这种形式的必然性，比如它的平衡、圆满和适切”。[②] 与此同时，极端的“唯美的态度”(esthetic attitude)也颇具危险性，使得诗人仅仅满足于智力上的消遣和语言上的游戏，让诗歌走向了人的对立面。诗人必须同时面对“清教徒式的态度”和“唯美的态度”，前者偏向于内容，后者偏向于形式。内容和形式从来都不是矛盾的，真正的诗人应该诚实地面对世界，面对时代，面对自身，也要虔诚地对待诗歌艺术，尊重这门艺术的独特规律和法则，认识并善用它们。

奥登在认真平衡“清教徒式的态度”和“唯美的态度”的过程中，为我们留下了很多内容与形式高度统一的作品。仅以他晚年创作的《阿喀琉斯之盾》(*The Shield of Achilles*，1952)为例。在这首诗中，奥登为了将海洋女神忒提斯所希望看到的秩序世界和盾牌上真实出现的混乱世界进行戏剧性的对照，有意在诗体上进行艺术性的拼贴：描写秩序世界的诗节采用八行体，每个诗行控制在三个音步；描写混乱世界的诗行采用七行体，每个诗行控制在五个音步。节制与松散、秩序与混乱，这些相对性的因素在我们翻看诗歌的刹那间就产生了直观的感受，伴随着深入细读，奥登的良苦用心便跃然纸上了。

在这种虔诚的艺术探索指引下，奥登的优秀作品不但在文学界广为流传，还在跨文化、跨媒介等领域焕发出夺目的光彩。他与音乐家、导演合作撰写多部脚本，由他配诗的纪录片《夜邮》(*Night Mail*，1936)享有“纪录片中的《公民凯恩》”的美誉。1994 年，奥登的诗歌《葬礼蓝调》(*Funeral Blues*，1936)在电影《四个婚礼一个葬礼》中被深情朗诵，使英国重新掀起了“奥登热”，《告诉我爱的真谛：奥登诗十首》在当年迅速出版并热销。[③] 2001 年，“9・11”恐怖袭击事件之后，美国国家公共广播电台朗诵了奥登的诗歌《一九三九年九月一日》(*September 1, 1939*，1939)，随后多家报刊、网站争相转载，一夜之间在英美乃至整个世界的民众间流传

---

① Wystan H. Auden, “Mimesis and Allegory”, in Edward Mendelson ed., *The Complete Works of W. H. Auden. Vol. II, Prose, 1939—1948*, London: Faber and Faber, 2002, p. 87.

② Wystan H. Auden, “Making, Knowing and Judging”, *The Dyer's Hand and Other Essays*, London: Faber and Faber, 1962, p. 58.

③ 这个册子由费伯—费伯出版社出版，销量达 275,000 册。

歌唱。正如奥登自己所言,"一个死者的文字/将在活人的肺腑间被改写"(*In Memory of W. B. Yeats*,1939)[①],作品一旦成为经典,便以其独创性、超越性和多元性而具有了持久的震撼力和影响力。

第三节 奥登作品在中国的流传与影响

奥登作品这种浸润人心的影响力,同样体现于它们在中国的译介与流传。早在1937年,国内影响力较大的月刊《文学》就已经把奥登作为英国新诗运动的重要人物来介绍。随后,英国诗人、批评家威廉·燕卜荪(William Empson)在长沙临时大学和西南联大进行为期三年的教学活动,开启了国人推崇奥登的大门。与此同时,奥登于1938年春偕同小说家衣修伍德访华的举动,加速了他在国内文化界的传播速度。本是里尔克、叶芝、瓦雷里、艾略特等西方现代诗人的晚辈,初出茅庐的奥登却在中华大地上刮起了一股"奥登风",穆旦、杜运燮、卞之琳等一大批中国现代诗人"学他译他",而且据王佐良观察,"有的人一直保持着这种感情,一直保持到今天"[②]。

如今,奥登对中国现代诗人的影响已经成为学术界的一个研究重心。随着杜运燮等人编的纪念穆旦的著作《一个民族已经起来》(1987)、《丰富和丰富的痛苦》(1998),还有《半个世纪的脚印:袁可嘉诗文选》(1994)、《周珏良文集》(1994)、《王佐良文集》(1997)等的出版,赵文书的《奥登与九叶诗人》(1999)和《W. H. 奥登与中国的抗日战争——纪念〈战时〉组诗发表六十周年》(1999)、张松建的《奥登在中国:文学影响与文化斡旋》(2005)、黄瑛的《W. H. 奥登在中国》(2006)和《中西诗艺的融会与贯通——论"奥登风"与中国现代主义诗歌》(2007)、马永波的《奥登与九叶诗派的新诗戏剧化》(2008)、王家新的《奥登的翻译与中国现代诗歌》(2011)等一系列研究文章的发表,奥登在中国的流传与影响的脉络日渐清晰。根据这些文献资料,我们不难看出,燕卜荪在教学活动中对奥登的推崇,点燃了青年学生们研读奥登的激情,而奥登来到水深火热的中国战场,则扩大了他在中国文化界的知名度,但这两点只能说明奥登在中国迅

---

① Wystan H. Auden, *Collected Poems*, New York: Vintage Books, 1991, p. 247.

② 王佐良:《英国诗史》,南京:译林出版社,1997年版,第453页。

速流传的外在推动力，并不足以表明他的持久影响力的根源。事实上，更深层次的原因在于奥登既不脱离时代又持续提炼诗艺的诗学精神，这对于同样面临着诗人与社会、政治、艺术等诸种问题的中国现代诗人来说，无疑有着重要的启迪意义。

很多研究者都注意到，中国现代诗人之所以对奥登青睐有加，是因为他介入时代的"左"倾立场让他们倍感亲近。关于这一点，赵文书在其《奥登与九叶诗人》中有精彩论述。他认为，以穆旦、杜运燮、辛笛等为首的九叶诗人，"积极干预时代生活的人生态度和'左'倾的思想观点，与其说是奥登的影响，倒不如说是时代使中国诗人和奥登产生了共鸣"，正是这种"共鸣"使中国诗人对奥登产生了"亲近感"，"从而在自己的诗歌创作中有意识地学习、模仿他"。[①]的确，燕卜荪彼时的现代英诗课程并不仅仅讲授成就斐然的大诗人，还有崭露头角的新诗人，但是西南联大学子们却独独偏爱奥登，其中当然有"生命体验的交织"和"思想火花的碰撞"。[②]杜运燮后来在《我和英国诗》里回忆了他偏爱奥登的原因："被称为'粉红色的三十年代'诗人的思想受到马克思主义的影响，是'左'派，他们当中的C. D. 路易斯还参加过英国共产党，奥登和斯彭德都曾参加西班牙人民的反法西斯战争。而我当时参加联大进步学生团体组织的抗战宣传和文艺活动，因此觉得在思想感情上与奥登也可以相通。艾略特的《荒原》等名篇，名气较大，也有很高的艺术性，但总的来说，因其思想感情与当时的我距离较远，我虽然也读，也琢磨，但一直不大喜欢，不像奥登早期的诗，到现在还是爱读的。"[③]王佐良在分析穆旦的学术渊源的时候，也谈到了当年的西南联大学子们更容易接受奥登的现象："他的诗更好懂，他的那些掺和了大学才气和当代敏感的警句更容易欣赏，何况我们又知道，他在政治上不同于艾略特，是一个'左'派……"[④]

由此可见，面对动荡不安的社会环境，中国青年诗人们更愿意亲近相似背景下成长的奥登，也更愿意像彼时的奥登那样以"左"倾立场介入时代，积极探索文学的政治取向化道路。穆旦、杜运燮、王佐良等毕业于西

---

① 赵文书：《奥登与九叶诗人》，《外国文学评论》，1999年第2期，第18页。

② 黄瑛：《碰撞、交织、融合——中国现代主义诗人与奥登的历史渊源》，《吉首大学学报》（社会科学版），2009年第1期，第154页。

③ 杜运燮：《我和英国诗》，见王圣思选编：《"九叶诗人"评论资料选》（附录），上海：华东师范大学出版社，1996年版，第404页。

④ 王佐良：《穆旦：由来与归宿》，见杜运燮等编：《一个民族已经起来》，南京：江苏人民出版社，1987年版，第1—2页。

南联大的才子们,以各自的方式为中国的抗日战争出力,用全新的诗歌语言和技巧记录下了那个时代的中国:战场、士兵、农民、难民、通货膨胀以及战争中的其他种种灾难和现象。以穆旦为例,他于 1942 年投笔从戎,参加了中国抗日远征军,亲历滇缅大撤退,在遮天蔽日的热带雨林间穿山越岭,可谓九死一生。根据入缅作战的经历,穆旦创作了中国现代诗歌史上的著名诗篇——《森林之魅——祭胡康河上的白骨》(1945)(以下简称《森林之魅》):

> 静静的,在那被遗忘的山坡上
> 还下着密雨,吹着细风,
> 没有人知道历史曾在此走过,
> 留下了英灵化入树干而滋生。[①]

热带雨林的原始繁茂,正是外来人类的森森地狱。穆旦以森林和人的对话作为双声部,在若即若离的颤栗中接近散发着死亡气息的神秘氛围,将诗人个体刻骨铭心的战争经历升华为对生命的珍视、对死难者的祭奠,同时又不乏审美的力量——"你们的身体还挣扎着想要回返/而无名的野花已在头上开满。"[②]

《森林之魅》整首诗感情内敛,与他创作于 1937 年 11 月的《野兽》很是不同:

> 在暗黑中,随着一声凄厉的号叫,
> 它是以如星的锐利的眼睛,
> 射出那可怕的复仇的光芒。[③]

《野兽》的成诗正值南京、武汉陷落后中国抗日战争十分艰苦的时期,穆旦面对民族的危难表达了爱国热情,但字里行间对情感的处理、语言的控制还比较直白,更多的是一种口号式的激情宣泄。从 1937 年到 1945 年,穆旦诗风的转变固然有个人诗艺精进的内在原因,但奥登的启迪作用不容忽视。我们且看 1938 年奥登在中国为纪念无名的士兵写下的十四行诗:

---

① 穆旦:《森林之魅——祭胡康河上的白骨》,见李方编著:《穆旦诗全集》,北京:中国文学出版社,1996 年版,第 214 页。

② 同上,第 213 页。

③ 穆旦:《野兽》,见李方编著:《穆旦诗全集》,北京:中国文学出版社,1996 年版,第 35 页。

他不知善也不选择善，却将我们启迪，
如一个逗号为之平添了意义，
当他在中国化身尘埃，我们的女儿才得以

去热爱这片土地，在那些恶狗面前
才不会再受凌辱；于是，那有河、有山、
有村屋的地方，也才会有人烟。[①]

悼念英灵是战争诗中极为常见的题材。奥登的诗学策略是反对浪漫主义式的伤感与抒情，偏重艾略特式的现代主义表达方式。在这首诗里，奥登用词平淡，却很好地平衡了感情与智性，在悼念无名士兵的同时展望革命胜利后的美好热土，给人以存在的勇气和力量。该诗曾以《中国兵》为题刊登于《大公报》，引起了文化界的热烈反响和广泛讨论。穆旦显然也认真研读过这首诗，所以才会在20世纪70年代再一次提到该诗的魅力："奥登写的抗战时期的某些诗（如《一个士兵的死》），也是有时间性的，但由于除了表面的一层意思外，还有深一层的内容，这深一层的内容至今还能感动我们，所以逃过了题材的时间的局限性。"[②]那"深一层内容"，正是穆旦等中国现代诗人从奥登诗作中汲取的养分，是透过生活的表面而写出"发现的惊异"："你对生活有特别的发现，这发现使你大吃一惊（因为不同于一般流行的看法，或出乎自己过去的意料之外），于是你把这种惊异之处写出来……写成了一首有血肉的诗，而不是一首不关痛痒的人云亦云的诗。"[③]

穆旦的这一番表述，再一次印证了王佐良所言的"学他译他""有的人一直保持着这种感情，一直保持到今天"。事实上，艺术成长于"奥登风"时期的现代诗人们，虽然在新中国成立以后的很长一段时间里停止了艺术创作，但并没有因为客观条件的制约而减少对奥登的喜爱。他们在个人的、私下的、可能的情况下，继续阅读和欣赏奥登，甚至译出了一些诗歌。穆旦就是一个很好的例子。"文化大革命"期间，他虽然停止了诗歌创作，但一直坚持着诗歌翻译工作。在劳动改造的间隙，他译出了五十多

---

① Wystan H. Auden and Christopher Isherwood, *Journey to a War*, New York: Random House, 1939, p. 276.

② 郭保卫：《书信今犹在，诗人何处寻》，见杜运燮等编：《一个民族已经起来》，南京：江苏人民出版社，1987年版，第178页。

③ 穆旦致郭保卫的信，见曹元勇编选：《蛇的诱惑》，珠海：珠海出版社，1997年版，第223页。

首奥登诗歌,这其中包括《战时》组诗、《诗解释》《西班牙》《悼念叶芝》等。我们知道,穆旦熟谙中文和英文,在理解原作和遣词造句方面都有独到之处。他翻译的这些诗歌,不仅有奥登创作于20世纪30年代的着重社会题材的诗歌,还有奥登处于思想转折时期创作的具有"右"倾倾向的诗歌,这些对于人们认识"左"倾以外的奥登很有帮助。杨宪益、卞之琳和王佐良等人,也在"文化大革命"之后接连出版译作,收录了他们精心翻译的奥登作品,如杨宪益的《近代英国诗钞》(1983)、卞之琳的《英国诗选:莎士比亚至奥顿》(1983)。王佐良刊登在《外国文艺》(1988年第6期)上的奥登诗七首翻译以及译者前记,据王家新所言,"不仅把奥登的翻译推向一个新的境界,也令人惊异地折射出一种心智和语言的成熟"[①]。

当然,中国现代诗人对奥登的欣然接受,并不仅仅出于奥登介入时代的"左"倾立场,还有他精湛的诗艺。袁可嘉在20世纪40年代后期撰写了一系列题旨为"新诗现代化"的文章,多有论及奥登的诗歌创作和诗学策略在中国新诗现代化进程中的推动作用。在《新诗现代化的再分析》(1947)一文中,袁可嘉借杜运燮的诗为例,说明奥登式比喻激活了诗歌语言,也丰富了中国现代诗人的语言表现能力。在《诗的戏剧化》(1948)和《新诗戏剧化》(1948)中,袁可嘉分析了奥登诗歌中的戏剧化成分,称其为"比较外向的诗人",是"活泼的、广泛的、机动的流体美的最好样本"[②],并指出这种戏剧化正是中国新诗发展的方向。进入20世纪90年代以来,赵文书、张松建、马永波等人在袁可嘉的基础上对此进一步展开翔实的论述。以张松建的《奥登在中国:文学影响与文化斡旋》为例,这篇文章从"中国诗人对奥登的译介:一个文献学的考察""中国诗人对奥登的接受:三个层次的辩证"两个方面入手,谈到了中国现代诗人像奥登那样,运用高空视角,营造出富于动态的全景图;引入反讽的策略,在冷静、机智中保持清醒的批判意识;使用大跨度比拟,造成强烈的陌生化效果;以科学化和工业化语言入诗,增强了诗歌的现代感;模拟轻松诗的风格,拉近了诗人与作者的距离。这对于进一步厘清奥登在中国现代诗坛的影响有积极的引导意义。

改革开放以来,我国的奥登译介与研究持续回暖。然而,正如黄灿然所言:"奥登在英语中是一位大诗人,现代汉语诗人从各种资料也知道奥

---

① 王家新:《奥登的翻译与中国现代诗歌》,《中国现代文学研究丛刊》,2011年第1期,第109页。

② 袁可嘉:《新诗戏剧化》,见袁可嘉:《论新诗现代化》,北京:生活·读书·新知三联书店,1988年版,第26页。

登是英语大诗人，但在汉译中奥登其实是小诗人而已。"[①]虽然早在20世纪30年代，奥登其人其作就已经步入国人的视野，甚至一度刮起了"奥登风"，但是他在汉译中的"损失"却是很大的。这种"损失"主要体现在两个层面：就翻译数量而言，奥登一生著述非常丰富，国外对他的研究也是琳琅满目，而现在的汉译仅仅是冰山一角；就翻译质量而言，尽管国内一批优秀译者已经涉足他的诗歌，比如穆旦、卞之琳、王佐良、屠岸等译界名家，但由于诗歌翻译的困难性，目前能够得到奥登爱好者普遍认可的奥登译作并不多。与相对匮乏的奥登汉译相比，文学界和学术界对奥登的兴趣却在不断升温。2004年第5期的《世界文学》做了一个"英国诗人奥登小辑"，2007年第7期的《诗选刊》出了一期"外国当代诗人作品特别专号"，对奥登作品给予了充分的重视。另外，有些人直接将奥登诗歌和研究资料翻译了出来，放在网络上与志同道合者共享，比如范倍、马永波、王敖、胡桑等诗人。鉴于奥登作品的魅力和读者的需求，上海译文出版社在2009年成立了"奥登文集"系列出版项目，已经列入汉译计划的奥登作品包括《战地行纪》(2012)、《奥登诗选》(上下卷)、《染匠之手》《前序与后跋》等。这既包含了以飨读者的善意，也有抛砖引玉的诚意，为今后的奥登作品流传提供了新的基石。

须特别强调的是，到了20世纪六七十年代，奥登在英语诗坛的地位已经相当稳固，甚至被认为是"国际诗歌节"(Poetry International Festival)的"吉祥物"(mascot)。[②] 曾经因为奥登移居美国而耿耿于怀的英国人，也以他们的独特方式纪念这位大师：据统计，1989年出版的第二版《牛津英语词典》(20卷)至少有724个词汇收录了来自奥登作品的诗行或句子作为例句，其中约110个词汇系奥登首创，比如"焦虑的时代"(Age of Anxiety)；而1993年出版的《牛津简明引语词典》(*The Concise Oxford Dictionary of Quotations*)收录了40条来自奥登作品的引语，与前辈诗人(叶芝的50条和艾略特的57条)交相辉映。

历史铭记了奥登在英语诗坛的独特面孔，也勾勒出他在诗歌创作上的独有天分，以及他对诗歌艺术的矢志追求，这些都确保了他的作品以其内在经典性跨越了时间和空间的界限，直抵每一位读者的内心，包括远在太平洋此岸的中国读者。奥登作品在我国的译介与流传在20世纪三四

---

① 黄灿然：《在两大传统的阴影下》(上)，《读书》，2000年03期，第28页。

② Stan Smith, *The Cambridge Companion to W. H. Auden*, Cambridge: Cambridge University Press, 2004, p. 233.

十年代一度繁荣过,他留下的光辉影响了几代中国诗人,引导他们在诗歌创作上不断做出新的尝试。20世纪末21世纪初以来,我国现当代文学的研究重心之一转移到了20世纪40年代的诗人,他们的诸多传记和著述多有论及奥登,因而后者再一次成为研究热点,他的诗作也以更快的速度得以流传。奥登曾经感慨:"哦,让我们再次出发上路,/我们的信仰被我们的怀疑所弥补,/准许我们踏出的每一步/必定会是一个错误,/但仍然相信我们能够攀登,/且每次都能更上一层……"(《新年书简》,1940)[①]我们对奥登的理解与认识,也在逐步深入的攀登行程中更加具体、充分和全面。

① Wystan H. Auden, *Collected Poems*, New York: Vintage Books, 1991, pp. 223—224.

第二章
弗罗斯特诗歌经典的生成与传播

美国杰出的抒情诗人罗伯特·弗罗斯特(Robert Frost，1874—1963)是一个大器晚成的诗人。他将近四十岁时才发现自己的创作专长，出版了第一部诗集《一个孩子的愿望》，然后他又继续创作了 40 个春秋，直到逝世，他被认为是美国自朗费罗之后的最孚众望的诗人。[①]“在弗罗斯特去世之前的将近半个世纪的时间里，他一直被看成美国非官方的桂冠诗人。”[②]

第一节 “始于情趣、终于智慧”的诗学经典

弗罗斯特在公众之中的形象是一个质朴的田园诗人。人们惊叹于他以美国地方语言风格对新英格兰乡村日常生活的描述。他的诗歌王国建立在农村自然之中。他总是选择狭小的世界。尽管诗的素材范围较窄，诗歌本身却具有复杂的内涵和微妙的情调。

弗罗斯特将自己的诗学理论建立在了爱默生和梭罗的超验主义哲学思想之上，即大自然是一本书，人们可以解读它。爱默生在《论自然》的序言中说道：“自然以自己充溢的生命环绕在我们的四周，并流入我们的体

① 丹尼尔·霍夫曼主编：《美国当代文学》(下)，北京：中国文联出版公司，1984 年版，第 613 页。

② Helen Vendler: *Voices and Visions*, *The Poet in America*, New York: Random House, 1987, p. 91.

内,它用自己提供的力量邀请我们与自然协调行动。"[①]对于爱默生来说,自然既是我们生活中最重要的部分,也是一种"超灵"的存在,在自然当中我们可以找到宇宙和自我的法则。纵观弗罗斯特的诗歌,读者同样可以发现自然作为"超灵"存在的痕迹。

弗罗斯特正是在超验主义哲学思想的影响下以及在自然景致的感染之下,形成了自己的诗学主张,于是,弗罗斯特在创作中遵循自己所明确表明的美学原则:"一首诗应该始于情趣,而终于智慧。"[②]这一美学原则是他诗歌创作经验的总结,也是他诗歌经典生成的一个关键要素。他的很多经典抒情诗往往都以新英格兰的自然景色或者风土人情开始,然后轻松自如地顺着口语体的自然节奏向前移动,最后在诗末以警句式的富有哲理的结论而告终。他的代表性的抒情诗《雪夜林边小立》即典型地代表了他的这一特色。该诗构思朴实,用的也是日常的语言,显得单纯。然而,单纯的构思却表现出深邃的思想。在第一诗节中,雪夜骑马的农夫"我"被披上银装的树林所深深吸引,不由得不顾夜黑风寒,驻足欣赏美丽的自然景色,想与自然融为一体。第二诗节写小马的惊奇:主人为何在此停留?而在第三诗节中小马摇动铃铎,想问主人是否停错了地方?但作为回答的只有微风和雪花落地时的悄声细语。到了最后一个诗节,"我"从自然景致中得以顿悟,并没有被神秘的自然所俘获,而是继续行动,实现自己的诺言。

在这首四音步抑扬格的抒情诗中并没有什么理性的安排或是被强加什么高深莫测的含义。作者也只是以描写普通的自然景物作为开端,然后一步步地引导读者去思索、去感受自然的神秘以及人与自然之间的关系,到诗的最后得出一个富有智性的结论,以带有警句性质的两行复句来结束全诗。但两行复句虽然词语相同,含义却大为拓展。第一句"还要赶多少路才能安睡"是一般意义上的赶路和安睡,"go"与"sleep"是本义,而第二句"还要赶多少路才能安睡"则是转义了:要想安睡,就必须去完成人生的责任,"sleep"的另一层含义便是"die"了。诗人在此告诫自己不要虚度年华,这样,一句重复,使全诗得到了哲理的升华。

在《一条未走的道路》一诗中,也是以描写普通的意象——树林中两

---

① 罗斌:《弗罗斯特对爱默生自然观的继承和背离》,《中山大学研究生学刊》(社科版),2006年第4期,第131—137页。

② Richard Gray: *American Poetry of the Twentieth Century*, London: Longman Group UK Limited, 1990, p. 134.

条岔路开始，岔路极为平常，“洒满落叶，还没踩下足迹”，到了最后也得出一个富有智性的结论：

> 两条路在林中分了道；而我呢，
> 我选了较少人走的一条，
> 此后的一切都相差万里。

普通的两条岔路到后来被象征性地代表着人生的两条道路、两种经历。人生道路中偶然的、没有情理的选择，会有意无意地造成千差万别，形成完全不同的人生色彩。而一旦作出了选择，就得一条路一条路地走下去，再想回头走到原先的岔道却是根本不可能的了。虽然抒情主人公所选择的是较少人所走的道路，但是，既然作出了选择，也只能义无反顾地走下去了。这平易的诗句，却给人生旅途的过客留下了无穷的感慨。

正是因为始于情趣的诗学原则，弗罗斯特特别注重在意象、技巧等方面贴近自然。弗罗斯特不喜欢自由体诗歌，尽管在他从事诗歌创作的那个时代自由体诗歌是非常流行的。他坚持用传统的诗歌韵律和传统的韵脚排列形式进行诗歌创作，但他诗歌的语言清新自然、贴近生活。庞德就特别欣赏弗罗斯特诗歌语言的清新自然，赞赏他摆脱了“矫揉造作的心理文学语言”[①]。弗罗斯特喜欢选用他所称的“松弛的抑扬格”（loose iambics）[②]来进行创作，使用的语言也多为口头语，以格律诗的韵律和通常说话的节奏来形成张力，从而独树一帜。他的《雪夜林边小立》《一条未走的道路》《火与冰》《雪的尘埃》等许多诗歌都显得极为简洁自然，毫无夸饰之处。

如在《雪的尘埃》（*Dust of Snow*，1923）一诗中，他既保持用“松弛的抑扬格”，同时又进行新的开拓。

> The way a crow
> Shook down on me
> The dust of snow
> From a hemlock tree

---

① D. B. Stauffer：*Short History of American Poetry*，New York：E. P. Dutton & Co.，Inc，1974，p. 229.

② D. Hoffman：*Harvard Guide to Contemporary American Writing*，Cambridge：Harvard University Press，1979，p. 440.

Has given my heart
A change of mood
And saved some part
Of a day I had rued.

(一只乌黑的鸦雀
从一棵铁杉树梢
将片片雪的尘埃
朝我的身上轻摇

这使得我的心中
改变了一种情绪
并且免除了一部分
我所哀叹的时日。)

在该诗中,弗罗斯特不仅继续保持着始于情趣、终于智慧的诗学主张,第一诗节着重于描景,第二诗节表现景色对人的心灵世界的影响,而且在用词方面更显得独具一格,他基本上只选用单音节词,除了第一诗节中的单词“hemlock”和第二诗节中的单词“given”之外,整首诗就全部是单音节词了,从而显得极为简洁。

虽然用词简洁,但是结构非常严谨,由两个诗节所构成的整首诗,是由句法规范的一个语句所构成的。同时,在格律方面的另一意义,在于他将西方诗歌中的音节诗律(抑扬格)与汉语中的以“word”为单位的格律体系结合在一起,整首诗除了最后一行,每行都是四个“word”。他是否是受到汉语诗歌的影响,尚有待考察。这一形式尽管至今未能引起人们的重视,但其意义应是非常重大的。

而在《火与冰》一诗中,诗人更是用简洁的语句表达了深刻的哲理:

有人说世界将毁灭于火,
有人说毁灭于冰。
根据我对于欲望的体验,
我同意毁灭于火的观点。
但如果它必须毁灭两次,
则我想我对于恨有足够的认识
可以说在破坏一方面,冰
也同样伟大,

且能够胜任。

（余光中译）

在这首诗中，弗罗斯特使用极为简洁的口语体的诗句，把自然科学的客观知识与人的欲望和憎恨等内在因素结合起来，阐述了人的欲望和憎恨的巨大的毁灭作用，从而激发人们对自身行为的反思。

可见，他的诗尽管看上去非常简洁，但哲理的内涵却极为深邃，因为弗罗斯特坚信："诗歌是具有思想的行为。"[①]他的诗歌也不是在一般意义上叙述事实或向读者灌输他的思想观点，而是激励读者参与他的观察、感受和思考。

弗罗斯特是一位传统意义上的田园诗人。评论家莱尼恩(John F. Lynen)在《罗伯特·弗罗斯特田园诗的艺术》一书中认为："弗罗斯特像古老的田园诗作家一样，力图让我们感觉到田园世界大体上是人类生活的代表。"[②]与此同时，弗罗斯特又是一位一定意义上的"现代主义"诗人，连现代主义大师庞德也对他发生了浓厚的兴趣。[③] 弗罗斯特非常熟悉一些现代派诗歌艺术，并时常在自己的创作中汲取现代派诗歌的技巧，如悖论、象征、提喻等他都运用得极为娴熟。在悖论方面，有论者认为："弗罗斯特崇拜悖论，他诗歌的表面上的简洁时常具有悖论意义的暗流所侵蚀。"[④]而在象征方面，他曾经在一封信中写道："如果我必须作为诗人而分类的话，我可以被称为'提喻诗人'，因为我喜爱诗歌中的提喻—— 一种以局部代替全体的辞格。"[⑤]

我们不妨引用他以传统形式所写的一首十四行诗《意志》，来看他怎样以表面上的传统形式来体现现代技巧以及表现现代思想的。

在题为《意志》的这首诗中，弗罗斯特虽然用的是传统意义上的十四行诗的形式，但他在技巧方面却充分汲取了现代诗歌中的意象主义的表现手段，将该首诗的前部分（前八行）集中在一个画面上。

我看见一只雪白的蜘蛛，胖得起瘤，

---

① Richard Gray: *American Poetry of the Twentieth Century*, London: Longman Group UK Limited, 1990, p. 133.

② Jay Parini ed. *The Columbia History of American Poetry*, New York: Columbia University Press, 1989, p. 262.

③ Ibid., p. 263.

④ Ibid., p. 265.

⑤ Ibid., p. 264.

在白色的万灵草上,逮住了一只
犹如一片僵硬的白丝缎的飞蛾——
被糅和在一起的死亡与摧残的特征
混合在一起正好准备迎接清晨,
恰似一个巫女的肉汤和配料——
一只雪花般的蜘蛛,一条泡沫般的花,
一对就像纸风筝的垂死的翅膀。

白色的蜘蛛早已是自然界的怪诞的物种,却在嘴里逮着白色的飞蛾落在白色的花草上,这三个抽象的物象结合在一起,形成了更为抽象的怪诞。而在接下去的第二部分(十四行诗的后六行)中,诗人没有遵循传统十四行诗在“起”“承”之后的“转”“合”,而只是提出了三个没有答案的问题:

那朵花与白色有什么关系呢,
还有路旁的蓝色的和天真的万灵草?
是什么把蜘蛛引到那株草上,
又在夜间勾引那白色的飞蛾呢?
如果意志连这般细微的事也支配,
除了可怕的罪恶的意志又会是什么?[①]

但是,虽然没有作答,诗人以提喻等现代技巧把自己的意图表现得尤为明显。而且,弗罗斯特以新英格兰为背景所作的诗歌,从总体上说,就是一种“提喻”,他真正所专注的其实是整个人类的精神意志和心灵历程。正如著名诗人布罗茨基所说:“弗罗斯特的新英格兰是一个并不存在的农民世界。弗罗斯特发明了它。它无非是他对着田园诗的方向点一下头……说这是农场是不确切的。说这些谈话是农民正在进行的谈话是不确切的。这些是面具,是面具与面具之间的对话。”

可见,在田园诗人弗罗斯特的抒情诗中,无论就表达“始于情趣,终于智慧”的诗学主张,还是就体现语言风格或者诗歌技巧进行考察,我们都可以发现,他的诗歌生命的特质是基于自然意象的,他在非人类的自然意象中,探索着人与自然的关联以及人类的奥秘。捕捉大千世界的自然意象,尤其是花草树木等植物类自然意象,在他的艺术创作以及思想的探究

① 飞白主编:《世界诗库》,第7卷,广州:花城出版社,1994年版,第148页。

中，都起着至关重要的作用。

第二节　自然诗篇中的季节象征与宗教语境

在“始于情趣，终于智慧”的诗学思想引领下，弗罗斯特特别喜爱使用自然意象，是一个具有独特意义的“自然诗人”。弗罗斯特的自然诗篇的季节便是有着深邃的象征寓意。他的诗篇中，不仅一些以季节命名的诗篇有着特定的寓意，甚至大多数并非以季节命名的自然诗篇都包含明晰的季节成分，表现了特定的思想内涵。在他的诗篇中，写得较多的是秋、冬意象。秋时常有着对生命之旅的些许遗憾和人生旅程的哲理洞察和反思，而冬的意象，则常常具有复苏的内涵，在他看来，人生不能沉溺在死亡的神秘之中，而是应该走出神秘，迎接复苏。而春、夏的意象，在弗罗斯特的诗中，同样得到关注，早春的清新、短暂的美丽，是人类梦想的反射，也是生命复苏的奇迹的展现。而盛夏的意象，虽说辉煌，但是却蕴涵着对走向衰败进程的担忧和惶恐。

（一）阳春：人类梦想的折射

在主题方面，尽管他的诗歌王国是建立在自然之中的，也有一些论者称他是“田园诗人”“自然诗人”“乡土诗人”，但他自己对此似乎不满，他也曾经公开宣称，说他平生只写过一首“自然诗”—— 一首早期的抒情诗。[①]由此可见，在弗罗斯特看来，他诗歌的题材或许是抒写自然，但主题却是表现人类世界。自然意象在他的诗中绝不是单为自然而存在，而是整个想象的一部分，哪怕是简单质朴的具体的细节描绘，也具有抽象的思想内涵。

善于描绘自然的华兹华斯等19世纪浪漫主义诗人总是在自然界中寻找美的源泉，自然意象常常是人类灵魂的“客观对应物”，这一传统，弗罗斯特得以承袭。“像浪漫主义诗人一样，弗罗斯特将人和自然作为两个基本的真实加以重点关注。”[②]

---

① 伊丽莎白·朱：《当代英美诗歌鉴赏指南》，李力、余石屹译，成都：四川人民出版社，1987年版，第248页。

② Clark Griffith: “Frost and the American View of Nature”, *American Quarterly*, Vol. 20, No. 1, Spring, 1968, p. 21.

所以,春的意象得到一定的关注,明媚的春光总是激发弗罗斯特的诗情,他将春天看成是令人向往的美好的季节,对此进行赞美。在《致春风》(*To the Thawing Wind*)、《春的祈祷》(*A Prayer in Spring*)、《春潭》(*Spring Pools*)、《下种》(*Putting in the Seed*)、《蓝蝴蝶日》(*Blue-Butterfly Day*)、《山坡雪融》(*A Hillside Thaw*)等许多诗作中,表现了春天的自然景象,以及对春天的独特的人生体验和思想感受。

在弗罗斯特的诗中,早春的清新、短暂的美丽,是人类梦想的折射,也是生命复苏的奇迹的展现。春季是生命重新呈现的奇迹季节。在弗罗斯特的自然象征体系中,春季的清新和美丽,是折射人类一切梦想和愿望的意象,没有自我毁灭的自然法则中的任何瑕疵。

弗罗斯特的不少诗篇赞美春天的清纯,试图通过祈祷等手段让春天得以永久存在,从而对抗自然界季节的更替规律,以及走向衰亡的必然性。在早期的诗作《春日祈祷》中,诗人不求未来的"未知的收获",只是期盼停留在这一"万物生长的时日"。

> 啊,让我们欢乐在今日的花间;
> 别让我们的思绪飘得那么遥远,
> 别想未知的收获;让我们在此,
> 就在这一年中万物生长的时日。[①]

在《致春风》一诗中,诗人渴望为枯死的花儿找回一场春梦,让褐色的土地重新展现自己的容颜:

> 携雨一道来吧,喧嚣的西南风,
> 带来唱歌的鸟,送来筑巢的蜂,
> 为枯死的花儿带来春梦一场,
> 让路边冻硬的雪堆融化流淌,
> 从白雪下面找回褐色的土地……[②]

而在《春潭》一诗中,诗人更是以春潭为意象,抒写明媚的春天的景象与被"皑皑白雪"所覆盖的季节以及"竭潭枯花"时节的本质区别,诗人写道:

---

① 弗罗斯特:《弗罗斯特集·诗全集、散文和戏剧作品》,曹明伦译,沈阳:辽宁教育出版社,2002年版,第27页。

② 同上,第26页。

春潭虽掩蔽在浓密的树林，
却依然能映出无瑕的蓝天，
像潭边野花一样瑟瑟颤栗，
也会像野花一样很快枯干，
可潭水不是汇进溪流江河，
而将渗入根络换葱茏一片。

把潭水汲入其新蕾的树木
夏天将郁郁葱葱莽莽芊芊，
但是在它们竭潭枯花之前，
不妨先让它们多思考两遍：
这如花的春水和似水的花，
都是皑皑白雪消融在昨天。[①]

《春潭》折射着自然季节的永恒规律，春天的水给树木以新蕾，但免不了干枯的命运，而且，春天的水以及似水的花，其实都是从严冬的皑皑白雪中再生而来的。

（二）盛夏：辉煌中对衰败进程的担忧

与希望之春相比，弗罗斯特诗歌中的盛夏的意象，在一定意义上既延续着春的美好的梦想，又开始在辉煌中呈现出对盛极及衰的自然进程的担忧。

在《觅鸟，在冬日黄昏》中，诗人通过那一只既未看见也没听到的小鸟，论述在充满一片肃杀之气的冬天，眼前重又展现了生趣盎然的夏日好景，耳边又听到了欢乐的生命的音符。

然而，他的一些诗中却又开始出现忧伤的基调。盛夏虽说辉煌，但是其中却不免蕴涵着对走向衰败进程的担忧和惶恐。

弗罗斯特描写盛夏的诗作中，《将叶比花》（*Leaves Compared with Flowers*）、《丝织帐篷》（*The Silken Tent*）、《灶巢鸟》（*The Oven Bird*）、《蓝浆果》（*Blueberries*）、《荒屋》（*Ghost House*）、《暴露的鸟窝》（*The Exposed Nest*）、《雨蛙溪》（*Hyla Brook*）等一些诗作显得具有代表性。

---

① 弗罗斯特：《弗罗斯特集·诗全集、散文和戏剧作品》，曹明伦译，沈阳：辽宁教育出版社，2002年版，第314页。

在《将叶比花》一诗中,诗人通过自然意象,表现了自己独特的美学观,将夏天视为"忧郁"的象征:

我曾叫人用简洁的语言回答:
哪样更美,是树叶还是树花。
他们都没有这般风趣或智慧
说白天花更艳,晚上叶更美。

黑暗中相倚相偎的树皮树叶,
黑暗中凝神倾听的树皮树叶。
说不定我过去也追逐过鲜花,
但如今绿叶与我的忧郁融洽。[①]

而在《暴露的鸟窝》一诗中,盛夏的辉煌已经被灼热和残忍所取代。诗人在该首诗中感叹羽翼未丰的小鸟暴露在割草机的割刀之下。割草机从挤满小鸟的鸟窝的地上咀嚼而过,把无助的小鸟留给了盛夏的灼热和阳光。

(三)暮秋:生命旅程的哲理洞察

尽管弗罗斯特创作了一些充满希望的春夏诗篇,但他深深懂得:"Nothing Gold Can Stay"。因此,他本质上是一位善于描绘秋冬的诗人,比起春夏,弗罗斯特更倾向于描写秋冬。有学者指出,根据1949年版的《弗罗斯特全集》,在弗罗斯特的全部诗作中,约有三分之一的诗中使用了秋冬的意象,而春夏意象的诗作大概只有二十多首。弗罗斯特的《一条未走的道路》(*The Road Not Taken*)、《我的十一月来客》(*My November Guest*)、《十月》(*October*)、《取水》(*Going for Water*)、《收集落叶》(*Gathering Leaves*)等诗,都在一定意义上表现了生命之秋的总结。

我们认为,包含秋冬意象的诗作,也最能体现弗罗斯特的诗学思想。就诗学主张而言,弗罗斯特曾明确表达了自己的美学原则:"一首诗应该始于情趣,而终于智慧。"(It begins in delight and ends in wisdom.)

如在《一条未走的道路》一诗中,描写普通的秋天的景象:树林中两条岔路开始,岔路极为平常,平易的诗句,如此秋意朦胧,分叉小道在眼前浮

---

① 弗罗斯特:《弗罗斯特集·诗全集、散文和戏剧作品》,曹明伦译,沈阳:辽宁教育出版社,2002年版,第377页。

现的普通的秋景，却给人生旅途的过客留下了无穷的感慨以及些许无奈和惆怅。

弗罗斯特的《在阔叶林中》一诗，更是以秋天飘零的树叶为意象，来与人类世界进行类比，对人生的旅程进行哲理的洞察：

> 片片相同的枯叶一层复一层！
> 它们向下飘落从头顶的浓荫，
> 为大地披上一件褪色的金衣，
> 就像皮革制就那样完全合身。
>
> 在新叶又攀上那些枝桠之前，
> 在绿叶又遮蔽那些树干之前，
> 枯叶得飘落，飘过土中籽实，
> 枯叶得飘落，落进腐朽黑暗。
>
> 腐叶定将被花籽的萌芽顶穿，
> 腐叶定将被埋在花的根下面。
> 虽然这事发生在另一个世界，
> 但我知人类世界也如此这般。[①]

可见，诗人通过秋叶意象的描写，对人类生存规律所进行的哲理探究，是极为深刻的。

（四）严冬：走出神秘，迎接复苏

弗罗斯特描写严冬的诗篇，不仅数量较多，而且格外成功，这是与他对冬天的独特感悟有关。在他看来，严冬显得深沉，是死神格外迷恋的季节，也是大自然神秘力量的化身。但是，作为人类，不能沉溺在死亡的神秘之中，而应走出神秘，迎接复苏。

弗罗斯特所创作的包含严冬意象的诗篇中，《雪夜林边小立》（*Stopping by Woods on a Snowy Evening*）、《风与窗台上的花》（*Wind and Window Flower*）、《圣诞树》（*Christmas Trees*）、《老人的冬夜》（*An Old Man's Winter Night*）、《白桦树》（*Birches*）、《觅鸟，在冬日黄昏》（*Looking for a Sunset Bird in Winter*）、《蓝背鸟的留言》（*The Last*

---

① 弗罗斯特：《弗罗斯特集·诗全集、散文和戏剧作品》，曹明伦译，沈阳：辽宁教育出版社，2002年版，第44页。

Word of a Bluebird)、《袭击》(*The Onset*)、《我们歌唱的力量》(*Our Singing Strength*)等,都显得富有特色。

弗罗斯特的代表性抒情诗《雪夜林边小立》即典型地代表了他的走出神秘、迎接复苏这一理念以及"始于情趣、终于智慧"这一诗学思想。

弗罗斯特表现严冬的抒情诗,特别善于使用比喻手法。在《白桦树》(*Birches*)一诗中,诗人使用了同时代俄罗斯诗人帕斯捷尔纳克惯于使用的角色互换的比喻体系,将自然意象作为主体,而人类意象却成了喻体。他描写树林中的白桦树被积雪压弯、枝叶垂地的状态时,用女孩作喻体:

> 好像趴在地上的女孩子把一头长发,
> 兜过头去,好让太阳把头发晒干。

随后,他又幻想是个小男孩放牛回来路过的时候荡弯了白桦树:

> 他一株一株地征服他父亲的树,
> 一次又一次地把它们骑在胯下,
> 直到把树的倔强劲儿完全制服,
> 一株又一株都垂头丧气地低下来——

最后,他以弯曲在地的白桦作为切入点,以白桦为喻体,来喻指人生,幻想人生的旅程与弯曲的白桦树具有同样的命运:

> 我真想暂时离开人世一会儿,
> 然后再回来,重新干它一番。可是,
> 别来个命运之神,故意曲解我,
> 只成全我愿望的一半,把我卷了走,
> 一去不返。你要爱,就扔不开人世。
> 我想不出还有哪儿是更好的去处。
> 我真想去爬白桦树,沿着雪白的树干,
> 爬上乌黑的树枝,爬向那天心,
> 直到树身再支撑不住,树梢碰着地,
> 把我放下来。去去又回来,那该有多好。[1]

---

① 弗罗斯特:《一条未走的路:弗罗斯特诗歌欣赏》,方平译,上海:上海译文出版社,1988年版,第5—7页。

在该诗中通过被白雪压弯落地的白桦意象，弗罗斯特对生命的轮回理想作了一番明晰的诠释。在他笔下，严冬时节是生命轮回理念的恰当象征，他期盼人类离开人世只是“一时半会儿”，然后还能再次返回人间，如同爬上白桦树干，因重量使之弯曲，重新“送回到地面”。

弗罗斯特的诗中，除了直接抒写季节意象之外，也有其他自然意象来代替季节，具有与季节相同的象征寓意。“树”的意象便是其中的典型。在弗罗斯特的诗中，“树”是一个较为常见的自然意象，出现在近百首诗中。日复一日，年复一年，树木在秋天的时候，片片落叶飘向大地，而在严冬季节，更是受到大雪的侵袭，使得落叶逐渐腐烂在树根下的泥土，然而，树木又会在春天萌芽，并在夏日变得枝繁叶茂。树木，如同季节的化身，既是自然法则的体现，又是人类生命历程的折射。总之，我们透过弗罗斯特诗歌中的季节意象，可以看出这位自然诗人对人与自然所进行的哲理思考以及包含着春夏秋冬的人生旅程的复杂体现。

像同时代诗人一样，弗罗斯特由于受到西方固有的宗教理念的熏陶，他的自然诗在构思时也受到宗教语境的影响。如在题为《有一天在太平洋边》(*Once by the Pacific*)的诗作，他将海洋意象拟人化，描写漠视海洋必将有一天遭到海洋的攻击，给人类带来难以想象的灭顶之灾：

裂开的水发出带雾的巨响，
一排巨浪高过一排巨浪，
它们想对海岸做点什么事，
好刷新水对陆攻击的历史。
空中的乌云毛毵毵，黑压压，
像在闪闪眼光中吹来的鬈发。
你说不准，但看来似乎是：
海岸在庆幸背后有悬崖支持，
悬崖则庆幸还背靠着大陆；
似乎黑夜进逼，有凶险意图，
不仅是一夜，而是一个时代变黑！
面对如此愤怒，或许该有准备？
会有超过大洋溃决的事发生，
没等上帝说最后的那句“熄灯”。[①]

① 引自飞白的译文。参见飞白著：《诗海游踪》，杭州：浙江工商大学出版社，2012年版。

在弗罗斯特的这首诗中,一开头所出现的来自海洋的巨浪和巨响,是海洋对人类的有意识、有目的的报复。海洋所选择的报复目标便是人类得以栖息的陆地。而且,海洋对陆地发动的攻击,不是一般性的,而是毁灭性的,甚至比《圣经》传说中的大洪水更加迅猛:“它们想对海岸做点什么事,/好刷新水对陆攻击的历史。”

为什么海洋如此愤怒,如此狂暴,如此“史无前例”地对待人类栖息的大地,置人类于死地?要弄明这一点,就得人类自身反省了。因为,自文艺复兴以来,尤其自工业革命以来,人类对海洋的兴趣更多的是为了索取和占有,还有不时的“改造”。如果人类充分发扬“浮士德精神”,永无止境地移山填海,改造自然,那么,海洋对人类的报复便是越来越近了。到了那个时候,无论是海岸背靠悬崖,或是悬崖背靠大陆,都将无济于事,甚至连海洋自身也难逃厄运。“因为没等上帝说最后的那句‘熄灯’”,“超过大洋溃决的事”就必然已经发生。

根据《圣经·旧约》中《创世记》的记载,上帝在创世之初所说的第一句话是“要有光”,于是世上就有了“光”,人类登场演出。弗罗斯特据此推断,当人类演完全剧,落幕之际,上帝也应当会说出最后一句话:“熄灯”。但是,如同弗罗斯特在《火与冰》一诗中所展现的一样,没等世界本身毁灭,没等上帝说出“熄灯”,人类很有可能就已经把世界破坏,连同海洋。

如何避免灭顶之灾的发生,弗罗斯特在该诗中已经提供了答案:“面对如此愤怒,或许该有准备?”如同《火与冰》中的人类“欲望之火”和“冷漠之冰”都能毁灭人类自身一样,人类如果不能有所觉悟,不能有所准备,不能以生态意识来面对自然,那么,该诗最后两行的预言恐怕就难以挥之而去。所以,这首借用宗教语境而构思的诗篇,确是对人类现实行为的振聋发聩的警示。

第三节 弗罗斯特诗歌在中国的传播

早在20世纪20年代,当弗罗斯特开始诗歌创作并且成名后不久,我国就有学者开始介绍弗罗斯特。毕树棠、梁实秋、陈勺水等学者在20世纪20年代就分别介绍了弗罗斯特的创作。1924年,毕树棠在朱天民主编的《学生杂志》第11卷第11期上发表了《现代美国九大文学家述略》一文,在我国首次介绍了弗罗斯特的生平与当时已经出版的三部诗集;1928

年，梁实秋在顾仲彝主编的《秋野》月刊第5期发表了《佛洛斯特的牧诗》一文，对弗罗斯特的诗歌风格进行了简评；1929年，陈勺水在张资平创办的《乐群》月刊第1卷第6期上发表了译文《现代美国诗坛》，重点介绍弗罗斯特的诗集《波士顿以北》。[①]

到了20世纪30年代，在继续对弗罗斯特的创作进行简评的同时，有学者看到了弗罗斯特作为"自然诗人"的重要一面。1932年，顾仲彝在《摇篮》第2卷第1期发表的《现代美国文学》一文中，对弗罗斯特自然抒情诗进行了恰如其分的评述，认为弗罗斯特"专描写风景，尤其是冬景的萧条，能得其神。故有人称他是'自然界的诗人'"[②]。

20世纪40年代，弗罗斯特的简评依旧继续，尤其是杨周翰在李广田和杨振声主编的《世界文艺季刊》第1卷第3期卷首发表《论近代美国诗歌》一文，较为详尽地介绍了弗罗斯特的生平与创作，并且对他的诗歌理论进行了述评。

"文化大革命"期间，我国的弗罗斯特研究处于停滞状态。"文化大革命"结束以后，尤其是改革开放以来，弗罗斯特的研究呈现出一片繁荣的景象。国内许多学者也在这一时期开始发表关于弗罗斯特诗歌的评论文章，散见于各种期刊。仅以中国知网为例，收录的各种期刊论文、硕士学位论文和博士学位论文，就达一千多篇，其中又以21世纪以来的论文居多。论文从生态批评、认知诗学、宗教观、自然观以及意象研究、影响研究、诗艺研究等各种视角，对弗罗斯特的诗歌创作进行广泛的研究。从而极大地强化了我国学界对弗罗斯特的接受和理解。

我国对弗罗斯特诗歌作品的翻译也是自20世纪30年代开始的。弗罗斯特《我的十一月来客》《雪夜林边驻马》等许多经典名篇作品那时开始就被译成中文。我国最早翻译弗诗的当是施蛰存。1934年，施蛰存在其主编的《现代》第5卷第6期上发表了他翻译的《现代美国诗抄》30首，包括《树木的声音》(*The Sound of Trees*)等诗篇。其后，在20世纪40年代，也不断有新的译诗在各种杂志上面世。

自20世纪80年代始，弗罗斯特诗歌的翻译开始出现繁荣的局面，

---

① 此处转引自曹明伦：《弗罗斯特诗歌在中国的译介》，《中国翻译》，2013年第1期，第70页。具体参见毕树棠：《现代美国九大文学家述略》，《学生杂志》，1924年第11期，第75—86页；梁实秋：《佛洛斯特的牧诗》，《秋野》，1928年第5期，第206—208页。

② 顾仲彝：《现代美国文学》，《摇篮》，1932年第1期，第1—7页。

《外国文学》《外国文艺》《译林》《诗刊》等刊物以及《译文丛刊》《外国诗》等丛刊都刊载了弗罗斯特的诗歌译文。申奥译的《美国现代六诗人选集》、赵毅衡译的《美国现代诗选》、飞白主编的《世界名诗鉴赏辞典》和《世界诗库》等著作以及一些译文合集中,也纷纷译介弗罗斯特的作品。一些名诗出现了多种译文。

自 20 世纪 80 年代后期开始,弗罗斯特诗歌译本开始涌现。其中包括曹明伦译的《弗罗斯特诗选》(四川文艺出版社,1986 年版,收诗 42 首)、方平译的《一条未走的路——弗罗斯特诗歌欣赏》(上海文艺出版社 1988 年版,收诗 52 首)、非鸥译的《罗伯特·弗洛斯特诗选》(陕西人民出版社,1990 年版,收诗 130 首)、姚祖培译的《朱兰花——罗·弗罗斯特抒情诗选》(中国文联出版公司,1992 年版,收诗 106 首)。这些译本的出版为弗罗斯特诗歌经典在我国的传播和接受发挥了重要作用,尤其是曹明伦和方平的译本,受到学界广泛的认可。

进入 21 世纪以后,弗罗斯特诗歌的翻译达到了一个新的高潮。曹明伦翻译的《弗罗斯特集:诗全集、散文和戏剧作品》得以面世(辽宁教育出版社,2002 年版),该书共分上、下两卷,上卷为诗集,包括弗罗斯特一生所创作的全部诗作,共 437 首,计 16033 行;下卷为弗罗斯特的戏剧作品和其他散文作品。该书是我国对弗罗斯特诗歌第一次全面、完整的译介,代表了我国当前弗罗斯特诗歌翻译的最高成就,为我国弗罗斯特诗歌经典的传播、接受和研究,提供了重要的参照。

就翻译本身而言,弗罗斯特的诗歌翻译是一项艰难的工程。因为,尽管生活在自由诗体盛行的 20 世纪,弗罗斯特却坚持以传统的诗歌格律进行创作。弗罗斯特坚信:"对英语诗歌而言,抑扬格和稍加变化的抑扬格是唯一自然的韵律。"关于翻译以及诗的定义,弗罗斯特有一句众所周知的名言:"诗歌就是在翻译中丧失的东西。"弗罗斯特所说的在翻译中所丧失的不可译的东西,我觉得指的是诗的音乐性。音乐性作为诗的灵魂,在不同文化语境、不同语言形式的翻译交流中确实很难体现。中西语言就音乐性而言各有特色,但相对而言,西方语言由于是拼音文字,善于表现声音因素,因此,西方诗歌相应地表现出音乐性强的特征。自古希腊时代抒情诗得以产生以来,西方诗歌就与音乐密不可分。就连抒情诗这一名称"lyric"也是出自于音乐术语,是从乐器的名称转换而来的。西方最早的抒情诗——古希腊抒情诗也就是根据伴奏的乐器而进行分类的,如笛歌、琴歌等。

诗歌与音乐之间本来就有着千丝万缕的联系，在诗歌的音乐性与诗歌内容的关系上，西方绝大多数诗人和诗评家都将“音乐”与“意义”相提并论。就连十分强调文学作品“意义”之重要性的古典主义诗人—— 英国诗人亚历山大·蒲柏(Alexander Pope)也在《批评论》一诗中强调：“声音须是意义的回声。”(The sound must seem an echo to the sense.)有些欧美诗人直接借助于字母的声音效果以及拟声手法，来表现作品的“意义”成分。而19世纪的浪漫主义诗人以及20世纪的象征主义诗人等更是把诗歌的音乐性提到了十分重要的位置。

英语诗人也是在音乐性方面富有特征。如英国诗人雪莱也十分强调诗歌的音乐性，他曾形象化地说明诗是“永恒音乐的回响”，“诗人是一只夜莺，栖息在黑暗中，用美妙的歌喉唱歌来慰藉自由的寂寞”。[①] 他的诗歌，根据不同的情绪和主题需要，具有多变的节奏模式，韵脚变幻无穷，并配置头韵、内韵、叠句、元音相谐等多种手段，产生出一种萦回往复的音调。尤其是一些较短的自然或爱情抒情诗，显得优美秀雅，富有迷人的音乐旋律，而且他的诗歌并不单纯地追求音乐效果，无论是《云》中令人惊叹的出色的内韵，还是《西风颂》中的头韵和连锁韵律，都是为了表现行云之态或秋风之声，在声音和意义两个方面追求高妙的境界。而且，在他的诗中，各种主调“互相交替，互相衬托，汇合成诗歌的复杂交响乐的总的思想与音乐的统一”[②]。音乐性的特殊功能，在《致云雀》一诗中运用得尤为成功，急促而又和谐的节奏感，造成一种动荡回旋的音乐美感。

可见，音乐性是西方诗歌的一个重要特征和一个重要的诗歌要素。这一特性尤其体现在诗的节奏方面。“节奏有内外之分。内在音乐性是内化的节奏，是诗情呈现出的音乐状态，即心灵的音乐。外在音乐性是外化的节奏，表现为韵律(韵式、节奏的听觉化)和格式(段式、节奏的视觉化)。因此，诗歌翻译中，是否转存了原作内化的节奏与外化的节奏就成了判断原作音乐性的思想是否得以转存的首要条件。”[③]

我们不妨以弗罗斯特的名诗“*Stopping by Woods on a Snowy*

---

① 雪莱：《为诗辩护》，引自《十九世纪英国诗人论诗》，刘若端、曹葆华译，北京：人民文学出版社，1984年版，第125－127页。

② 苏联科学院高尔基世界文学研究所编：《英国文学史：1789—1832》，北京：人民文学出版社，1984年版，第462页。

③ 张保红：《汉英诗歌翻译与比较研究》，北京：中国地质大学出版社，2003年版，第6页。

Evening"的中文翻译为例,来说明诗歌的音乐性以及汉译中的不同处理。全诗四节原文如下:

Whose woods these are I think I know.
His house is in the village, though;
He will not see me stopping here
To watch his woods fill up with snow.

My little horse must think it queer
To stop without a farmhouse near
Between the woods and frozen lake
The darkest evening of the year.

He gives his harness bells a shake
To ask if there is some mistake.
The only other sound's the sweep
Of easy wind and downy flake.

The woods are lovely, dark and deep,
But I have promises to keep,
And miles to go before I sleep,
And miles to go before I sleep.

该诗是一首严谨的格律诗,不仅采用了四音步抑扬格,而且韵脚采用了但丁《神曲》式的连锁韵律,在前面的三个诗节中,每一诗节的第一行、第二行、第四行押韵,第三行导出新韵,与下一个诗节的第一、二、四行押韵,以此类推,直到最后一个诗节的第三行与第一、二、四行押韵相同,从而结束全诗。

该诗中文译文有几十种,现在选择其中代表性的、经常被引用的译诗,即飞白、曹明伦、方平、余光中的四种译诗,进行比较分析。

飞白译文如下:

我想我认识树林的主人,
他家住在林外的农村;
他不会看见我暂停此地,
欣赏他披上雪装的树林。

我的小马准抱着个疑团:

干吗停在这儿，不见人烟，
在一年中最黑的晚上，
停在树林和冰湖之间。

它摇了摇颈上的铃铎，
想问问主人有没有弄错。
除此以外唯一的声音
是风飘绒雪轻轻拂过。

树林真可爱，既深又黑，
但我有许多诺言不能违背，
还要赶多少路才能安睡，
还要赶多少路才能安睡。[①]

飞白将该诗标题译为《雪夜林边小立》，以中文的每行四“顿”来体现原诗的四音步：“我想|我认识|树林的|主人，/他家|住在|林外的|农村；他不会|看见我|暂停|此地，/欣赏他|披上|雪装的|树林。”押韵方式基本上尊崇原诗形式，每一诗节的第一行、第二行、第四行押韵，第三行无韵。

曹明伦的译文如下：

我想我认识这树林的主人，
不过他的住房在村庄里面。
他不会看到我正停于此处，
观赏他的树林被积雪淤满。

我的小马定以为荒唐古怪，
停下来没有靠近农舍一间，
于树林和冰洁的湖滨当中，
在这一年中最阴暗的夜晚。

它摇晃了一下颈上的铃儿，
探询是否有什么差错出现。
那唯一飘掠过的别样声响，
是微风吹拂着柔软的雪片。

树林可爱，虽深暗而黑远，

① 飞白：《诗海——世界诗歌史纲·现代卷》，桂林：漓江出版社，1989年版，第1315页。

但我已决意信守我的诺言,
在我睡前还有许多路要赶,
在我睡前还有许多路要赶。

曹明伦将该诗标题译为《雪夜林边驻马》,该译诗主要的特点是以中文的对等字数来体现原诗的四音步格律。在"顿"的数量上则不作要求,但主要是以四顿和五顿为主。

方平的译文如下:

这是谁的林子我想我知道。
不过他的房屋远在村那截;
他不会看见我停在这儿
望着他的林子灌满了雪。

我的小马一定觉得很奇怪
附近没有人家怎么就停歇,
停在林子和冰冻湖面之间
而且是一年最黑暗的一夜。

它摇了摇挽具上的铃
想问我是不是出了错。
另外唯一音响是轻风
和茸毛雪片席卷而过。

林子真可爱,黑暗而深邃。
但我有约在先不可悔,
还得走好几里才能睡,
还得走好几里才能睡。[①]

方平的译文题为《雪暮驻马林边》。译文在"顿"方面不作要求,在韵脚方面,该译诗采用第二行与第四行押韵的方式,第一行和第三行较为随意。

余光中译文如下:

想来我认识这座森林,

---

① 杨恒达主编:《外国诗歌鉴赏辞典·现当代卷》,上海:上海辞书出版社,2010年版,第503—504页。

林主的庄宅就在邻村，
却不会见我在此驻马，
看他林中积雪的美景。

我的小马一定颇惊讶：
四望不见有什么农家，
偏是一年最暗的黄昏，
寒林和冰湖之间停下。

它摇一摇身上的串铃，
问我这地方该不该停。
此外只有轻风拂雪片，
再也听不见其他声音。

森林又暗又深真可羡，
但我还要守一些诺言，
还要赶多少路才安眠，
还要赶多少路才安眠。

余光中的译文题为《雪夜林畔小驻》，该译诗最大的一个特点是严格尊崇原诗的形式，韵脚排列形式与原诗完全一致，即：aaba bbcb ccdc dddd。

上述四首译诗各有所长，不同文化层次和欣赏情趣的读者应该也有不同的取舍。总体而言，飞白的译文准确流畅，兼顾原文的抑扬格四音步的诗律特性以及 AABA 的韵式特性，在一定程度上体现了原诗的音乐特性，具有神形兼顾的艺术特性。曹明伦的译文同样显得简洁流畅，也富有较强的音乐感，但是，由于坚守以中文对等的字数来体现原诗的四音步格律，所以，有时所增加的字稍损于诗艺。方平的译文头三节都是二、四行押同一种韵，最后一个诗节换了韵，四行押韵相同，与原诗形式稍有变异。余光中的译文则最贴近原文的形式，体现了原诗的音乐特性，而且内容和措辞也显得生动流畅。

可见，能否将西方诗歌中的音乐性翻译表达出来，是对翻译家提出的一个严峻的挑战。可以说，诗歌的可译性直接与音乐性相关。弗罗斯特所说的“诗歌就是翻译中所丧失的东西”，我们认为，他所指的也主要是诗歌中的音乐性。而传达诗歌中的这一音乐性特质，对于译者来说，无疑是一种富有挑战意义的艺术追求。诗歌翻译有着自身的特性，不仅有着不同于小说的惯于倒装的句法结构,以及包括音节、重音、音步在内的结构要素,而且有着基于民族语言文化特性的音律,以及西方诗歌所特有的音乐特性。这是诗歌翻译难于小说等其他文学形式翻译的一个主要因素。但是从弗罗斯特名诗"*Stopping by Woods on a Snowy Evening*"的中文翻译来看,我国译家知难而上,以自己的努力和成功的实践证明诗歌不仅是可以翻译的,而且正是通过翻译而获得新的流传和新的生命。

第三章
塞克斯顿诗歌经典的生成与传播

安妮·塞克斯顿(Anne Sexton，1928—1974)在美国当代诗坛和美国自白派中的地位毋庸置疑。自1959年第一部诗集《在疯人院途中》发表后，塞克斯顿随即在学界和批评界引起震动。诗人梅·斯文森称她"给诗学的地平线投来了惊人的亮光，有眼力的诗人和批评家拾起望远镜，发现了一颗新的行星"[①]。

长久以来，塞克斯顿被学者们奉为"自白派的女祭司(high-priestess)"[②]，更有早期的研究者声称："塞克斯顿不仅是自白派创始人物(original members)之一，更称得上是该流派的母亲。"[③]她的诗作通常被认为是美国自白诗的典范。这不仅意味着塞克斯顿在诗歌变革上富有先行性和原创力，而且意味着她的语言、主题和诗学理念在自白派中最具代表性："她在自白诗上的持久和一以贯之无人能及……她的名字已然等同于流派本身。"[④]她的诗歌意象大胆粗粝，她对自身经验的探索集中、专注、不拘一格。显然，她开启了注重家庭及个人叙事的自白诗体制，为第二次世界大战后的美国诗坛带来了新的灵感和姿态。更重要的是，她将自我暴露和自我沉醉等个人化的艺术风格推向了极致。这些都构成了塞克斯顿诗歌经典性要素的主要内涵。

---

① May Swenson, "Poetry of Three Women", *The Nation*, February, 1963, p. 165.

② Robert Phillips, *The Confessional Poets*, Carbondale: Southern Illinois University Press, 1973, p. 6.

③ "人们常把洛威尔《人生探究》(*Life Study*)的问世看作自白派的发端；然而，塞克斯顿完成第一本诗集时，《人生探究》尚未结稿。"见：Diana Hume George, *Oedipus Anne: The Poetry of Anne Sexton*, Urbana: University of Illinois Press, 1987, p. 90.

④ Laurence Lener, "What Is Confessional Poetry?", *Critical Quarterly*, No. 2, 1987, p. 52.

第一节　身份转型与经典性构建

塞克斯顿是在心理医生的鼓励下开始写诗的。要进入她诗歌经典性特质的探讨,首先离不开对其身份转型的透视。在28岁之前,塞克斯顿不过是美国传统中产阶级的家庭主妇。她在访谈中坦言:“我是美国梦(中产阶级美梦)的牺牲者,我以前所希望拥有的一切就是一段安定的生活:结婚、生小孩,我以为只要拥有足够的爱,所有的噩梦、幻象、恶魔都会消失殆尽,我费尽心思要过上传统的生活,因为这就是我的家庭、我的丈夫所希望的,然而一切的表象在28岁那年崩塌了,我患上了精神病并试图自杀。”[①]在接受心理医生的建议并尝试写作之后,她声称:“这是一种美好的感觉,尽管并不轻松,当我写作的时候,我知道这才是我天生该做的事。”[②]塞克斯顿承认写诗是潜意识的流溢,帮助自己说出无法言说的事:“这个过程的本质在于自我的重生,每一次都剥离一个死去的自我。”[③]不到一年时间,她已写有一沓诗作,其中许多还在著名的文学杂志《哈德森评论》(*The Hudson Review*)和《纽约客》(*The New Yorker*)上登载,这些最初的诗歌构成了她的处女作《在疯人院途中》的雏形。1958年9月,她在波士顿大学参加洛威尔主持的诗歌研讨班,当时洛威尔正在寻求新的诗歌语言,他的新诗《人生探究》在做最后的修改,而塞克斯顿带来《在疯人院途中》里的许多诗作让洛威尔为之一振。所以,即便作为导师,洛威尔也“把安妮当同事等而视之,这两个人常常分享且讨论彼此的诗稿。在洛威尔看来,那时安妮是班里一颗耀眼的明星,她是他的同路人,一起在‘自白’与‘诗歌’的边缘冒险进发”[④]。

塞克斯顿的自白诗具有高度的主体性,诗风直白坦率,甚至有失制约,诗歌内容主要描摹私人领域的苦难与丑恶。有研究者指出,塞克斯顿从一个家庭主妇转变为诗人,这对于她自身和美国文学来说都意义非凡:

---

① Barbara Kevles and Anne Sexton, “The Art of Poetry: Anne Sexton”, in J. D. McClatchy ed., *Anne Sexton: The Artist and Her Critics*, Bloomington: Indiana University Press, 1978, p. 4.

② Ibid., p. 22.

③ Ibid., p. 6.

④ Kathleen Spivack, *With Robert Lowell and His Circle: Sylvia Plath, Anne Sexton, Elizabeth Bishop, Stanley Kunitz and Others*, Boston: Northeastern University Press, 2012, p. 26.

在此之前,没有哪个诗人能像她一样对于家庭生活或病理学意义上的女性体验有过如此坦白的书写。[①] 然而,安妮·塞克斯顿在转变身份的过程中,同样也体现了女性艺术家所遭遇的捉襟见肘:"女性必须为在艺术和家庭生活之间择其一而付出代价,要么将艺术抛在脑后,要么就是情感上的遇难。男人就不用因为拥有家庭生活而放弃对一流艺术的追求。"[②]而女性主义先驱伍尔芙早在一个世纪前就将女性艺术家的两难境地归结于男权世界的自我膨胀:"那种男性情结对妇女的行动产生了十分巨大的影响;那是一种根深蒂固的欲望,与其说是希望她低人一等,毋宁说是希望他高人一等。那种欲望使他无处不在……"[③]塞克斯顿所深陷其中的生活世界,她所被灌输的价值理念,都与其创作的心境相冲突。但她不愿屈服于社会限定对其天赋诗情的压制,她一再感到写诗充盈生命的力量,是诗歌的创作将她从琐碎的家务事中解救出来,把每个转瞬即逝的无意义时刻转化为诗境。

塞克斯顿自白诗的经典性特质包括两方面的指向,一是"形式的简化"(simplicity of style),二是"专注于自我暴露"(preoccupation with self-disclosure),[④]这也是美国战后诗歌的主音调。学者本·霍华德(Ben Howard)认为:"(塞克斯顿的最后几本诗作)已到达极致,从中能看到美国诗歌过去十年的踪迹,还有它今后的去向。"[⑤]从诗作力度、形式的变化以及主题形象的升华等角度来看,塞克斯顿的诗歌创作大致历经了四个阶段。

第一阶段的主要成就见诸《在疯人院途中》(*To Bedlam and Part Way Back*, 1960)和《我挚爱的人》(*All My Pretty Ones*, 1962)两部诗集。"耶鲁四人帮"之一、著名批评家杰弗里·哈特曼(Geoffrey

---

① Diane Wood Middlebrook, Yalom, Marilyn, *Coming to Light: American Women Poets in the Twentieth Century*, Stanford University, Center for Research on Women, Ann Arbor: University of Michigan Press. 1985, p. 195.

② "社会赋予女性艺术家的角色尤其少……对女诗人的态度现如今有一定的改观,但在1959年,男诗人还是必须有十足的男子气,而女诗人们,因为要同时兼顾家庭,而不得不遭受男性对她们诗歌价值的贬低。"(Kathleen Spivack, "Poet and Friends", in Steven E. Colburn, *Anne Sexton: Telling the Tale*, Ann Arbor: University of Michigan Press, 1988, pp. 25—36.)

③ 弗吉尼亚·伍尔芙:《伍尔芙随笔全集Ⅱ——自己的一间屋》,王义国、张军学、邹枚、张禹九、杨羽译,北京:中国社会科学出版社,2001年版,第538页。

④ J. D. McClatchy ed., *Anne Sexton: The Artist and Her Critics*, Bloomington: Indiana University Press, 1978, p. 177.

⑤ Ibid., p. 177.

Hartman)颇具洞见地指出:"《在疯人院途中》极为出色,在这些诗中,我们不仅感受着诗人的经历,还感受着这些经历背后的道德伦理。……这些经历本身,虽然与住在精神病院相关,但仍然纯粹、感人、具有普遍的意义。"[①]哈特曼还特别称赞道:"相对于精神病院的有效勾勒,它更像是关于人类境遇的一幅有力画作。"[②]这是对塞克斯顿诗学理念的高度预见。第二部诗集《我挚爱的人》基本上延续了第一部诗集的主题风格,其中包含了对父亲、母亲、女儿等家人的群像描摹,对亲人间关系的诗学剖析,以及甚为读者熟知的、对女性身体经验的深入,这些也可说是她探求真实、索求真相的具体投射。诗人梅·斯文森(May Swenson)对此评价道:"从诗歌形态上来讲,她对自己那暴露且受创的内心处理,似乎骇人听闻,却勇气十足。随着技巧明显趋于成熟,她把她的经验从私人领域中传送出来,使其契合我们每个人身上的悲痛、自责、欲望以及自我崩溃。"[③]

第二阶段的创作以《生或死》(*Live or Die*, 1966)和《爱之诗》(*Love Poems*, 1969)为成果。《生或死》为塞克斯顿赢得了普利策奖,这使她在美国诗坛的地位得以巩固。在这部诗集中,塞克斯顿首度融入了组诗的创作元素。生与死的"赋格式"追问是这部诗集的基调:"在这个人性沦丧的时代,安妮·塞克斯顿的作品实有必要公之于众。……她是这样一位女性诗人,在那漫长难解却不乏熹微光亮的旅程中'坚持不断/人性的陈述。'"[④]这代表了一批学者对其诗歌现实意义的肯定与厚望。而《爱之诗》中,出现了更多的组诗,塞克斯顿的观照视角也更为集中地投向女性作为妻子、情人、母亲和女儿的多重角色,从"爱"的诗学角度描述女性的身体体验,挖掘女性的角色意义。《爱之诗》是女作家乔伊斯·卡罗尔·欧茨(Joyce Carol Oates)最喜爱的塞克斯顿作品,她俩曾长期保持通信。同为多产的美国女作家,欧茨似乎比常人更能触及塞克斯顿的写作深度,因而对后者的赞赏也更加到位,如下面这一段点评:"她的诗歌在开放,像花一样开放,但它们仍是一些愤怒的创口,使人难以忘怀。身体的局限性把她给迷住了,身体对灵魂诉求的辜负——尤其是辜负了她那失衡的对

① Geoffrey Hartman, "Les Belles Dames Sans Merci", *Kenyon Review*, XXII. 4, Autumn, 1960, p. 696.

② Ibid., p. 698.

③ May Swenson, "Poetry of Three Women", *The Nation*, February, 1963, p. 165.

④ Thomas P. McDonnell, "Light in a Dark Journey", *America*, May, 1967, p. 731.

于自我、母亲、女儿和爱人的想法——把她给迷住了。”[①]尽管由于“塞克斯顿专注于自我”而“饱受诟病”，但是欧茨坚持认为她的诗“语言敏利，富有音乐性，完美，演说式的慷慨激昂也恰到好处。那讽刺，是毫不过火的机巧触碰。那庆祝式的感觉则严谨而让人信服。”[②]由“演说式的慷慨激昂”一句可见，塞克斯顿此时已基本放弃格律诗的形式约制，她的表达更加放松，语言更加细散，然而节奏则始终张弛有度。

第三阶段的创作伴随着《变型》(*Transformation*，1971)、《荒唐之言》(*The Book of Folly*，1972)和《死亡笔记本》(*The Death Notebooks*，1974)三本诗集的共同酝酿：我们可以将1970年视作塞克斯顿创作的“井喷期”，因为实际上这三部诗集的创作同在这一年里展开。当然，诗人有意展现它们互不相同的风格曲调——“《变型》将成为一本畅销书……而《荒唐之言》是为了表现更典型的‘塞克斯顿’……《死亡笔记本》则有意放在死后出版。”[③]如此看来，塞克斯顿并不满足于前四部诗集的大获成功[④]，而是更具激情地寻求突破。《变型》是塞克斯顿对格林童话的现代改编，如果格林童话堪称儿童文学经典，那么塞克斯顿的《变型》则是对这一经典的成人化解读与解构。“叙述者划清了领地，在她自己的领地内游戏，并且摆出惊人的姿态，画出令人意想不到的平行线。”[⑤]此处的“平行线”，指的就是格林原作与塞克斯顿的(解构式)作品之间的平行对应关系。这种创作方式，加上意象的奇特并置，以及出其不意的“黑色幽默”，使《变型》在延续塞克斯顿一贯遵循的主题的同时，展现出另类的诗学体态。《荒唐之言》更多地延续了“塞克斯顿式”的恐惧与幻象，“安妮·塞克斯顿希望通过《荒唐之言》，穿越并且超越世俗的条条大路，她致力于梦幻式的幽默，从而替那些超俗的、往往由诗人组成的睿智傻瓜们(wise

---

① Joyce Carol Oates, "Private and Public Lives", *University of Windsor Review*, Spring, 1970, p. 107.

② Ibid., p. 107.

③ Diane Wood Middlebrook, *Anne Sexton: A Biography*, Boston: Houghton Mifflin Harcourt, 1991, pp. 332—333.

④ 米德尔布鲁克认为塞克斯顿的前四部诗集都卖得很好，她作为艺术家的成功不容忽视：“单单1969年一年，它们卖了2万册，《爱之诗》最为领先——自2月份它在美国发布后已经卖了14,147册。”(Diane Wood Middlebrook, *Anne Sexton: A Biography*, Boston: Houghton Mifflin Harcourt, 1991. p. 332.)

⑤ Christopher Lehmann-haupt, "Grimms' Fairy Tales Retold", *New York Times*, September, 1971, p. 37.

fools)来抵制世俗的愚蠢傻瓜(foolish fools)”。[1] 这似乎在说,诗人此时已经从生活的自白叙事中抽离出来,转向一种明灭依稀的终极表述——对死亡的迸发。这在《死亡笔记本》中变得更加明确,桑德拉·吉尔伯特(Sandra Gilbert)在《死亡笔记本》的书评中辩证地提出,塞克斯顿的死亡观无不体现了她诗歌中一以贯之的“生命力”(vitality):“《死亡笔记本》和她以往的诗集一样充满了生命力,但它又远远超越了那些作品,它从一直困扰着诗人的暗夜思绪中生发出艺术的光亮。”[2]这是对塞克斯顿诗歌走向的一种肯定:“自杀的诱惑已经不再困扰她,朋友、亲属的死亡也变得次要……在某种意义上,死亡不再是一把药片或某人的葬礼,在塞克斯顿看来,死亡成了生命的前提。”[3]可以说,对死亡的精心筹措,维系着塞克斯顿诗歌一贯的主题;而在《死亡笔记本》那里,死亡似乎已经剥去外衣,频繁地由经验想象转向某种纯粹的必然性。

第四阶段的创作涵盖《敬畏地划向上帝》(*The Awful Rowing Toward God*, 1975)、《45 号仁慈大街》(*45 Mercy Street*, 1976)、《对 Y 医生说》(*Words for Dr. Y.*, 1978)等作品。1974 年塞克斯顿自杀前,《死亡笔记本》刚付梓出版,《敬畏地划向上帝》也刚结束最后的编辑工作,而《45 号仁慈大街》尚在商谈出版事宜。这些作品,加上《对 Y 医生说》,后来皆由塞克斯顿的长女代为整理出版。诗人将一些作品留待辞世后公之于众,似乎是有意安排,也许包含了她对这些诗作的某种寄托。她后期诗歌的“失控”已在学界形成共识。所谓“失控”,主要指她在形式上的放任随性,但是“不和谐音”的扩展另一方面也有益于诗人对宗教、死亡、神性等微暗洞穴的玄妙表达。塞克斯顿后期创作的一个显要趋向是对宗教的质询,这虽然在其早期诗作中已有征象(她偏爱耶稣基督的意象,且一直纠缠于上帝与自我的关系),但是都没有后期那么浓重。“塞克斯顿向往更宏大的体验,对近乎神圣的必然性的冒进,向往不朽的自我;她清楚这是有的,存在的,但她却得不到。”[4]这是诗人的宿命,欧茨指的正是那种通透的悲剧性——它隐藏在诗人的灵魂里,有时甚至就是灵魂的全部

---

① Arthur Oberg, “The One Flea Which is Laughing”, *Shenandoah*, XXV. 1, Fall, 1973, p. 87.

② Sandra M. Gilbert, “Jubilate Anne”, *The Nation*, September, 1974, p. 214.

③ Ibid., p. 215.

④ Joyce Carol Oates, “Singing the Pathologies of Our Time”, *New York Times Book Review*, March, 1975, pp. 3—4.

含义:“尽管她无比向往,尽管她才智俱佳,又有幽默感,然而她的‘上帝’就是不在身边……”[①]毋宁说,这恰是塞克斯顿生命的动人之处:即便在丧钟响起的奇幻一刻,她也没有停止那种渴望。她这一生对于“救赎”的渴望不仅构成了她对生命的多层想象,更是她整个创作的秘密和本源,是她作品的经典性所在。

一言以蔽之,从“城郊主妇”到“自白派的母亲”,塞克斯顿身上的折射点是多重的,她的诗学走向是一种必然;抑或说,生活的种种局限,身份的艰难转型,恰恰构成了她诗歌的经典性和独一无二的诗学体观。

第二节　时代认同与经典化语境

塞克斯顿没有上过大学,这使她的创作有失学理上的积淀。批评家海伦·文德勒(Helen Vendler)就曾说她“缺乏正规的教育”[②]。然而,塞克斯顿成名以后,学界的态度却十分包容,她得到的关注之盛甚至超越了同时期的任何一位诗人[③]:从她的第一部诗集出版,到自杀辞世的十余年间,有三所大学授予她荣誉博士学位;此外,她还获得过美国艺术文学学院奖学金和古根海姆奖学金,担任过包括哈佛在内的许多高校的教职席位。她在生命的最后一年,甚至成了波士顿大学的全职教授,她的作品常常是大学课堂上的讨论对象。

那么,塞克斯顿何以在短时间内跻身学院派的经典行列呢?

笔者认为,她诗歌的经典化过程,折射了美国第二次世界大战后社会价值观和文化风潮的趋向,得益于历史潮流与其他姐妹艺术的共同推进。更具体地说,这些推动力的主要来源有三:其一,“个人化叙事”的全面复兴;其二,对美国文学之父惠特曼的精神回归;其三,女权运动的风靡与女性主义批评的介入。

塞克斯顿自白诗是美国 20 世纪 60 年代“个人主义”信条在诗歌中的

---

① Joyce Carol Oates, “Singing the Pathologies of Our Time”, *New York Times Book Review*, March, 1975, p. 4.

② Helen Vendler, “Malevolent Flippancy”, in Steven E. Colburn, ed. *Anne Sexton: Telling the Tale*, Ann Arbor: University of Michigan Press, 1988, p. 439.

③ 学者 Linda Wagner-Martin 指出:“塞克斯顿获取的奖项以及名目繁多的认可,标志着她诗歌的独特性,因为她同时期的诗人中,没有人像她一样获得如此多的关注。”(Linda Wagner-Martin, *Critical Essays on Anne Sexton*, Boston: G. K. Hall, 1989, p. 16.)

演绎和回旋式的再现。人们从战争的宏大叙事中退下,回头舔舐自己睡梦中被触痛的泪水。那是一种对支离破碎的残存感的修补,一种信仰的疗伤。美国清教徒禁欲主义的遮遮掩掩,伴随着黑人问题、毒品问题、性开放与女权等各种潮流的涌现,政治上对自由解放的乌托邦幻景与经济、科技的乐观向上经过暧昧的混合,“必然王国中的完全自动化将增加闲暇的时间,使人类得以于此确立自己的个人存在和社会存在”[①]。马尔库塞的时代寓言是严酷中的温情脉脉,人们还愿意像一介车夫那样路过历史的街角吗?本着对一切技术发明、哲学思辨和人文精神的膨胀感,人们转向“自我”的问题,拼命地寻找自我。弗洛伊德在这个混乱的时代创造了神话,将“人的科学”洗刷一新:对于20世纪60年代的西方社会群体来说,寻找自我价值是他们处在虚浮局面中的微妙确证。

正是在上述时代气候中,塞克斯顿自白诗萌生了。它有时候退回个人的局限,在自我的历史叙事中彷徨,用诗歌的语言冥想童年创伤与成年苦闷的深切关联。几乎所有研究者都谈到,这是对艾略特“消灭个性”诗学的离弃。我们不妨回看一下艾略特在《传统与个人才能》中的名言:“诗并不是放纵情绪,而是避却情绪;诗并不是表达个性,而是避却个性。”[②]同样,庞德也提倡诗歌语言要“尽可能使用最少数量的词语”,“不要利用喋喋不休的修辞和恣意的放纵而显示威力”。[③]这些论调统御了几十年,几乎成为20世纪上半叶美国诗坛的绝对纲领。到了50年代末,随着金斯伯格偶像荣光的风起云涌,自白诗也融入了与传统诗学决裂的大潮中。自白派诗人们将强烈的个人幻象与一己的体验投注在诗节中,使诗歌趋于开放的形式和惠特曼式奔放的情感。就像洛威尔的学生所回忆的那样,“对从小仰慕T.S.艾略特和庞德的后辈来讲,自白诗具有大胆的革命性”[④]。塞克斯顿当然毫不例外。传记作家米德尔布鲁克对此有过细致的观察和描述:

---

① 赫伯特·马尔库塞:《单向度的人》,转引自莫里斯·迪克斯坦:《伊甸园之门——六十年代的美国文化》,方晓光译,南京:译林出版社,2007年版,第76页。

② T.S.艾略特:《传统与个人才能》,曹庸译,见《西方文艺理论名著选编》(下卷),伍蠡甫、胡经之主编,北京:北京大学出版社,2009年版,第47页。

③ 埃兹拉·庞德:《回顾》,1918年,选自《埃兹拉·庞德文学论文集》,T.S.艾略特编,伦敦:费伯-费伯出版社,1954年,第3—6、11、12页。转引自拉曼·塞尔登编:《文学批评理论——从柏拉图到现在》,刘象愚、陈永国等译,北京:北京大学出版社,2000年版,第309页。

④ Kathleen Spivack, *With Robert Lowell and His Circle: Sylvia Plath, Anne Sexton, Elizabeth Bishop, Stanley Kunitz and Others*, p. 28.

> 诗歌的内容越像日记，身份就越安全地转向这首诗的作者。就像换了一种形式的货币，第一人称代词已经在文化市场上确立了价值。这价值来自于诗人辨认自己作品的一个意外结果。……1958年，诗歌中自传性“我”的市价正在上升。此前，文学批评界已经提出“角色”的概念来强调诗歌作者与诗歌叙事者之间的区分，而艾略特和庞德的作品又帮助加深了这种观念，即伟大的诗歌是非个人化、(有时也称为)普适性的对等物。50年代中期，斯诺德格拉斯和洛威尔的诗歌使上述论调产生裂痕。自传性的，亦即“自白”的模式——看着似乎少了点文学性，但其实一点没少——邀请读者将语词等同于个人。塞克斯顿的文字瞄准了这一缺隙。她发现，语词只有通过一定的顺序编排，才能达到巧妙的效果，而这，才是真实的感觉。[①]

此处米德尔布鲁克将第一人称代词“我”与货币作类比，来说明“我”的流通价值和受欢迎的程度，这很巧妙。更值得注意的是，她不遗余力地做了如下暗示(正如“‘我’的市价”提醒我们的那样)：自白诗人面对的不是一个精英化的、具备贵族式灵魂的受众群，而是一个在资本操纵下的、当代艺术争芳斗妍的文化市场。这一点我们必须承认。塞克斯顿诗歌对自我经验的挖掘不仅有其动人肺腑的诗学内质，而且也是大众传媒时代的一个产物，是大众参与的艺术变革的一部分。

另一方面，美国20世纪60年代弥漫的诗学情绪也刚好跟塞克斯顿的自白诗契合。在对自我灵魂和身体的纵情之中，有这个国家的诗歌之父沃尔特·惠特曼摇曳的旧影。正如哈罗德·布鲁姆所说：“对许多现在的读者而言，惠特曼是一位情感充沛的大众诗人，是艾伦·金斯伯格及其他职业反叛者的先辈。”[②]作为一名具有自知自觉人格的诗人，惠特曼的形象矗立在美国文学经典的中心。他拓宽了“自我”的深意，是美国诗歌的先知。用布鲁姆的话说，《草叶集》“除了作者自己外再无主题”[③]。第二次世界大战以后，美国文学愈来愈倾向于惠特曼“我的灵魂”的回归。这包含了一种对自我本性异化的模糊意识，成为美国当代文学令人着迷的一

---

① Diane Wood Middlebrook, *Anne Sexton: A Biography*, Boston: Houghton Mifflin Harcourt, 1991, p. 83.

② 哈罗德·布鲁姆：《西方正典：伟大作家和不朽作品》，江宁康译，南京：译林出版社，2011年版，第214页。

③ 同上书，第214页。

个基质。它的表现是“不可一世的自我”[1]的膨胀,是从诗歌、小说到摇滚乐的全面复兴。在距离“垮掉派”西海岸千里之遥的美国东部中心,洛威尔、斯诺德格拉斯、塞克斯顿和他们的追随者建起一个十分个人化的世界,一个自白诗的正统。人们可能会联想到戏剧独白的久远历史,但是自白诗与布朗宁的剧中人(dramatis personae)角色大异其趣,它不像后者那样充满了戏剧化的效果,对戏中角色与作者本身的殊异性明白无误。换言之,自白诗的独白式“自我”是诗人抒情的投射,正如惠特曼的《自我之歌》那样,此中的角色(persona)是赤裸裸的自我,她/他处在一个充满独有和私人经验的暗穴。自白诗人的自我流露常常到达如下程度:诗中的角色躺在心理分析师的沙发椅上,一个精神错乱的病人,正在回溯一幕幕暴力、奇幻的影像。那种难耐的忏悔冲动,不可抗拒地与自由散漫和神经质的内疚感牵连在一起,于是我们作为读者也深溺其中,直至充满了幻影和私人的疼痛。

这与同时代风行的“黑色幽默”的小说群像相映成趣,因为后者至少也立足于“病态的玩笑或坦率的独白”[2]这样的基本手法。“黑色幽默”小说家包括菲利普·罗斯(Philip Roth)、诺曼·梅勒(Norman Mailer)、约瑟夫·海勒(Joseph Heller)和库尔特·冯内古特(Kurt Vonnegut)等人。莫里斯·迪克斯坦曾经对他们的作品进行过评述,这为我们看待彼时的诗坛树立了参照:“所有的黑色幽默作品都包含违礼、禁忌、异邦或怪诞的内容。……都拼命地突出自我……从而与风行的个性化和外部控制公然对抗。”[3]小说中的这类精神气质在自白诗中同样可以找到。更确切地说,是自白诗中的同类气质影响了小说,就像冯内古特在为《变型》所作的序言中所写的那样:“安妮·塞克斯顿对我的帮助更深:她驯化了(domesticates)我的恐惧,检查并描述它,教它一些把戏,这些把戏逗我一笑,然后任由它再次在我的森林中狂奔。”[4]

冯内古特用那种稍显玩世不恭的语调说出了他对塞克斯顿诗歌艺术的看法。“驯化”这个词巧妙地指向了塞克斯顿家庭叙事诗的题材和元

① 莫里斯·迪克斯坦:《伊甸园之门——六十年代的美国文化》,方晓光译,南京:译林出版社,2007年版,第242页。

② 同上书,第106页。

③ 同上。

④ Kurt Vonnegut, "Foreword", in Anne Sexton ed., *Transformation*, Boston: Houghton Mifflin Company, 1971, p. vii.

素。毕竟,塞克斯顿许多代表性的诗作都是以描述家庭关系来表白自我的。此外,尽管冯内古特特意作了一番潇洒的点拨,但这句话仍然掩盖不了其内心的多愁善感,塞克斯顿对恐惧之情的发展和剖析投射了冯内古特自己的窘境:小说家与诗人之间有一种惺惺相惜的认同;在此过程中,"我的恐惧"经由塞克斯顿的驯化调教,依旧回到自我森林中去"狂奔",这恰恰表现了黑色幽默小说与自白诗的某些亲缘关系,是 20 世纪 60 年代文学共通性的一个缩影。

帕特丽夏·梅耶·斯帕克斯(Patricia Meyer Spacks)谈到时代对塞克斯顿的选择时这样说道:"在某种意义上,塞克斯顿是时代的牺牲者。这是一个很容易将'自我放纵'戏剧化的时代;这个时代的一种时尚是,发明出人意料的意象,就算相关甚少也未尝不可。另一种风靡的行为是,做一个女性,并将她的悲愁展示出来。"[①]塞克斯顿几乎从一开始就在破除禁忌方面声名远扬,这部分有赖于女权运动,但是由于她具备一流诗人的气质,因此拒绝依附任何族群,始终否认自己带有女权主义的意向。她对女性身体保持尖厉的自省。她在自己一些重要的诗作中盛情赞颂女性身体器官和自体欲望的变动不居(情欲的受难当然也隐含可见),完全是出于自我倾听和自我整合的需要,这很显然是继承了惠特曼对自我身体的确认——"在惠特曼的图景中,自我的性欲终点最后要回到自己的领地,回到和自己的灵魂一同历险。"[②]——只不过塞克斯顿的自我恰好是一个女性的身体,这是女权批评难免要为之欣喜的地方。

女性主义批评的介入有几个方面的侧重点:

首先,与精神分析学形成交叉,对塞克斯顿诗歌叙事中的"我"作性别上的角色剖析,这方面以戴安娜·休姆·乔治的著述《俄狄浦斯式安妮:安妮·塞克斯顿诗作》[③]为代表。

其次,针对塞克斯顿的女性诗人身份,对其陷入"影响的焦虑"进行探

---

① Patricia Meyer Spacks, "45 Mercy Street", *New York Times Book Review*, May, 1976, p. 6.

② 哈罗德·布鲁姆:《西方正典:伟大作家和不朽作品》,江宁康译,南京:译林出版社,2011 年版,第 223 页。

③ Diana Hume George, *Oedipus Anne*: *The Poetry of Anne Sexton*, Urbana: University of Illinois Press, 1987.

讨,戴安·米德尔布鲁克的《"轻叩我的头":安妮·塞克斯顿的学徒生涯》[①]一文堪为代表。

再者,指向塞克斯顿诗歌语言表述上的女性气质。在这一方面,吉尔伯特的《安妮颂》[②]开了先河。

虽然塞克斯顿从未承认自己的女性主义立场,但是她在1974年自杀前不久的一次访谈中坦言:假如女权运动贯穿了她的一生,那么她"将会觉得自己所做的一切会更加合情合理"[③]。不仅如此,我们甚至还在她的诗歌中看到了她认同"雌雄同体"[④]的先锋意识,从而超越了性别的藩篱,这种在社会性别上的高瞻远瞩,使安妮·塞克斯顿的作品呈现出丰富的多元性,使她在女性自我的高歌之后,走得更加深远。

总而言之,安妮·塞克斯顿是美国当代诗歌流变中的一个典型,亦是一个特例。在美国,关于她的著述和传记可谓络绎不绝,至今仍有新作不断问世。[⑤] 诗人的精神疾病,她所历经的创伤、疯狂、忧虑和困惑,时至今日已成为一种印记。她是时代和国民的歌者,她的独特价值与经典特质在学界已形成共识。另一方面,诗人对个人化家庭叙事的嵌入,对传统经典的回归以及对女性禁忌的刺透,都使她的作品向时代敞开,既符合历史的潮流,也使她的诗学地位在社会语境中得到巩固。

---

① "'I Tapped My Own Head': The Apprenticeship of Anne Sexton", in Diane Wood Middlebrook and Marilyn Yalom eds., *Coming to Light: American Women Poets in the Twentieth Century*, Ann Arbor: University of Michigan Press, 1985.

② Sandra M. Gilbert, "Jubilate Anne", *The Nation*, September, 1974, pp. 214-216.

③ Caroline King Barnard Hall, *Anne Sexton*, Boston: Twayne Publishers, 1989, p. 91.

④ 在女性主义先驱弗吉尼亚·伍尔芙的话语体系中,"雌雄同体"是最好的生命状态——"她像一个女人那样写作,但又是像一个忘记了自己是女人的女人那样写作,结果她的书里充满了那种只有在并未意识到自身性别时才出现的奇怪的性别特征。"(弗吉尼亚·伍尔芙:《伍尔芙随笔全集Ⅱ——自己的一间屋》,王义国、张军学、邹枚、张禹九、杨羽译,北京:中国社会科学出版社,2001年版,第574页。)

⑤ 例如,2012年9月出版的 *An Accident of Hope: The Therapy Tape of Anne Sexton*(作者为 Dawn M. Skorczewski)延续了传统的历史批评视角,认为安妮诗歌创作与她的精神理疗息息相关,是一种"互为补充"的关系;除却这两者,诗人的生活与作品也就无从谈起。作者提取了马丁·奥尼医生与安妮在1963年11月到1964年4月期间的理疗录音带,以探讨心理治疗为重心,辅之以诗歌分析,分7个章节细致地还原了诗人在这一时期的心理境况。

第四章
特德·休斯诗歌经典的生成与传播

艾略特有一句名言:经典作品只是从历史的视角才被看作经典。[1]从这个意义上说,20 世纪 50 年代登上诗坛,70 年代成熟于诗坛的英国诗人特德·休斯(Ted Hughes, 1930—1998)的经典性,较之于莎士比亚、华兹华斯等前辈的作品尚需时间的检验。然而,我们考察一个当代诗人诗作的经典性,无疑更具有时代意义,更富有现实价值。

第一节 “经典构成”的四个条件

休斯于 1957 年以诗集《雨中鹰》(*The Hawk in the Rain*)登上英国诗坛,其经典地位的确立是从 20 世纪 70 年代开始的。换言之,直到诗集《乌鸦》(*Crow*,1970)出版以后,他才算登堂入室。之所以如此,是因为彼时彼刻的休斯诗歌,基本上达到了艾布拉姆斯所谓“经典构成”的四个条件:(1)“持不同观点和情感的批评家、学者和作家达成广泛的共识”;(2)“这个作家对其他作家的作品的持久影响和他们对该作家的持久参照”;(3)“在一个文化社区的话语里对这个作家或这部作品的频繁参引”;(4)“这部作品在学校和专业课程中的广泛采用”。[2]

休斯显然符合上述四个条件中的第一个:他被批评家、学者和作家广泛研究,并公认为战后英国诗坛的重要诗人。从 20 世纪 80 年代开始,评

① T. S. 艾略特:《艾略特诗学文集》,王恩衷编译,北京:国际文化出版公司,1989 年版,第 190 页。

② 王晓路等:《文化批评关键词研究》,北京:北京大学出版社,2007 年版,第 221 页。

论界对休斯的评价已经由“20 世纪 60 年代以后最重要的英国诗人之一”变成了“20 世纪 60 年代以后最重要的英国诗人”。[①]虽然只是两字之差,却显露了休斯在英国诗坛地位的显著提升。

英国曼彻斯特大学凯斯·赛格尔(Keith Sagar)教授是世界范围内最早研究休斯的学者之一。他一生致力于休斯研究。1975 年,他的专著《休斯的艺术》(*The Art of Ted Hughes*)一书出版。这不仅是赛格尔的第一部休斯研究专著,也是整个休斯研究界的第一部。该书在前言中认为休斯与叶芝、劳伦斯、艾略特等诗人“齐名”,这无疑认可了休斯的经典地位。赛格尔对休斯的评价并非一己之见,而是代表了西方评论界对他的评价。在赛格尔之后,越来越多的国外学者将研究兴趣转向了休斯,如德国学者埃克贝特·法斯(Ekbert Faas)、澳大利亚学者安·斯奇(Ann Skea)等。法斯在其 1980 年出版的《特德·休斯:未被容纳的宇宙》(*Ted Hughes: The Unaccommodated Universe*)一书中将休斯与莎士比亚相提并论。1992 年,美国学者列奥纳多·M. 斯齐盖济(Leonard M. Scigaj)在其主编的《休斯论文选》(*Critical Essays on Ted Hughes*)的序言中说:“休斯在当代诗坛的影响力无法超越。他被赋予了如艾略特般的富有乐感的耳朵,被赋予了一种精确描写和捕捉隐喻的能力,这在 20 世纪文学中无人能敌。”[②]而随着休斯研究的深入展开,以及休斯诗作的进一步问世,赛格尔在其 2000 年出版的第三部休斯研究专著《狐狸的笑声:特德·休斯研究》(*The Laughter of Foxes: A Study of Ted Hughes*)中,更是明确地指出了休斯诗歌的经典性:

> 我认为,特德·休斯是英国 20 世纪后半期最著名的诗人,也是迄今为止最后能加入西方文学经典行列,与荷马、古希腊悲剧家、莎士比亚、布莱克、华兹华斯、柯勒律治、济慈、惠特曼、霍普金斯、叶芝、劳伦斯、艾略特和战后东欧诗人等齐名的作家。如艾略特所说,每一位新加入经典这一行列的作家都改变着文学传统。因此,不仅仅是休斯的创作本身给我们带来了新意,而且他的创作改变了我们阅读

① Keith Sagar, *The Laughter of Foxes: A Study of Ted Hughes*, Liverpool: Liverpool University Press, 2000, p. ix.

② Leonard M. Scigaj ed., *Critical Essays on Ted Hughes*, New York: Macmillan Publishing Company, 1992, p. 1.

前辈作家的方式。[1]

休斯还符合上述“经典构成”的第二个条件。也就是说，他的诗歌持久地影响了许多当代诗人，尤其是1995年诺贝尔文学奖得主、爱尔兰诗人谢默斯·希尼(Seamus Heaney)(又译希默斯·希尼)。事实上，休斯与希尼之间的情谊创造了英语诗歌史上继庞德和艾略特后的又一段佳话。希尼曾经写了一首名为《撒网和收网》(*Casting and Gathering*)的诗献给休斯。在这首诗歌里，希尼把自己和休斯比作两个隔岸相望的渔夫，意为他们两个同时在诗歌的海洋里捕鱼。希尼还在他早期的两部诗集《一个自然主义者的死》(*Death of a Naturalist*)和《引向黑暗之门》(*Door into the Dark*)中这样说道：“我是不同于休斯的另一种动物，但是我将永远感恩于自己曾阅读过休斯的作品。”[2]在下面这段话中，希尼说得更明白：“我记得有一天，在贝尔法斯特公共图书馆里，我读到了特德·休斯的《牧神集》，其中有首诗叫《观猪》。童年时，我在农场见过杀猪、给猪剥皮等。突然间，我意识到当代诗歌与我自身的生活密切关联……一年之后，我开始写诗。”[3]休斯更是通过他的诗歌让希尼懂得了“对自身起源忠诚的重要性”[4]。正是这种忠诚成就了希尼的诗歌，并为之赢得了诺贝尔文学奖。如诺贝尔文学奖的颁奖词中所说，希尼的诗作既有优美的抒情，又有伦理的思考深度，能从日常生活中提炼出神奇的想象，并使历史复活；在休斯的启发下，希尼的许多诗歌都取材于北爱尔兰的童年生活，他把对童年的执着回忆以及日常生活瞬间的点点滴滴写成了隽永的诗篇。[5]

休斯去世以后，希尼于1999年5月13日在伦敦威斯敏斯特大教堂举行的追悼会上作了题为《伟大的人，伟大的诗人》的悼文，其中这样写道：休斯和“7世纪惠特比的寺院的第一位英国诗人凯德蒙[6]同样不朽”，“他一直履行着诗人代表的角色，可告慰莎士比亚的英灵，也符合布莱克、

---

① Keith Sagar, *The Laughter of Foxes: A Study of Ted Hughes*, Liverpool: Liverpool University Press, 2000, p. ix.

② Ted Hughes, *Winter Pollen*, Scammel, William ed., London: Faber and Faber, 1994, p. ix.

③ 转引自李成坚：《作家的责任与承担——论谢默斯·希尼诗歌的人文意义》，《当代外国文学》，2007年第1期，第129页。

④ 同上，第130页。

⑤ 谢默斯·希尼：《希尼诗文集》，吴德安等译，北京：作家出版社，2001年版，第2页。

⑥ 凯德蒙(Caedmon)：公元7世纪盎格鲁-撒克逊基督教诗人，其诗作均以宗教为主题，现存手抄本多种，是留下姓名最早的英国诗人。

迪金森和霍普金斯建立的精神标准”。[①]

至于艾布拉姆斯所说的第三个条件，即“在一个文化社区的话语里对这个作家或这部作品的频繁参引”，休斯也同样符合。参考或引用休斯诗作的各类话语举不胜举，尤其是在“生态文化”等话语体系里。例如，哈佛教授劳伦斯·布埃尔(Lawrence Buell)的《写给危险中的世界》(*Writing for an Endangered World*)和斯坦福教授约翰·费尔斯蒂纳(John Felstiner)的《诗歌能拯救地球吗？》(*Can Poetry Save the Earth?*)等生态著作，就参引了休斯的不少诗行。

就艾布拉姆斯所说的第四个条件，“这部作品在学校和专业课程中被广泛采用”而言，休斯的经典地位就更明显了。他的诗歌已经入选了《诺顿英语诗歌选集》《诺顿英国文学选集》等重要文学课程读本。许多英美名校的英语语言文学专业都把《哥伦比亚英国诗歌史》《剑桥文学指南——20世纪英国诗歌》等标志性著作定为教材，而休斯在这些书中都占有一席之地。2011年，《剑桥文学指南——休斯》问世，书中提及休斯普遍出现在中学和大学的课堂中这一现象，并提出了这样一个观点：任何一门英国当代诗歌课程，如果不涉及休斯的诗歌，那就是不完整的。[②]

还须一提的是，伦敦威斯敏斯特大教堂“诗人角”于2011年为休斯立碑，休斯的墓碑从此与乔叟、莎士比亚、弥尔顿、济慈、雪莱、勃朗特姐妹和狄更斯等人的墓碑比肩而立。威斯敏斯特大教堂主持牧师约翰·霍尔表示：“希望他的传世文字可以继续激励后人，激荡历史，愿他的名字永存。”[③]可见，休斯诗歌的经典地位如今已毋庸置疑。

第二节 休斯诗歌的经典化

从20世纪70年代至今的四十多年中，休斯诗歌走过了一个什么样的经典化过程？概括地说，休斯诗歌的经典化，离不开三个方面的外部因

---

① 希默斯·希尼：《伟大的人，伟大的诗人——特德·休斯追悼会上的悼词》，紫芹译，《当代外国文学》，2000年第1期，第108页。

② Terry Gifford, *The Cambridge Companion to Ted Hughes*, Cambridge: Cambridge University Press, 2011, p. 1.

③ http://www.theguardian.com/books/2010/mar/23/ted-hughes-poets-corner，访问日期：2019年1月4日。

素:(1) 休斯诗歌的频繁获奖,以及其桂冠诗人的身份,为其赢得了非凡的声誉;(2) 休斯诗歌的跨媒体传播;(3) 批评家和学者们对休斯诗歌经典性的深入挖掘。

休斯诗歌经典化的第一个因素,休斯获得的荣誉,是一般英国诗人不能企及的。除了诺贝尔文学奖以外,一个英语诗人所能获得的所有荣誉,他几乎都得到了。众多的奖项,尤其是象征着权力话语的"桂冠诗人"称号,铸就了休斯的文学光环,成了他诗歌经典化的动力。

休斯登上诗坛就是从一次获奖开始的。他的第一本诗集《雨中鹰》由伦敦的费伯一费伯出版社出版,是 1956 年纽约青年男女希伯来协会诗歌中心主办的处女作英语诗歌比赛的获奖作品。1959 年,他的第二部诗集《牧神集》(*Lupercal*)获圭尼斯诗歌奖。之后,他又先后获得 1959—1960 年古根海姆研究奖金、1960 年毛姆奖等。1974 年,休斯被授予女王诗歌奖章。1977 年,被选为获得英帝国勋章的公务员。1998 年出版的《取自奥维德的故事》(*Tales from Ovid*)获得了惠特布雷德最佳诗歌奖。甚至在去世前几天,他还被女王授予功绩勋章。

1984 年 12 月,休斯荣任英国"桂冠诗人"。他对于这一荣誉的态度,跟同时代的其他诗人并不相同:他认为君主把国家所有活着的人和死去的历代人系在一起,是必不可少的因子;在一首诗歌里,他把人民比作轮子,把君主比作轮毂。因此,他欣然接受了桂冠诗人的荣誉,同时承担起相应的责任。他用自己磨炼了多年的诗艺,为英国的公众事件写诗庆祝。1992 年,费伯一费伯出版社出版的《献给公爵和其他桂冠诗人的雨水魔力》(*Rain-Charm for the Duchy and Other Laureate Poems*),就是休斯作为桂冠诗人而写成的诗集,其中有歌颂西部乡村河流的,也有庆祝哈里王子命名仪式的。诗集出版后,评论界称休斯为"皇室巫医"(the Royal Witch Doctor),而他本人也因此获得了主流社会的广泛认可。

休斯诗歌经典化的第二个重要因素,在于他诗作的跨媒体传播。休斯是艾略特引荐到费伯一费伯出版社的最后一位诗人。其诗集绝大多数都由费伯一费伯出版社出版,然而纸质媒介并非他诗作传播的唯一途径。他还凭借迷人的声音,以及对诗歌文体的独特体悟,成了一位出色的诗歌朗诵家。从 20 世纪 60 年代起,他就与英国广播公司(BBC)结下了不解之缘。他在 BBC 不仅朗诵自己的诗歌,还朗诵叶芝等前代经典诗人的诗作,甚至还开设关于诗歌的电台系列讲座。他在 BBC 朗诵过的(自己的)诗歌,如今全都已经录制成光盘,并广泛出版发行。BBC 为休斯诗歌的跨媒体传播,提供了一个良好的平台,为他诗歌的经典化推波助澜。

在这一跨媒体传播过程中,还有一段"跨媒体插曲":2003 年,以休斯和普拉斯的感情生活为题材的电影《瓶中美人》(*Sylvia*)问世。虽然电影将普拉斯的死归结为休斯的背叛,但是电影作为广泛流传的文化载体,让更多的人认识了休斯,推动了休斯诗歌的传播。

休斯诗歌经典化的第三个因素就是几十年来评论家、研究者、作家对于休斯诗歌的不懈阐释,对休斯诗歌经典性的不断挖掘,巩固了他的经典地位。1998 年,由赛格尔教授和文献学专家史蒂芬·塔波尔合编、曼赛尔出版社出版的《休斯文献:1946—1995》(第二版)[①]问世,这是迄今为止文献学史上休斯研究的最重要成果。该书记录了休斯文献在英国和美国的出版情况。全书共有 11 个部分,分别把休斯文献归类为专著、编著、(发表在期刊上的)文章、诗歌、访谈录和评论、录音、广播节目、杂项、(诗歌)音像资料、研究资料和手迹等。据该书第 10 部分著录,从 1946 年至 1995 年,共有 29 部休斯研究专著出版,69 部学术专著中有关于休斯研究的章节,而刊登于各类期刊的休斯研究论文有 183 篇,其他论文 25 篇。当然,从整个世界范围内来说,休斯研究的成果远远不止这些,既有英美学者之外的英语研究著述,也有其他语言的休斯研究成果,而从 1995 年至今的二十余年间,休斯研究又有许多新的成果问世。可见,休斯研究者甚众,研究成果颇丰。

尤其值得一提的是,20 世纪 60 年代前后见证了一场关于休斯诗歌中"过度活力"(overdone virility)和"过分暴力"(overdone violence)的学术争论。论战源于休斯第一部诗集《雨中鹰》中同名诗歌《雨中鹰》里塑造的捕食者——鹰的形象。1958 年,W. I. 卡尔指出诗中有一种缺乏道德评价的暴力,与此同时,艾伦·约翰·布朗也认为"鹰"是一个粗糙的、性和暴力混合的意象。[②] 在这场争论中,评论界对休斯褒贬不一,毁誉参半。尽管如此,论战还是为休斯的诗歌带来了学术活力,促使更多的研究者来关注休斯诗歌。

需要说明的是,休斯诗歌经典化的道路并非一帆风顺。其阻力主

① 该书的第一版即《休斯文献:1946—1980》于 1983 年出版,第二版是在第一版基础上做出修订的,增加了 1981—1995 年间的文献。休斯第一部诗集《雨中鹰》于 1957 年出版。他的书评、研究论文和专著也是随后相继问世的。这里以 1946 年为时间起点,是因为编者记录了 1946 年及其后休斯于中学期间在校刊上发表的诗歌。

② Sandie Byrne ed., *The Poetry of Ted Hughes*, Cambridge: Icon Books Ltd., 2000, p. 14.

要来自美国，原因自然是他第一任妻子、美国女诗人西尔维娅·普拉斯于1963年自杀，而导致其自杀的原因普遍被归咎为休斯的背叛。从此，休斯成了众矢之的，受尽抨击。普拉斯墓碑上刻有"西尔维娅·普拉斯·休斯"字样，憎恨休斯的人愤怒地刮掉"休斯"这个姓，前后有六次之多。一批女权主义批评家、普拉斯研究者把休斯当作可憎的男性原型加以口诛笔伐。当他应邀去朗诵诗歌时，女权主义者集合起来，对他提出强烈的抗议，并且高呼"杀人犯"的口号。35年后，即1998年，随着休斯忏悔式的《生日信札》的出版以及休斯的去世，情况才得到改观。

一部经典的形成，其中固然掺杂着种种复杂的外在因素，然而最为重要的是决定经典存在的本质性特征，即经典性，也就是作家作品的"永恒性"和"重要性"（艾略特语）。那么，休斯诗歌的经典性何在？我们须先承认：所谓"经典性"，并非一家之言，而是从无数评论家、研究者的著述中自然呈现的。

休斯诗歌的经典性，首先在于他的诗歌阐释了人和自然的关系，而后者是一个经久不衰的文学母题。海伦·文德勒称休斯为"一个有力地审视人类仪式的当代个体"，而他的"审视"是通过对自然界"进化法则"的关注而实现的。[①] 难产的羔羊、捕食一切的鹰、杀死性伴侣的豆娘，所有这一切都作为象征物呈现在休斯的笔端。

20世纪90年代，随着生态批评的兴起，休斯的诗歌中对人和自然关系的关注被纳入了生态研究的视野。评论界普遍认为休斯的诗歌充满了对工业文明、环境污染的忧虑，对人类中心主义的批判。列奥纳多·M.斯齐盖济在论文《特德·休斯和生态：一个生物中心主义的视角》中指出，休斯写生态诗旨在呼吁人类尊重自然、关爱自然，重建与自然的和谐关系。他认为，休斯早期的三部作品《雨中鹰》《牧神集》和《沃德沃》描绘了一个以原始暴力为手段，以动物掠夺性本质为主体的野性世界，来解释人性的扭曲，讴歌大自然的伟大。20世纪60年代末，休斯在读了蕾切尔·卡森的《寂静的春天》一书后，开始有意识地写生态诗。诗集《埃尔梅废墟》与《河流》展现了自然的脆弱，呼唤人类承担起生态责任，诗集《摩尔

① Helen Vendler, *The Music of What Happens*, Cambridge: Harvard University Press, 1988, p. 208.

镇》则提倡人与动物形成良好的伙伴关系。[①]

休斯在诗中书写人和自然的关系,还意在强调自然对人类的治疗功能:让人们通过其诗作重新领略自然的美,懂得自然的规律,再次热爱自然,尊重自然,而人类与自然之间良性关系的重建又有利于人自身的心灵健康。赛格尔在《特德·休斯和自然:"恐怖和进化"》中就将休斯笔下的人与自然的关系,与宗教、神话、古希腊悲剧、莎士比亚以及英国自然诗的传统联系了起来。而丹尼尔·谢里(Daniel Xerri)则认为,休斯明确指出诗歌能代替宗教,帮助人重新与神性建立联系,在生态上和文化上和谐而平衡地生存。[②] 也就是说,人和自然的关系这一母题是休斯诗歌经典性生成的要素。

此外,休斯诗歌的经典性还在于他跟先前经典及其作者的对话。他的诗歌在语言、选材、修辞等方面都与先前的经典息息相关。休斯是一个广泛阅读经典,尊重经典,珍视经典的诗人。少年时代,吉卜林诗歌中有力的韵律、长长的诗行深深地打动了休斯。除了将叶芝的诗歌作为自己的"诗学圣经"外,他还热爱布莱克、华兹华斯、柯勒律治、济慈、霍普金斯和奥地利诗人里尔克的诗歌。不管身在何处,他总是尽可能地涉猎更多诗人的诗作,这一阅读习惯伴随了他的一生。休斯觉得,前代经典都是他非常需要的,因而总是急切地汲取前代经典中的养分。这些养分充分体现在了他的诗歌语言风格之中。泰瑞·杰弗德(Terry Gifford)和尼尔·罗伯茨(Neil Roberts)就曾指出,休斯让我们记得我们仍旧使用着莎士比亚的语言。[③] 海伦·文德勒也指出过休斯与先辈之间的传承关系,强调他"师承劳伦斯",从后者那里借鉴"寓言"、重复等表现手法,同时还从霍普金斯那里学习了诗歌的"画面性"和"动感"。[④]

与先前文学经典的对话,还体现于休斯对神话、传奇和民间故事等的挖掘——他善于从中找寻诗歌题材,并把"人类普遍的感情""综合加工成

---

① Leonard M. Scigaj, "Ted Hughes and Ecology: A Biocentric Vision", in Keith Sagar ed., *The Challenge of Ted Hughes*, New York: St. Martin's Press, 1994, pp. 160—180.

② Daniel Xerri, *Ted Hughes' Art of Healing*, Palo Alto: Academica Press, 2010, p. 4.

③ Terry Gifford and Neil Roberts, *Ted Hughes: A Critical Study*, London & Boston: Faber and Faber, 1981, p. 11.

④ Helen Vendler, *The Music of What Happens*, Cambridge: Harvard University Press, 1988, p. 202.

诗歌”。[1] 最为典型的是神话经典题材的选用。如简妮·德兰肖尔特所说:“休斯最打动读者的一点,就是他是一个神话诗人。他写于20世纪60年代后期和70年代的组诗,可谓极具神话性,从头到尾都充斥着神话因素,如赫拉克勒斯、俄狄浦斯、圣杯传说和创世纪等。”[2]需要补充说明的是,休斯的早期诗集《雨中鹰》《牧神集》和《沃德沃》中的动物诗歌也同样具有神话因素。事实上,神话题材在他的作品中比比皆是,而且常常成为学术界专门研究的对象。例如,安·斯奇在她的《特德·休斯:诗歌探索》(*Ted Hughes: The Poetic Quest*)中考察了休斯的三部诗集《穴鸟》《埃尔梅废墟》和《河流》,揭示了休斯将神话经典作为一种诗歌创造力的奥妙。又如,赛格尔提出:休斯笔下的乌鸦形象与爱斯基摩的创世神话有关。[3] 更值得一提的是,休斯与先前经典的对话不但超越了国界,而且超越了东西方的界限。如我国学者李子丹和区鉷所说,休斯的诗歌中有中国道家经典《道德经》的影子。[4] 然而,休斯诗歌的经典性更在于他所创造的作品中属于他自己的艺术特质。当然,前提是这种艺术特质是具有价值的,是具有创造性的。

休斯的诗歌充满了力量美,这也是学界对其诗歌围绕“暴力”展开论战的原因。1970年,在一个访谈中,休斯认为“暴力”就是“活力”;他要通过诗歌展示自然万物的活力,抗争工业文明下压抑的、死气沉沉的人类社会。[5] 正如吴笛教授所说,自然界、生物界的力量和抗争成了休斯最喜爱的,也是最得心应手的主题……他注重物体上的生动性,注重原始的暴力以及巨大的忍耐力,注重被冲动和本能所统治的“血性世界”。[6]他延续了布莱克、劳伦斯的动植物诗歌传统,但他笔下的“栖息枝头的鹰”“狗鲨”等比起布莱克的“老虎”、劳伦斯的“蛇”,力量更加粗犷,笔触更加锋利。又如诗歌《蓟》中,意象“蓟”强大的生命力、尖锐的刺,象征世世代代执着抗

---

① T. S. 艾略特:《艾略特文学论文集》,李赋宁译,南昌:百花洲文艺出版社,2010年版,第11页。

② Janne Stigen Drangsholt, “Living Myth”, in Roger Rees ed., *Ted Hughes & The Classics*, Oxford: Oxford University Press, p. 81.

③ Keith Sagar, *The Laughter of Foxes: A Study of Ted Hughes*, Liverpool: Liverpool University Press, 2000, pp. 170—180.

④ 区鉷、李子丹:《泰德·休斯诗歌中的道家思想倾向》,《外国文学研究》,2006年02期,第70—77页。

⑤ Ekbert Fass, *Ted Hughes: The Unaccommodated Universe*, Santa Barbara: Black Sparrow Press, 1980, p. 199.

⑥ 吴笛:《比较视野中的欧美诗歌》,北京:作家出版社,2004年版,第122页。

争的毅力,极具力量感:"反抗着母牛粗锉般的舌头和人们锄草的手,/大蓟像长而尖的刀子捅入夏天的空气,/在蓝黑色的土地的压力下爆裂开来。"[①]休斯还在诗中频繁使用"捅入""爆裂""抛掷""紧握"等充满力量的动词。休斯的大多数诗歌就像一支支"蓟",充满力量,像刀子一样直插读者的心灵,捅破了当时统治英国诗坛的"礼貌得体的话语"体系。

休斯不仅将动物作为诗歌意象,而且将动物寓言融入自己对诗歌的理解,用动物寓言构筑他自己的诗学观念。童年捕捉动物的愉快经历,促使休斯将诗歌的发生与捕捉动物的冲动相联系。在他看来,诗歌创作是一种"特殊的兴奋,轻微的催眠,不知不觉地专注于一首新的诗歌在你脑海中萌芽,然后出现了诗的轮廓、形状、颜色和清晰的形式"。[②] 这种心理感受对于休斯来说太熟悉了,这就是他童年无数次体验过的捕猎过程。因此,他说:"创作的过程就是捕猎,而创作的成果——诗歌——就是猎物。"[③]他进而提出了"诗歌活力论",认为诗歌是一个充满活力的新物种。休斯更是生动地将诗歌的构思与自己的爱好——垂钓联系在一起。在他看来,垂钓者对浮标的专注/对鱼的捕捉,与诗人对思维对象的专注/对思维的捕捉,实际上是一样的。因此,垂钓还有助于诗歌思维的训练。这种充满动物寓言的诗学阐释在英国诗歌史上,甚至在世界诗歌史上,都是具有十分独特的魅力的。

在诗歌音韵方面,休斯作出了革命性的开拓。他非常赞赏柯勒律治和霍普金斯,认为诗歌不应墨守成规,诗人不应该死板地按照韵式创作,而应该尊重诗歌朗诵时的音乐效果。因此,他努力寻找"属于自己的方式"——诗歌文本休斯式的音韵新规则。

首先,从整首诗歌的音韵模式来说,他所使用的艺术手法也有别于同时代一般的英美诗人:他既不用传统的格律诗体,也不用激进的、极不整齐的自由诗体,而是使用独具一格的半格律、半自由的混合诗体,并根据诗的内容和感情的爆发来决定诗的形式,故他的诗句长短参差,每节中行数不均匀,节奏极不稳定,给人以心理联想与暗示的作用,如《狼嚎》(*Howling of Wolves*)一诗第一、第四、第五诗节都只有一个诗行,而第三诗节有七个诗行。最短的诗行只有三个音节,而最长的诗行有 14 个音节。"d""s""ing"等韵脚在这几个诗节中不规则地更替。诗歌的音韵模

---

① 吴笛译:《野天鹅——外国抒情诗 100 首》,哈尔滨:黑龙江人民出版社,1988 年版,第 67 页。

② Ted Hughes, *Poetry in the Making*, Tokyo: NAN'UN-DO, 1980, p. 4.

③ Ibid., p. 4.

式完全是由诗歌情感的需要,即表达狼嚎的恐怖、狼性的残酷无情而决定的。类似的诗作在休斯诗集中随处可见。

其次,休斯也重视诗歌中头韵、谐元韵等音韵修辞的使用。如在《思绪之狐》(*The Thought-Fox*)一诗中,他不仅大量使用诸如"sudden sharp hot stink"之类的头韵,而且善于使用诸如"widening deepening greenness"之类的节奏的重复,来增强诗歌中的音乐效果。例如,在该诗的第三诗节中,休斯写道:"Cold, delicately as the dark snow/A fox's nose touches twig, leaf; /Two eyes serve a movement, that now/And again now and now and now..."①此处,"delicately as the dark"等头韵的使用,造成了和谐匀称的听觉效果,而"that now and again now and now and now"等重复手法的使用,不仅表现了逐渐增强的音乐的节奏感,更是传达了令人如同身临其境的一种紧迫的语义效果。

总之,格律音韵和动物意象一起构成了休斯诗歌独具一格的审美特征,是一种有意味的形式。这种有意味的形式与诗歌母题(如对人和自然的关系)水乳交融,分明是休斯诗歌经典性的标志。

第三节 休斯诗歌经典在中国的传播

休斯诗歌经典在中国的译介,是从 20 世纪 80 年代开始的。国内对休斯其人其作的评价一直颇高。1983 年,《外国文学》杂志第 8 期上刊登了由剑桥大学学者正衡翻译的四首休斯诗歌,题为《休斯新诗四首》,这标志着休斯的诗歌首次被译介到国内。这四首诗分别是《献辞》《新年激情》《三月,不寻常的早晨》和《记忆》。《献辞》选自休斯诗集《埃尔梅废墟》(*Remains of Elmet*),英文诗名为"*The Dark River*";另外三首诗都出自休斯的另一部诗集《沼泽城日记》(*Moortown Dairy*),诗题为英语诗名直译。这两部诗集皆出版于 1979 年。译诗前有近两百字的诗人小传,介绍休斯为"当代英国著名诗人"。这四首诗正如题名所述,是休斯的新诗,而并非其最具代表性的作品。之后,休斯的代表诗作开始被频繁地收进了当时出版的一些重要的外国诗歌选集,如彭予编译的《二十世纪英美抒情诗选》(1987)、吴笛编译的《野天鹅——外国抒情诗 100 首》(1988)、王佐

---

① Ted Hughes, *Collected Poems*, New York: Farrar, Straus and Giroux, 2003, p. 21.

良主编的《英国诗选》(1988)、方平和李文俊主编的《英美桂冠诗人诗选》(1994)、飞白主编的《世界诗库·英国卷》(1994)等。20世纪八九十年代,在休斯诗歌的诸多译本中,袁可嘉的译本是流传最广的,他也是当时翻译休斯诗歌最多的译者,共翻译了《马群》《风》《栖息之鹰》《她的丈夫》《鼠之舞》《蓟》《乌鸦的第一课》《狼嚎》《鸫鸟》《獐鹿》和《三月的河》等11首。此后,屠岸、林玉鹏、白元宝等人的译作也相继在《当代外国文学》《诗歌月刊》等刊物上发表。2001年1月,张子清翻译的休斯诗集《生日信札》,由译林出版社出版,这是中国至今唯一完整的一本休斯诗集译本。2005年,中国台湾花莲出版了由陈黎和张芬龄编译的《四个英语现代诗人:拉金·休斯·普拉丝·希尼》,其中选译了21首休斯的诗歌,是至今选译休斯诗歌最多的译本。随着上述诗歌的译介,休斯于20世纪90年代开始进入我国的各种外国文学史。

1993年,王佐良《英国诗史》中对于休斯的评价,可以看作国内目前对休斯评价的一个标杆。第18章《世纪后半的诗坛》中介绍并分析了他的《栖息之鹰》《鼠之舞》《乌鸦的第一课》和《蓟》等四首诗,将他定位为“活跃于五六十年代的重要诗人”,并称他的诗风为“世纪后半英国诗的一个特色”。1998年,阮炜、徐文博和李近军主编的《20世纪英国文学史》中认为,休斯的诗歌“爆发出的生命的力量,对家乡风光的描绘以及对动物世界的大量富有独创性的研究,使得他的诗歌具有强烈的鲜明的个性,一扫50年代英国诗坛崇高、淡雅、平庸的萎靡气息”①。2004年出版的吴元迈主编的《20世纪外国文学史》第四卷《“运动”中的英国诗歌》一章中这样写道:“率先打破‘运动派’温雅诗风的休斯以充满活力的诗歌翻开了英国诗歌‘运动’之后的新篇章。”②

事实上,我国的休斯研究是在他的诗歌译介到国内以后才兴起的。《外国文学》1985年第10期发表了我国休斯研究的第一篇论文,即张中载的《塔特·休斯——英国桂冠诗人》。该文首先简要回顾了20世纪英国诗坛的概况,以及从1957年休斯登上诗坛至1985年近三十年间的创作情况,接着从题材、技巧和风格上分析了休斯的创作,重点分析了休斯的《思想之狐》《栖息之鹰》两首诗和诗集《乌鸦》。张中载认为:“从题材上说,休斯的诗的一大特点是他呈献给读者的动物世界,一个充满了掠夺成

---

① 阮炜、徐文博、李近军主编:《20世纪英国文学史》,青岛:青岛出版社,1998年版,第309页。

② 吴元迈:《20世纪外国文学史》,第四卷,《“运动”中的英国诗歌》,南京:译林出版社,2004年版,第132页。

性的动物、原始暴力和动乱的野性世界，一个本能放纵的世界。”[①]在技巧风格上，张中载认为隐喻是其诗歌的一大特点，且诗歌格律大胆强劲，节奏鲜明。实事求是地说，张文的发表开我国休斯研究之先河，为休斯在我国的传播起到了不可小觑的作用。

20 世纪 80 年代末与 90 年代初，国内学界曾就休斯诗歌中的“暴力”问题展开论战。这一论争比国外晚了近三十年。起初，以张中载、杨立信为代表的否定观点占主流，认为“休斯的诗由于过分地渲染了暴力，给读者描绘了一幅幅血淋淋的动物凶杀场景，有的诗读起来让人产生恶心和厌恶的反感”[②]。到了 20 世纪末，学界的看法渐渐发生了变化。林玉鹏和李成坚等开始挖掘休斯诗歌所谓“暴力”中的积极意义，不再简单地将其理解为“恐怖”“杀戮”和“血淋淋”等。对于休斯诗歌的“暴力”问题，更为成熟的考量来自陈红，她对休斯诗中的暴力现象和休斯本人的诗学思想进行了深度发掘，从而提出：“休斯的早期动物诗旨在表现动物充满活力的野性本能，一方面，他极其敬畏这种本能，因为它是真正的生命之源，是人类完善自我的必要条件；另一方面，他又清醒地认识到人类对于这种本能的放任将给自身带来极大的灾难性后果。”[③]她还指出，休斯“不满西方传统文化对动物性和兽性的混淆，他把前者视为一种人与动物共有的积极力量，后者则是与人性相违背的消极力量”[④]。此后，李增和刘国清等人又从生态批评的角度解读了休斯的诗歌。他们认为，《雨中鹰》是对人类中心主义的瓦解，《牧神集》揭露了人类中心主义的罪恶，《木神》确立了自然中心论，《乌鸦》和《沉醉》是对人类中心主义的猛烈抨击，《埃尔梅废墟》点燃了人们对自然复魅的信心，《河流》则让复魅的自然来治疗当代人的心灵疾患；因此，休斯自然观的渐进与西方社会生态观的发展是密切相关的。[⑤] 近年来，李子丹撰写了《论泰德·休斯诗歌的外来影响》《泰德·休斯与凯尔特文化传统》，并与其导师区鉷合作撰写了《泰德·休斯诗歌中的道家思想倾向》等论文，对休斯的诗歌进行了文化探源。

尽管有了上述学者文人的艰苦努力，我国的休斯研究还是起步较晚，

---

① 张中载：《塔特·休斯——英国桂冠诗人》，《外国文学》，1985 年第 10 期，第 27 页。

② 同上，第 29 页。

③ 陈红：《人与兽，孰为暴力？——再议泰德·休斯的动物诗》，《外国文学评论》，2006 年第 4 期，第 39 页。

④ 同上，第 39 页。

⑤ 李增、刘国清：《痴迷的自然情结——论泰德·休斯的自然观与自然诗》，《东北师大学报》（哲学社会科学版），2004 年 02 期，第 102－109 页。

而且研究成果较少。至 2013 年,国内休斯研究的专著只有两部,硕士论文只有七篇,博士论文只有三篇;即便是期刊论文,也只有几十篇。国内休斯诗歌的译介情况也大致相仿。如前文所述,到目前为止,国内仅出版了一本完整的休斯诗集译本,即《生日信札》。从这两方面来看,休斯诗歌在中国的经典化道路还很漫长,有待于评论家、研究者、翻译家和作家的进一步努力。

第五章 索尔·贝娄作品的经典生成与传播

当代美国作家索尔·贝娄(Saul Bellow, 1915—2005)一生创作了19部作品,其中13部是长篇小说,并先后获得普利策奖和3次美国国家图书奖。1976年,他因"对当代文化富于人性的理解和精妙的分析"[①]而获诺贝尔文学奖。批评界曾把他和威廉·福克纳并称为"20世纪美国文学的脊梁"[②]。贝娄为何能取得那么多的荣誉?这还得从他作品的经典性说起。

第一节 贝娄小说的经典性

贝娄小说的经典性集中表现为作品中经典命题和诗性语言的紧密结合,深刻的主题思想和精湛的写作技巧的高度统一。

在《小说与无意识》(*Fiction and the Unconscious*, 1957)一书中,美国批评家西蒙·莱塞(Simon Lesser)指出,文学形式具有"使人恢复信心的影响力"(reassuring influence),它与焦虑进行战斗,歌颂我们对于生活、爱情和秩序的忠诚。按照莱塞的看法,我们通过文学"向超我致

---

① 诺贝尔奖"授奖辞"语,参见网址 http://zh.wikipedia.org/wiki 中关于"索尔·贝娄"词条的介绍,访问日期:2019年1月19日。

② http://usa.bytravel.cn/art/mgw/mgwxdjlnbewxjdzblbs/index.html,访问日期:2019年1月19日。

敬”[①]。贝娄的小说就表现了“向超我的致敬”,实现了精神和审美意义的双重超越。也就是说,其作品的经典性表现在思想价值和审美价值两方面。在他的小说中,对当代人类生存状况、工业化进程的关注这一经典命题通过诗性语言加以表现,呈现出独特的审美价值。在娓娓道来的故事情节中,蕴含了丰富的哲学思想。在诗意的叙述中,揭示了现代化进程中的社会疾病,以独特的方式对工业化和“进步”话语[②]进行了回应。

从《受害者》(*The Victim*, 1947)到《拉维尔斯坦》(*Ravelstein*, 2000),贝娄的小说无不表现了对现代文明的焦虑,代表了当代美国作家对工业文明、机械文明发出的批判声音。在很大程度上,他的创作思想可以看作对19世纪英国作家卡莱尔(Thomas Carlyle, 1795—1881)、金斯利(Charles Kingsley, 1819—1875)、阿诺德(Matthew Arnold, 1822—1888)、罗斯金(John Ruskin, 1819—1900)和莫里斯(William Morris, 1834—1896)等人的文化观[③]的呼应。限于篇幅,我们仅以小说《更多的人死于心碎》(*More Die of Heartbreak*, 1987)为例,探讨贝娄作品的主题思想是怎样与诗性语言深度融合的。

《更多的人死于心碎》展现的是一幅巨大的消费图景:琳琅满目的物品向人们发出诱人的邀请,消费者乐此不疲地追求着各种舒适和享乐,迷失在豪华住宅、典雅装饰、时髦衣着等高档用品的“开心馆”之中。主人公贝恩本是一个生活简单朴素的人,但是在妻子玛蒂尔达的影响下,花费800美元定做了一套“全市最好的”花呢西装[④],还搭配了一条质地上乘的领带。小说中充斥着奢侈现象。例如,玛蒂尔达和贝恩一起上街购物,刚买了通用电气公司生产的品牌洗碗机,紧接着又为没多花100美元买到比这更好的全自动厨房用具而懊悔不已。[⑤] 又如,拉亚蒙医生(玛蒂尔达的父亲)为庆祝太太的生日,为她买了价值5000美元的蛋白石耳环。在

① 特雷·伊格尔顿:《二十世纪西方文学理论》,伍晓明译,北京:北京大学出版社,2007年版,第183页。

② 参阅殷企平的文章《质疑“进步”话语:三部英国小说简析》(载于《浙江师范大学学报》(社会科学版),2006年第2期)和《〈进步前哨〉与“进步”话语》(载于《外国文学》,2006年第2期),以及单继刚的《作为意识形态的进步话语》(2004)。

③ 参见殷企平:《“文化辩护书”:19世纪英国文化批评》,上海:上海外语教育出版社,2013年版。

④ 索尔·贝娄:《更多的人死于心碎》,姚暨荣译,宋兆霖主编:《索尔·贝娄全集》(十四卷),石家庄:河北教育出版社,2002年版,第142页。

⑤ 同上书,第165页。

以玛蒂尔达及其家人为代表的消费主义者们眼里，一切皆商品，爱情也不例外。小说中有一段话令人回味：

> 爱情这玩意儿终于遭到了人们的唾弃，大家不再愿意与它有干系，对它失去了信任。很长一段时间以来，世界向年轻女子们许下爱的诺言，如："一切都将十分完满"，这是欺人之谈——是偏离。而对于严肃的男人，他们也会反思：对于讲究实惠的人来说，爱情之所以被人认为是正当的，是因为它给人带来商品——鞋子、衣服、提包、珠宝、皮毛和各种时髦的东西。此外还有精神病学，这里面的钱可多着哪，一应俱全，惟独没有爱情可言。[①]

这是一幅爱情淹没于商品/消费浪潮的图景，它折射出现代化进程中人类生存状况这一主题；而这一经典主题由诗性语言得到了很好的体现。

这里，诗性语言主要表现为贝恩对精神家园的诉求。身陷消费浪潮的贝恩并不幸福，因而常常回忆"天真烂漫的青少年时期"，此时呈现的是诺思罗普·弗莱所说的"一个田园般的和阿卡狄亚式的世界""一片宜人的郁郁葱葱的景色，到处是林间绿地、荫蔽的山谷、潺潺的溪水、明亮的月光……这个世界的色彩是绿色和金黄色……它常常是一个魔幻的或尽如人意的世界……"[②]在这个梦幻世界里，贝恩寻找着精神的家园和灵魂的栖息地。小说里有这样一段描写："贝恩和肯尼斯从电子塔楼第102层的观察台俯瞰，一切人间的困顿和烦恼都暂时消失了，取而代之的是空荡荡的工厂、静悄悄的货运场、翻开的路面，以及水面静得像放养鱼箱的河流；远处是农村……白色的薄冰覆盖着的农庄，以及预示着自由和诱发人们逃跑的天穹。"[③]这一景象富有诗意，跟小说中俗气的消费图景形成了鲜明的对照。

对贝恩而言，乡村风景永远是赏心悦目的。例如，他对马萨诸塞州伯克郡的乡村小道一往情深，以致一谈到那里的植物名称，就如数家珍：

> 晴朗的早晨，天空明亮湛蓝，空气清新宜人，大气中弥漫着烧制

---

① 索尔·贝娄：《更多的人死于心碎》，姚暨荣译，宋兆霖主编：《索尔·贝娄全集》（十四卷），石家庄：河北教育出版社，2002年版，第246页。

② 诺思罗普·弗莱：《批评的剖析》，陈慧、袁宪军、吴伟仁译，天津：百花文艺出版社，1998年版，第243页。

③ 索尔·贝娄：《更多的人死于心碎》，姚暨荣译，宋兆霖主编：《索尔·贝娄全集》（十四卷），石家庄：河北教育出版社，2002年版，第225页。

> 木炭的气味。早晨吃的是煎饼和槭糖浆。无主的果树上挂满了熟透的苹果,还有一些迟开的鲜花,贝恩样样叫得上名字……远处有一些狩猎者在打野鹿。[①]

如此诗情画意的描写,本身就是对消费主义的无声批判。通过这样的诗性语言,贝娄意在提醒世人:当人们的视线被滚滚而来的"物"遮蔽以后,乡村小道这类地方往往沦落为被人遗忘的角落。贝娄的目光总是能穿透浮华的表象,投射在那些被人们忽略的地方,如伯克郡的乡村风光,还有艺术、爱情等。这些他一直珍视的东西,足以使他穿越尘世的喧嚣,获得审美的超越,抵达神圣的彼岸世界。《更多的人死于心碎》所要表达的,就是这种审美的超越,或者说诗意的诉求。小说中的另一段描述亦可引以为证:

> 我们每人各有自己的天使,那便是一个负责使其精神向更高层次衍化的精灵。目前,从根本上来说,我们是孤独的,这首先是指世俗不允许我们承认天使的存在,其次是指我们对他人的存在只是影影绰绰地意识到,从而对我们自己的存在也是模模糊糊的。这种情况使我们处在孤寂之中,每一个人都意识到自己胸膛里存在着一道小小的冰河(正如马修·阿诺德所写的那样:他三十岁时,他的心已经有四分之三为冰覆盖)。这冰河必须解冻,而解冻所需的温暖首先得来自主观愿望。思想始于主观愿望,思想必须以感情加温,并增加色彩。天使们的任务在于向我们的灵魂注入热量。[②]

与此形成呼应的是小说主人公贝恩的一句话:"我们每个人的胸中都有一道需要融化的冰河,否则爱情就无法循环。"[③]此处,贝娄借诗人菲利普·拉金之口表达了对爱情的看法和情感信念。拉金曾经写道:"'每个人身上蕴藏着一种与爱情相应的生命之感'……人们常梦想自己'若得到爱情,便能完成自己想做的一切'。"[④]小说与拉金诗歌形成的互文性凸显了这样的信念:至少世界上还有像贝恩那样相信爱情和美德的人,因而生活还是有希望的;工业化能掀起消费浪潮,能破坏人类的生存状况,却不

---

① 索尔·贝娄:《更多的人死于心碎》,姚暨荣译,宋兆霖主编:《索尔·贝娄全集》(十四卷),石家庄:河北教育出版社,2002年版,第260页。

② 同上书,第78页。

③ 同上书,第217页。

④ 同上书,第46页。

能阻挡人类对精神家园的向往。

换言之,小说的主题思想始终交融于诗性语言,表现为诗意的追求。贝娄用以构成小说诗性语言的手段很多,其中包括反讽、陌生化、隐喻和象征。

反讽基调贯穿了《更多的人死于心碎》。小说中有大量关于城市的描写,形成了一种结构性的反讽:犹如迷宫般的现代大都市里,人与人虽然面对面,甚至摩肩擦踵,却彼此视而不见,更缺乏心灵的沟通。小说中关于黑人歌手比丽·霍莉特的悼词里有这样一句话:"她的降生是爱情的结晶,她唱的每一首歌都是关于爱情,但她一生中都缺少爱情。"[1]比丽死于吸毒和酗酒,临终前在病榻上遭逮捕,守候在医院病房里的只有警察。比丽的经历是一种绝妙的讽刺,在她身上体现了爱与孤独的情感悖论。类似的反讽还体现于另一个细节:贝恩喜欢美国连环漫画家查尔斯·亚当斯的《怪物集锦》中的一幅画,上面画着一对恋人(两人手握着手坐在长椅上,边上是一块墓碑和一棵浆果树),并配有如下解说词:"你不开心吗?亲爱的?""啊,是呀是呀!一点也不开心。"情人约会地点选在"墓地",要表达柔情蜜意,却一点儿也开心不起来。

构成小说诗性语言的手段还有陌生化(defamiliarization)[2]。例如,女主人公玛蒂尔达本是个容貌出众的女子,她"不仅身段好","而且高雅大方";然而,随着对她了解的加深,贝恩发现,她虽然长着"蓝色的眼睛、长长的睫毛、精致的鼻子——一张精美绝伦的脸",她的鼻子里却"呼吸着表里不一的气息,暗藏着奸诈";[3]她有一副宽阔得有点像男人的肩膀,宽得不自然,"有如安第斯山一样赫然耸立在眼前"[4]。她还有大得出奇的眼睛和锋利的犬牙,再加上如"计算机储存库一般的头脑",这组合无异于"将美杜莎强加到一个天真无邪的少女脸上"。[5]"宽阔的肩膀"通常用来形容男性的魁梧高大,"锋利的牙齿"则往往用来描述凶猛的野兽,而此处

---

① 索尔·贝娄:《更多的人死于心碎》,姚暨荣译,宋兆霖主编:《索尔·贝娄全集》(十四卷),石家庄:河北教育出版社,2002年版,第47页。

② 即一反常规地引导读者从"陌生的"(先前没有想到的)角度去审视同一事物。详见殷企平:《小说艺术管窥》,天津:百花文艺出版社,1995年版,第95页。

③ 索尔·贝娄:《更多的人死于心碎》,姚暨荣译,宋兆霖主编:《索尔·贝娄全集》(十四卷),石家庄:河北教育出版社,2002年版,第367页。(注:此处笔者根据英文小说原文对译文作了一些改动。)

④ 同上书,第159、333页。(注:此处笔者对译文作了一些改动。)

⑤ 同上书,第160页。

都被用来形容一位女子。这种陌生化的处理勾勒出玛蒂尔达伪善、反复无常、贪婪残忍的性格,不啻是一种审美批判,体现了诗的正义。

象征和隐喻构成了小说诗性语言的又一重要元素。如艾略特所说,“诗人的心灵就是一个能够捕捉和储存无数感觉、词语、意象的容器……”[①]贝娄就具有捕捉无数意象的心灵。《更多的人死于心碎》中的意象具有深刻的内涵和意蕴。从电子塔楼、核辐射、冰河、缎子、卡通片、爱尔兰花呢西服、橱窗、贝恩舅舅的公寓到雷诺克邸宅和乡村小旅馆,小说运用了大量的意象,揭示了现代人心灵的迷失、人际关系的异化,凸显了人类价值观的变迁和传统美德的衰落,表现了对于工业文明背景下人类精神危机的关注。小说主人公贝恩身上所体现的理想主义和物质主义两种价值观的冲突,以及他最终向传统价值观的回归,都在这些意象中得到了诠释。一言以蔽之,丰富的意象烘托了主题思想,使思想内涵和审美维度完美地交织在了一起。

小说里反复出现的中心意象是那座全市最高的摩天大厦——电子塔楼。它象征了现代化和工业文明的巨大力量,代表了物质主义对人的侵袭,是现代城市中一切邪恶东西的化身。它对于贝恩的心灵构成了一种“残酷的力量”;“除非你拉上窗帘,否则吃晚饭时电子塔楼会一直凝视着你”。[②]“夜间,大楼显得近在眼前,一大片亮着灯光的窗户比‘泰坦尼克’号客轮还要壮观。”[③]电子塔楼所在的这块地方,以前曾经是贝恩的家,带有一个宽敞的院子,里面有两棵桑树;每逢6月,树上就会停着许多鹩哥。随着现代化,这景象烟消云散了。[④] 在贝娄的笔下,电子塔楼无异于诺思罗普·弗莱所说的“魔怪世界的显灵点”[⑤]。它和城市里的监狱,以及其他黑暗的塔楼一样,呈现出肮脏、愚昧、枯萎的一面,暗示着罪恶的根源——贝恩被拉亚蒙一家操纵、利用的悲剧性命运就是在塔楼

---

① T. S. Eliot, “Tradition and the Individual Talent”, in Zhu Gang ed., *Twentieth Century Western Critical Theories*, Shanghai: Shanghai Foreign Language Education Press, 2003, p. 39.

② 索尔·贝娄:《更多的人死于心碎》,姚暨荣译,宋兆霖主编:《索尔·贝娄全集》(十四卷),石家庄:河北教育出版社,2002年版,第139页。

③ 同上书,第164页。

④ 同上书,第163页。

⑤ 参见诺思罗普·弗莱:《批评的剖析》,陈慧、袁宪军、吴伟仁译,天津:百花文艺出版社,1998年版,第248—252页。最常见的背景是山巅、海岛、楼塔、灯塔、梯子、台阶等。比如《圣经》中的雅各的梯子。又如,在约翰·弥尔顿的《复乐园》中,显灵点表现为寺庙的塔尖,撒旦从塔尖上跌落下来,而耶稣却稳坐其上。撒旦的跌落提醒我们,显灵点同样是命运之轮的顶端,也就是悲剧性主人公的跌落点。

的阴影下演绎的。

与塔楼相对的乡村意象则代表自由和解放。塔楼每每会勾起贝恩对昔日生活的回忆——母亲的厨房、父亲的书架、桑树，就像田纳西河的峡谷中被淹没的村子一样。[①] 对儿时田园生活的温馨回忆表明，他在内心深处的潜意识中渴望传统价值观的回归。更重要的是，他并没有仅仅停留在怀旧的层面，而是把理想付诸了行动——在小说结尾处，他远赴北极，去寻找理想中的家园。从在塔楼和拉亚蒙家感受到的压抑，到对乡村田园生活的企盼和追忆，再到远赴北极，贝恩完成了一次求索(quest)。也就是说，整篇小说遵循了一种迷途与回归的模式：受拉亚蒙医生和玛蒂尔达的蛊惑，贝恩曾一度迷失方向，失去自我，但是他最终找回了自我，实现了心灵的自由，实现了精神的救赎。这是一种诗意的回归，小说的主题从中得到了诗意的体现。

书中还有一个跟电子塔楼相对的意象——贝恩早期住过的公寓。那里摆满了家具，窗帘遮得严严实实，书堆得到处都是，还有他为心爱的植物安装的紫外线灯。[②] 叙述者"我"(肯尼斯)和贝恩舅舅曾在他的公寓里多次谈话。"朴实的书籍，因使用窗幔而暗淡的光线，和那些列娜舅妈在世时用过的皮椅子"，构成了"真正的生活场所"，因此"我"舍弃了巴黎的许多诱人的场所，而选中了贝恩的公寓——在"我"看来，人在这样的地方才可以洞察一切，才能取得进展。[③] 公寓是贝恩的"防御体系"的一部分："他储在那儿的一切，就是为了躲避外面的人行道、火车站、餐馆、加油站、医院、教堂、警车、直升机，以及我们无论愿意与否都不得不呼吸的城市大气流，以及在气流中震颤着的无形的人类的内涵与外延。"[④]更确切地说，他的公寓是对物质主义和功利主义的一种防御。皮椅子、窗帘、书籍、铜茶壶和警报系统等都象征着他内心赖以生存的道德观、价值观体系。例如，"窗帘遮得严严实实"就暗示了他对物质主义的拒绝。还须一提的是，这公寓的场景与拉亚蒙家的场景形成了鲜明的对比：前者由旧皮椅子、紫外线灯和书籍组成，后者则充斥着绫罗绸缎、鸭绒被和豪华地毯；前者简单朴素，后者气派十足。二者的差

① 索尔·贝娄：《更多的人死于心碎》，姚暨荣译，宋兆霖主编：《索尔·贝娄全集》(十四卷)，石家庄：河北教育出版社，2002年版，第221页。

② 同上书，第345页。

③ 同上书，第259－260页。

④ 同上书，第345页。

异,表征了两种对立的价值观。

"核辐射"是小说里的另一个重要意象。它由贝恩的一句话而成了全书的画龙点睛之笔:"我认为更多的人死于心碎,而不是死于核辐射。"[①]在书中相隔近两百页之处,贝恩又一次强调:"缺乏爱就像核辐射一样可怕,更多的人因心碎而死,然而,没有任何人组织大家与之进行斗争。"[②]小说叙事者肯尼斯也说过类似的话:"如果人们能认识到这一点,更多地关心他们的情感,那么,人们便真的要举行朝华盛顿进发的游行。我们的首都永远不能容纳那么多悲伤。"[③]把爱的缺席——"文明"语境下人类的生存状况——描述为比核辐射更可怕、更具有毁灭性的灾难,其实是点出了人类困境的实质。可悲的是,世人对这一灾难已经习以为常,因而显得冷漠和麻木。正是因为看到了这一点,贝娄才用诗一般的语言来警示世人。换言之,"核辐射"意象本身就是一种言说,它言说着小说主题,振聋发聩。

综上所述,小说大量的意象、隐喻、象征、反讽和陌生化手段构成了独特的诗性语言。它们与主题思想水乳交融,实现了完美的统一,这就是小说的经典性所在。

第二节 贝娄作品的接受与传播

贝娄的第一部小说《两个早晨的独白》(*Two Morning Monologues*, 1941)发表在《党派评论》上,没有引起美国评论界的关注。他的第一部长篇小说《晃来晃去的人》(*Dangling Man*, 1944)出版后,受到一些评论家的好评。晚年的贝娄在波士顿大学教授文学,他为美国现代社会文学的质量下降和阅读者的减少深感悲哀。1998年,他在接受路透社记者采访时,曾经流露出这种担忧,并认为当下的优秀作家如凤毛麟角。

然而,这丝毫不影响读者对索尔·贝娄的热爱,他对世界文坛的影响也是毋庸置疑的。在贝娄去世后,中国读者以充满感伤和温情的语气来追忆他。对他的教养和刻薄都表示出特别的敬意。1978年,作家刘心武

---

① 索尔·贝娄:《更多的人死于心碎》,姚暨荣译,宋兆霖主编:《索尔·贝娄全集》(十四卷),石家庄:河北教育出版社,2002年版,第94页。

② 同上书,第272页。

③ 同上书,第354页。

在《外国文艺》上刚刚接触贝娄和马拉默德时，就曾因为能与外来文化进行良性的碰撞与交流，而感到难以掩饰内心的激动与喜悦。

国内对贝娄的译介和研究是于改革开放之初开始的。1981 年 5 月，湖南人民出版社出版了王誉公翻译的《勿失良辰》(即《只争朝夕》)。同年 9 月，江苏人民出版社出版了蒲隆翻译的《洪堡的礼物》。此后，1985 年 7 月，漓江出版社出版了宋兆霖翻译的《赫索格》，收录在诺贝尔文学奖的丛书中，当年连续印刷三次，总印数达十几万份。1985 年，重庆出版社出版了蓝仁哲、陶蜀之合译的《雨王亨德森》。1987 年 5 月，中国社会科学出版社出版了袁华清译的《挂起来的人》(即《晃来晃去的人》)。1990 年，译林出版社出版了林珍珍、姚暨荣合译的《愁思伤情》(即《更多的人死于心碎》)。1992 年 1 月，陕西人民出版社出版了原元、齐志颖合译的《绝望·奋争——奥基·马区历险记》。1992 年 2 月，中国文联出版公司出版了李耀宗翻译的《更多的人死于心碎》。2002 年，河北教育出版社出版了宋兆霖主编的 14 卷本《索尔·贝娄全集》，涵盖了除戏剧以外的贝娄的绝大部分作品。浙江文艺出版社于 2003 年编辑出版了两个中短篇集《莫斯比的回忆》和《今天过得怎么样》。2004 年 1 月，译林出版社推出了由胡苏晓翻译的、贝娄的最后一部小说《拉维尔斯坦》(*Ravelstein*)。2006 年，上海译文出版社组织出版了《索尔·贝娄文集》，重译了贝娄的主要作品。[①]

这些译介对中国文坛产生了很大影响。从某种程度上可以说，其作品所表现的内容和呈现的特质符合中国当下社会和文化的需要。如翻译家宋兆霖所说："贝娄作为一位有高度责任感和历史使命感的作家，本着自己对社会的敏锐观察，对当代文化的深刻理解和对当代人的心理的精妙分析和思考，通过自己的作品，深刻地揭示了当代社会中个人与社会、自我与现实之间难以调和的矛盾，阐明了人的价值与尊严在异化的生存条件和环境中所面临的重重困境，表明了现代人的生存状态和生存心理以及现代人对现代社会的思考，特别是一向以人道主义作为精神支柱的知识分子产生的精神危机，他们的异化感、危机感、沉沦感和他们的苦闷与迷惘。"[②]

随着研究作品的不断涌现，贝娄的小说在中国已经拥有越来越多的受众，甚至成为畅销书和各大图书网站的宠儿。尤其是在贝娄去世的

---

① 参见祝平：《国内索尔·贝娄研究综述》，《广西社会科学》，2006 年第 5 期。

② 宋兆霖：《论索尔·贝娄及其创作》，见索尔·贝娄：《奥吉·马奇历险记》，宋兆霖译，上海：上海译文出版社，2006 年版，第 12 页。

2005年,中国掀起了一股贝娄热潮。许多报纸、杂志纷纷刊登了中国作家和学者纪念、缅怀贝娄的文章。格非、残雪、孙甘露和邱华栋等人都参与其中,从而刮起了一股强劲的贝娄研究风和阅读风。清华大学中文系的格非教授还借用《更多的人死于心碎》这一题目,编写了《更多的人死于心碎——我最喜爱的悲情小说》一书,介绍不同流派的作品,其中包括现实主义、浪漫主义、超现实主义、存在主义、魔幻现实主义等流派的作品。这也从一个侧面展示了贝娄在中国的影响力和接受度。

相比之下,国外的贝娄研究起步更早,更为成熟,因而更为有效地推动了贝娄作品的传播。20世纪60年代以来,贝娄无疑是当代美国小说家中被评论最多的人。截至2003年,已有英文评论专著五十多部,论文3000多篇。格洛丽娅·克罗宁(Gloria L. Cronin)和布莱尼·霍尔(Blaine Hall)在《索尔·贝娄:评注文献》(第二版)(*Saul Bellow: An Annotated Bibliography*)中收录了截至1985年的46部评论专著目录,1200多篇重要评论文章目录。截至2003年,关于贝娄的传记已经达到了4部。总部设在美国的国际索尔·贝娄学会(The International Saul Bellow Society)从1981年起就定期出版《索尔·贝娄学刊》(*Saul Bellow Journal*),评论贝娄的作品。从1988年开始,国际索尔·贝娄学会通过其网站每年出版一期《索尔·贝娄研究通讯》(*Saul Bellow Society Newsletter*)。不光是欧美,印度和日本的贝娄研究也成果卓著。例如,日本研究者涩谷与三郎(Yuzaburo Shibuya)的《贝娄:病态灵魂的皈依》(*Saul Bellow: The Conversion of the Sick Soul*, 1978)概述了贝娄从存在主义式的绝望到超验主义式的希望这一思想模式的转换。在印度,贝娄研究者也层出不穷,比较出名的有恰兰坦·库尔舒埃斯塔(Chirantan Kulsherstha)的《索尔·贝娄:因肯定而带来的问题》(*Saul Bellow: The Problem of Affirmation*, 1978)和M. A. 科亚姆(M. A. Quayum)的《索尔·贝娄和美国超验主义》(*Saul Bellow and American Transcendentalism*, 2004)。2000年,印度学者科亚姆和苏克比·辛(Sukhbir Singh)合编了一部厚达594页的贝娄研究英语论文集,题为《索尔·贝娄其人其作》(*Saul Bellow: The Man and His Work*)。[①]

事实上,国外的贝娄研究专家可谓群星璀璨,这也从一个侧面反映了

---

① 参见祝平:《国外索尔·贝娄研究述评》,《外语教学》,2007年第2期,第71页;刘文松:《国内外索尔·贝娄研究现状》,《外国文学动态》,2003年第3期,第13页。

贝娄作品传播的盛况。在这些"星级"专家中,最有代表性的学者有伊哈布·哈桑(Ihab H. Hassan)、马尔科姆·布雷德伯里(Malcolm Bradbury)、格洛丽娅·克罗宁(Gloria L. Cronin)和布莱尼·霍尔(Blaine H. Hall)、约翰·克莱顿(John Jacob Clayton)、欧文·马林(Irving Malin)、埃伦·皮弗(Ellen Pifer)、欧文·豪(Irving Howe)、莱昂内尔·特里林(Lionel Trilling)、阿尔弗莱德·卡津(Alfred Kazin)、詹姆斯·阿特拉(James Atla)、辛西娅·奥芝克(Cynthia Ozick)、马丁·康纳(Martin Corner)、格哈德·巴赫(Gerhard Bach)、露丝·米勒(Ruth Miller)、朱迪·纽曼(Judie Newman)、凯思·奥普代尔(Keith Michael Opdahl)和M. A. 科亚姆(M. A. Quayum)。这些都是具有国际声誉的学者,他们的著述极大地推动了贝娄作品的经典化过程。

此外,国外研究贝娄的研究生学位论文也层出不穷,并具有很高的学术水准和学术价值。21世纪头十年,根据"索尔·贝娄学会"(Saul Bellow Society)的统计,国外以贝娄为研究主题的博士论文已经超过190部。这些博士论文的内容颇为广泛,涉及贝娄作品的民族特性、作品中的智性活动、身份问题、心理和神话要素、语言修辞、家庭关系、人与人、人与社会的关系等。[①] 这些研究不仅起点高,而且有多元化的发展势头。

我们不妨用美国当代作家欧茨的评价来作为本章的结束语:贝娄是"我们时代最荣耀的作家",其原因是"他关切的恰好在于文明本身的命运"。[②] 这一评价既反映了贝娄的经典化,又说明了他作品的经典性。

---

① 参见籍晓红的博士论文《行走在理想与现实之间》(2009)附录。

② 陈焜:《索尔·贝娄——当代美国文学的代表性作家》,钱满素编:《美国当代小说家论》,北京:中国社会科学出版社,1987年版,第88页。

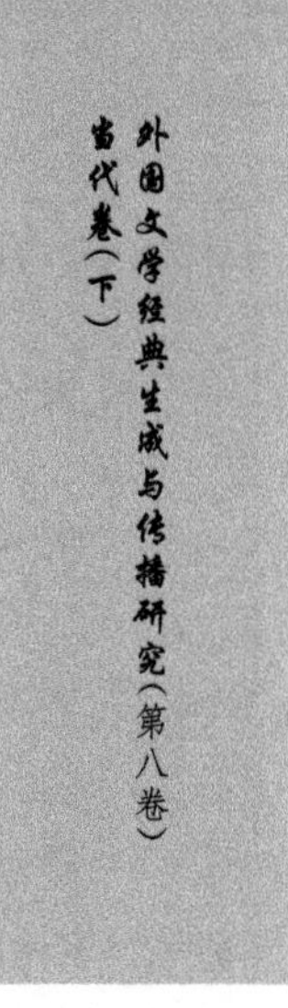

第六章 《日瓦戈医生》的生成与传播

1958 年诺贝尔文学奖评选结果的揭晓，无论对世界文坛，还是对当时的苏联文坛，都产生了很大的轰动效应：获奖者是鲍里斯·列奥尼多维奇·帕斯捷尔纳克（Борнс Леонндович Пастернак，1890—1960）；在此 25 年前，诺贝尔文学奖曾颁发予侨居法国的俄罗斯作家伊万·蒲宁，此外在俄罗斯历史上就不曾有文学家获此殊荣。

瑞典皇家科学院对帕斯捷尔纳克及其作品并不陌生。自 1946 年至 1950 年，以及在 1953 年和 1957 年，帕斯捷尔纳克都曾被提名为诺贝尔文学奖得主的候选人，且在 1957 年入围了“短名单”。早在 1949 年，牛津大学教授塞西尔·莫里斯·博拉（Cecil Maurice Bowra）受皇家科学院的委托，对帕斯捷尔纳克的作品进行研究，其后这样写道：“我知道，委员会中对于将文学奖颁给俄罗斯作家存在争议，但是在鲍里斯·帕斯捷尔纳克这件事情上，没有值得怀疑的理由。”[①]所有这一切都表明，帕斯捷尔纳克的经典地位几乎是不可动摇的。

本章以帕斯捷尔纳克杰出的代表作、长篇小说《日瓦戈医生》为例，从中领略作者的经典历程。

---

① 详见 Архивный материал Шведской Академии，转引自 Александр Поливанов：Пастернак и Шолохов в невольной борьбе за нобелевскую премию 1958 года.

第一节 《日瓦戈医生》的生成

跟大多数其他经典作家相比,帕斯捷尔纳克的创作道路更为艰辛,他的《日瓦戈医生》的生成原因也更为复杂。要探究帕斯捷尔纳克作品的经典性,就要进入他的艺术时空,而后者的根却深深地扎在生活的土壤里。因此,我们的探索将从他的经典人生开始。

(一)"吸引空间的爱,听到未来的呼唤"

透过鲍里斯·帕斯捷尔纳克的生活,我们能看到经典文学作品的艺术生成及魅力之所在,就如他于1956年为自传性随笔《人与事》所作的解释那样:"这里所写的东西,足以使人理解:生活——在我的个别事件中如何转为艺术现实,而这个现实又如何从命运与经历之中诞生出来。"[①]

帕斯捷尔纳克自诞生那一刻起,便与艺术结下了不解之缘。首先,他出生于1890年2月10日(俄历1月29日)。对俄罗斯文学稍有了解的人都知道,53年前的这一天俄罗斯诗坛的太阳陨落了,亚历山大·普希金停止了呼吸。俄罗斯学者瓦基姆·巴耶夫斯基对这一巧合如此评价:这一巧合值得注意,它凸显了后辈诗人对前辈诗人的继承性。[②] 在帕斯捷尔纳克成熟时期的创作中,特别是从抽象晦涩形象向简明朴实的艺术转型过程中,这种继承性变得更为明显,在下文中我们将对此作具体说明。

其次,他出生在一个充满艺术气息的家庭里。父亲列昂尼德·奥西波维奇·帕斯捷尔纳克是一位画家,莫斯科美术雕塑建筑学院的教授,与伊萨克·列维坦、瓦连京·谢罗夫、米哈伊尔·弗鲁贝尔、瓦西里·波列诺夫和尼古拉·盖伊等19世纪俄罗斯绘画史上璀璨的明星都有密切的往来,且一同为纪念莱蒙托夫逝世50周年所出版的书籍画过插图。[③]

---

① 鲍里斯·帕斯捷尔纳克:《人与事》,乌兰汗、桴鸣译,北京:生活·读书·新知三联书店,1991年版,第12页。

② Баевский В. С. Пастернак. 3-е изд. Изд-во МГУ, 2002, с. 5.

③ 鲍里斯·帕斯捷尔纳克的父亲在后来回忆录中曾写道:"莱蒙托夫这本配有当时几乎全部俄罗斯画家图画的作品集在一定意义上是一次观摩演出,或者说是竞赛。"详见 Пастернак Л. О. Записи разных лет. Советский художник, 1975, с. 52.

1898年10月,父亲为列夫·托尔斯泰的作品《复活》画了插图,这一情形在帕斯捷尔纳克的记忆中留有深刻的印象。[①]他的母亲罗扎丽娅·伊西多罗夫娜·帕斯捷尔纳克(娘家姓考夫曼)是一位优秀的钢琴家,9岁时就在乐队的伴奏下完成了一场莫扎特作品的音乐会;17岁时,她在音乐圣殿维也纳演出,受到评论界的高度赞赏。列夫·托尔斯泰也不止一次地听过她弹奏的巴赫和肖邦的作品。据说,随着这些曲子在她的指尖飞扬,托尔斯泰会潸然泪下。

或许正是这种浓烈的艺术气息,让帕斯捷尔纳克隐约觉得绘画或音乐就是他未来的方向。于是,从很小的时候,他就开始拿起画笔作画,来呈现幼年时对周围世界的感受,勾画世界呈现给自己的"主宰了一切,又把一切连成一体"的形象——"善良的巨人,此人后背微驼,头发蓬松,说话声音低哑,此人是出版商彼得·康恰洛夫斯基,还有他的家,还有挂在他家中的瓦连京·谢罗夫、米哈伊尔·弗鲁贝尔、家父以及瓦斯涅佐夫兄弟用铅笔、用钢笔和水墨画的画。"[②]这种对绘画的亲近感,让他与画家尼古拉·盖伊一见如故——据记载,他5岁的时候第一次见到盖伊,一向怯生的他竟然径直走向后者,并坐在其腿上吃完了午餐。尼古拉·盖伊后来曾说,他有两位真正的朋友,一位是列夫·托尔斯泰,另一位便是帕斯捷尔纳克。[③]

不过,帕斯捷尔纳克对绘画的亲近感渐渐被对音乐的迷恋——特别是对亚历山大·斯克里亚宾的崇拜——所取代了。[④] 他曾这样写道:"人世间我最喜欢的是音乐,音乐领域里我最喜欢的是斯克里亚宾……"[⑤]于是,13岁那一年,他放下了还没有真正拿起的画笔,开始了音乐之途。不

---

① 鲍里斯·帕斯捷尔纳克在《人与事》中对其父为托尔斯泰作品画插图以及托尔斯泰如何评价父亲的画作都有具体表述。文中多次提到,父亲为名人书籍画插图并非随意的罗列,就如蓝英年先生在为《日瓦戈医生》中文版的序言中所说:"这版图书用其父的插图来诠释他的作品或许是久违的历史对话。"详见鲍·帕斯捷尔纳克:《日瓦戈医生》,蓝英年、张秉衡译,北京:人民文学出版社,2006年,中文版序言。

② 鲍里斯·帕斯捷尔纳克:《人与事》,乌兰汗、桴鸣译,北京:生活·读书·新知三联书店,1991年版,第178页。

③ 这种一见如故的感觉帕斯捷尔纳克一直都记在心间,他曾将这一场景写信告诉剧作家亚历山大·格拉德科夫。详见 Гладков А. К. Встречи с Пастернаком // Гладков А. К. Мейерхольд: В 2 т., Т. 2., СТД РСФСР, 1990, с. 386.

④ 鲍里斯·帕斯捷尔纳克坦言:"我对他的崇拜使我颤抖,毫不掩饰地说,抖得甚于害了寒热病。我每次见到他,脸色都会发白,正因为发了白,所以随后又得变成紫红色。他一跟我说话,我就丧失理解力……"详见《人与事》,第21—23页。

⑤ 鲍里斯·帕斯捷尔纳克:《人与事》,乌兰汗、桴鸣译,北京:生活·读书·新知三联书店,1991年版,第26页。

过，在其作品中，那种立体的画面特质却随处可感。科尔涅依·楚科夫斯基评价帕斯捷尔纳克作品时，提到他对自然景色的描写完全是一种写生之作，一种瞬间定格的拍摄。楚科夫斯基还曾半开玩笑半含激情地说："如果我不是这么年迈，我一定要改变自己的职业去当导游，将鲍里斯·帕斯捷尔纳克描写的地方一一展现给大家。"[①]

帕斯捷尔纳克曾学习音乐六载有余，并取得了很好的成绩，这让家人乃至音乐界人士都对他的音乐之路毫不持疑。亚历山大·斯克里亚宾曾认真地听完他的弹奏，并鼓励了他，认为他将在音乐方面发出自己的声音。然而，这次会面竟又改变了帕斯捷尔纳克的未来方向：会面时，斯克里亚宾提出了一个与音乐乃至所有艺术创作都密切相关的建议，即学习哲学，这使他把目光投向了哲学。

莫斯科大学的宗教哲学以及德国马尔堡大学的新康德主义哲学，都深深地吸引着帕斯捷尔纳克，为他带来了认知世界的新钥匙。特别是留学马尔堡大学期间所接触的新康德主义，对他的世界观及创作观都有着重要的影响。新康德主义将哲学归为认识论问题，将哲学界定为自然科学和人类一切文化的逻辑根据。在社会历史观方面，它提出了伦理社会主义的思想，强调人是目的而不是手段。[②] 这种看待周围世界和周围人的哲学观与他通过绘画、音乐来认知的世界有着不谋而合的地方。他在1927年给米哈伊尔·弗罗曼的信中这样描述自己："作为画家的儿子，从出生时起，我便接触艺术，接触许多优秀的人，因此对待崇高的、不同寻常的事物或现象就像对待自然、对待鲜活的常态一样。"[③]对自然世界尚且如此，对待一个个有着鲜活生命的人，他更是带有敬畏之情。

正如当初放下绘画、诀别音乐那样，帕斯捷尔纳克也并没有把哲学作为自己的未来职业。他自己这样解释道："根据我表现出来的工作热情，阅历丰富的旁观者立即会判断出我是永远也当不成一位学者的。我攻读科学投入了整个身心，然而我的学科本身并不要求如此。我有那么一种可以说是植物的思维，其特点是任何一个次要的概念，在我的无止境的诠释中逐渐开始要求给予更多的营养和照料，我便只好去翻阅更多的图书

---

① 参见 Чуковский К. И. О Чехове, Некрасове, Репине, Блоке, Пастернаке, Ахматовой, Маяковском, Куприне, Андрееве. Аудиокнига. М.: Студия АРДИС, 2006.

② 曲钦岳主编：《当代百科知识大词典》，南京：南京大学出版社，1989年版，第20页。

③ Б. Л. Пастернак-М. А. Фроману // Вопросы литературы, 1972, № 9, с. 103.

了……"[①]正是这种"植物的思维",才让他这棵"橡树"(玛琳娜·茨维塔耶娃曾在信中对他说:"上帝本以为您是一棵橡树,没想到却把您造成了一个人。")[②]得以伸展绘画、音乐和哲学方向的枝丫,并让这些枝丫自由地生长,而不是用一方压过另一方。

他最后选择了文学创作,而这能够完全满足上述"植物的思维"。

"植物的思维"加上哲思的培养,让帕斯捷尔纳克对绘画、音乐以及普遍的人与周围世界相知相处问题的认识变得更为清晰和系统。首先,在他看来,绘画、音乐这些形式都统一到艺术之下,归于对亘古不息的周围世界的认识:"我认为我们把人作为影像来描绘,是为了给他披上天候;我们把天候,或者说与天候毫无二致的大自然作为影像来描绘,是为了给它披上我们的激情;我们把平日生活曳进散文是为了写诗;我们把散文拖进诗是为了音乐。我就把这称作艺术(在最广泛的意义上)——为生意盎然、代代相传的人类之钟安排的艺术。"[③]

帕斯捷尔纳克认为,艺术中最为核心的两个概念是"力"和"象征"。特别是"力"的概念贯穿了他的一生。"科学是从光束的角度来研究自然界的,而艺术则不同,它是以力的光束穿透生活来观察人生的。我会像理论物理学那样,取力的广义概念,只不过我不会谈力的原则,而是谈它的作用,它的存在。我会阐明,在自我意识的范畴内,这力就叫做感情。"[④]艺术所要呈现的就是被力作用过的现实,"被情感移过位的现实",艺术所能做的就是"以这个移位为蓝本进行直观描述",记述这个移位过程。[⑤]

虽然帕斯捷尔纳克在其不惑之年[⑥]才将自己对艺术的看法如此精炼地呈现出来,但是他从文学创作之初起,就一直在呈现这个被力所作用、所移位的过程。这一呈现过程,就是帕斯捷尔纳克作品经典性的生成过程。

(二)《日瓦戈医生》的生成与早期诗歌创作

《日瓦戈医生》的诞生跟帕斯捷尔纳克的早期诗歌创作经历有关。

---

① 鲍里斯·帕斯捷尔纳克:《人与事》,乌兰汗、桴鸣译,北京:生活·读书·新知三联书店,1991年版,第77页。

② 详见 Цветаева М. И., Пастернак Б. Л. Души начинают видеть: письма 1922—1936 годов. Вагриус, 2008, с. 39.

③ 同上书,第39页。

④ 同上书,第83页。

⑤ 同上书,第83—84页。

⑥ 鲍里斯·帕斯捷尔纳克将这一观点写在1931年的自传体随笔《安全保护证》中。

早在1923年，玛琳娜·茨维塔耶娃就在写给帕斯捷尔纳克的信件中谈及对其作品的赞赏，他的每一首诗似乎都是生命陨落前的绝唱，都可以当作一幅“自然景观”来感受，忽而如倾盆大雨，忽而如烈火灼烧。不过，玛琳娜·茨维塔耶娃也敏锐地察觉，在抒情诗的创作上，帕斯捷尔纳克挥霍不掉自己驾驭语言的才华，只会感到憋闷直至窒息。因为在她看来，抒情诗是一条虚线，远看是完整而清晰的，而近观时则有无尽的间隙，没有空气流动的空间，“不过长篇小说、史诗乃至文章却与此截然不同，它们不会抛弃写作者”，因此希望他能够写一部“大的作品”，而“这将是您……唯一的生命……”[①]

在创作早期，帕斯捷尔纳克的确多以富有“浪漫主义格调、印象派色彩和意象的象征意蕴”[②]的诗歌来表达他对生活的感受与思考，以及对生命的关注。不过，他在诗歌创作中有意识地加入了散文的因素：“诗歌应当向散文看齐，与散文同步发展。应当赋予诗歌更新鲜、更明确的内容。诗歌应与小说一样，表达尚未被人表达过的思想、人类自由、民主的权利和困顿的生活。”[③]奥丽加·伊文斯卡娅在其回忆录中写道：“他（帕斯捷尔纳克）时常说，‘我本来整个一生都想写小说，写诗比较容易！’他认为写诗歌只不过是为写作长篇巨著做准备罢了……”[④]

1946年，帕斯捷尔纳克才开始执笔真正去写“大的作品”，大约从1945年底开始，他所构思的大部头作品终于要付诸笔墨了。1945年12月31日，帕斯捷尔纳克对剧作家亚历山大·格拉德科夫说正在构思一部长篇小说，试图讲述类似他自己这样一批人的经历。1946年1月26日，他在写给奥西普·曼德尔施塔姆的信中再次提到：“我现在大致有三个月的时间可以不用考虑生计问题，完全用来做自己想做的事情。我想写一部关于我们整个生活的小说，时间跨度为从勃洛克到这次战争，大致10到12章，不会再多了。您能想象我是多么慌忙地在工作吗？我生怕在完成这项工作之前会发生什么事情！要知道常常有事情会打断我的写

---

① 详见《致帕斯捷尔纳克（1923年2月11日）》，Цветаева М. И.，Пастернак Б. Л. Души начинают видеть：письма 1922—1936 годов. М.：Вагриус，2008，с. 40.

② 蒋旭阳：《〈日瓦戈医生〉与帕斯捷尔纳克诗歌互文性研究》，中南大学硕士学位论文，2010年，第6页。

③ 转引自包国红：《风风雨雨“日瓦戈”——〈日瓦戈医生〉》，昆明：云南人民出版社，2001年版，第33页。

④ 转引自鲍里斯·帕斯捷尔纳克：《追寻》，安然、高韧译，广州：花城出版社，1998年版，第168页。

作!”[①]同年10月,在与表姐奥丽加·弗雷登伯格的通信中,他再次确认小说的时间跨度是1902年到1946年这40年,并再次确认了作品的篇幅为10章。1946年2月1日,他在给表姐的信中表示,自己对这一创作的进展信心满满,并强调已经“开始写一部大的小说”。[②]

多年的酝酿让帕斯捷尔纳克很快便完成了第一章的写作。他开始提笔创作时,会将构思与好友们分享,几乎每写完一章或者写完其中的一组诗,他都会以朗诵聚会的形式,让其他作家或艺术界朋友了解到自己的写作进展,并借此了解大家对作品的意见,以便加以完善。1946年8月3日,帕斯捷尔纳克举行了第一章的朗诵聚会,被邀请的客人包括康斯坦丁·费定。此时,这部小说的名字暂定为《男孩们与女孩们》(Мальчики да девочки),其实是源自诗人亚历山大·勃洛克(Александр Блок)于1914年所创作的诗文《在荒凉岁月里出生的人们》(*Рожденные в года глухие...*)[③]。在《日瓦戈医生》的尾声部分,作者借小说人物对作品所勾画的整个历史时期进行回顾,其评价可以看作点题之笔:“你读一读勃洛克写的诗句‘我们是俄罗斯可怕年代的产儿’,立刻会看出不同时代的差异。勃洛克说这话的时候,应该作为转义、象征意义来理解。产儿并非儿童,而是子孙、后代、知识分子。可怕也不是指恐怖,是指天命、默示的意思;这两者是不同的东西。如今呢?所有象征意义都变成了字面意义:产儿就是孩子,可怕就是恐怖。”[④]从《日瓦戈医生》与勃洛克诗文之间的互文性,就可以看出帕斯捷尔纳克对历史的关注,以及对人类生存状况的关怀,其经典性可见一斑。

---

① Пастернак Е., Поливанов К. Вторжение воли в судьбу. Письма Б. Пастернака о создании романа “Доктор Живаго” // Литературное обозрение, 1988, N5. С. 100.

② Пастернак Б. Переписка Бориса Пастернака. М.: Художественная литература, 1990, с. 219.

③ 该诗的内容为:在荒凉岁月里出生的人们,/不记得自己的道路。/我们是俄罗斯可怕年代的产儿——/永远把一切铭记在心头。/逐渐变成灰烬的岁月呵!/你们是否携带着疯狂和希望的信息?/你们的脸上还残存着/来自战争和自由时期的血迹。/沉默——是因为报警的钟声/不容分说地堵住了嘴唇。/在这些曾经无比快乐的心灵中,/如今充满了致命的空虚。/任凭乌鸦们聒噪着盘旋/在我们停尸床的上空,——/上帝,啊,上帝,那更可敬的人们/一定能够看到你的天堂。/1914年9月8日。详见亚历山大·勃洛克:《勃洛克抒情诗选》,汪剑钊译,石家庄:河北教育出版社,2003年版,第402—403页。

④ 鲍里斯·帕斯捷尔纳克:《日瓦戈医生》,顾亚玲、白春仁译,长沙:湖南人民出版社,1987年版,第618页。

第二次世界大战结束以后，苏联文坛的氛围尚不允许作家以“歌颂现实”以外的方式进行创作。1946年，当选作协书记的亚历山大·法捷耶夫在大会上批评帕斯捷尔纳克，随后又逼迫他退出作协委员会。然而，创作让帕斯捷尔纳克全然忘记了自己处境的危险，他于1946年9月初完成了第二章，并开始创作第三章。和往常一样，他又邀请朋友来参加前两章的朗诵聚会。恰恰是在这一天，《真理报》刊登了苏联作协的决议，将帕斯捷尔纳克定性为“无思想、远离苏联现实的作家”[①]。在严峻的现实面前，帕斯捷尔纳克并没有放弃，他坚持把《日瓦戈医生》称作自己的“第一部真正作品”，并称它“如同狄更斯和陀思妥耶夫斯基……的作品一样——成为表现我对艺术、对圣经、对历史中的人的生命以及对其他等等事物的观点的作品”。[②]

1947年3月21日，《文化与生活》刊登了阿列克谢·苏尔科夫《论帕斯捷尔纳克的诗歌》，指出苏联文学无法容忍他的诗。这种咄咄逼人的批判阵势让帕斯捷尔纳克加快了写作速度。1947年4月，第三章完成，他又组织了朗诵聚会。利季娅·楚科夫斯卡娅对帕斯捷尔纳克朗诵前的开场白有所记录：

> 在语言方面我最喜欢散文，不过写得最多的还是诗歌。诗歌之于散文，犹如草图之于画幅。诗歌对我来说是一个大大的文学画稿本。我与马雅可夫斯基和叶赛宁一样，都是在形式分裂时开始自己的创作生涯的，即从勃洛克时代就开始的分裂……我很久以来就梦想——只是到现在才慢慢实现——在我的生命中进行一次尝试，找到这种状态的出路……我希望创作出一部长篇小说，它不仅是叙述，而且还能以戏剧的形式表达出感受、对话和人的生存状况。这是关于我的时代、我们时代的散文，同时也是非常自我的散文……我很想写一篇关于勃洛克的文章，而这部长篇小说可以说是代替文章的作品……写一部我所理解的现实主义散文，用以剖析知识分子、象征主义者的莫斯科生活，但我不想把它写成一部平淡的作品，而是话剧，或者是悲剧。[③]

---

① Чуковский К. Собрание сочинений. В 15 томах. Том 13. Дневник(1936—1969), Терра-Книжный клуб, 2007, с. 91.

② 鲍里斯·帕斯捷尔纳克：《人与事》，乌兰汗、桴鸣译，北京：生活·读书·新知三联书店，1991年版，第288页。

③ Чуковская Л. К. Отрывки из дневника // Чуковская Л. К. Соч. в 2 тт. Т. 2. М: Гудьял-Пресс, 2000, с. 231.

虽然这一席话重复了许多他关于诗歌与散文之间关系的看法,以及作品如何呈现时代横截面的看法,但是他将作品定位于悲剧,并试图以戏剧的方式加以呈现,这与传统意义上的小说表达方式有所不同,从中可以看出他创新的努力。

1947 年 6 月 26 日,法捷耶夫再次批评帕斯捷尔纳克脱离生活,而且后者的作品在西方受到赞赏这一事实更是激怒了苏联作协。法捷耶夫禁止帕斯捷尔纳克所翻译的莎士比亚作品进行再版,相关的话剧也无法上演。帕斯捷尔纳克于是失去了生活的经济来源,只好再次着手翻译歌德的《浮士德》等。他在 9 月 8 日写给表姐的信中,概括了自己当时生活的两条主线:(1)用一部分时间来保障全年的生活;(2)用另一部分时间来创作。直到 1948 年春天,第四章完成,这样小说原先设想的第一部就完成了。在此期间,《十月》和《新世界》等杂志再次批判帕斯捷尔纳克,指责他把艺术变成了主观感受,让苏联诗歌受到损害。然而,他继续自己的创作,并把小说题目改成了《日瓦戈医生——半个世纪的日常生活图景》,后来干脆将副标题删除。

直到 1952 年春天,帕斯捷尔纳克才完成了第七章。同年 10 月 20 日,他因心肌梗塞被送进了医院,直到 1953 年 1 月 6 日才出院。1955 年 12 月中旬,全部手稿基本定型,月底完成了最后的修改。在此期间,帕斯捷尔纳克的创作和生活所受到的干扰仍在继续。西方对他的创作的兴趣高涨(连续三次被提名诺贝尔文学奖)更让他的处境增加了几分危险。1949 年 2 月 19 日和 3 月 23 日的《文学报》接连刊登批判他的文章。此外,官方发起了大规模的对文人学者的逮捕活动。1949 年 10 月 9 日,为他创作带来灵感和精神动力的奥丽加·伊文斯卡娅被捕,5 年之后才被释放出来。这一经历也为小说人物拉拉的形象定下了基调。

帕斯捷尔纳克之所以能顶住压力写完《日瓦戈医生》,是因为他有着超强的使命感。他自己就有过这样的表白:"当我写作《日瓦戈医生》时,我感到对同时代人欠着一笔巨债。写这部小说正是我为了还债所做的努力。……我想把过去记录下来,通过这部小说,赞颂那时俄罗斯美好和敏感的东西。那些岁月已一去不复返,我们的父辈和祖先已长眠地下。但在百花盛开的未来,我可以预见,他们的价值观念一定会复苏。"[①]在下面

① 转引自鲍里斯·帕斯捷尔纳克:《日瓦戈医生》,顾亚玲、白春仁译,长沙:湖南人民出版社,1987 年版,第 695 页。

这首诗中,作家向读者倾诉了他写作的动机、过程和方法:

我要在一切方面
穷源溯流,
在工作中,在探索中,
在心烦意乱的时候。

探究流逝岁月的真谛,
追寻它们的原委,
寻根究底,推本溯源,
直到探到精髓。

时时刻刻地捕捉
命运和事件的线索,
生活、思考、感受、恋爱、
实现自己的开拓。

哦,哪怕我只能
探索到一鳞半爪,
我也要写出八行诗句,
描述激情的迸发。

写不法行为,写罪过,
写缉拿,写逃窜,
写仓皇中的意外,
写胳膊肘和手掌。

我会推导出它的规律、
它的起初,
并且重复写出
她姓名的开头字母。

我会开辟诗坛,像开辟花园,
园中的椴树鲜花盛开,
注入了血管的每一次颤动,
如飞行的大雁,一排接着一排。

我要往诗中注入玫瑰的呼吸,

薄荷的清新凉爽,
牧场、青苔、干草的气息,
还有大雷雨的声声轰响。

肖邦就曾经这样
把庄园、花园、丛林、墓地
作为活生生的奇迹
谱进自己的练习曲里。

获得了胜利的
折磨与表演——
是拉紧的弓上的
拉紧的弦。[①] (1956年)

在这含泪的圆舞曲中,我们不仅领略了帕斯捷尔纳克写作的动机、过程和方法,而且还可以体会到他那经典的使命感。《日瓦戈医生》从酝酿到杀青,走过了漫长而艰辛的道路。这经历本身就是一种经典:经典的勇气、经典的才华和经典的悲悯。

第二节 《日瓦戈医生》的传播

《日瓦戈医生》杀青之时,便是其箭上弓弦之日。帕斯捷尔纳克能活着完成巨作,这在许多作家朋友看来已是不可思议的事情。尽管如此,他仍然马不停蹄,试图再去拉那已绷紧的弦——让读者看到他这部作品。1956年2月,苏共二十大的召开,对斯大林个人主义的批判似乎给帕斯捷尔纳克带来了一丝希望,他将小说分别投给《新世界》《旗》和苏联国家文学出版社,但是都石沉大海。无奈之中,他将书稿交到了意大利人塞尔乔·唐热洛的手上。1956年,以赛亚·柏林再次拜访帕斯捷尔纳克,后者急切地把一个厚厚的信封塞到柏林的手里:"这就是我的书。""都在这里了。这是我最后的言语。请读读它!"[②]与此同时,柏林了解到,帕斯捷尔纳克已经把书稿交给了一个在苏联电台意大利语部工作的意大利人,这人同时还为

① 鲍里斯·帕斯捷尔纳克:《含泪的圆舞曲》,力冈、吴笛译,杭州:浙江文艺出版社,1988年版,第263—265页。

② 详见 Исайя Берлин История свободы. Россия, М.: НЛО, 2001, с. 462—463。

意共的费尔特里内利出版社工作。帕斯捷尔纳克已经授权这家出版社，可随时出版。他认为这部小说就是他的遗言，是他最真实最完整的作品（他的诗与这没法相比，虽然他认为小说里的诗是他写过的最佳作品），并希望它能够传遍全世界，“随火而蚀”（他所引用的普希金诗行），去警扰世人的心。[①]

在没有获得苏联官方许可的情况下而将书稿传播出去，并且很有可能在国外出版，这意味着对苏联当局的背叛，更意味着与苏联当局的对抗。[②] 作品最终未能在苏联国家文学出版社出版，而是在意大利首先以意大利语出版了（随后出版了俄语版本，此后相继有二十多种外语译本），因此苏联作协在此期间不断地对帕斯捷尔纳克及其家人施压。[③] 当1958年诺贝尔文学奖授予帕斯捷尔纳克时，苏联国内更是掀起了声讨的浪潮，称其为“一次怀有敌意的政治行动”。[④] 这种在西方受追捧、在苏联国内受打压的局面持续到1985年才得以改观。1987年，苏联作协恢复了帕斯捷尔纳克的会员资格。1988年，《日瓦戈医生》在《新世界》刊登，与苏联国内读者见面。联合国教科文组织将1990年定为帕斯捷尔纳克年。

中国读者跟帕斯捷尔纳克的接触，恐怕始于1958年那场沸沸扬扬的批判与谴责。蓝英年曾在《日瓦戈医生》再版时写道：“第一次知道帕斯捷尔纳克和小说《日瓦戈医生》却是在1958年秋天在青岛郊区李村镇的山坡上。那天正在山坡上收地瓜，邮递员送来《人民日报》，上面报道了苏联作协对帕斯捷尔纳克的批判，还登载了《新世界》编辑部谴责他的信，称《日瓦戈医生》为反动小说。”[⑤]汪介之在《世纪苦吟——帕斯捷尔纳克与中国知识者的精神关联》一文中也提到，当俄罗斯各大报纸连篇累牍地讨伐帕斯捷尔纳克的消息传到正处于“大跃进”“大炼钢铁”高潮中的中国时，“中国的大部分读者才第一次听说帕斯捷尔纳克的名字，更不用说读

---

① 详见 Исайя Берлин История свободы. Россия, М.: НЛО, 2001, с. 461—465.

② 俄罗斯政治百科全书出版社于2001年出版了《鲍里斯·帕斯捷尔纳克与政权（1956—1972年）》，其中收录了苏联政府相关部门对《日瓦戈医生》及作家本人的斡旋与处理过程。详见 *А за мною шум погони*, Борис Пастернак и власть, 1956—1972гг.: Документы /Под ред. Афиани В. Ю. и Томилиной Н. Г. М.: РОССПЭН, 2001.

③ 详见李必莹：《“帕斯捷尔纳克案件”始末》，《苏联东欧问题》，1989年第3期。原文载 *Литературная газета*, 25 октября, 1958.

④ 详见薛君智：《〈日瓦戈医生〉其书及其他》，《外国文学评论》，1987年第1期，第67页。

⑤ 详见蓝英年：《〈日瓦戈医生〉再版》，《博览群书》，1997年第10期，第7页。

过这位作家的作品”[1]。

1958年之后,帕斯捷尔纳克和《日瓦戈医生》在中国销声匿迹了一段时间。直到1978年,《外国文艺》杂志上发表了题为《有关帕斯捷尔纳克的回忆在美国出版》的报道,才又有了他的消息。到了20世纪80年代中期,“帕斯捷尔纳克热”终于在中国兴起,此时恰逢我国国内文化界的思想大解放,苏联文学出现了“回归”潮。《日瓦戈医生》还没有在苏联本土问世,就被翻译成了中文——早在20世纪70年代,中国台湾就出过黄燕德译本,80年代初也有过其他译本,都早于中国大陆。另外,有资料显示:中国香港作家孙述宪自称为该小说的第一个中译者(中国台湾和中国香港的译名为《齐瓦哥医生》)。只是在80年代以后,帕斯捷尔纳克的诗作以及关于《日瓦戈医生》的介绍才陆续跟中国大陆(内地)读者见面,不过当时见过庐山真面目的人并不多。在1986年和1987年之间,中国相继出现了三个翻译版本,即1986年漓江出版社出版的力冈和冀刚的译本、1987年外国文学出版社出版的蓝英年和张秉衡的译本,以及湖南人民出版社推出的顾亚玲和白春仁的译本。其后,上述译本的再版,以及其他译本的问世,可谓络绎不绝。时至今日,《日瓦戈医生》的中文译本已达十种以上。

随着《日瓦戈医生》的不同翻译版本在的出现,中国对该小说的研究也日渐升温。夏忠宪曾撰文《对话语境中的帕斯捷尔纳克研究》[2],对20世纪90年代以来帕斯捷尔纳克的研究热点和方法进行了考察。她将帕斯捷尔纳克的研究热点归为四类,即诗学研究、经典传统与当代语境中的诗歌研究、宗教研究、命运研究,并把相关的研究方法概括为传统与现代结合的、俄国与西方交融的研究,以及比较研究(影响研究和互文性研究)。张建华在《新中国六十年帕斯捷尔纳克小说研究之考察与分析》一文中,将帕斯捷尔纳克在中国的接受分为三个阶段:第一阶段(20世纪50年代—80年代中期)表现为社会政治眼光的病态审视;第二阶段(20世纪80年代中期－90年代中期)为以社会历史批评为主体的研究,除了社会政治话题,历史与个人、知识分子与革命、社会变革与个性生存、权力与自由精神,以及人道主义等命题开始被关注;第三阶段(20世纪90年代后期－21世纪)走向文化批评和审美批评的

---

① 详见汪介之:《世纪苦吟:帕斯捷尔纳克与中国知识者的精神关联》,《探索与争鸣》,2007年第9期,第48页。

② 详见夏忠宪:《对话语境中的帕斯捷尔纳克研究》,《俄罗斯文艺》,2003年第6期。

学术转型,“以‘文化批评’取代社会历史激情而成为阐释和分析的兴奋点;以审美批评取代审思批评、审智批评,开始小说的形式研究。”[①]黄伟在其博士论文《〈日瓦戈医生〉在中国》中则更侧重接受层面,提出了“中国读者耳闻毒草《日瓦戈医生》”“中国读者争睹回归的《日瓦戈医生》”“中国读者推崇经典《日瓦戈医生》”这三个阶段。[②] 所有这些研究,都为帕斯捷尔纳克小说的传播起到了重要作用。

除了研究界的推崇,我国的创作界也表达了对《日瓦戈医生》的青睐,如《知青三部曲》的作者郭小东所作的评价:“作家与作品所表达的对于人类生存、对于革命血路和社会变革中人性裂变的历史性前瞻的博大的胸襟。那种对于人类自我历程的不舍昼夜的忏悔,不分人性善恶的理性包容,那是一个作家自我灵魂血淋淋的解剖,是对所有人的无情鞭挞,同时宽慰所有人内心的紧张与矛盾。”[③]其他许多当代作家,如张抗抗和王旭烽等,都曾一次次回到帕斯捷尔纳克与《日瓦戈医生》那里,从中汲取养料。另一位作家尤凤伟曾坦率地承认,不读《日瓦戈医生》,就不会写出《中国1957》这样一部关于中国知识分子群体像的作品。[④] 确实,帕斯捷尔纳克影响了很多中国作家。例如,王家新曾于1990年将一首诗献给帕斯捷尔纳克,题目就叫《帕斯捷尔纳克》。他说:“西方的诗歌使我体悟到诗歌的自由度,诗与现代人之间的尖锐张力及可能性,但是帕斯捷尔纳克的诗,茨维塔耶娃的诗,却比任何力量都更能惊动我的灵魂,尤其是当我们茫茫然快要把这灵魂忘掉的时候……的确,从茫茫雾霾中,透出的不仅是俄罗斯的灵魂,而且是诗歌本身在向我走来:他再一次构成了对我的审判……”[⑤]

无论是研究界的推崇,还是创作界的青睐,背后都有其深刻的原因。最深刻的原因莫过于小说本身的经典性。《日瓦戈医生》的经典性首先在于它的“疼痛感”,即前文所强调的勇气、悲悯和使命感。我国当代作家阎连科就曾以《日瓦戈医生》为例,强调要在小说中写出“疼痛感”:“无论是对人的尊重,对人在命运中疼痛的热爱,还是对庞大复杂的现实那种滴血的疼痛的揭示与批判,再或是帕斯捷尔纳克对苏联民族史那种流血疼痛

---

① 详见张建华:《新中国六十年帕斯捷尔纳克小说研究之考察与分析》,《外国文学》,2011年第6期,第40—47页。

② 详见黄伟:《〈日瓦戈医生〉在中国》,暨南大学博士学位论文,2006年。

③ 郭小东:《论中国文学的现代认同》,《海南广播电视大学学报》,2000年第1期,第34页。

④ 详见刘宜庆:《尤凤伟被姜文“喜欢”的感觉真好》,《中国邮政报》,2004年12月25日。

⑤ 王家新:《对隐秘的热情》,太原:北岳文艺出版社,1997年版,第277页。

的感受和描绘,也许他在许多地方都不是做得最好的,许多地方都还有瑕疵,但在《日瓦戈医生》中,它的每一句、每一行却都是作者面对历史、现实和人时巨大疼痛的涓涓血流。帕斯捷尔纳克巨痛的内心,他的愤怒与哭泣,在他的作品中是那样地刺痛着我们,使我们不得不在阅读中不禁要捏紧愤怒的双手来抵御从后背生出的一股又一股疼痛的寒气,还要搁下书页,往窗外看看大街,以了解外面(我们的世界、民族)正在发生着什么样疼痛的事情。"[①]

更确切地说,上述"疼痛感"意味着对人类生存状况的关怀,以及对人生意义的追问。这种关怀和追问,常常导致人们把我国的文学现状跟俄罗斯文学相比较,这方面的代表人物有刘小枫、谢有顺、余杰、王晓明、陈思和、王开岭、吴炫、朱学勤和张闳等。他们以不同的方式,呼唤类似《日瓦戈医生》的作品,呼唤"直面真实的勇气与深刻洞察力",呼唤那"经久不衰的经典价值"。[②] 一言以蔽之,呼唤关怀存在、追问人生意义的灵魂维度。确实,《日瓦戈医生》始终诠释着生命意义和终极关怀,它"是对一个时代的人性缺失与民族历史进程的指认,是对残酷的浪漫,对忧伤的唯美,对灵魂的震撼,对痛苦的抚伤"[③]。正因为如此,这部经典之作注定会叩开一代又一代读者的心扉。

第三节 《日瓦戈医生》的经典性

一部优秀小说的经典性往往在于它具有开放的解读空间,能够挑战读者的审美趣味。《日瓦戈医生》就是这样一部巨作。不论就体裁、主题、叙事方式和人物形象而言,还是就思考的宽度和力度而言,该书都堪称不朽之作。它由17章组成,前16章的形式是叙事散文,最后一章是抒情哲理诗,是诗文交融的典范。小说见证了俄罗斯革命时期的动荡、作家本人和许多有良知者对国家命运的忧虑。它既是历史的见证,又是情感和哲思有机结合的产物。它的独特形式本身就是一种审美判断。

---

① 阎连科:《关于疼痛的随想》,《文艺研究》,2004年第4期,第33页。

② 秦弓:《中国现代文学史学科建设需要比较文学史眼光》,《江苏社会科学》,1999年第1期,第113页。

③ 李辉斐:《生活远比文学更真实:郭小东推出〈非常迷离〉》,《南方都市报》,2002年9月6日。

(一) 体裁的革命:情史对峙,诗文交融

作为一部世界名著,《日瓦戈医生》首先在体裁上掀起了一场革命。它不拘一格,又很有弹性,因而引来了许多学者为它的体裁冠名。仅在俄罗斯学界,它就分别被描述为史诗小说、哲理小说、自传体小说、布道小说、家庭记事和政治小说等。事实上,之前从未有过一部小说有过如此丰富的"命名"。利哈乔夫认为,这是一部作家自传体小说,是时代的传记,或称精神传记。[①] 帕斯捷尔纳克的大量书信都涉及了体裁问题,他常称《日瓦戈医生》为散文体小说,就像普希金称自己的《奥涅金》为"诗体小说"一样。此外,帕斯捷尔纳克还在不同场合称之为"叙事小说""散文中的大叙事""两部书中的长信"和"我的抒情史诗"[②]。这最后一个界定值得关注。按照通常的理解,史诗不可能是某个人私有的,而是带有种族、民族共有的属性,因而"我的"这一限制词跟史诗固有的名称似乎是矛盾的。不过,在帕斯捷尔纳克笔下,"我的"其实不仅是指日瓦戈医生一个人,而是指整整一代的俄罗斯知识分子,是杂糅了各种审美和历史观念的综合形象。帕斯捷尔纳克在与友人谈及创作构思时就曾说过:"这部作品将表达我对艺术、'福音书'、历史中人的生命以及其他一切事物的观点。"[③]事实上,在这部小说中基督教、革命、死亡、人民、俄罗斯、历史、女人、犹太教和艺术都成为人物反思的对象。另外,小说的背景是史诗性的,小说的内容也是史诗性的:就其历史大背景而言,就其对人生的大思考而言,通篇作品都是具有史诗意义的。诗人立足于写一部属于自己的史诗,因此他就把《日瓦戈医生》的体裁变成了超乎大家想象的另类。换言之,"小说变成了主观倾向占主导,兼具抒情叙事的大叙事。小说中历史的东西不是具体的描写对象,而是小说借以展开的动机。历史被放置在小说中,不是作为描写元素,而是作为一种评价。"[④]

小说共分两个部分:第一部分是在莫斯科展开历史事件,第二部分则更多地带有个人化色彩,或者说带有远离尘嚣的倾向——远离首都,远离

---

① Лихачёв Д. С. Размышлениея над романом Б. Л. Пастернака «Доктор Живаго» //Новый Мир. 1988. № 1.

② Сухих И. Н. Живаго жизнь: стихи и стихии. (1945—1955. "Доктор Живаго" Б. Пастернака) // Звезда. 2001. № 4.

③ Сухих И. Н. Роман Б. Л. Пастернака «Доктор Живаго», СПб. : филол. ф-т СПбГУ, 2003. с. 9.

④ Ibid., с. 5.

历史大事件。从第二部分开始,小说从一个历史题材的叙述转变成了神话、历险小说和恐怖的童话。作者承认,在第二部分中,作家改变了他的艺术视角,“现在我觉得第一部分就是第二部分的序言……第二部分的不平凡之处就在于我把发生的一切整合起来远离常规的小说结构布局,几乎是分布于童话的边缘。”[①]确实,第二部分中的很多人物都来源于童话故事。

在第一部分中,事件的历时性很清晰。相形之下,第二部分则很模糊,甚至连事件的内部联系都是模糊的:童话情节的时间与现实情节的时间是不一致的,童话里的时间是先于现实时间的。越往下看,构成小说体系的最基本的艺术原则就越加清晰:大历史伴随着主人公的命运,但是不能左右他的命运。帕斯捷尔纳克对历史的态度与勃洛克的《十二个》是一致的。在历史灾变的背景下,在狂热的厮杀中,日瓦戈保持着冷静,遵从自己的志向,感受到一种神秘力量的参与,听到一种神秘的声音。

有学者认为,在帕斯捷尔纳克的散文创作中始终贯彻着浪漫主义与现实主义对立、抒情与历史对立的命题。帕斯捷尔纳克的《日瓦戈医生》吸收并转换了他早期创作的若干文本。《柳威尔斯的童年》和《安全保护证》早就为《日瓦戈医生》的诞生做好了铺垫,孕育了日瓦戈形象的雏形。《柳威尔斯的童年》的女主人公以自我体验为中心,她的这一精神状态在日瓦戈医生形象的刻画中得到了拓展。高尔基曾经通过《柳威尔斯的童年》透彻地分析帕斯捷尔纳克早期的创作特色:“鲍里斯·帕斯捷尔纳克所看到的一切,所感到的一切,都恰好或只是成为他表达艺术家自己的感情、自己的直觉、内心生活的私密断想……他的任务是讲述关于他如何在世界中看见自己……”[②]根据高尔基的判断,这部早期作品应该是介于浪漫主义和现实主义之间的,但是帕斯捷尔纳克本人的意愿却是创造一种不同于传统的现实主义。他在自传性中篇小说《安全保护证》中阐明了他的创作观:“艺术作为活动是现实的,作为事实是具有象征性的。艺术之所以是现实的,是因为它本身不杜撰隐喻,而在自然中发现隐喻并神圣

---

① Сухих И. Н. Роман Б. Л. Пастернака «Доктор Живаго», СПб.: филол. ф-т СПбГУ, 2003. с. 22.

② Литературное наследство. Т. 70, Горький и Советский писатель. Неизданная переписка// Институт Мироввой литературы им. А. М. Горького АН СССР; Редакция: И. И. Анисимов (гл. ред.), Д. Д. Благой, А. С. Бушмин и др. Переписки. М.: Изд-во Академии наук СССР, 1963. с. 309—310. 转引自帕斯捷尔纳克:《日瓦戈医生》,力冈、冀刚译,杭州:浙江文艺出版社,2010年版,第609页。

地加以再创造。"[①]现实的事实就像彗星一样突然闯入人世间，而诗歌和散文记录的就是那闪烁燃烧的一瞬间。帕斯捷尔纳克的这种现实主义观决定了他的艺术形象在结构方面的一系列特征，尤其是隐喻性象征的使用。他理解的现实主义不是传统意义上的现实主义，是通过象征隐喻手段来表达的对社会环境的认识和反映。因此，他常把象征主义与现实主义相融合。他主张诉诸自然，认为自然景色是创作中的行为主体；主张将自然万物拟人化，创造一种物我合一的象征隐喻，以此反对浪漫主义的虚构隐喻。

事实上，帕斯捷尔纳克早期的散文创作深受别雷象征小说的影响，以致长期摇摆在象征主义与未来主义之间。他的早期未来主义就是象征主义的极致表达。人们常常简单地说他反对浪漫主义，其实他真正反对的是狂热的英雄主义，以及"演戏般的高调""造作的激情""虚伪的深奥"和"矫饰的谄媚"[②]。他渴望寻找一种新的现实主义表达方式。然而，因为他特别强调主体感受和体验，所以他的现实主义带有很浓厚的主观性和直觉性，这又跟通常意义上的浪漫主义有相通之处。他认为"'抒情'与'历史'是相反的两极——两者都同样臆断和绝对化"[③]。他所谓的"抒情与历史"的对立命题，意味着文艺与革命的相对独立性，即文艺不该简单地作为革命的喉舌。不过，这并不意味着取消历史。在他早期的诗歌创作中，不乏对革命现实的反映，马雅可夫斯基和勃留索夫都肯定了他早期创作的时代性。"抒情与历史对立"的命题延伸了浪漫主义与现实主义对立的命题，一直贯穿在帕斯捷尔纳克早期的散文创作中。他对革命的接受，对世界的理解，以及个别生活事件如何转化为艺术现实，这些后来都在《日瓦戈医生》中得到了更为充分的阐释。

关于诗歌和散文的关系，帕斯捷尔纳克曾在作家第一次代表大会上这样说："诗歌即散文，散文不是随便由谁写的……散文本身不是轻松的转述，而是处于最原初的紧张状态，只有这样的散文才是诗歌。"[④]在帕斯捷尔纳克看来，诗歌和散文难舍难分，因为现实既进入诗歌又进入散文，

① Пастернак Б. Охранная грамота//Пастрернак Б. Воздушные пути. Проза разных лет. М., 1982. с. 231.

② 薛君智：《从早期散文创作到〈日瓦戈医生〉——兼论帕斯捷尔纳克的文艺观点》，《俄罗斯文艺》(曾用名《苏联文学》)，1987年第5期，第85页。

③ 同上。

④ Лихачёв Д. Заметки. Http://www.gumer.info/bibliotek_Buks/Literat/lihach/10_01.php，访问日期：2019年1月9日。

被人的意识正确接受的现实就是诗歌,同时又是原初的散文。他还认为,诗人的内在世界是不平凡的,而外部世界是平凡的,因此由很多平凡事组成的诗歌就要以它不平凡的状态来呈现,必须要闯入诗人的内心世界。这与诗人的创作实践是吻合的。在帕斯捷尔纳克的早期诗歌中,抒情的主人公与大自然具有亲和关系,而大自然则过着人一般的生活:像人一样有喜怒哀乐,一样会恋爱,以人的眼光看待诗人,以诗人的名义发言。这个特点后来在《日瓦戈医生》中得到了发展。也就是说,该小说的经典性离不开帕斯捷尔纳克关于诗歌和散文之间关系的独特见解,离不开作品中诗文交融的审美特征。

就小说结构而言,《日瓦戈医生》是由散文叙事和25首抒情诗组成的。从作者的理念来看,这两部分具有共同的属性。作家之所以把一些事件拉入散文,就是为了诗歌。换言之,诗歌是作为小说的有机组成部分,而不是作为嵌入部分安排进小说的。创作一部大部头的、与他的诗歌大相径庭且非同凡响的小说是作家多年的追求。帕斯捷尔纳克借小说主人公之口表达了这一夙愿:“尤拉善于思考,也善于写作。还在中学时期,他就想写散文,写一本传记形式的书,他可以把所见到的和想到的最惊人的东西当作隐藏的爆炸物写进去。但是他还是太年轻了,写不好这样的书,所以他没有写这样的书,而写起了诗,就好像一位画家,为了画一幅构思好的巨画,画了一辈子草图。”(第70-71页)圣彼得堡的文学评论家苏西赫将《日瓦戈医生》的诗歌文本与小说文本的关系形象地比喻为“葡萄酒与葡萄肉的关系”[①],这在《童话》一诗中体现得最为明显。瓦雷金诺冬夜的孤独,冬夜狼嚎和与拉拉注定要分离的不祥预感在诗歌中产生了意想不到的变体:那雪地里出现的狼在日瓦戈的脑海中逡巡良久后逐渐变成了一种观念,一种迫害拉拉和日瓦戈医生的敌对势力这一观念,这个观念逐渐发展到了“渴望喝医生的血,吃拉拉肉的怪物龙”,于是在诗歌《童话》中日瓦戈以骑士的面目出现,拉拉以怪物龙的猎物出现,那抽象的敌意化作蛟龙捕获女子的惊心场面。由此可见,小说内部的生活转化成了小说内部艺术的机制:现实的感受和观察转化为主题,主题又衍生为概括性的观念和思想。骑士营救被蛟龙俘获的美人的抒情叙事诗就是这样诞生的:葡萄被酿成美酒(诗歌),只闻到酒香,而不见葡萄(小说的日常生

---

① Сухих И. Н. Роман Б. Л. Пастернака «Доктор Живаго», СПб.: филол. ф-т СПбГУ, 2003. с. 33.

活)了。前16章的小说构成如下层次的环形结构:生—死—生—死,相见—分离—聚首—分离;而第17章"日瓦戈的诗歌"中有11首诗歌构成一年四季的循环:《三月》《基督受难周》《白夜》《春天的泥泞路》《城里的夏天》《晴和的初秋》《秋天》《八月》《冬夜》《黎明》和《大地》(春天的大地)。在这些诗歌中历史的风云逐渐消逝,大自然取而代之唱了主角。如诗如画的自然正是诗人为之缱绻的恋人。因此在某种意义上可以说,小说文本中的信息是为了揭秘后面的诗歌,是关乎整部小说、有待于解密的符码。一些诗歌中的情节、形象和观念同时也构成解读小说文本的符码。在简洁的诗歌意象中,男女主人公之间的爱情得到了升华,同时增强了前面散文化叙事的诗意。诗歌与散文遥相呼应,互为补充,相互阐释。这样的结构既是作者表达精神世界的话语方式,又是一种体裁革命。小说创作从历史滑向童话,从肉体之爱滑向精神之爱,从现实主义滑向乌托邦,构成了独特的艺术魅力,也就是构成了它的经典性。

(二)艺术现实就是象征的网

帕斯捷尔纳克所追求的那种新型现实主义,实际上就是象征主义。前文提到,在他早期的诗歌和散文创作中,已经有明显的象征主义痕迹。在小说《日瓦戈医生》中,这种痕迹以更大的规模在更大的空间中呈现了出来。如果我们仅仅从现实主义创作原则去理解小说中的诸多意象,就很难真正体会这部巨作的内涵。小说中不仅主要人物具有象征含义,而且自然万物也都超越了本体意义,应和了主人公的某种情感或观念,承载了作家的思考负荷。可能正是这一缘故,有人称之为"继象征主义之后的象征主义小说"[①]。一言以蔽之,帕斯捷尔纳克笔下的艺术世界是由人物、景物、事物和动物交织而成的象征之网。对于小说经典性的捕捉,也得从这张象征巨网开始。

1. 人物象征。小说中的主要人物日瓦戈、拉拉和安季波夫都分别具有象征意义。尤拉(日瓦戈)的姓氏"Живаго"源于"Бог Живаго",即疗救精神和身体皆病者的耶稣,"Живаго"是古斯拉夫语形容词"живой"的第二格表达形式,即生命的意思。人活着就是为了经历苦难。就像耶稣一样,经历了世间悲苦,最终走向死亡。日瓦戈所经历的精神和身体上的考

---

① http://knowledge.allbest.ru/literature/3c0b65635a2bc68a4c53b88521206d26_0.html〉Роман «Доктор Живаго»,访问日期:2019年1月9日。

验就是圣经中的耶稣之路。因此,日瓦戈具有基督原型意义。书中的一句诗行显然烘托了这一层寓意:“为了证明其博大深远/我将自愿受苦,走进坟墓。”[①]日瓦戈成了人类生活价值思想的象征,与安季波夫(斯特列利尼科夫)形成了对照。Антипов(安季波夫)是反面典型的意思,Стрельников(斯特列利尼科夫)是“杀人”“枪毙”的意思。在拉拉的眼里,他就是刽子手。尽管她很爱他,很崇拜他钢铁般的意志,但是她认为他做的事情太血腥了,因而渴望他有一天能回归书房。如果我们从传统的现实主义艺术原则出发,去分析拉拉这个人物,就很容易得出“妓女”“堕落的女人”这样的评价。然而,她的形象具有象征意义。她跟日瓦戈一样,都有超凡脱俗的一面。她实际上是尤拉的纯洁的精神恋人:“她就是以这样绝好的形象——像浴后裹得紧紧的婴儿——进入他的心灵的。”(第402页)她是宗教意义上的“中介新娘”[②],是俄罗斯的象征。“这块大地就是无与伦比、声名显赫的俄罗斯母亲;她历尽苦难,坚忍不拔,乖戾任性,喜怒无常;她受人民爱戴,但又经受着无法预见没完没了的深重灾难!啊,生活多么甜美!活在世上,热爱生活是多么甜美!多么想对生活本身,对存在本身说声‘谢谢’,而且要当面这样说!”(第425页)这正是日瓦戈理想中的拉丽莎。她是生命即苦难的化身,她与日瓦戈有着相同的生命寓意。美国大文豪埃德蒙·威尔逊(Edmund Wilson, 1895—1972)曾经称拉拉为俄国文化女神的象征,可谓一语中的:“拉拉复杂的经历、成熟的思想及独立的人格境界,使她完全担任起‘文化女神’这样的象征任务。”[③]小说中的生活有明暗两层:外部生活和内心生活。日瓦戈与妻子的关系是俗世生活的反映,与拉拉的关系则是一种精神体验。拉拉是日瓦戈认识世界的媒介。此外,诗歌中的骑士、玛利亚形象也跟日瓦戈和拉拉形成了一一对应的关系,彼此呼应,交相辉映,其寓意不言而喻。

2. 自然象征。与传统小说不同,《日瓦戈医生》中很多景物都极具象征意义。作者描写了美丽的山梨树、消融的冬雪、潺湲的流水、茂密的森林、稠密的睡莲、跌落的瀑布、林中的鸟鸣、雨后麻雀的啁啾、雨水的滴答

---

① 鲍里斯·帕斯捷尔纳克:《日瓦戈医生》,力冈、冀刚译,杭州:浙江文艺出版社,2010年版,第605页。本章中出自同一本书的引文,以下仅在行文中简单标注引文出版的页码。

② Образ Лары в романе Б. Пастернака «Доктор Живаго» в русле темы трагической женской судьбы. Http://referat. yabotanik. ru/Literatura/obraz-Lary-v-roman-bpasternak-doktor/219308/205917/page1. html,访问日期:2019年1月9日。

③ 赵一凡:《美国文化批评集》,北京:生活·读书·新知三联书店,1994年版,第104页。

声，并以这些意象来与人类喧嚣而纷扰的生活形成对照，喻示自然代上帝向人类立法，人类应该认识并接受大自然所包含的无所不在的启示，放弃浮躁急切地改变一切的冲动与行为，摆脱血腥而混乱的生存境况，在渐缓而切实的过程中，完成从兽的生活向人的生活的升华。在小说第12章中，山梨树是女性和母性的象征。山梨树、山梨果养育了冬天的小鸟："像妈妈喂婴儿一样，解开衣扣把乳房让他们吸吮。"（第387页）山梨树还是生命力的象征：她是秋天树木中唯一没有脱落树叶的树，披满赤褐色的叶子，"一片泥沼地当中有一个大土包，山梨树就长在土包上，高擎着红红的硬壳果实，伸向阴沉的秋末的天空"（第387页）。书中有一段日瓦戈离开游击队之前的描写：他来到那株山梨树前，她"一半埋在雪里，另外一半是上了冻的树叶和果子。山梨树朝日瓦戈伸出两根雪柱似的树枝"（第409页）。此时，日瓦戈不自觉地就联想到了拉拉那"两条滚圆丰满的手臂"，山梨树成了拉拉的隐喻象征。

小说中的许多景物都具有暗示功能。这些景物包括暴风雨、暴风雪、落雪、蜡烛和晚霞等。小说中的暴风雪总是与灾难或不幸事件联系在一起，如日瓦戈的母亲下葬的那个雪夜："当日瓦戈一家动身的前一天（笔者按：指搬离莫斯科前），来了一场暴风雪。风卷着一阵阵团团乱转的雪飞舞向半空里，又像白色的旋风似地回到地面，飞到黑沉沉的大街深处，给大街盖上一层银毡。"（第233页）当日瓦戈收到托妮亚的信，得知她们被遣送过境时，"窗外落起雪来。风吹着雪花斜斜地落下，愈来愈快；地上的雪愈来愈厚……"（第452页）在第14章《重返瓦雷金诺》中，"已经是寒冬时候，飘着鹅毛大雪"（第453页），这一景象预示着科马罗夫斯基就要拆散尤里和拉拉，并与日瓦戈的诗歌《相逢》里的诗行形成了互文关系："那个风雪的夜晚/分成了前后两半/可我不能在你我之间/划一条界限。"（第587页）

事实上，自然万物皆以作者、人物的声音在说话，具有表达相关人物的情绪，甚至推动情节发展的作用。例如，在科马罗夫斯基把拉拉母女带走以后，小说中的景物描写完全配合日瓦戈此时的心情："暮色愈来愈浓。路旁那精致的花边似的白桦树罩上了灰色的暮霭，天空的粉红色变淡了，好像突然褪了颜色……"（第486页）下面的描写也同样："好像从来不曾有过这样的黄昏；这黄昏的降临只是为了安慰他这个孤苦伶仃的人。"（第486页）此后日瓦戈心中反复吟咏的那一句更具有深意："我的光辉的太阳落下了。"（第486页）这其实是一语双关，道出了他失去拉拉后的无望和失落。

还须一提的是,作者常常把自己的感情作用于自然,同化于万物。此时,小说中的那些自然景物不再是孤立的意象,而是形成了此呼彼应的关系。且看下面这段描写:“日瓦戈从小喜欢看夕阳下的林间景色。这时他觉得自己也被一道道的夕阳穿透了,仿佛有一股生命的灵感涌入他的胸膛,贯穿全身,又从他的肩部逸出,宛若一对翅翼。”(第377页)面对着夕阳林中的景色,日瓦戈对拉丽莎的思念,迫使“大自然、森林晚霞和他眼前的一切都幻化成当初那个囊括一切的女郎形象”(第377页)。这类情景交融的境界,并非仅指个人的悲欢离合,并非局限于人物个体命运的层面,而是以自然世界隐喻历史的进程:借日瓦戈之口,暗示历史进程如同四季中的植物,表面上静止不动,实际上时时刻刻都在变化。更重要的是,帕斯捷尔纳克的终极理想也由此可见一斑:当日瓦戈融入森林和晚霞时,天人合一的理想得到了昭示。

3. 事物(人造物)象征。小说中的不同事物(人造物)也都起着象征作用,尽管它们各自的含义千差万别,甚至截然对立。值得一提的是“铁路”意象,它总是象征巨大的破坏力,象征死亡、寒冷和压迫,跟冰雪、暴风雪等意象构成了冷酷无情、多灾多难的历史环境,因而与书中那温暖的炉火、蓝色的天空、粉红色的云、麻雀的啁啾、黄莺的啼啭、霞光和夕照等意象形成了一种张力。“铁路”意象早早地出现在了书中,当时米沙·戈尔顿目睹了尤里的父亲跳火车自杀的一幕:“自杀者的尸体躺在路基旁的草地上。”(第15页)这一幕惨景勾起了另一位目击者季维尔金娜的伤心往事:她的丈夫“是在一次铁路事故中被活活烧死的”(第16页)。

当然,人造物在书中并非都象征死亡。与此对立的意象是蜡烛,它象征着生命和爱情。在前16章中,烛光出现了三次,每一次都有不同的征兆。第一次出现在日瓦戈参加舞会的路上。当时,“有一线烛光透过这个小孔射到大街上……仿佛烛火是在窥视行人,在等待什么人”(第88页)。日瓦戈在冬夜的大街上看到拉拉家窗台上点着的蜡烛就是他们之间爱情的预兆。这里的烛光预示着拉拉即将告别过去,走向新生。第二次预示着拉拉(因轻信科马罗夫斯基)不久会离开日瓦戈,一段悲惨的命运即将开始:“每剪一次烛花,火头便噼噼啪啪地响一阵,把房间照得很亮,过一会儿又渐渐黯淡下来。”(第456页)日瓦戈也因此失去了对生活的追求。第三次只出现在拉拉的脑海中。当拉拉参加日瓦戈的葬礼,面对着尤里的尸体,她想到生命中的三个男人,想到了圣诞夜:“她苦苦回忆圣诞节那

天同巴沙的谈话,但什么也记不起来,只记得窗台上那支燃烧的蜡烛和玻璃窗上的冰凌融化出来的圆圈。"(第 534 页)

"烛光"意象在第 17 章的诗歌里得到了延续。在那首题为《冬夜》的诗歌里,每一节里都贯穿着烛光,与小说前 16 章里的烛光遥相呼应,形成了互文关系,为后人的解读提供了无限的想象空间。

4. 动物象征。帕斯捷尔纳克还擅长以动物作象征。日瓦戈和拉拉的生死离别就由"狼"意象得到了烘托:在冬夜里出没的狼"变成了一种要把他和拉丽莎置于死地或将他们逐出瓦雷金诺的凶恶势力"(第 475 页)。书中还写道,在日瓦戈和拉拉的住处附近,连续三天出现了狼,这使他们产生了不祥之感:"四条狼并排站在那里,面对着房子,正昂头朝着月亮或米利库增家银光闪闪的窗子在嗥叫。"(第 473 页)此后不久,科马罗夫斯基就找上门来,以保护拉拉母女为由,拆散了日瓦戈和拉拉,把拉拉母女带到了远东。需要强调的是,"狼"意象不仅起到了营造气氛的作用,而且有力地喻示着作品的主题:疯狂的暴力欺凌,使人类世界沦为凶险的丛林。

总之,象征在这部史诗性作品中不是以零星、散乱、偶然的形式出现的,而是形成了比较完整的、两极对照的象喻体系。小说中蕴含着很多对立的象征元素:生与死,灵与肉,天使与恶魔,虚伪与真实,战争与人性,人道与非人道等。这些意象构成了一个网状象征系统,使小说获得了深厚的文化内涵,获得了独特的审美特征,也就是获得了经典性。

(三)生活的风暴把你吹向我身边

很多研究者都把《日瓦戈医生》看作一部爱情小说。加缪称其为"一部关于爱情的伟大著作"[①]。日瓦戈和拉拉之间的爱情故事,是在战争和革命的历史风云中演绎的。他俩有五次"偶然"的相遇经历,构成了整个故事的框架。

第一次:1906 年的 1 月份,在莫斯科宾馆,当时拉拉母亲正企图自杀。

第二次:1911 年的圣诞节,在斯文季茨基家的圣诞晚会上,拉拉向科马罗夫斯基开枪时被日瓦戈看到。

---

① Кондаков И. В. Е. Б. и Е. В. Пастернаки (Москва) Очерк исследований о Б. Пастернаке. http://docs.podelise.ru/docs/index—540.html,访问日期:2019 年 1 月 9 日。

第三次：1917年的夏天，在麦柳泽耶夫城，日瓦戈巧遇拉拉；后者为他熨衣服时不由自主地表白了爱情。

第四次：1919年春天，在尤梁津，两人最终互相表白爱情；日瓦戈意外地被强征入伍，做了军医，被迫和拉拉分手。

第五次：1920年冬天，日瓦戈跟随游击队在森林里漂泊一年半以后，又和拉拉相遇；这次相遇让他们产生了顿悟：他们为彼此而生，却注定要永远分手。

这一建筑在“偶然”基础上的结构框架本身就是一种言说。它的表层结构的特征是断裂，因而隐喻爱情的艰辛；日瓦戈和拉拉两情相悦，却遭遇千阻万险。然而，表层的断裂更烘托了深层结构的精神纽带——他俩的形体分多合少，但是心灵始终相通。从表面上看，他俩的相遇是一种机缘巧合，但是其背后有着深层次原因，即共同的爱情观和价值观：“在动荡不宁的岁月/在生活难熬的时代/命运的波涛把她冲出/她出了底层，朝他冲来/克服无数的阻挠/冲破千万重险关/波涛冲呀，冲呀/把她冲到他的身边。”（第584－585页）拉拉饱经风霜，却令日瓦戈一往情深：“我不爱那些没跌过跤、没失过足的不犯错误的人。他们的美是僵死的，没有价值的。他们不懂人生的美。”（第434页）也就是说，拉拉对于日瓦戈而言是苦难的化身，日瓦戈对这苦难有独特的理解和认识。他抚慰她的伤口，对她的爱充满了心疼和怜惜，这里面有一种宗教情怀。

日瓦戈的爱情体现了大爱与自由和谐的精神。作者企图建立起“以爱为轴心的自由王国，去征服生活的偶然性、有限性，调和灵与肉的疏离与冲突，拥抱生命之全部”。帕斯捷尔纳克深受俄国象征主义的影响，尤其深受索洛维约夫的圣索菲亚的“永恒女性”哲学的影响，认为美能拯救世界。他把爱情视为生活的最高原则，认为它的形式是美，它的条件是自由。正如吉皮乌斯所认为的，“抽象的爱情具备提升罪性的、感性的肉体的能力，它超乎一切伦理价值之上，是唯一能与所向无敌的死亡进行抗衡的基础。”[①]拉拉的形象是对索洛维约夫的“永恒女性的形象”的发展。她既是超验的，又是现实的。俄国文学白银时期象征派诗人年轻一辈的代表勃洛克继承和发展了索洛维约夫的“永恒女性”主题，如在他的诗集《美妇人》中诗人的妻子就是以其妻子维拉为原型、他俯首膜拜的女神，而帕斯捷尔纳克笔下拉拉的生活原型是作者深爱的女友奥丽娅·伊

① 汪剑钊：《俄国象征派诗歌与宗教精神》，《外国文学》，1996年第6期。

文斯卡娅，她使帕斯捷尔纳克得到拯救。这一点在帕斯捷尔纳克自己评价《日瓦戈医生》时得到了披露："日瓦戈就是他精神上的自我，而拉拉在某种程度上又有奥丽娅的影子。"[①]更确切地说，日瓦戈和拉拉的爱既是尘世的，又是天国的。尘世之爱与天国之爱，在帕斯捷尔纳克的笔下自然地融合了："她的美是极其简单、极其流畅的线条美。是造物主从上到下一笔画成的……"(第402页)帕斯捷尔纳克主张的爱情观还体现于拉拉与托妮亚的对比之中。托妮亚几乎是个完美无瑕的人物，但是她吸引不了日瓦戈，而偏偏是饱受蹂躏的拉拉占据了他的整个灵魂："我爱你爱得发疯，爱得没有止境。"(第436页)这种爱已经超越了男女的情爱，因为日瓦戈把自己所爱的人等同于"历尽苦难，坚忍不拔，乖戾任性，喜怒无常"(第425页)的俄罗斯母亲。换言之，"拉丽莎就是生活、存在的代表和体现"(第426页)。这完全是索洛维约夫似的爱，从中我们可以看到人同自然、宇宙天人合一的境界。

日瓦戈主张反对暴力，以爱拯救堕落的人，以爱拯救世界。他对拉拉的爱，既是对后者个人的拯救，又是理解存在和抵达世界终极意义的媒介。因此，小说中的浪漫情节并不色情，而是充满唯灵主义。他俩做爱，与其说是肉体的结合，毋宁说是精神的升华："有交叉的胳膊和腿/还有命运的交会/两只女鞋砰砰两声/落在地板上 /扑簌簌几滴烛泪/滴在衣服上/一颗芳心荡漾/就像天使一样/张开两只翅膀。"(第645页)

书中还有一个细节：日瓦戈和拉拉学会接吻的地方，不是在别处，而是在天穹。他们的爱是天堂之爱，他们好比亚当和夏娃。这种超越时空的爱及其呈现方式，构成了小说的内在品格，具有艺术的经典本色。

拉拉也爱自己的丈夫安季波夫，但是她和日瓦戈心心相印，在心灵和气质上有更多共通的地方："他们的相爱并非受到驱使，不是有些人说的'情欲的奴隶'，他们之所以相爱，是因为周围的一切，那脚下的大地、头上的青天、天空的白云和地上的树木，都希望他们相爱……"(第536页)他们忘情的幸福时刻其实是大自然美景的一个组成部分，属于整个宇宙。正是这种爱的结合点，赋予了日瓦戈与拉拉爱情的唯美性，而丝毫没有色情的意味。拉拉曾经这样分析她和日瓦戈走到一起的原因：世事多变，不变的是两个孤独的灵魂："我和你就像世界上最初的两个人：亚当和夏

---

① 高莽：《诗人之恋：苏联三大诗人的爱情悲剧》，北京：外国文学出版社，1991年版，第297—319页。

娃。"(第437页)日瓦戈反对以恶还恶,以暴力解决人类问题,这恰恰也是拉拉的主张。正是这种共同的精神诉求,引发了日瓦戈和拉拉的浪漫史,从中我们可以瞥见经典的力量。

这段美丽的浪漫史最终被残酷的现实击碎了。科马罗夫斯基的恶计,不但拆散了鸳鸯,还导致日瓦戈死于孤独和相思,就像蜡烛一点一点地燃尽。日瓦戈死后,拉拉有一段在灵柩前的哭诉:"生命的谜,死亡的谜,天才的美,质朴的美,这些都是我们熟悉的。可是天地间那些琐碎的争执……对不起,这完全不是我们的事。永别了,我的伟大的人,亲爱的人;永别了,我的骄傲;永别了,我的水深流急的小溪,我多么爱听你那日夜鸣涧的水声,多么爱纵身跃入你那冰冷的浪花之中。"(第537页)在这诗一般的语言中,美丽的爱情实现了对死亡的超越。

综上所述,《日瓦戈医生》宛若一首交响曲。诗歌和散文,音乐与文学,色彩与声音,在这里回响交流,达到了一种无与伦比的境界。这境界,连同它的寓意,具有超越时空的力量,能让人在平凡的爱情故事中瞥见真善美。在这美轮美奂的故事中,我们尤其看到了互文的创造力:帕斯捷尔纳克的创作脱胎于象征主义,又发展了象征主义;他吸收了勃洛克和别雷的精华,又像晚年的托尔斯泰一样,把作家承载的责任与小说的可读性巧妙地结合;他的探索打破了传统的独白小说模式,使叙事与抒情相结合,融现实与梦幻于一体。小说的经典性,也正在于这种美和力的交响。

第四节 《日瓦戈医生》的多重影视文本传译

1958年,苏联作家鲍里斯·列奥尼多维奇·帕斯捷尔纳克的小说《日瓦戈医生》获得了诺贝尔文学奖,制造了一场文学外交风波,引发了世界性的关注。8年之后,根据小说改编的同名电影获得了5项奥斯卡金像奖,小说的影响进一步扩大。半个世纪之后,小说的影响力持续发酵,先是2002年英国播出了同名电视电影(TV Movie),接着是俄罗斯于2006年播出号称"原汁原味"的11集迷你电视连续剧(TV Mini-Series)。

三个版本的影视改编出自不同的时代、不同的国家、不同的导演、不同的文本类型与样式,屡屡引发人们从时代差异、文化差异、媒介文本差异等多种视角讨论小说《日瓦戈医生》,产生了样态较为丰富的跨媒体批评。无论结论如何,跨媒介的文本样式及批评从一个特定的角度见证了小说《日瓦戈医生》成为文学经典的历程。本节将着重探讨小说《日瓦戈医生》在进行影视文本传译过程中出现的一些基本话题。

(一) 大荧幕上的爱情史诗

在三个影视改编版本中,大卫·里恩(David Lean)的版本(以下简称65版)是最早、最叫座的,被称为一部爱情史诗巨片。该版本由米高梅电影公司(Metro-Goldwyn-Mayer,简称 MGM)于 1965 年 12 月 22 日在美国首先发行。影片在世界近二十个国家或地区发行放映,其中在美国、加拿大、澳大利亚、挪威、日本和韩国等还是二次发行(re-release),时间跨越 20 世纪 60 年代、70 年代、80 年代、90 年代直至 21 世纪前 10 年,其传播呈现出地域广、时间长的明显特点。影片仅在美国的总票房就达到了1.1 亿美元。[①]《日瓦戈医生》一片的总收益,高于由大卫·里恩执导的其他电影的总和。互联网电影资料库(Internet Movie Database,简称IMDb)[②]评价高达 8.0 分(满分 10 分)。1966 年,影片荣获奥斯卡金像奖 10 项提名,并最终获得最佳改编剧本、最佳艺术指导、最佳摄影、最佳服装设计及最佳配乐五项大奖。[③] 奥斯卡奖的光环无疑助推了小说在全世界范围内的传播。

由于小说在苏联曾长期被禁,电影外景地绝大部分最终选择在西班牙拍摄。整个莫斯科街景是在马德里搭建,托妮亚的祖籍地瓦雷金诺则是在西班牙的索里亚省拍摄。许多漫天风雪的场景取自芬兰。日瓦戈一家乘坐火车去乌拉尔山脉的情节则是在加拿大拍摄的。65 版影片的导演、演员等来自苏联以外的西方国家。因此,影片也被指完全是从西方的视角来改编小说《日瓦戈医生》,这一点我们在本节的第三部分将展开更详细的讨论。

65 版影片的内容及其处理方式也曾招致不少非议。不少影评人批评影片情节拖沓,过于冗长,为此,影片正式公映前由原来的 220 分钟减少至 197 分钟。在冷战时代,大卫·里恩将极具政治性话题的小说改编为一部浪漫主义爱情史诗片,也更容易招致责难。比如,有人批评《日瓦戈医生》对帕斯捷尔纳克的原著和俄国革命进行了曲解,影片刻意将原本

---

① http://www.boxofficemojo.com,访问日期:2019 年 1 月 9 日。

② http://www.imdb.com,访问日期:2019 年 1 月 9 日。

③ 除最终获奖奖项外,五个提名奖项分别是最佳影片奖、最佳导演奖、最佳男配角奖、最佳剪辑奖和最佳音响奖。

的政治意识浪漫化，将波澜壮阔的革命史诗平面化和图解化，最终仅仅讲述了一段苍白的罗曼史，使本片较像一部以大时代为背景的爱情片。[①]一些评论家认为里恩的史诗片总体上对于历史的描述太过简单、不够深入，这种观点一直被严厉的评论家坚持到现在。法国导演弗朗索瓦·特吕弗(François Truffaut)就曾在对电影《日瓦戈医生》的评论中，轻蔑地指出里恩的史诗片是"奥斯卡专业户"。[②] 大卫·里恩曾愤而表示此生不再拍电影。幸而，也有持相反意见的电影工作者，比如卡尔·福尔曼(Carl Foreman)、米歇尔·威尔逊(Michael Wilson)和罗伯特·鲍特(Robert Bolt)等。他们坚持认为里恩的史诗片是值得称道的，认为它比荧幕上大多数史诗片显得更富智慧、更有文化、更加可信。[③] 另外，骄人的票房成绩令对影片的某些指责不攻自破。如今，里恩版的《日瓦戈医生》作为一部经典史诗电影的地位已经不可动摇。评论界对其关注重心已经从当初的意识形态视域转向影片的艺术成就及改编艺术，其中比较集中的大概有三点：

一是电影史诗般的风格与结构。

在拍摄《日瓦戈医生》之前，大卫·里恩就以影片《桂河大桥》(*The Bridge on the River Kwai*, 1957)确立了他的史诗风格。几年之后，他拍摄了影片《阿拉伯的劳伦斯》(*Lawrence of Arabia*, 1962)。这两部影片无论在艺术上还是商业上都获得了很大的成功，均获得了奥斯卡最佳导演奖。影片《日瓦戈医生》则与前两部影片一道被人们称为"史诗三部曲"，达到了大卫·里恩史诗电影的艺术高峰。为了表现俄罗斯大地的壮美，导演用了很多大全景，而在大地上活动的人，无论是高官权贵，还是黎民百姓，都显得十分渺小。这种处理较好地契合了小说的内涵，准确地表达了日瓦戈医生超越时代、党派及个人利益的广阔精神世界。在影片结构上，导演采用了古典戏剧舞台艺术的样式，开场有长达4分钟的序曲，中间分场分幕，幕间休息还要插入幕间曲。这种结构方式在当代电影史上是很罕见的。与幕间曲相匹配的是白桦林的油画。大幕时而开启，时

---

① 敬沁竹：《从小说到电影再到电视剧——解析〈日瓦戈医生〉的改编》，《电影文学》，2009年第18期，第50页。

② 转引张飞明：《大卫·里恩：大师和工匠的二律背反》，《电影世界》，2008年第3期，第120页。

③ Kevin Brownlow, *David Lean: A Biography*, New York: St. Martin's Press, 1996, p.483.

而闭合，令观众在音画的交响中不停地入戏出戏，应和着主人公的悲欢离合，创造了史诗般的悲剧效果。

二是关于电影文本对于小说文本中人物的删减。

后世关于大卫·里恩改编版的很多评价集中于对小说人物的删减。小说中有约一半的角色在电影中都未曾出现。其中在小说中颇为重要的几个人物，如日瓦戈的舅父尼古拉·尼古拉耶维奇·韦杰尼亚平与日瓦戈一生的挚友戈尔东和杜多罗夫在电影中都没有出现。对此，有评论者认为，小说中韦杰尼亚平不仅是日瓦戈的舅父，而且是他童年时代的偶像和青年时的精神导师，“在电影中韦杰尼亚平完全没有出现，电影中的日瓦戈性格的形成过程便产生了断层。这一代表着日瓦戈精神中重要部分的角色的被删去，势必导致电影中日瓦戈形象的精神内涵减弱，他身上属于俄国知识分子特有的博爱精神、牺牲精神和受难气质都大打折扣……(戈尔东和杜多罗夫)是另一种俄国知识分子的代表，他们在革命后选择顺从与合作，从而丧失了独立思考的能力……戈尔东、杜多罗夫的角色删去后不仅大大减弱了日瓦戈这一形象的丰富内涵，而且使得《日瓦戈医生》的知识分子主题被隐蔽”[①]。这种评论未必公允。小说原著有六百多页，跨越了几十年的历史，将之改编为200分钟左右的影片，进行人物删减、场景压缩是受电影媒介特性决定的。主流商业电影片长大多在120分钟以内，65版改编影片相对来说已经大大超过了一般观众观影习惯了。除此之外，编导在改编的二度创作过程中拥有自己的相对自由，他们在改编时一方面受到电影商业属性的制约，同时也不可避免地带着自身的文化立场去处理小说素材。与小说在西方世界产生的巨大政治影响力不同的是，改编影片本身并非特别突出革命、知识分子、政治等议题，而是突出人物之间的情感纠葛。因此，影片将那些与男女主人公的情感没有直接关联的人物舍弃，是符合逻辑的，也是合情合理的。实际上，讨论电影改编成功与否时，用人物数量的多寡及其主次变化作为标准只是一种文学中心论的立场，往往很难对一部影片做出合理的评价。在电影史上，根据经典作品拍摄成的平平之作为数不少，而根据二、三流小说作品改编成的优秀电影数不胜数。人物数量的删减只能算是与小说原作的一种简单的比对，与一部影片成功与否没有多大关系。

---

① 敬沁竹：《从小说到电影再到电视剧——解析〈日瓦戈医生〉的改编》，《电影文学》，2009年第18期，第49—50页。

三是音乐主题。

音乐在65版的改编影片中具有突出的作用。影片音乐主要可分为三种:其一是背景音乐,影片的背景音乐非常丰富,有军乐、俄国民谣、爵士、华尔兹等。其二是序曲及幕间曲。序曲音乐长达4分多钟,这是柴可夫斯基在他的管弦乐名作《1812序曲》以及《斯拉夫进行曲》中使用过的沙俄帝国国歌旋律,象征20世纪初的俄罗斯正在酝酿一场翻天覆地的社会变革。随后出现的无词歌具有鲜明的俄国音乐特征,由男声合唱,显然是代表革命力量的一个对立主题。其三是影片中多次围绕女主角拉拉出现的"拉拉主题曲"(*Lara's Theme*),此曲作者是莫里斯·雅尔(Maurice Jarre),它较好地表达了日瓦戈医生对诗意、自由和创造力的赞美。"拉拉主题曲"后经保罗·弗朗西斯·韦伯斯特(Paul Francis Webster)填写歌词,取名《重逢有日》(*Somewhere, My Love*),广为传唱,获得了比影片更广泛和更持久的传播。主题音乐、填词的歌曲来源于电影,更来源于经典小说名著《日瓦戈医生》本身。音乐和歌曲虽然具有了相对的独立性,但其深层意蕴仍然来源于小说,或者说是对小说精神气质的分享与扩散。

(二)忠于原著的电视电影

时隔37年后,英国于2002年将小说《日瓦戈医生》改编成电视电影,影片全长226分钟,分为4个片段,主要供电视台播放。导演是意大利的吉亚科莫·卡姆皮奥蒂(Giacomo Campiotti)。该片获得了第56届英国电影与电视艺术学院奖(2003)电视奖最佳新人导演及最佳多集电视剧提名。这部电视电影的改编在总体上比较忠实于小说原著。比如,与65版相比,02版在塑造拉拉与科马罗夫斯基这两个重要人物形象时就与小说原著高度贴近。

在65版电影改编中,编导对二人关系的处理体现了经典好莱坞影片的冲突律,即将二元对立的矛盾冲突作为处理人物关系的首要原则,因此拉拉与科马罗夫斯基之间是被动与主动、弱者与强者、受害者与施害者、善良与邪恶的一一对应关系。在02版改编中,这种二元对立的关系被弱化,代之以更为复杂、模糊甚至暧昧的中间状态。科马罗夫斯基固然表现了主动勾引并借权势胁迫拉拉的一面,但拉拉本人对其也有好奇、羡慕甚至投怀送抱的一面。影片借拉拉的女伴欧丽亚之口表达了对科马罗夫斯基的好感:"他不算太坏,如果他要我,我会答应!"拉拉试穿科马罗夫斯基买的晚礼服，单独跟其参加舞会，也是妈妈力劝的结果。在科马罗夫斯基的诱惑下，拉拉开始主动迎合道："好，我答应你……这就是你的目的吗？好吧，你要订个房间吗？……我不愿再当孩子了，只是你别骗我。"[①]这样一来，科马罗夫斯基不再是个简单的恶棍流氓，拉拉亦不再是个单纯的受害者，65 版中的批判性与悲剧性都大大减弱。不过，02 版的这种处理手法与小说原著倒是颇为贴近的。

关于拉拉对科马罗夫斯基的态度，小说原著中有几处重要的描述：

> 假如科马罗夫斯基闯进拉拉的生活，引起的只是她的厌恶的话，她会起来反抗，挣脱他的。但是事情却不是这么简单。
>
> 她感到得意的是，一个论年龄可以给她做父亲的头发斑白的美男子，一个常常在大会上受到鼓掌欢迎、报纸上常常报道的人，竟会为她花费金钱和时间，称她天使，带她上戏院或音乐厅，让她"见世面"。
>
> ……科马罗夫斯基在马车里当着车夫的面或者在剧院包厢里在众目睽睽之下大胆地勾引她，都使她沉醉，使她那沉睡的芳心不住地跳动。
>
> ……是因为他的地位，因为妈妈在金钱上依靠他，还是他善于对她使用威胁手段？不是，不是，都不是。完全不是这么一回事儿。
>
> 不是她在他的手掌里，而是他在她的手掌里。[②]

不独拉拉如此，科马罗夫斯基自己对二人的关系也处于不断的警醒与犹豫之中："这是什么，是良心觉醒，是怜惜还是悔恨？也许这是担心？……要悬崖勒马！要对得起自己，不能改变自己以往的一切。否则一切都要完了。"[③]这就彻底颠覆了 65 版改编中将二者关系完全对立起来的处理手法。

当然，这种对原作的忠实态度是通过电影的独特方式表现的，在某些地方较 65 版表现得更为有力。关于拉拉的结局，两个改编版本都遵照小说原著的情节，即交代了她最终被关进劳动营，默默无闻地死在那里而被人们所遗忘。但 65 版只是简单照搬了小说中的文字内容，借用格兰尼亚

---

① 引自影片对白。

② 鲍里斯·帕斯捷尔纳克：《日瓦戈医生》，力冈、冀刚译，杭州：浙江文艺出版社，2010 年版，第 51—52 页。

③ 同上书，第 50 页。

的画外音介入影片的叙述流程:“有一天她离开了,而且再也没有回来。她死了,或者是消失在什么地方……在一处劳动营里,一个没有名字的号码在一张被遗忘的名单上,在那些日子里这是十分平常的。”这种叙述方式与小说的文字表述并无太大差异,缺乏电影表现手段的参与。02 版则用镜头详细表现了拉拉带着孩子在大街上被秘密警察追捕的恐怖场面,其中拉拉用玩游戏的方式哄孩子夹带着日瓦戈医生的遗作在大街上拼命向前奔跑的镜头,大大强化了拉拉结局的悲剧性,具有很强的视觉冲击力。

虽然 02 版比较忠实于原著,但在某些具体表现手法上还是体现了导演的个人风格。例如,在表现托妮亚与日瓦戈从童年、少年到青年的成长变化时,用了二人跑着穿越三个房间的一个长镜头场面调度来实现。二人跑进第一个房间时处于童年期,用的是写实手法;从第二个、第三个房间跑出来时慢速播放,身上已经多了外套、围巾和提包等,用的是虚化手法。这种带有浪漫化色彩的处理还有多处表现,如日瓦戈第一次见到拉拉出现在咖啡馆窗户玻璃外时,二人对视的叠印镜头;日瓦戈携家人乘火车去瓦雷金诺的途中休息时,在白桦林里跟随小动物和阳光奔跑的镜头;在日瓦戈生命的最后时刻,他与未曾谋面的儿子在窗户内外对视的镜头;吊唁日瓦戈时,拉拉眼前闪回了二人短暂相处的镜头等。有人据此认为,英国版影片中的日瓦戈更像是一个浪漫诗人。[①] 这与原著主人公的精神气质颇为吻合,但无意中也突出了人物之间的情感关系,而淡化了复杂多变的时代背景。换言之,日瓦戈医生这一心中充盈着苦难的知识分子形象被简化成了一位感情生活屡遭变故的浪漫诗人,因此招致了一些诟病。

由于 02 版是电视剧模式,主要是在电视台播出的,适应小屏幕播出,因此布景和服装远没有 65 版的华美和大气,取景上较多为中近景,将观众的视觉和注意力较多集中在人物及人物情感纠葛上。相反,65 版是宽荧幕上放映的,运用较多大远景、大全景表现俄罗斯大地的恢弘气势,体现了影片追求的史诗风格。二者在视听语言上的区别十分明显。

(三) 俄罗斯本土的迷你电视剧

美国和英国改编版本虽然投资巨大,制作精良,获得了各种奖项,但

---

① 萧菁:《人性的归途:三部同名影视作品“日瓦戈医生”的生命体验》,重庆工商大学硕士学位论文,2012 年,第 8 页。

在俄罗斯人心目中,美英两国的影视改编版本在文化上存在偏见,在某些细节上有诸多硬伤,因此很难获得真正的认同。在这样的背景下,俄罗斯于 2006 年将《日瓦戈医生》改编成了 11 集迷你电视连续剧,并受到俄罗斯国内观众的热烈欢迎,这其实是在情理之中的。

这部电视剧集中了俄罗斯当代第一流的导演、编剧和演员,可以说是地地道道的本土制造。该剧导演亚历山大·普罗什金(Aleksandr Proshkin)在俄罗斯国内享有盛誉,执导过多部广受欢迎的影视作品。编剧尤里·阿拉鲍夫(Iurii Arabov)是著名的剧作家、诗人、帕斯捷尔纳克奖的获得者。演员阵容也十分强大。日瓦戈医生由奥·缅什科夫扮演,他是曾荣获国家文艺奖的俄罗斯人民演员,证明了自己的实力。他"外形与帕斯捷尔纳克笔下的主人公神似:'长得不帅,翘鼻子',更是把主人公二十多年沧桑岁月的变迁演绎得淋漓尽致"[①]。扮演第一号反派角色科马罗夫斯基的老演员奥·扬科夫斯基,以及扮演拉拉的秋·哈马托娃等,在电视剧中皆有出色的表现,得到了观众的广泛认可。电视剧播出后,在俄罗斯国内引起了强烈反响。在当年度的俄罗斯电视"金鹰奖"评选中,此剧获得了最佳电视剧、最佳男主角、最佳音乐、最佳美术四项大奖。

电视剧版《日瓦戈医生》的出现,折射出当今俄罗斯人对待苏联时期文学名著较为复杂的文化心态。导演普罗什金在谈到拍摄这部电视剧的动机时表示,虽然美国版的《日瓦戈医生》是一部拍摄得很美的电影,但它只属于特定的时代,是西方人眼里的俄罗斯,不能反映真实的俄罗斯,也不能反映帕斯捷尔纳克。影片被指存在着诸多文化误区和细节硬伤,因而拍摄一部原汁原味的、具有俄罗斯特色的改编作品显得尤为必要。[②]普罗什金的立场代表了很多俄罗斯文化艺术界人士的看法。他们不满于荧屏上充斥着美洲肥皂剧和强盗故事片,希望用本国经典名著改编来重塑俄罗斯的文化形象,同时这也是在苏联文学名著上"去西方化"努力的一部分。导演普罗什金表示:"成功描写我国 20 世纪历史的有三部作品:《静静的顿河》《古拉格群岛》和《日瓦戈医生》。这三部作品能获得诺贝尔奖,绝非偶然。我早就梦想着把《日瓦戈医生》拍成电影,尝试着去了解并阐释我深爱的祖国,这个美丽、忧郁、折磨人、不可理喻又独一无二的国度

---

① 池济敏:《错位的善与恶 永恒的罪与罚——评电视剧〈日瓦戈医生〉》,《俄罗斯文艺》,2009 年第 1 期,第 86 页。

② Andrew Osborn, *Russians to see "authentic" version of Doctor Zhivago*, The Independent, February 15, 2006.

和具备这些特质的人们。”[①]在细节上,普罗什金强调大卫·里恩犯了一个常识性错误,即对俄罗斯民间乐器巴拉莱卡三角琴的刻意运用——这种乐器只流行于民间,而男主人公日瓦戈及其所属的上层社会是不可能使用这类乐器的。该电视剧的制片人鲁本·狄施扬(Ruben Dishyan)也表示,美英改编版有很多缺点,就像他去拍摄塞林格(Jerome David Salinger)、厄普代克(John Updike)和德莱塞(Theodore Dreiser)会犯错误一样。[②]

但是,一把巴拉莱卡琴是否真的能代表不同版本的文化分水岭呢?《纽约时报》记者提出了疑问。其实,导演所谓三角琴不符合日瓦戈上层社会身份的说法并不能完全站得住脚。虽然三角琴的确曾经流行于下层民众中,但是到了19世纪末期却经由俄罗斯贵族瓦西里·安德烈耶夫之手,逐渐被上层社会所接纳,从而大大改变了其下里巴人的身份,变得阳春白雪了。因此,就史实来说,65版改编影片里提到巴拉莱卡三角琴无可厚非,更何况它还是作为一种艺术表现的手段出现的。

在对英美改编版影片在国外取景、女主角头发颜色等诸多细节吹毛求疵的同时,俄罗斯版电视剧本身也引发了不小的争议。作者帕斯捷尔纳克的儿子在接受《共青团真理报》采访时说:“谈论这种改编毫无意义。人物情节都被改得面目全非,带有鲜明的个人色彩。我们在片中看到的是那些漫画般可笑的人物和荒诞的情节。”[③]我国亦有评论者赞同此说,认为电视剧版的《日瓦戈医生》“完全改变了作者的初衷,已经变成了普罗什金的日瓦戈”[④]。

事实上,经典名著的影视改编关键在于“神似”,而非“形似”。更重要的是,改编的标准也绝不仅仅是“忠于原著”一条标准,改编还要考虑不同时代观众的趣味变化。因此,尽管俄国版11集迷你电视剧本身在许多细节上与小说原著不符,却并不妨碍它受到观众的欢迎。

“一切历史都是当代史”,对已经在世界范围广为流传的经典小说名

---

① 池济敏:《错位的善与恶 永恒的罪与罚——评电视剧〈日瓦戈医生〉》,《俄罗斯文艺》,2009年第1期,第89页。

② http://www.nytimes.com/2006/02/12/weekinreview/12meyers.html,访问日期:2019年1月9日。

③ 转引池济敏:《错位的善与恶 永恒的罪与罚——评电视剧〈日瓦戈医生〉》,《俄罗斯文艺》,2009年第1期,第86—87页。

④ 敬沁竹:《从小说到电影再到电视剧——解析〈日瓦戈医生〉的改编》,《电影文学》,2009年第18期,第50页。

著《日瓦戈医生》来说，俄罗斯版电视剧改编不再拘泥于作品中社会历史风貌的还原，而是迎合并折射了当今俄罗斯观众对于现实与人生的思考与关切。我国研究者池济敏认为："俄国版的《日瓦戈医生》已经不是对历史的重现，而是21世纪的俄罗斯人对历史事件的反思，对当今社会的剖析。它不再拘泥于再现近百年前这个国家的人民遭受的灾难，而是通过重新塑造人物形象，告诉人们在时代变革中的处世之道。"[①]比如拉拉的形象由受害者变成了一朵"恶之花"，她周旋于安季波夫、日瓦戈医生和科马罗夫斯基三个男人之间，至少造成其中两人的悲剧。她的人生注定是一场赎罪之旅。科马罗夫斯基的形象也发生了变化：他由美国版改编中的大腹便便、投机取巧、圆滑世故、活跃于上层社会的市侩律师，变成一个风度翩翩、闪烁着人性光辉、懂得生存之道的另类知识分子形象。相比之下，日瓦戈医生的悲天悯人、善良、真诚与爱情最终都无法拯救拉拉母女，而科马罗夫斯基的市侩与狡猾却让她们脱离了危险。科马罗夫斯基形象的变化折射了当代俄罗斯人对处于社会变革期的个体应如何适应社会这个问题所做的思考。

小说名著改编影视剧历来会引起各种质疑，是一件出力不讨好的事情。就诞生于苏联、率先在西方世界产生巨大影响的小说《日瓦戈医生》而言，情况更是如此。因为改编不可避免地与复杂的政治、文化、社会语境的多重变迁纠结在一起，产生诸多争议也在所难免。但是，影视界总是禁不住小说名著的巨大吸引力，不论是在西方，还是在当今的俄罗斯，每次对其进行影视改编总是能吸引人们的广泛关注。从总体上来看，西方与俄罗斯编导人员对小说《日瓦戈医生》的改编视角还是有明显差别的。西方的改编注重对主人公人性的挖掘，以及对爱情主线的突显，淡化作品中所涉及的政治观点以及俄罗斯文化特有的悲悯、受难与沉思特质，而俄罗斯版电视剧改编更加注重对人物性格复杂性的刻画，体现了当代俄罗斯人对小说的重新解读。

总的说来，小说经典《日瓦戈医生》的影视剧改编，不仅仅反映国别文化差异，也反映不同文本类型的差异，以及时代差异。如今，帕斯捷尔纳克的小说《日瓦戈医生》已经成为世界性的经典作品，对小说的影视剧改编尽管视角不同，引发了各种争议，但是它们都体现了小说跨媒介传播的

---

① 池济敏：《错位的善与恶 永恒的罪与罚——评电视剧〈日瓦戈医生〉》，《俄罗斯文艺》，2009年第1期，第87页。

生命力,扩大了小说原著的影响。被改编的频率是小说成为经典的重要标志之一,越是经典,就越被改编,越被改编,就越能扩大其影响,也就越强化其经典地位。小说经典《日瓦戈医生》的流传情况正是如此。

第七章
《洛丽塔》的生成与传播

弗拉基米尔·纳博科夫(Vladimir Nabokov,1899—1977)的小说《洛丽塔》(*Lolita*,1955)从问世到确立经典地位,走过了一条曲折艰辛的道路。它之所以成为经典,首先在于它的经典性要素。书中作为"衔接空间"的风景,是全书的主要审美特征之一,也是它的经典性要素之一。更具体地说,《洛丽塔》作为经典的内在因素,首先体现为书中的"美国风景"和难以言说的"非家"暗恐。

《洛丽塔》在中国的经典化过程可谓大起大落。要理解这一过程,就要回到具体的历史文化语境中去。除了译介等方式外,它的传播之路在很大程度上表现为"走上荧幕之路"。文学经典与电影的良性互动是20世纪最重要的文化现象之一,而《洛丽塔》正好可以作为这一现象的极佳注脚。

第一节　一幅画引起的小说——纳博科夫与他的《洛丽塔》

《洛丽塔》的最初生成,与纳博科夫见过的一幅画有关。

纳博科夫在《洛丽塔》的后记中曾将"灵感来临的最初震颤"[①]归结为一则新闻。根据这则新闻,经过科学家数月的调教,一只猩猩竟然画出了一幅炭笔画,画面上正是这个可怜的动物自己牢笼上的铁条。乍看之下,

---

① Vladimir Nabokov, *The Annotated Lolita: Revised and Updated*, Alfred Appel, Jr. ed., New York: Vintage Books, 1991, p. 311.

猩猩的画与洛丽塔的故事,两者似乎没有任何关联。那究竟是什么样的“震颤”触发了纳博科夫的灵感,并促成了“洛丽塔”这一经典人物的诞生呢?实际上,让人震颤的并不是动物会作画这一事件,而是动物描述束缚感的本能与渴望。依笔者看来,纳博科夫的深意即在于此。动物亦痛于束缚感,何况于人?然而,人的束缚感来自何处?确切地说,《洛丽塔》一书中,主人公亨伯特(Humbert Humdrum)的束缚感究竟来自何处?他的束缚感又与萦绕在纳博科夫作品中的“非家”情结[①]有何关联呢?

我们不妨从纳博科夫笔下的风景描写来探寻以上问题的答案。我们知道,纳博科夫笔下从来不乏引人入胜的风景描述。在《洛丽塔》一书中,当亨伯特带着洛丽塔辗转美国大陆时,乡村田园般的美国风光跃然纸上。然而历数多年来的纳博科夫研究,风景描写并未引起多少关注。[②] 风景似乎只是故事发生的背景,也似乎只是纳博科夫研究中可有可无、顺带而过的布景。这就忽视了风景本身的含义。正如西蒙·沙玛(Simon Schama)所说:“虽然风景吸引我们的感官,但我们首先应该注意到,它是意识的产物。它来自层层叠叠的岩石,也来自丝丝缕缕的记忆。”[③]可见,风景往往承载着复杂的情愫,于无形中道出了作者的深意。尤其对一辈子在不同的风景中流连的纳博科夫而言,“风景”更不只是单纯的故事背景,或者说,“风景”从未离开过他的视线。不光如此,纳博科夫对风景绘画始终兴趣浓厚。美国风景画家彼得·赫得(Peter Hurd)和法国现代派画家巴尔蒂斯(Balthus)一直是他的最爱。[④] 在自传《说吧,记忆》(*Speak, Memory: An Autobiography Revisited*,1967)中,纳博科夫曾经动情地回

---

① 详见下文引自童明的解释。

② 纳博科夫研究起始于20世纪20年代,至今已有90个年头,内容涉及他创作的艺术手法、美学策略、道德主题、流散主题和哲学主题等方方面面。国内研究虽开始较晚,成果却汗牛充栋,基本旨在探讨纳博科夫创作的美学手法、乡愁主题、时间主题和“彼岸世界”等方面。参见刘佳林的《纳博科夫研究及翻译述评》和郭英剑、刘文霞的《纳博科夫研究在中国》两文。前文载《外国文学评论》,2004年第2期,第70—81页,后文载《汉语言文学研究》,2010年第2期,第86—90页。

③ Simon Schama, *Landscape and Memory*, New York: Alfred A. Knopf, 1995, pp. 6—7.

④ Brian Boyd, *Vladimir Nabokov: The American Years*, Princeton: Princeton University Press, 1991, p. 511. 关于巴尔蒂斯的绘画与纳博科夫之间的关系,博伊德并没有详述。但是,我们知道,巴尔蒂斯早期的绘画以裸露的少女为主。虽然其后期转向风景画,但在部分风景画作中,仍有或驻足窗前,或蹲坐草坪上,遥望风景的少女。因此,我们不难揣测,巴尔蒂斯的绘画风格与《洛丽塔》一书之间可能存在着某种必然的联系。

忆自己初学绘画时如何痴迷地看康明斯老师画水彩风景。[①] 在自传体小说《塞巴斯蒂安·奈特的真实生活》(*The Real Life of Sebastian Knight*,1941)中,他借画家之口指出:"在风景画面前,人们不应只看到作品,而应看到画家如何借用不同的技法来描绘风景。"[②]他甚至在威尔斯利教学期间亲自讲授屠格涅夫的水彩风景画。不难推测,在这样一位小说家的笔下,文字描绘的风景更不会是可有可无的背景。

有鉴于此,当我们细查纳博科夫在《洛丽塔》中描绘的文学"风景画"时,应该看到这个精神流亡者是如何借用虚构的风景来揭示其"非家"暗恐的。正因为对"家"在意,才有"非家"的惶恐与不安。"家"或"非家",辗转反思之间,"故土"反而成了作者心中难以释怀的"束缚"。正是这种挥之不去的"束缚感"激起了作者内心对猩猩作画这一新闻的共鸣和震颤,也促成了《洛丽塔》一书的生成。因此,当纳博科夫在描绘种种"风景"之时,他更着意抒发的是内心的束缚感。换言之,对纳博科夫而言,风景的想象无异于"衔接空间"(liminal space)的建构。因此,一个成熟的读者不应只看到作家的技法,更应透过风景的帷幕感受作家身陷囹圄的心灵,从而体悟相关经典作品生成的深层次原因。

(一)"衔接空间"和"非家"幻觉/暗恐

说起"衔接空间"这一概念,我们首先要回到雷内·格林(Renée Green)有关"楼梯井"(stairwell)的比喻。格林将建筑(确切地说,博物馆楼)作为参照物,把高与低、天堂与地狱等二元对立关系比作阁楼、锅炉房与楼梯井三者间的关联,并指出,楼梯井"作为联系高与低的通道,形成了一个衔接空间"。对此,霍米·巴巴进一步阐释如下:

> 楼梯井作为衔接空间,是不同身份指称之间的中间地带……它有着四处延伸的楼梯,确保实际的移动和通过,防止任何身份的两极分化倾向。这种不同固定身份/指称之间的衔接空间开启了文化杂

---

① 关于纳博科夫早期所接受的风景画教育,他在自传中有详细的描述。在他看来,康明斯先生擅长描述"同一片风景的不同变体:一个桔黄色天空的夏夜,一片牧场,它的尽头是一座遥远森林的黑色边缘,一条明净的河流,复现着天空,回转流逝,无穷无尽"。显然,早期的绘画教育让纳博科夫对风景有着异于常人的敏感。详见弗拉基米尔·纳博科夫:《说吧,记忆:纳博科夫自传》,陈东飙译,长春:时代文艺出版社,1998年版,第76页。

② 弗拉基米尔·纳博科夫:《塞巴斯蒂安·奈特的真实生活》,席亚兵译,长春:时代文艺出版社,1997年版,第214页。

糅的可能性。[①]

换句话说,“衔接空间”是一个“移动的瞬间”(the moment of transit)。如同人来人往的楼梯井,它见证时空的穿越,接纳各类复杂的具象,它们或相异,或相同,或来自过往,或来自现在,或被容纳,或被排斥。由于它的存在,“个人与公共,过去与当下,内心与社会”形成了二律背反的关系。[②] 可以说,“衔接空间”只关乎“现在”,它消除了时间的隔阂,抹平了空间的界限,并由此产生亦此亦彼、亦家非家的模糊感。因此,“衔接空间”这一概念与“非家”幻觉犹如孪生,紧密相连。

具体到纳博科夫的文学创作上,“风景”不失为“衔接空间”的形式之一。在种种风景背后,个人史与民族史相融,过去与当下叠加,熟悉与不熟悉并列,“家”与“非家”关联。风景描述如同电影中的蒙太奇手法,随着一系列意象在“衔接空间”的重叠,“非家”幻觉油然而生。尽管四通八达的“楼梯井”让身在其中的人迷惘、踌躇,不知身在何处,也不知走向何方,然而,这却是以纳博科夫为代表的流散作家最好的生存空间。正如纳博科夫本人在传记中所说:“我只想为自己保留一种权利以拥有合适的生态场所(ecological sphere),在我的美利坚/的天空下感慨/俄罗斯的一个地方。”[③]同时,作为俄裔流散作家的代表,纳博科夫又“责无旁贷地要去描写这样的现实”,因为描述上述“非家”的“衔接空间”就等于“延续他们被切断的历史,延续他们这个族类共同体的生活”。[④] 因此,在纳博科夫谜一般的小说里,我们看到“鄙俗的现世与辉煌的梦境既相互疏离,又藕断丝连”[⑤],还看到对故土的留恋与“非家”的恐惧,更看到家园失而复得的欣喜以及恍然大悟后的悲伤、失落。可以说,透过纳博科夫所虚构的风景,上述种种复杂的情愫都历历在目。

换言之,作为“衔接空间”的风景,是《洛丽塔》的主要审美特征之一,也是它的经典性要素之一。

---

① Homi K. Bhabha, *The Location of Culture*, London: Routledge, 1994, pp. 3—4.

② Ibid., p. 1.

③ 弗拉基米尔·纳博科夫:《说吧,记忆:纳博科夫自传》,陈东飙译,长春:时代文艺出版社,1998年版,第71页。

④ 弗拉基米尔·纳博科夫:《菲雅尔塔的春天:纳博科夫小说》(编辑手记),石枕川、于晓丹等译,杭州:浙江文艺出版社,2003年版。

⑤ 同上。

(二)“非家”的美国风景

更具体地说,《洛丽塔》作为经典的内在因素首先体现为书中的“美国风景”。

纳博科夫本人称美国为自己“安身立命的地方”“名副其实的第二故乡”,甚至说“她是我的国家,因为那里的知识比世上任何一个国家都更适合我”。[①] 虽则如此,他笔下的美国却终究只是一个异乡人的虚构。对《洛丽塔》的主人公亨伯特而言,车窗外飞逝而过的美国风景终究只是一个个“衔接空间”,于无形中言说着他与作者共同的“非家”幻觉。

亨伯特的“非家”幻觉缘起于他对美国的错误认知。与纳博科夫一样,小说主人公亨伯特也是一个流亡者。细读之下,我们会发现,颇有欧洲做派的亨伯特对美国不甚了解,一切关于美国风景的设想皆来自他早期的古典绘画与地理知识。因此,“绘画”与“地图”占据了亨伯特对沿路风景的描述。例如,在讲到阿巴拉契亚山脉时,亨伯特回忆起自己“孩提时代在欧洲的时候,总是不胜艳羡地盯着北美地图,看‘阿巴拉契亚山脉’一往无前地从亚拉巴马州伸展到新不伦瑞克”。[②] 在讲述他与洛丽塔暂住的,位于树木葱茏的山顶上的小房子时,亨伯特想到了“古老油画里的那种小山”。[③] 同样,在描述美国的西部风景时,他用上了克劳德·洛雷因与艾尔·格雷科两位风景画家笔下的景色。[④] 更令人惊讶的是,亨伯特与美国的第一次相遇即来自墙上的油画。他这样回忆道:

> 早年间,从美洲进口的油画总是悬挂在中欧那些托儿所里的洗脸架上方,睡觉时,困眼朦胧的孩子们总是陶醉在那片绿色之间——透明弯曲的大树、谷仓、牛群、小溪,以及模糊不清的、盛开鲜花的白色果园,也许还有一道石墙或绿色油彩涂抹的群山。[⑤]

显然,亨伯特关于美国的风景想象与童年记忆有关。这样的关联注定亨伯特始终在异乡的风景中寻找童年时代熟悉的感觉,而美国风景也与“家”产生了莫名的联系。上述情节不由人不想起纳博科夫自身的

---

① Brian Boyd, *Vladimir Nabokov: The American Years*, p. 9.

② 弗拉基米尔·纳博科夫:《洛丽塔》,吴宇军译,兰州:敦煌文艺出版社,1999年版,第201页。

③ 同上书,第205页。

④ 同上书,第142页。

⑤ 同上书,第140页。

经历。

在自传《说吧，记忆》的结尾处，纳博科夫回忆了自己孩提时代卧室墙上的水彩画：那是一片山毛榉树林，当中有一条蜿蜒曲折的小路。在走向前往美国的轮船时，他感觉自己似乎与妻子、孩子一家三口走入了画中的山毛榉树林。

显然，对于纳博科夫来说，"美洲"神秘而遥远，代表着"震惊、沉迷与欢欣"。与亨伯特一样，这种想象亦来自他的童年经历。据说，当纳博科夫9岁左右时，他就手拿捕蝶网，涉水前往离父母庄园很远的沼泽地捕蝶，而这块带给他无数惊喜的沼泽地就叫"美洲"。[①]但令人奇怪的是，当他走向新世界的同时，他却感觉自己走向了童年时代的山毛榉树林。究其原因，此时此刻的纳博科夫，与多少年后他笔下的亨伯特一样，依然对美国有着些许"家"的期许。

可惜，上述对"家"的期待在亨伯特的两次长途跋涉后逐渐瓦解。关于1947—1948年横贯美国的旅行，亨伯特坦诚地告诉律师，自己记得不太清楚了，也"没有留下什么记录，手头只有三本揉得稀烂的导游手册，简直就是自己被撕成了碎片的历史的象征"[②]。随后，他又这样说道：

> 我们哪儿都去过了，可确实什么也没有看到。如今看起来，那次长长的旅行只不过是一长条歪歪扭扭的黏液，玷污了这个秀丽可爱、值得信赖、梦一般巨大的国家。即使当时，也不过是一大堆卷了书页的地图册，揉得稀烂的旅行指南。[③]

亨伯特的总结重申了这样一个事实：作为一个异乡人，他眼中的美国终究只是一堆纸片。也正因为如此，他什么都看见了，却什么也没有看见。此时此刻，唯一不同的是，记忆中的水彩风景画被页边卷曲、破碎不堪的地图册和旅行指南取代了。可见，对身在异乡的流亡者来说，无论这个国家多么"秀丽可爱、值得信赖"，它并不是"家"的风景；无论他多么努力地想寻回记忆深处的熟悉感，所找到的只是非家亦家的"暗恐"。

可以说，想象与现实的疏离，熟悉与陌生的相融都构成了上述"自相矛盾"的记忆，而更挥之不去的是对想象中的"家"的失望。此时此刻，亨

---

① Brian Boyd, *Vladimir Nabokov: The American Years*, Princeton: Princeton University Press, 1993, p. 4.

② 弗拉基米尔·纳博科夫：《洛丽塔》，吴宇军译，兰州：敦煌文艺出版社，1999年版，第142页。

③ 同上书，第166页。

伯特清楚地意识到，美国风景根本不是童年时墙头悬挂的、田园牧歌式的画中美景，而想象中重峦叠嶂、高耸入云的阿巴拉契亚山脉其实也只是"一片微不足道的郊区草坪，和冒着垃圾浓烟的焚化炉"[①]。换句话说，亨伯特的"美国梦"在这个熟悉却又陌生的"非家"瞬间走向幻灭。上述失望在亨伯特对洛丽塔的最后描述中发展到了极致。他将洛丽塔比作"褐色峡谷边缘的回声"，被树叶堵塞了的溪流，以及"清新的草丛中最后一只鸣叫的蟋蟀"[②]，并宣称他那甜蜜的"美国之爱"已经"永远死亡"。[③]

值得探究的是，为什么亨伯特在这里使用了"美国之爱"，而不是对洛丽塔的爱？在这疑问背后，纳博科夫对美国的复杂情愫不言自明。虽然他对美国有着"家"的期许，然而字里行间，局外人的距离感始终挥之不去。《纽约书评》(*New York Review of Books*)著名撰稿人伊丽莎白·哈德威克(Elizabeth Hardwick)曾将纳博科夫对美国的虚构热情比作"马可·波罗式的他者建构"[④]，虽有好奇，却无"家"的眷恋。纳博科夫本人也承认他笔下的美国只是虚构的产物。在20世纪60年代加拿大广播公司的采访中，他说："我在美国虚构了我的美国，就像其他任何虚构者的美国一样精彩。"[⑤]同样，在接受《巴黎评论》的访问时，他更对此直言不讳："俄国语言和风景对我熏陶太深，在感情上我难以太投入美国的乡土文学或印第安舞蹈或精神上的南瓜饼。"[⑥]上述言论清楚地表明，由始至终，纳博科夫只是美国社会间离性的观察者。这种局外人的感觉更促使他最终离开美国，在瑞士度过最后的日子。可以说，他和他创作的亨伯特一样，在阅历了真正的美国风景之后，终于发现心中勾勒的风景只是流亡者臆想中的"第二故乡"。幡然醒悟之后，"非家"感受日趋浓烈。换言之，亨伯特是纳博科夫的"复影"(double)，前者的非家幻觉背后是后者难以言说的非家"暗恐"。假如我们忽视了这一呈现非家幻觉的"暗恐"，就无从把握《洛丽塔》作为经典文本的内在因素。

---

① 弗拉基米尔·纳博科夫：《洛丽塔》，吴宇军译，兰州：敦煌文艺出版社，1999年版，第202页。

② 同上书，第273页。

③ 同上书，第276页。

④ Brian Boyd, *Vladimir Nabokov: The American Years*, Princeton: Princeton University Press, 1993, p. 28.

⑤ Ibid., p. 375.

⑥ Vladimir Nabokov, *Strong Opinions*, New York: McGraw-Hill International, Inc., 1973, p. 98.

(三)"非家"的俄国风景

事实上,如果我们细察纳博科夫的作品,《洛丽塔》中所体现的非家"暗恐"/束缚感由来已久,并贯穿始终。从他早期的短篇小说,到后期的《普宁》(*Pnin*,1957)、《阿达》(*Ada or Ardor*: *A Family Chronicle*,1969)和《微暗的火》(*Pale Fire*,1962),白雪皑皑的场景始终被认为是纳博科夫睹物思"家"的最好寄托。《微暗的火》中的赞巴拉(Zembla)被认为是白雪茫茫的俄罗斯的缩影,代表着作者"因为失去俄罗斯而萌生的无法抵御的失落感"[①]。《菲雅尔塔的春天》(*Spring in Fialta*,1936)一篇中,女主人公尼娜(Nina)被认为是俄罗斯的象征。正是在黑夜的雪地里,主人公第一次探索着尼娜热情、顺从却又稍纵即逝的吻。主人公和她之间的关系折射了纳博科夫本人与俄罗斯故土的关系:"家"似乎永远都在彼岸,无法企及,却又让人魂牵梦萦。在《说吧,记忆:纳博科夫自传》中,纳博科夫更是以幼年时的一次归国经历道出了这一永恒主题。当时,作者才不到6岁,第一次与家人出国旅行,于隆冬中回到俄罗斯。当火车驶入俄国边境时,他感到"一种激动人心的'rodina''母土'之感,第一次有机地汇入了悦耳地吱吱作响的雪"中。[②] 这样的感受即使在60年后仍历历在目。作者如此回忆道:

> 正是那一次返回俄国,我第一次自觉地返回,在六十年后的今天对我来说好像是一次排练——不是绝不会发生的庄严的还乡,而是在我长年的流亡中永不终止的梦。[③]

从此,对纳博科夫笔下的主人公来说,"梦回故土"的场景屡屡发生,而"雪景"则成了"家"最好的表征。然而,对于流亡多年的离家者来说,"故乡"往往也是"异乡"。换句话说,"家"与"非家"彼此并不排斥,反之,它们相辅相依。因此,熟悉的雪景之中,"忆乡者"反而有着"异乡者"慌张的陌生感。此时此刻,"雪景"相当于一个出色的"衔接空间",将"熟悉"与"陌生"皆囊括在内,而景色背后,则是作者秘而不宣的"非家"幻觉。

---

① Vladimir Nabokov, *Strong Opinions*, New York: McGraw-Hill International, Inc., 1973, p. 434.

② 弗拉基米尔·纳博科夫:《说吧,记忆:纳博科夫自传》,陈东飙译,长春:时代文艺出版社,1998年版,第81页。

③ 同上。

《O小姐》(*Mademoiselle O*,1947)就是一个显著的例子。O小姐来自瑞士,俄罗斯的雪景本应让她生出几分熟悉感。然而,她却慌乱地不住询问:"哪里?哪里?"多少年后,作者尝试着设想O小姐初到俄罗斯时的场景,不由地感慨:

> "Gddy-th? Giddy-eh?"她会这样呻吟,不仅为了找出她所在的地方,而且也为了表达最深的苦痛:她是个陌生人这一事实。[①]

事实上,作者感慨的更是自己已成"异乡客"这一事实。在他看来,自己与O小姐互为"复影"。

令人回味的是,在《说吧,记忆》中,纳博科夫将"想象中的复影"替换成了"一个没有护照的间谍,穿着他的新英格兰雪衣和暴风雨靴"。[②]聪明的读者一看即知,纳博科夫讲的是自己。回忆中,纳博科夫重新回到了60年前的隆冬雪地。月色、雪地、寂静,一切都如此熟悉,一切却又物是人非。一个没有护照的间谍可以穿越国界,却无法使时光逆流。60年后,即使在梦中重回俄国,纳博科夫还是深刻地意识到,自己与O小姐一样是这片熟悉的雪景的陌生人。因此,他不由得掬雪感叹:"雪是真实的,而当我伏身向雪,掬起一捧时,60年的岁月在我指尖碎成了闪亮的霜光。"[③]

上述雪景中的"非家"幻觉在《博物馆之旅》(*The Visit to the Museum*,1966)中体现得更为淋漓尽致。故事叙述者"我"也是一位移居海外的俄罗斯人。受朋友之托,顺道前往一个法国小镇的博物馆去赎回他祖父的画像。虽然"我"亲眼看见了画像,馆长却对此矢口否认。最后,他同意出售画像,但在博物馆七拐八绕之后,馆长竟然消失了。在几近迷路之际,"我"凑巧推开了博物馆的一扇门,却发现门外已是另一个世界。作者这样写道:

> 我向前走去,一种强烈的真实感油然而生。这种感觉明白无误,令人喜悦。我终于摆脱了刚才那些包围着我,令我左冲右突却闯不

---

① Vladimir Nabokov, *The Stories of Vladimir Nabokov*, New York: Vintage International, 1995, p.481.

② 弗拉基米尔·纳博科夫:《说吧,记忆:纳博科夫自传》,陈东飙译,长春:时代文艺出版社,1998年版,第84页。

③ Vladimir Nabokov, *The Stories of Vladimir Nabokov*, New York: Vintage International, 1995, p.482.

出去的假玩意儿了。脚下的石头是实实在在的人行道,新落在上面的一层雪散发着奇妙的香气,偶尔走过的行人刚留下一行行黑色的足迹。宁静清冽的雪夜,熟悉得令人心痛。在经历了刚才莽撞乱闯的狂乱之后,我的最初感觉是十分愉快的。[①]

显然,门外的飘雪似曾相识,正是这寂静的雪夜唤起了"我"重回家园的感觉。然而,这样的恍惚只是须臾之间。当叙述者抬头仔细看路灯下的店铺招牌时,他意识到单词的拼写和自己的记忆大有出入。转而,他恍然大悟,不由地惊呼:"天哪,这不再是我所记得的俄国,却又是今日真正的俄国。虽对我而言已成禁地……却又无可救药地仍是我的故土。"[②]此时此刻,"非家"幻觉油然而生。"家"就好像博物馆里那幅祖先肖像,似乎存在,却又似乎并不存在。熟悉与不熟悉,家与非家,存在与不存在,这些迷一般的二律背反之后恰是纳博科夫本人对俄罗斯的态度。虽然"还乡"是他"长年流亡中永不终止的梦"[③],他却注定只是故乡最熟悉的"异乡者"。

可见,与《洛丽塔》中的美国风景一样,隆冬的雪景也绝不只是一个简单的故事场景。乡愁与无奈,惊喜与恐慌,过往与当下,皆汇聚于此。更重要的是,随着风景的展开,作者徘徊不定、欲进还退的心理在不经意间跃然纸上。正如弗洛伊德在考证"非家"一词的词义时指出:"非家"的意思之一还指本来是私密、隐蔽的东西在毫无防备的情况之下显露出来。[④]因此,当读者走入风景之时,就如同推开博物馆的那扇门一样,推门之际,"非家"幻觉/暗恐伴随着碎琼乱玉,扑面而来。

综上所述,无论是俄罗斯的雪景,还是令人失望的美国风景,上述种种风景就如同一个个形态各异的"衔接空间",透露着角色的"非家"恐慌,也透露着纳博科夫这一文化流亡者的焦虑。正如单德兴所说:流亡者在地理上永远背井离乡,无论走到天涯海角,都感觉自己格格不入;而在心理上,他们又时时怀着亡国之恨,离乡之仇,对于过去难以释怀,对于现在

---

① Vladimir Nabokov, *The Stories of Vladimir Nabokov*, New York: Vintage International, 1995, p. 284.

② Ibid., p. 285.

③ 弗拉基米尔·纳博科夫:《说吧,记忆:纳博科夫自传》,陈东飙译,长春:时代文艺出版社,1998年版,第81页。

④ Sigmund Freud, "The Uncanny", in David H. Richter ed., *The Critical Tradition: Classic Texts and Contemporary Trends*, Boston: Bedford/St. Martin's, 2007, p. 517.

和未来则满怀悲苦。[1] 因此,“非家”情绪就如同牢笼,将流亡者进退两难的心囚禁在内。也正因为如此,作家对这种束缚感的描述无异于猩猩对牢笼的描画。可见,“非家”幻觉/暗恐不仅是纳博科夫创作的心理生成机制,也是全球流散写作的心理生成机制。假如这类写作最终能导向经典,那么它最初的心理生成机制居功至伟,而这生成机制非“非家”幻觉/暗恐莫属。

第二节 《洛丽塔》在中国的经典化过程

我们知道,纳博科夫被称作“现代主义运动的欧洲早期阶段与美国后现代主义文学之间的一个‘连接点’”。[2] 同样,《洛丽塔》在中国的接受与传播也伴随着中国文艺界从现代主义向后现代主义转变的过程。从1989年漓江出版社的最初版本,到2005年上海译文出版社的全译本[3],《洛丽塔》这位青春常在的“老妪”至少拥有11张“中国脸孔”。颇有意思的是,在21世纪之前,《洛丽塔》虽然已在中国拥有包括苏童、池莉等知名作家在内的不少拥趸,但始终未被当作经典文学对待。等到后现代文学批评的浪潮再次将《洛丽塔》的译介推向高潮之时,《洛丽塔》早已在西方学界确定“经典”地位。因此,该书在中国毫无争议地进入经典之列。从备受争议到毫无争议,《洛丽塔》在中国的经典化过程可谓大落大起。如何理解上述落差,我们需要回到具体的历史文化语境中去。

(一)《查泰莱夫人的情人》的姊妹篇?

1978年到1982年这几年是现代主义浪潮在中国风起云涌之时。与此同时,改革开放的春风也重新唤起人们对主体情感的关注。回顾中国现代主义文学,无论是“伤痕”文学、“反思”文学还是先锋文学和女性文学,对人性的揭示、对性的探索已成为20世纪80年代中国文学的一个基本主题。不难理解,在上述语境中,《洛丽塔》的主题必然在中国引起共

---

① 萨义德:《格格不入:萨义德回忆录》,单义德:“导读:流亡·回忆·再现”,彭淮栋译,北京:生活·读书·新知三联书店,2004年版,第12页。

② 刘海平、王守仁:《新编美国文学史》,上海:上海外语教育出版社,2002年版,第169页。

③ 该全译本并不是真正意义上的全译本,参见于晓丹:《〈洛丽塔〉:译本、注释、感慨》,《南方都市报·阅读周刊》,2009年10月18日。

鸣。安波舜在回忆与该书的译者之一于晓丹的对话时这样说道：

> 那是一个刚改革开放的年代，一切都是阳光明媚。面对打开的大门，看见一个美丽的世界，大家都憋住了劲儿抓紧时间读书。所有的外国文学作品在中国都非常畅销，不管是一流作家还是二流作家。大家已经读过《普宁》，因此对《洛丽塔》的期待就更强烈。而且这个近似乱伦的主题也让大家非常好奇。[①]

对于当时的社会语境，樊星在《〈洛丽塔〉：中国作家的误读》一文中是这样分析的：

> 王安忆的《小城之恋》《荒山之恋》《岗上的世纪》，铁凝的《棉花垛》《玫瑰门》，刘恒的《伏羲伏羲》，苏童的《1934 年的逃亡》《罂粟之家》，莫言的《金发婴儿》等都是刻画性蒙昧、性放纵、性压抑直至乱伦的名篇。这些作品集中发表于 1986 年到 1988 年两年间，正好与“弗洛伊德热”、报告文学中反映性观念变化作品的纷纷问世同时，也与英国作家 D. H. 劳伦斯的《查泰莱夫人的情人》中译本在 1986 年底的一度查禁同时。它们共同折射出那个骚动年代的精神特质：思想开放、观念巨变、激情汹涌、欲望膨胀。在这样的背景和心态下，《洛丽塔》的四个中译本在 1989 年出版，就是水到渠成之事了。[②]

而戴晓燕在《纳博科夫在中国》一文中也回应了樊星的观点，她认为《洛丽塔》在 1989 年的出版是“劳伦斯热”的回声。因为《查泰莱夫人的情人》中译本的被禁，同样因“‘色情’曾被列为禁书的《洛丽塔》自然也受到了出版界的青睐”。[③]

确实，处在中国现代主义浪潮中的《洛丽塔》刚一面世，就被贴上了“性文学”的标签，被视为《查泰莱夫人的情人》的姊妹篇。而小说中出现的诸如“乱伦”这样的字眼，更对读者起了误导作用，并印证了所谓的“性文学”一说。例如，亨伯特自己就说：“我怀着一种乱伦的激动，已经把洛丽塔看成我的孩子。”[④]除此之外，我们知道，20 世纪 90 年代后期该书的

---

① 张英、黄敏：《50 岁〈洛丽塔〉11 张中国脸 禁书成世纪经典》，《南方周末》，2006 年 3 月 17 日。

② 樊星：《〈洛丽塔〉：中国作家的误读》，《上海文化》，2007 年第 4 期，第 36—45 页。此处，樊星的统计有误。1989 年出版的《洛丽塔》中译本共有 5 个，分别由漓江出版社、河北人民出版社、江苏文艺出版社、海天出版社和浙江文艺出版社出版。

③ 戴晓燕：《纳博科夫在中国》，《南京晓庄学院学报》，2005 年 5 月，第 21 卷第 3 期，第 60 页。

④ 弗拉基米尔·纳博科夫：《洛丽塔》，于晓丹译，南京：译林出版社，2001 年版，第 61 页。

同名电影悄然出现在各种盗版碟摊贩的摊位上，并被冠上了一个看似诗意的名称“一树梨花压海棠”。[①] 这样的译名直接将影片与中国古代文人雅士的陋习攀上了关系，于无形中加深了小说所谓的情色成分。总之，纳博科夫的“洛丽塔”一转身，便丢失了“生命之光”，只剩下了“欲念之火”。[②] 可以说，对“性”的过分渲染直接导致了该书在翻译与传播中的重重问题。

首先，这“欲念之火”从一开始就招致了部分传统读者的反对。根据上海译文出版社的老编辑回忆，当时曾想继续邀请梅绍武翻译《洛丽塔》，但被拒绝，理由是：“虽然这个小说是纳博科夫最好的小说作品，但它讲的是一个老头和一个未成年的小姑娘谈恋爱，我觉得这和我们中国的道德观念不太相符，我不太喜欢它。”[③]同样，对中国传统文化的顾虑也体现在漓江出版社对该书译本的删节上。根据陈海燕在《〈洛丽塔〉在中国的接受和影响》一文中的研究，在2005年的全译本出现之前，《洛丽塔》各个译本“在翻译、编辑、出版过程中，内容都有不同程度的删减”。其中，“漓江出版社删掉了部分‘色情’内容，另有译者则在译本中加入了原著中根本不存在的色情描写”。[④] 这种随意增删，显然与《洛丽塔》在中国的初次“登陆”有关。无论是从传统派的角度看，还是从激进派的角度看，都有一种矫枉过正的感觉：删节，是传统派对洪水猛兽般的“情色”的抵制；增益，则是激进派对禁欲主义的反拨。

那么，究竟是什么原因导致《洛丽塔》在中国的“着陆”如此不尽如人意呢？以笔者之见，在1978年到2000年之间，国内纳博科夫研究的不成熟和滞后，是造成上述接受、传播“误区”的主要原因。

细究起来，翻译家梅绍武先生是最早将纳博科夫介绍到中国的开拓者。他率先翻译出版了《普宁》(上海译文出版社，1981)，并在1987年的《世界文学》第5期上发表了已知的国内有关纳博科夫研究的第一篇论文——《浅论纳博科夫》。然而，有关《洛丽塔》的论文直到1988年才出现

---

① 该说法出自张先和苏东坡之间的一次文人调侃。据说张先在80岁时娶了18岁的女子为妾。作为好朋友的苏东坡赋诗一首调侃他：“十八新娘八十郎，苍苍白发对红妆。鸳鸯被里成双夜，一树梨花压海棠”。自此，“一树梨花压海棠”成为老夫少妻的一种较为委婉的说法。

② 《洛丽塔》一书的首句为：“洛丽塔，我生命之光，我欲念之火。”详见于晓丹译本，南京：译林出版社，2001年，第3页。

③ 张英、黄敏：《50岁〈洛丽塔〉11张中国脸，禁书成世纪经典》，《南方周末》，2006年3月17日。

④ 陈海燕：《〈洛丽塔〉在中国的接受和影响》，《名作欣赏》，2011年第33期，第145页。

在《外国文学评论》的第3期上。而且,由于中译本尚未出版,该论文并未引起任何反响。总的说来,从1981年的第一篇论文到1989年第一个《洛丽塔》中译本诞生,由于国内研究的滞后,整整十年间《洛丽塔》或被遗忘,或被以讹传讹。

正因为如此,在1982年发行的《中国大百科全书》(外国文学卷)中没有任何涉及纳博科夫的词条。1983年,施咸荣先生在《当代美国小说概论》一文中,曾经如此形容纳博科夫:

> 实际上纳博科夫追求的是脱离实际的所谓"纯艺术"。……他自己的小说则在所谓"大胆探索技巧和艺术新形式"的幌子下表达颓废的思想感情。[①]

我们姑且不论上述评价是否公允,光是"颓废"一词想必会对纳博科夫及其《洛丽塔》一书在中国的接受产生负面影响。事实上,《洛丽塔》被过度"性文学化",恰好暗合了施先生所说的"颓废"基调。除此之外,还有些专著在转述《洛丽塔》时,竟然随意改动了有关情节。例如,1988年出版的《美国小说史纲》把亨伯特与洛丽塔的相遇地点说成是欧洲大陆,将洛丽塔母亲因车祸去世说成是因疾病离世。这些细节上的差异虽然不是致命伤,但是对于阅读像纳博科夫这样精深的作家来说,任何细节的差错都会导致与主题背道而驰的阐释。

简而言之,第一波"洛丽塔飓风"虽来势凶猛,却半路夭折。无论是纳博科夫,还是纳博科夫笔下的"洛丽塔",他们都只是读者眼中看似熟悉却又遥远的陌生人。尤其是被贴上"性文学"标签的《洛丽塔》,还没有开始在中国的经典化之旅,就已经踏上了与"经典"相去甚远的道路。

(二)后现代主义文学的标杆

从20世纪80年代后期开始,中国文学界逐渐从对现代主义的痴迷转向对后现代主义的探索。1985年,后现代主义大师杰姆逊受乐黛云教授的邀请,在北大讲授"现代主义与文化理论"。1992年,王宁教授在北大邀请外国文学理论家研讨后现代主义的文学批评。三年之后,陕西师范大学召开"后现代主义与当代中国"研讨会。随后,几乎所有重要的后现代理论家都得到了译介。当然,这股后现代主义思潮绝不是空穴来风。

---

① 施咸荣:《当代美国小说概论(三)》,《当代外国文学》,1983年第2期,第156页。

从某种程度上讲，它顺应了当时的社会文化语境。

20世纪末期，改革开放政策得到进一步深化，社会环境更为宽松。可以说，后现代主义思潮所推崇的"解构""颠覆""去中心"和"阐释的自由"等核心概念都无形中顺应了国内知识分子对精神独立和话语权的追求。因此，尤其在文学领域，后现代主义的变体已经萌芽。有关后现代主义思潮对中国作家的影响，陈永国教授是这样评述的：

> 1985年先锋小说异军突起，一批年轻的先锋派小说家，如刘索拉、徐星、苏童、王朔、格非、孙甘露、余华、马原、洪峰、残雪、叶兆言、吕新、刘恒等，都或多或少受到西方后现代主义作家的影响。他们怀疑文学的崇高和审美性，进行不同程度的语言实验，玩叙述的游戏，强调写作的表演性和操作性，让能指和所指在作品中相互追逐、碰撞、互融、颠覆，从而消解了文本的深层结构，呈现一系列"二元对立"，使之成为专供批评解构的元文本，因此多具娱乐功能，而少具认知价值。①

正是在这样的语境中，纳博科夫再度走红。此时此刻，他在西方的经典化过程业已完成②，而在中国的经典化则刚刚开始。首先，随着国内俄罗斯文学研究者的介入，他们对俄文资料的译介拓宽了国内学者的学术视野，使后现代主义大师——纳博科夫——的魅力被更多批评家所接受。其次，美国学界在20世纪80年代后期的后现代主义转向也大大影响了国内的纳博科夫研究。正如杨华在文章中指出："伴随着后现代思潮的风靡，纳博科夫那种不关心任何社会，甚至不关心如何去反抗社会的创作特点，无疑为他在美国学界贴上了后现代的标签。"③而厄普代克(John Updike)更是将纳博科夫奉为"后现代主义新传统的先驱"④。现在看来，

---

① 陈永国、尹晶：《詹姆逊与中国后现代理论的缘起》，《中国图书评论》，2007年第1期，第82页。

② 纳博科夫在西方的经典化过程完成于20世纪50年代到60年代这短短20年之间。英国小说家格林(Graham Greene)于1958年撰文称《洛丽塔》为当年最优秀的三部小说之一，这一评价在某种程度上奠定了纳博科夫的地位。随后，在《微暗的火》出版之初，评论家玛丽·麦卡锡撰文称它为"本世纪非常伟大的艺术作品之一"，进一步奠定了纳博科夫的文学地位。20世纪50年代，厄普代克将纳博科夫称为"当今拥有美国国籍的最优秀的英语散文作家"。而60年代，纳博科夫的声誉更是蒸蒸日上。不仅企鹅出版公司出版了他的大量小说，甚至包括《花花公子》《纽约客》在内的许多畅销刊物都经常选登纳博科夫的小说片段。

③ 杨华：《不同文化背景下的纳博科夫研究》，《人民论坛》，2011年第17期，第217页。

④ 马库斯·坎利夫：《美国的文学》，北京：中国对外翻译出版社，1985年版，第337页。

美国学界的这股思潮无形中迎合了当时我国部分人的心态和观念。因此,在内外两股力量的共同作用下,"《洛丽塔》《黑暗中的笑声》等具有强烈后现代主义思想的作品在中国文学界引起强烈反响,并映射出当时中国文学文化界的后现代主义意识形态"。[①] 而《微暗的火》的出版更是将这股后现代主义热潮推向极致。因此,从 2000 年开始,纳博科夫的《洛丽塔》再次成为出版界的宠儿[②],并激发了我国外国文学研究者的巨大热情。不过,与上一波"洛丽塔"飓风不同的是,这一波"洛丽塔"热对小说的内容关注较少,讨论多集中在小说的叙述技巧及其与后现代主义的关系上。

根据中国期刊网的统计数据,2000—2004 年短短 5 年间,有关纳博科夫的论文超过了 1980—2000(不含 2000)年的总和。其中,涉及《洛丽塔》的相关文章占据了半壁江山。笔者统计,2000—2006 年间约有 90% 的文章涉及后现代主义精神或后现代主义叙述技巧。下面这些论文的题目就很能说明问题:《〈洛丽塔〉中的命名游戏及其意义》《纳博科夫多元文化接受的体现——〈洛丽塔〉的戏仿与人物塑造》《〈洛丽塔〉——关于小说的小说》《欲望不是能指——〈洛丽塔〉的后现代主义解读》和《〈洛丽塔〉的后现代主义解读》等。光是这些题目就表明,《洛丽塔》一书此时已经被视作后现代主义文学的标杆之一。正如戴晓燕在《纳博科夫在中国》一文中所说:"在关于《洛丽塔》的众多研究中,'后现代主义'一词常常闪烁其间。"[③]可以说,伴随着后现代主义思潮,《洛丽塔》一书在中国实现了"华丽"转身,从与经典相去甚远的"色情"文学一跃成为后现代主义经典。更耐人寻味的是,这一次,《洛丽塔》没有在道德方面遇到任何中国研究者的责难和质疑。

(三)《洛丽塔》经典化过程引起的反思

《洛丽塔》一书在中国的经典化过程可谓跌宕起伏。它的"华丽转身"一方面折射了西方主流学界对纳博科夫的接受过程,另一方面也直观反映了中国学界从现代主义向后现代主义过渡的轨迹。同时,这一过程还说明了这样一个事实:任何一部蜚声文坛的作品,都可能得益于经典化过

---

① 杨华:《不同文化背景下的纳博科夫研究》,《人民论坛》,2011 年第 17 期,第 217 页。

② 译林出版社、时代文艺出版社和漓江出版社在 2000、2001 和 2003 年纷纷再版《洛丽塔》。

③ 戴晓燕:《纳博科夫在中国》,《南京晓庄学院学报》,2005 年 5 月,第 21 卷第 3 期,第 62 页。

程中的诸多环节和机缘。[①] 正因为如此，以《洛丽塔》在中国的接受为例，任何一部作品的经典化都可能牵涉两个问题，即"被动地经典化"问题和翻译与传播问题。

先说"被动地经典化"问题。如前文所示，"经典化"本身是一个复杂的过程，它很可能是体制化和机构化的产物，也可能是特定历史文化语境的产物。《洛丽塔》在中国的遭遇就是很好的例子。因此，对每一部列入经典的作品，我们都应该问如下问题：它真的是经典吗？它是否得益于某个外部利益集团的操作或炒作？也就是说，"即便是真正的经典，也有可能因经典化而受到过度的赞誉或不恰当的评价"[②]。因此，只有对作品保持应有的敏感度，我们才能避免人云亦云的"被动经典化"问题。

事实上，《洛丽塔》在经典化过程的后期，已陷入"人云亦云"的怪圈。正如杨华所说："从研究角度来看，中国的纳博科夫研究受国内美国文学史教材的影响，基本沿袭了美国 20 世纪七八十年代对纳博科夫的评价，认为纳博科夫是后现代小说的引领者，从而造成了研究角度的单一化。"[③]换句话说，因为该作品在西方是经典，所以国人也把它视作经典。这样的阅读过程犹如带着重重镣铐的舞蹈："经典"的标签就是镣铐，读者无法抗拒，也从未想要抗拒。因此，从某种角度讲，"后现代主义经典"这一既定的标签反而削减了国内纳博科夫研究的活力。同样耐人寻味的是，当我们以各个角度来解析《洛丽塔》的"后现代性"时，我们已然掉入了后现代主义的陷阱，即失去了对事物"本质"的批判性思考。

笔者认为，避免上述被动过程的方法之一，就是在经典化的过程中始终保持对作品的"经典性"的关注和兴趣。根据美国学者科尔巴斯(E. Dean Kolbas)在"文学社会学"(Literary Sociology)旗号下的分类，经典化(canonization)和经典性(canonicity)是两个完全不同的概念。前者指"与社会现状沆瀣一气的机构化过程"，而后者则指"对一部作品的认知内容的审美判断"。[④] 与动态的"经典化"过程相比，作品的本质——亦即作品本身的美学价值——是相对恒定的。因此，无论《洛丽塔》被贴上"色

① 殷企平：《经典化和经典性》，《中文学术前沿》，2013 年第 1 期，第 141 页。

② 同上。

③ 杨华：《不同文化背景下的纳博科夫研究》，《人民论坛》，2011 年第 17 期，第 217 页。

④ E. Dean Kolbas, *Critical Theory and the Literary Canon*, Boulder: Westview Press, 2001, pp. 106－111.

情”的标签还是“经典”的标签,它的“经典性”实际上没有发生多大改变。因此,真正的经典化过程指对作品的经典性不断挖掘的过程。而且,在这个挖掘过程中,我们应始终保持本土视野,避免人云亦云。

再说翻译与传播问题。我们知道,一个外国作家的经典化过程始终涉及该作家的翻译,二者之间存在着密切关系。事实上,从1981年《普宁》中译本的初版开始,除去梅绍武先生的译文,涉及纳博科夫作品的翻译始终不尽如人意。尤其是1989年的第一波翻译热潮,体现出强烈的市场化特征。为了迎合或吸引预期读者,各类译本都出现不同程度的删减。《纳博科夫在中国》《〈洛丽塔〉在中国的接受和影响》和《纳博科夫研究及翻译述评》等文章都谈到了上述问题。刘佳林更是在文章中直言不讳:“像纳博科夫这样博学的语言天才、文体大师尤其需要高水平翻译家严肃认真的译介工作,才能为更多的读者所接受,但中国译者的翻译水平却明显参差不齐,因而在很大程度上制约了纳博科夫在中国的传播。”[①]总的说来,翻译问题确实妨碍了读者对作品“美学价值”的判断,影响了读者对作品“经典性”的挖掘。可以说,翻译问题不解决,《洛丽塔》在中国的经典化过程仍有可能误入歧途,至少会停滞不前。

第三节 荧幕上的《洛丽塔》

《洛丽塔》的传播之路,在很大程度上表现为走上荧幕的过程。1958年,导演斯坦利·库布里克(Stanley Kubrick,1928—1999)和他的制片人詹姆士·B.哈里斯(James B. Harris)捐了15万美元买下《洛丽塔》小说的版权,并邀请纳博科夫亲自撰写剧本,还特邀詹姆斯·梅森(James Mason)和苏·莱昂(Sue Lyon)分别扮演男女主角亨伯特与洛丽塔。在克服了重重阻力之后,1962年影片(以下简称“62版”)终于完成拍摄,并引起了轰动。为了纪念纳博科夫诞辰100周年,好莱坞在1997年将《洛丽塔》的故事第二次搬上荧幕(以下简称“97版”),影片由阿德里安·莱恩(Adrian Lyne)导演,男女主角分别由杰瑞米·艾恩斯(Jeremy Irons)与多米尼克·斯万(Dominique Swain)担任,再次引起不小的轰动。

同小说一样,电影《洛丽塔》在1962年被改编成电影之后,引起了巨

① 刘佳林:《纳博科夫研究及翻译述评》,《外国文学评论》,2004年第2期,第78页。

大争议和阻力。这种争议和阻力甚至在电影诞生前就已经存在,对该片的创作产生了多方面的直接影响。不过,不得不承认,小说与电影反而因争议和阻力而获得了更高的关注度,进一步扩大了各自的影响力。1997年的翻拍,虽然不再面临小说发表与第一次拍摄时那样的舆论压力,但仍然激发了相关话题的热议。再次翻拍,体现了小说及62版电影的双重影响力在持续扩大,并给予人们在两个电影版本的改编策略之间进行比较的极佳机会。本节将分别追溯两部影片相较于小说文本的改编策略,并在此基础上,对不同时期的两部改编影片及其评论进行纵向比较。通过小说与剧本、剧本与剧本、剧本与影片、影片与影片的多角度比较,我们或许能跨越媒介、跨越时空去进一步领略经典著作散发出的持久魅力。

(一)剧本:从小说到影片的中间站

人们通常把是否忠实原著当作评价小说改编电影成功与否的重要衡量标准。从逻辑上讲,如果将一部普通的、尚不为人知的小说改编成电影,人们很难也没多大必要提出忠实原著的要求。然而,对于小说《洛丽塔》的电影化改编来说,问题远没有看起来那么简单。小说《洛丽塔》从1955年不得已在国外(法国)首次出版,到第一次开始电影改编(1958年库布里克与哈里斯获得小说改编权),仅仅间隔了3年;而小说于1958年在美国国内的出版几乎与电影改编同时进行。[①]也就是说,小说在当时还根本来不及成为它后来意义上的经典作品——经典的含义中至少应包括时间的因素,而所谓忠实原著的标准也需要较长时间的提炼。

就小说本身而言,它刚一出版,就引发了巨大的争议,有比较多的负面评价,也有慧眼识珠式的赞誉。《洛丽塔》初版仅五千册。英国作家格雷厄姆·格林读了以后,在伦敦《泰晤士报》写评论,称它为1955年最佳三部小说之一。此后,《洛丽塔》不胫而走,成为国际畅销书。然而,一部富有争议的小说,与一部得到广泛认同的经典小说,显然不可同日而语。20世纪50年代末,小说《洛丽塔》的情况亦是如此。将一部富有极大争议的小说改编成电影,人们还有理由或有必要忠实原著吗?不同的人出于各自的立场做出了不同的理解。

担任62版影片编剧的纳博科夫本人无疑是最能理解并最忠实于原

---

① 参见弗拉基米尔·纳博科夫:《洛丽塔》(电影剧本),叶尊译,上海:上海译文出版社,2010年版,前言Ⅰ。

著的,然而他的剧本却未必是最好的剧本。1958年,导演库布里克及其制片人花费不菲,用15万美元取得了小说的电影摄制权,出优厚的酬金聘请纳博科夫亲自担任影片的编剧。尽管纳博科夫对点窜改易自己的小说感到十分厌恶,最终还是接受了改编的工作。改编过程可谓一波三折,折射了电影制作过程中编剧与导演两个环节惯常的合作与紧张关系。对此,纳博科夫在1973年的回忆中写道:"这时,库布里克的态度使我相信他不大愿意按照审查官异想天开的念头,而愿意仔细听从我突然产生的奇思妙想……在仲夏的时候,我拿不准他究竟是对我的任何内容都态度安详地接受,还是默默地不予考虑。"[①]这种惴惴不安最终演变为对改编影片的不满,而且是一种习以为常的不满。纳博科夫后来公开表示:"影片只采用了我的剧本中一些不完整的零星片段……这无疑使影片对我原来所写的剧本而言,就像美国诗人所翻译的兰波或帕斯捷尔纳克的诗歌一样毫无忠实可靠之处……我最初看到影片的反应既有恼怒、失望,也有勉强感受到的愉快。我觉得不少与正题无关的创意构思十分适当可喜,而另一些创意构思则令人讨厌。大部分场景实际上并不比我为库布里克十分细心编写的要强,我一边为浪费了我的时间而深为惋惜……"[②]纳博科夫对导演的抱怨中包含了一个有趣的现象,即人们不仅会要求剧本忠实于小说,而且也会要求影片忠实于剧本。如果小说作者与编剧不是同一个人,导演在忠实小说与忠实剧本问题上的选择余地会更大一些;如果小说作者与编剧是同一个人,那么对影片在忠实小说与忠实剧本方面的期待会更为强烈,纳博科夫的《洛丽塔》就属于这种情况,因而作者与导演的紧张关系也就在所难免了。当然,纳博科夫最终还是参加了1962年5月31日在纽约举行的影片首映式,但是这并不意味着他在剧本问题上的妥协。1974年,他将剧本独立出版,使得人们有机会一睹庐山真面目,并将之与库布里克主导的剧本定稿作一番比较。

一位好作家,并不一定是一位好编剧。忠实原著并不能保证一个好的电影剧本,因为剧本不仅仅受到小说原著的制约,还最终服务于影片的摄制,否则剧本就没有存在的意义。从这个意义上讲,库布里克对纳博科夫剧本的大幅度删减也许应该得到更多的理解。仅凭以下两点,我们就可以做出判断:

---

① 参见弗拉基米尔·纳博科夫:《洛丽塔》(电影剧本),叶尊译,上海:上海译文出版社,2010年版,前言Ⅲ。

② 同上书,前言Ⅶ。

其一，纳博科夫的剧本篇幅过于庞大，长达400页，如果全部拍摄出来大约需要7小时，而根据好莱坞的惯例，一部标准的电影剧本一般只有120页左右，每页大约相当于荧幕上的1分钟。[①] 这个惯例并非人为制造出来的，而是在电影实践中自然形成的。库布里克并非要将《洛丽塔》拍成一部实验电影（或先锋电影、艺术电影）——若是那样就该另当别论了，而是要拍一部按照好莱坞标准商业模式运作的电影，因此就不得不顾及观众的感受，7个小时的片长无疑超出了普通观众所能接受的上限。曾任法国文化部长的安德烈·马尔罗（André Malraux，1901—1976）曾经说过："我们还必须永不忘记：电影是一门工业。"[②]既然是一门工业，就必然要考虑经济收益。纳博科夫出于对自己小说的偏爱，期望在影片中尽可能多地保留剧本与小说的原貌，这固然可以理解，但如果库布里克完全忠实纳博科夫的剧本，无异于在经济上自取败局，同时也很难得到观众的认可。

其二，纳博科夫的剧本用了很多非电影化手法来表达小说主题，从技术上很难被导演采纳。其中最突出的问题之一是以声压画，这里的声音主要是指大量采用了约翰·雷大夫的画外音解说，以及男主人公亨伯特教授的内心独白。由于二者的声音不但进行情节叙述，而且还从头至尾做出行为评价、内心分析与道德自省，因此小说原文中的大段文字被高度逼真地转化为有声语言，而画面本身的表现空间却被挤压殆尽。雷大夫与亨伯特的声音合二为一，在剧本中类似上帝的角色，理解一切，驾驭一切，给一切定性。例如，在剧本的序幕中，纳博科夫让小说中虚构的序言作者雷大夫——一个带有戏谑性质的人物——出现在镜头中："一个精神病医生，正在一张书桌前阅读一份手稿。他从转椅中朝我们转过身来"，然后一口气冲观众介绍了他的病人亨伯特。光是这一介绍就长达一页纸（汉字译文），其中包含了这样的抽象议论："我无意颂扬亨伯特。他令人发指，卑鄙无耻。他是道德败坏的一个突出典型。但他的故事里具有强烈的恋情和痛苦，具有各种各样的温情和忧伤，他的法官不能对此置之不顾。"[③]在小说中，上述部分有助于读者深入人物内心，从而更好地理解人物行为的深层动因，可是一旦原封不动地照搬到剧本中，就会水土不服。

---

① 悉德·菲尔德：《电影剧本写作基础》，北京：中国文联出版公司，1985年版，第3页。

② 安德烈·马尔罗：《电影心理学概说》，邵牧君译，《世界电影》，1988年第2期，第239页。

③ 参见弗拉基米尔·纳博科夫：《洛丽塔》（电影剧本），叶尊译，上海：上海译文出版社，2010年版，第2—3页。

正因为如此,库布里克把那些与电影特性不符的部分都弃之不用,这本来是顺理成章的。

作为导演,库布里克并没有对纳博科夫的剧本做出正式的评价,但是他的影片对剧本的大幅改动本身就是回应。既然如此,为何影片编剧还要以弗拉基米尔·纳博科夫冠名呢?依笔者之见,不外乎两大缘由:一是经济驱动力,二是题材的敏感性。经济原因显而易见:小说《洛丽塔》由普特南书局于1958年7月在美国本土出版,立即成为畅销书,并于1959年1月爬升至《纽约时报》畅销书单第一位。请小说作者本人担任编剧,无疑会提高观众对影片的预期,从而保护投资人的经济利益。至于题材的敏感性,为减轻道德上的压力,请作家本人担任编剧,不失为上策。

事实上,库布里克本人对最终剧本也做出了很大贡献,这种贡献从最终影片来看已经超过了纳博科夫本人。然而,或许是出于对纳博科夫的尊重,库布里克没有署自己的名字,这也是好莱坞惯常的做法之一。

为了纪念纳博科夫诞辰100周年,1997年好莱坞再次把《洛丽塔》搬上了荧幕。在是否忠实原著这个关键问题上,97版编导面临的情况有很大不同。经过时间的积累,小说与62版影片都获得了世界范围内的声誉,影片的改编对象不再是一部有争议性的小说,而是一部已经享誉世界的经典作品。因此,时隔35年后将其改编成电影,道德上的压力减轻了,但是忠实原著的要求则更强烈了。莱恩导演的97版《洛丽塔》曾有4个剧本,它们分别是1991年詹姆斯·迪尔登的剧本、1994年哈罗德·品特的剧本、1995年戴维·马梅特的剧本和同年斯蒂芬·希夫的剧本。美国学者克里斯多弗·赫金斯认为,"品特的剧本是最忠于纳博科夫小说精髓的";而戴维·马梅特对纳博科夫小说的情节线进行了大刀阔斧的重构,他的剧本是四个剧本中最不忠于原著精髓的——总计138页的电影剧本,其三分之二内容仅涵盖了纳博科夫小说前三分之一的内容,也就是到第88页,亨伯特在洛丽塔母亲死后,去营地接洛丽塔;迪尔登的剧本则"一败涂地,它过于通俗,还错定了调子";斯蒂芬·希夫版则是一部"大杂烩之作",因为之前每一版剧本中的情节,它都有所采纳,结果缺乏一个完整的、个人化的视点去理解小说的精髓,从而缺乏说服力。[①] 导演莱恩最终是以希夫的剧本为主来拍摄影片的,以致于赫金斯深感遗憾,认为如果

① 克里斯多弗·C.赫金斯:《〈洛丽塔〉1995:四个脚本》,于帆译,《世界电影》,2009年第1期,第186、189、191页。

莱恩改拍品特的剧本，还能跟库布里克的影片竞争一下。[①] 赫金斯偏爱品特的剧本，这与他忠于原著的改编立场是分不开的。

但是，赫金斯也许忽略了，仅仅以是否符合原著来评价改编剧本，而不顾未来的拍摄要求，其结论必然失之偏颇。原因很简单：剧本虽然自小说改编而来，其最终指向却是影片的拍摄，因此必然要考虑到电影化的要求。与赫金斯不同，导演莱恩显然最满意希夫的剧本，这可以由他的一席话得到佐证："与斯蒂芬·希夫一起工作留给我的记忆非常温馨。是我与编剧的最佳合作关系之一。"[②]

(二)不确定性主题的电影化转译

"洛丽塔是我的生命之光，欲念之火，同时也是我的罪恶，我的灵魂。洛-丽-塔：舌尖得由上颚向下移动三次，到第三次再轻轻贴在牙齿上：向上，分三步，从上颚往下轻轻落在牙齿上：洛-丽-塔。"[③]在小说一开头的这段话，集中体现了男主人公亨伯特分裂的人格。这既可以看作亨伯特对内在人格矛盾的自我剖析，也可以看作充满不确定性的主题基调。内华达大学的赫金斯认为纳博科夫的原著充满微妙、模棱两可的情感表达，作品的中心主题是"亨伯特和洛丽塔二人的道德成长……美学上的繁博，对癫狂浪漫之爱富有感染力的描绘，对勇气的精妙赞赏，面对死亡时的自由意志的行使，是对这部巨著的最精炼的概括"。[④] 小说这种主题特征无疑增加了电影改编的难度。

在小说中，上述双重性是通过精彩绝伦的语言形式来表现的，读者通过语言可以自如地进入到人物内心，从而比较容易领悟人物内心世界的复杂性、丰富性、含混性。然而，电影主要以写实画面为具体表现手段，不可能脱离物质现实环境去表现人物内心；即使影片少不了有声语言，后者也始终是隶属于空间表现的元素，所用的也应该是生活化的语言，而非哲理式的抽象议论。一味地依赖人物内心独白或旁白来进行自我剖析，早已被证明是一种非电影化的手段。对纳氏小说进行过电影改编的剧作家

---

① 克里斯多弗·C.赫金斯：《〈洛丽塔〉1995：四个脚本》，于帆译，《世界电影》，2009年第1期，第192页。

② 阿德里安·莱恩：《导演谈〈洛丽塔〉》，《世界电影》，2009年第1期，第163—164页。

③ 弗拉基米尔·纳博科夫：《洛丽塔》，主万译，上海：上海译文出版社，2005年版，第9页。

④ 克里斯多弗·C.赫金斯：《〈洛丽塔〉1995：四个脚本》，于帆译，《世界电影》，2009年第1期，第186页。

汤姆·斯托帕德曾说:“我认为迄今为止还没人能破译纳博科夫的作品。”就连纳博科夫的儿子、纳博科夫产业继承人德米特里·纳博科夫(Dmitri Nabokov)也慨叹:父亲的作品其实是“非常视觉化和图像化的”,“他对风景、人物和场面的描述都很电影化,但那并没让这一切转化成电影镜头容易起来”。[①] 可见,《洛丽塔》这类具有不确定性主题的小说,电影改编难度很大。

小说主题的不确定性突出表现在三个主要人物形象的塑造上,即亨伯特、洛丽塔和奎尔蒂。这三个人物身上都具有一种奇特的双重性:亨伯特是一个轻度精神病患者,既有恋童癖的病态欲望,同时也有正人君子式的道德自省;洛丽塔既是一个天真活泼、充满叛逆精神、失去双亲的可爱又可怜的“仙性少女”,同时也是一个充满美国流行文化粗俗气息、富有挑逗性的“性感少女”;而奎尔蒂既是一个深受欢迎、表面光鲜的好莱坞剧作家,同时又是一个十恶不赦的恋童癖者。要准确地表现小说原著主题的不确定性,塑造人物形象时需要处理好平衡关系。如果电影创作者稍有不慎,就可能把握不住这种复杂的平衡性。如果过分偏向人物的变态欲望,影片就容易变成对色情的宣扬,必然遭到社会的谴责;而如果过于强调人物的道德自省,则又肢解了作者的原意。小说的两度电影改编,总体上都注意到了原作主题的不确定性,做出了尽量保持两方面平衡的努力,而在细节表现上又体现出各自的特点。

在男主人公亨伯特的塑造上,库布里克与莱恩整体上都能体现小说主题在一种不确定性状态下的平衡性,有意制造一种模棱两可的效果,既有同情,又有谴责。人们声讨亨伯特对洛丽塔摧毁性的、令人发指的性行为,但是当亨伯特成为那种保护孩子的家长时,人们又对他报以同情,尤其是当他变成奎尔蒂和洛丽塔合谋的受害者之后,人们更加深了对他的同情。62 版影片与 97 版影片的编导都竭力保持这种极不稳定的平衡,在实际效果上又有所区别。关于亨伯特角色的塑造,有评论认为,62 版影片将亨伯特刻画得较为克制、含蓄,看不出他的情感波动,人物心理外泄不够充分;而 97 版影片则为观众展示了一个外表矜持、内心情感却狂热而脆弱,带有一种毁灭性的反英雄形象,影片中不止一次表现了亨伯特因害怕失去洛丽塔而疯狂地与之做爱的激情场面,正是由于杰瑞米·艾

① 转引自陈惠:《魔镜:小说〈洛丽塔〉的电影之旅》,《上海师范大学学报》(哲学社会科学版),2008 年第 6 期,第 126 页。

恩斯投入的激情表演，使电影明显在情感上偏倚亨伯特，从而赢得了观众的某种同情。[①] 由此可以看出，这种同情极易导致将一个变态的娈童癖者当成执着于爱情的好男人，从而偏离一部影片的道德基准线，这就大大违背了小说原著的主题。

洛丽塔形象的双重性也是小说主题不确定性的重要内容之一。不同的是，在小说中大都是通过第一人称的"我"之口，阐述了洛丽塔身上兼具仙性和粗俗的混合气质。但在影片中，人物永远是一个具象的存在，很难获得小说用语言手段获得的那种恰当的平衡。97 版影片编剧斯蒂芬·希夫反对把洛丽塔仅仅看作男人的性幻想对象，他曾经用辩护的口吻谈道："如果仅仅将洛丽塔视为一个年轻迷人的女孩儿，我想这将错失纳博科夫所要表达的观点。……我们的洛丽塔也很有魅力，但这个魅力不是苏·莱昂在库布里克的影片里表现出来的色情诱惑。"[②]言下之意，他所理解的洛丽塔具有纯洁的女孩与富有诱惑力的女人的双重特质，而库布里克的洛丽塔则更具挑逗性。事实上，62 版影片中除了片头一双男人的手在给一双女人的脚涂抹趾甲油的特写镜头，以及洛丽塔出发去夏令营前主动吻别亨伯特的镜头充满色情意味之外，全片拍得非常克制。人们普遍认为，97 版影片更具有情色意味，可为什么希夫还做出了那样的评价呢？答案还得从小说主题的不确定性中去找。将洛丽塔拍成一个纯洁无邪的少女(类似国内有些翻译成"小仙女")，或者是一位"性感少女"，不仅仅关系到观众对洛丽塔自身形象的评价，还牵扯到男主人公亨伯特形象的内涵问题。如果洛丽塔被拍得太纯洁，那么亨伯特势必就显得太邪恶；如果洛丽塔主动诱惑其他男人，则亨伯特就会显得很无辜。所以，无论是库布里克，还是莱恩，在这个问题的把握上都遇到了极大的挑战。库布里克尽管对整部影片的基调定位比较克制，但还是让洛丽塔用主动吻别亨伯特来捅破二人之间的那层窗户纸，因此被指"色情诱惑"；莱恩版在很多细节上充满暧昧，但在这个情节点上依然只是让洛丽塔拥抱亨伯特一下了事，反而显得"罪"轻一等。

不论是 62 版，还是 97 版，奎尔蒂这一角色不仅使剧情充满了希区柯克式影片的悬疑，而且也丰富了亨伯特的形象，深化了影片的主题，较好

---

① 陈惠：《魔镜：小说〈洛丽塔〉的电影之旅》，《上海师范大学学报》(哲学社会科学版)，2008 年第 6 期，第 131 页。

② 斯蒂芬·希夫：《斯蒂芬·希夫网上答疑》，曹艺馨译，《世界电影》，2009 年第 1 期，第 174 页。

地阐释了原著的不确定性主题。

(三)电影转译的风格变异

从小说到影片,不但受到两种艺术不同媒介手段、不同时代氛围等客观因素的制约,更受到电影编导人员等主观因素的影响。其中,电影导演的艺术个性起着主导性的作用。因为在第二次世界大战以后的电影创作中,实行的都是导演中心制。编剧虽然对影片能起到相当程度的影响,但前提是必须与导演的创作思想保持一致,否则就会被导演否定。纳博科夫亲自改编的《洛丽塔》剧本大部分内容被弃之不用就是一个明证。在这个阶段,人们就更难用小说风格来要求电影改编了,但将改编自同一部小说的两部不同影片进行比较,则是理所当然的。

相比之下,62 版《洛丽塔》以家庭讽刺喜剧的方式展现了亨伯特滑稽荒谬的处境,带有黑色幽默的特征,在表面的戏谑下带有一种积郁沉闷的文化伤感情绪;而 97 版《洛丽塔》则被演绎成好莱坞式情爱悲剧故事,回避了库布里克文化批判的锋芒。

在 62 版的改编影片中,库布里克充分发挥了他在讽刺戏剧方面的才能,大胆增加了小说中诸多不曾有的细节,如影片一开头亨伯特枪杀奎尔蒂的场景:开始是奎尔蒂与亨伯特对打乒乓球的滑稽场面,然而几分钟后,他就在亨伯特的枪口下亲口朗读自己的判决书;即使最后中枪而亡,场面也含有异常的诗意——子弹一颗接一颗地穿过一幅女人的油画像,结束了他的罪恶。这场枪杀奎尔蒂的场面如此充满戏剧性,恐惧中不乏幽默,幽默中又有辛辣的反讽。有研究者认为,该场面的创造性处理是“深得纳博科夫小说之妙的。库布里克版在总体风格上忠实了原著的戏谑、讽刺,同时,又进行了不拘细节的影像创造,加深了黑色讽刺喜剧的效果”[①]。“着魔猎人”旅馆里加床的一场戏,也充满了滑稽感。亨伯特明明不希望折叠床能打开——这样他就可以顺理成章地和洛丽塔睡在一张床上,可是又不得不装作费了九牛二虎之力,结果被床反弹摔倒,这些颇具卓别林电影特色的场面活化出了人物所处的荒唐境遇。美国当代著名导演大卫·林奇曾在一次对他的采访中谈及,上述趣味横生的电影段落是他最难忘的艺术画面。不过,影片中不少情节又让人想起了希区柯克的

---

① 陈惠:《魔镜:小说〈洛丽塔〉的电影之旅》,《上海师范大学学报》(哲学社会科学版),2008 年第 6 期,第 129 页。

惊悚片,如身为戏剧家的奎尔蒂相继假扮警察、心理医生和亨伯特的远房叔叔,不断地与亨伯特周旋,最终拐走了洛丽塔,同时令亨伯特感到被剥夺的恐惧与受捉弄的屈辱等。

库布里克的讽刺中含有一种黑色幽默的成分,这与一般的讽刺不同,尤其与卓别林式的讽刺不同。莫里斯·狄克斯坦(Morris Diokstain)又译莫里斯·迪克斯坦曾说:"黑色幽默把调子定在破裂点上,一旦达到这一点,精神上的痛苦便迸发成一种喜剧与恐惧的混合物,因为事情已经糟到了你尽可以放声大笑的地步。"[①]库版的亨伯特就常常处于这样的境地。例如,亨伯特本是为了接近洛丽塔才和夏洛特结婚,可刚一结婚,就听到夏洛特宣布,为了给他俩创造一个二人世界,要将洛丽塔送往外地的寄宿学校,这让亨伯特感到一种被生活愚弄的绝望,发出了夹杂抽泣的大笑!

库氏的这种黑色幽默式的讽刺风格不仅仅表现在人物语言、肢体动作或道具环境上,而且是一种接近文化层面的嘲讽。他要嘲讽的不是个体意义上的亨伯特,而是纠结于欲望与美之间的人性深渊,深得原著之精髓。在整部影片中,汽车旅馆、大众明星、口香糖、连环画册等带有典型美国消费文化特征的诸多感性符号,与来自欧洲的文学教授亨伯特那迟疑、忧郁、打量着它们的眼神互为参照,带有一种文化讽喻的味道,引发了一场至今仍有意义的争论:是古老的欧洲强奸了年轻的美国,还是年轻的美国诱惑欧洲并使之腐败了?[②] 当然,也有人认为,库布里克的幽默过了头,没有在人物身上倾注应有的同情或理解。按照这些人的标准来看,过分娱乐化不但损害了库布里克一贯的风格,也有悖于原著的严肃精神。

相对于库布里克充满黑色幽默的喜剧风格,莱恩导演的《洛丽塔》更偏向于好莱坞式的情爱悲剧,充满了浓郁的抒情风格。

这种悲剧性的抒情风格首先表现在音乐的运用上。为影片配乐的是意大利电影配乐大师、被誉为"欧洲电影音乐领航者"的埃尼奥·莫里康内(Ennio Morricone),他也许是20世纪最著名、也是最多产的电影配乐大师,于2007年获得了奥斯卡终身成就奖。他为莱恩导演的《洛丽塔》所创作的音乐,从声音表现元素的特定角度出发,既契合了小说原著的主题,又体现了作曲家自身一贯的风格:舒缓、温情、伤感、情感复杂。莫里康内的音乐与杰瑞米·艾恩斯表演的亨伯特那忧郁的眼神与狂热的内心

① 莫里斯·狄克斯坦:《伊甸园之门》,方晓光译,上海:上海外语教育出版社,1986年版,第14页。

② 参见 Anon,"Humbert Humdrum and Lullita",New York:*Time*,1962,(79),p.94。

结合起来,构成了音乐与画面的“复调”。枪杀奎尔蒂的那一场,62 版与 97 版对音乐的运用就差别很大。在 62 版中,奎尔蒂中枪后逃进音乐室弹钢琴,借机利诱亨伯特一起作曲作词,利润共享,并趁势把一个酒瓶子砸向亨伯特,目的是为了逃避死亡的惩罚,因此这里的钢琴有“声”却无“情”,它只是二人打斗情节的一部分,偏重写实风格。在 97 版血溅钢琴那一场戏中,奎尔蒂与亨伯特无一句对白,琴声非常突出,淹没了枪声与奎尔蒂中枪后声嘶力竭的惨叫,成为这个重场戏的主导表现元素——甚至在奎尔蒂中枪后夺路而逃时,沾血的琴键仍以特写镜头凸显,上下弹跳不止,琴声响彻整个房间,酣畅淋漓地表达了奎尔蒂的绝望恐惧和亨伯特的愤怒之情,充满浓郁的抒情风格,具有超现实的表现力,为影片增色不少。

莱恩版侧重情爱,这体现为用电影镜头语言多处对情欲场面进行大胆展示,而这是当年库布里克想做而没能做到的事情。“他们怎么把这部小说改编成电影?”62 版的宣传人员干脆将这句话印在了影片的官方海报中,以此表达立场,吸引关注。在巨大的压力之下,库布里克在整部电影制作过程中做了很多妥协。例如,62 版仅仅通过这样几句含义模糊的台词来暗示人物之间的肉体关系:“让我们告诉母亲”“邻居要有议论了”。为了符合美国电影协会的要求,洛丽塔的年龄被改成 14 岁,比小说中整整大了两岁,而扮演洛丽塔的演员实际年龄偏大,以致于有人抱怨,这一改动减弱了亨伯特的罪恶感。此外,亨伯特行为举止过于矜持,反而招致观众对其倾泻了过多的同情。

即使时隔 35 年之后翻拍的 97 版,也难逃色情片的压力。影片拍成后被美国电影协会(MPAA)定为 R 级,即限制级,只有 17 岁以上的成人才能观看。这使得影片在美国国内遭遇红灯,只落得在有线电视网“秀时间”(Showtime)才能率先放映的厄运。直到 1998 年 9 月,它才开始在院线系统小规模地局部上映。在将近两年的漫长等待之后,美国观众才得以一睹庐山真面目。导演莱恩对此有过感想:“我根本就没有想到,在影片摄制完成之后,又会耽搁那么久才有人看到它。尽管我对这部影片将引发争议心中有数,但它真正招来的激烈反应还是大大超出了我的意料:那些从未看过这部影片的人们的指责,那些认为只要是表现了什么就等于是支持或赞同了什么的极度关切,好莱坞的各个制片厂对这部影片事实上的拒斥。"[1]的确,与30年前的版本相比,人们普遍认为,莱恩版的改编无疑更加忠实于原著,也更加狂野。影片的整体氛围颇有"软核"色情片的味道。这个版本对男女主人公性关系的描绘,称得上"赤裸裸",并且也得到了一些评论者的认可。例如,亨伯特初见洛丽塔,电影用亨伯特的视角观察到,洛丽塔沐浴着阳光和洒水器溅出的水滴,趴在草坪上读书,这一场戏被称为"情色经典"。当亨伯特察觉洛丽塔暗地里和什么人联络以后,在汽车旅馆里和洛丽塔疯狂做爱的那一场激情戏,被认为"完美传达了亨伯特当时的内心的挣扎——那把持不住洛丽塔的身心时自己内心的狂躁和无奈,以致于我们不得不同情亨伯特,杰瑞米·艾恩斯的形体语言几乎达到了文字的说服力"。[2] 97版的中文译名《一树梨花压海棠》(中国台湾地区译名)也很有趣,将影片旨趣整体挪移到个人间的情爱关系上,昭显了时代变化带来观众趣味及宽容度的变化。"影片中些许做爱镜头既是导演为渲染亨伯特深陷情爱中不能自拔的悲剧命运的需要,也是年代的前进带来的对禁忌的突破使然。"[3]

的确,社会舆论是挑剔的、趋于保守的。然而,当与艺术问题联系起来的时候,社会舆论往往也表现出自相矛盾的一面。库布里克版表现了对舆论压力的屈服与让步,在表现亨伯特与洛丽塔的情欲关系上过于矜持、克制,却招致影片容易激起人们对亨伯特滥施同情的指责;可是当林恩版大胆表现二人的情爱关系时,却又遭到社会的反对,这在97版编剧斯蒂芬·希夫的一席话中可见一斑:"我早就认为右派可能会反对这部影片,特别是那些所谓的基督教右派,就因为它的主题问题。"[4]

除了对情爱场面的客观展示外,莱恩版还采用了多达近二十处的内心独白。采用这种第一人称"我"的方式,保留了小说原著对人物内心世界的挖掘,较好地体现了小说的抒情特性,准确地保留了小说原著赋予人物命运的悲剧性。在影片一开头的7分钟时间里,内心独白主宰了这部分的叙事,主要包括两方面内容:

一是完整地采用了小说的第二段,主要描述洛丽塔在"我"眼里的多

---

① 阿德里安·莱恩:《导演谈〈洛丽塔〉》,《世界电影》,2009年第1期,第163页。

② 陈惠:《魔镜:小说〈洛丽塔〉的电影之旅》,《上海师范大学学报》(哲学社会科学版),2008年第6期,第131页。

③ 同上书,第128页。

④ 斯蒂芬·希夫:《斯蒂芬·希夫网上答疑》,曹艺馨译,《世界电影》,2009年第1期,第174页。

重形象——“早晨,她就是洛,普普通通的洛,穿一只短袜,挺直了四英尺十英寸长的身体。她是穿着宽松裤子的洛拉。在学校里,她是多莉。正式签名时,她是多洛蕾丝。可在我的怀里,她永远是洛丽塔。”“多洛蕾丝”的英文是 Dolores,系从拉丁词 dolor 派生而来,意思是“悲伤、痛苦”。这一段内心独白在小说与影片中都极为重要,它不仅仅代表了亨伯特对洛丽塔的评价,更是对自身生活乃至生命的感悟。

二是通过内心独白回忆了“我”与安娜贝尔受挫的初恋。这段回忆被很多评论家称道,因为对观众而言,它似乎令亨伯特性倒错的心理根源变得清晰可信,而库布里克版的亨伯特一开始就是一个娈童癖者,显得比较突兀。通过这段回忆,亨伯特与洛丽塔之间的故事带有了更多宿命的色彩,奠定了故事的悲剧基调。在影片结尾,亨伯特枪杀诱拐洛丽塔的娈童癖者奎尔蒂以后,站在悬崖边,给出了另一段内心独白,与上述悲剧基调形成了呼应:“当时我耳际响起的……是一片儿童的欢笑声,令我心灰意冷的……不是身边没有洛丽塔,而是欢笑声里没有她。”这一段内心独白也与小说原著一模一样,很好地弥补了电影视像的客观性在表现人物复杂内心方面的弱势,正是这种绝望心情与复仇行为让亨伯特经历了角色转变:从洛丽塔的占有者转为保护者,从受制于欲望转变为服从良知。影片的悲剧色彩因此而大大加强了。

时代氛围和观众旨趣的变迁在库布里克与莱恩的影片中留下了明显的痕迹,对于形成二人的风格产生了一定的制约,但这些因素最终还是要融入导演自己的艺术个性中去的。我们很难说二者风格孰优孰劣,只能说二人在纳博科夫小说原著的基础上皆做了出色的选择与处理。

综合看来,无论是库布里克改编的影片,还是莱恩改编的影片,都是对纳博科夫小说原著魅力的一种分享,也是一种延伸和传播。小说《洛丽塔》改编成电影后,有些人出于对小说的偏爱,指责电影遗失了小说的很多成分。纳博科夫本人对 62 版改编影片有着不错的评价:“我发现库布里克是一个了不起的导演,他拍摄的《洛丽塔》是一部由几位极为出色的演员主演的一流影片。”[①]97 版的导演莱恩曾表示,即使是对影片题材敏感性持保留立场的好莱坞制片厂,也认为这是他导演得最好的一部作品。[②] 我们认为,小说与电影作为两种成熟而独立的叙事样式,有着各自

① 参见弗拉基米尔·纳博科夫:《洛丽塔》(电影剧本),叶尊译,上海:上海译文出版社,2010 年版,前言Ⅶ。

② 阿德里安·莱恩:《导演谈〈洛丽塔〉》,《世界电影》,2009 年第 1 期,第 163 页。

的表现手法，读者与观众的审美感受也不尽相同，不分前提地以其中一种艺术样式的标准去评价另一种，甚至做出高低之分，是很难得出令人信服的结论的。

从另一方面来看，电影由于其巨大的文化影响力，也对小说原著的传播产生了不可忽视的推动作用。62版曾经获得奥斯卡最佳改编剧本奖、威尼斯电影节金狮奖、英国电影和电视艺术学院奖等多项国际电影大奖提名，97版也曾获得美国影评人协会（National Board of Review, USA）十大最佳影片奖、音乐电视（MTV）电影奖提名奖、青年艺术家奖等，这些荣誉无疑也构成了纳博科夫小说原著光环的一部分。文学经典与电影的这种良性互动是20世纪最重要的文化现象之一。当然，也有保守的评论家对根据小说改编的电影不屑一顾，认为电影手段无论如何转译不了原著的精华，这种观点同样是根深蒂固的，也是构成文学与电影复杂关系的成分之一。20世纪小说与电影的互动关系史表明，互相促进与借鉴构成了这种矛盾关系的主要方面，《洛丽塔》的情况正是如此。

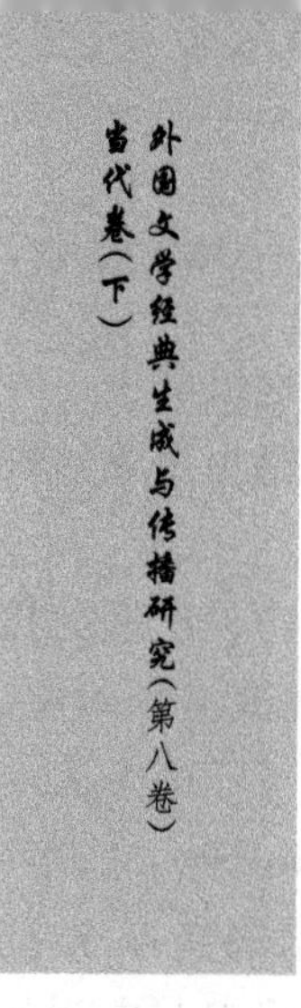

第八章
托妮·莫里森作品的经典生成与传播

托妮·莫里森是20世纪70年代以来最具实力的美国黑人女作家，也是第一位获得诺贝尔文学奖的美国黑人女作家。1993年瑞典学院的诺贝尔文学奖授奖词对莫里森的创作主题、创作风格以及创作效果给予高度的评价，认为她“把美利坚国土上非洲血统的存在看作实现美国之梦必不可少的内在前提。她同样也将文学作品中的白色人种视为同黑色人种不可须臾离隔的伴侣，两者犹如形影，相随无间……这些作品留给人们最隽永的印象就在于感情的投入与交融，对同胞所怀有的怜悯与同情。”[1]在近半个世纪的时间里，莫里森的作品被译介到世界各国，已经进入经典文学作品之列。

第一节 托妮·莫里森的历史意识和民族情怀

莫里森不仅熟悉黑人民间传说、希腊神话和基督教《圣经》，而且也受益于西方古典文学的熏陶。在创作风格上，她既继承了福克纳的传统，也创造了自己独特的表征模式。她勇于探索，敢于创新，摒弃以往白人惯用的那种描述黑人的语言，吸取黑人口头文学的优势，以黑人生活为主要内容，以细腻的笔触和丰富的想象力，创作了逼真的人物形象、生动的故事情节，为美国文学添注了生命活力。

---

① 斯图尔·艾伦:《1993年诺贝尔文学奖授奖词》，盛宁译，赵平凡编:《诺贝尔文学奖文库·授奖词与受奖演说卷》(下)，杭州:浙江文艺出版社，1998年版，第315—317页。

莫里森以创作长篇小说见长，兼顾短篇小说和文论。她拥有强烈的民族情怀，是黑人民族文化的坚定守望者，也是积极的推崇者，她的所有作品都是关于黑人民族的，一个多灾多难却从不言放弃并充满生命活力的民族。她的作品既有史诗般的恢宏，又有翔实的历史语境；既有超自然的因素，又有意识形态等政治成分。她的每一部小说都得到了文学评论界的高度关注，好评如潮。

莫里森自20世纪70年代起崭露头角，至今共出版了十部小说：《最蓝的眼睛》(1970)、《秀拉》(1973)、《所罗门之歌》(1977)、《沥青娃娃》(1981)、《宠儿》(1987)、《爵士乐》(1992)、《天堂》(1998)、《爱》(2003)、《慈悲》(2008)、《家园》(2012)；还出版了短篇小说和一部文学批评著作，即《黑暗中的游戏：白人性和文学想象力》(1992)，并为《纽约时报书评周报》撰写过三十余篇高质量的书评。莫里森杰出的创作成就给她带来了诸多荣誉。1977年她因小说《所罗门之歌》获得全国图书评论界奖；1981年她成了《新闻周刊》的封面人物，这是自1943年左拉·尼尔·休斯顿之后第一个出现在全国性杂志封面的黑人女性；1988年她获普利策小说奖，美国图书奖，安斯非尔德－沃尔夫种族关系图书奖，并因《宠儿》而获得罗伯特·F.肯尼迪奖；1989年，获美国现代语言协会联邦文学奖；1993年获法国艺术及文学司令勋章，并因“在小说中以丰富的想象力和富有诗意的表达方式，把美国现实的一个极其重要的方面写活了”[①]而走上了世界最高领奖台，获得了诺贝尔文学奖。此后，莫里森还于1994年获得孔多塞奖章(Condorcet Medal)和赛珍珠奖；1996年获全国图书基金美国文学突出贡献奖章(National Book Foundation's Medal of Distinguished Contribution to American Letters)，2000年获全国人文奖章(National Humanities Medal)。从其获得的诸多奖项可以看出，莫里森对文学领域的卓著贡献不仅得到了美国国内的肯定和推崇，也赢得了世界文坛的瞩目。这些成就以及由此而来的耀眼光环为其作品在全世界的传播打下了很好的基础，有力地推动她的作品进入经典化的进程。

上述是按作品出版及获奖的时间顺序介绍的，这个方式比较传统，也许易于接受。不过，笔者通过多年的研究发现莫里森具备厚重的历史意识，如果把莫里森的作品按其故事发生的时代背景排列，或许收获更大。

---

① 斯图尔·艾伦：《1993年诺贝尔文学奖授奖词》，盛宁译，赵平凡编：《诺贝尔文学奖文库·授奖词与受奖演说卷》(下)，杭州：浙江文艺出版社，1998年版，第315页。

从《慈悲》中黑人奴隶制尚未确立的17世纪末,《宠儿》中的奴隶制及美国南北战争后的重建时期,《爵士乐》中的20世纪二三十年代黑人北迁大潮,《所罗门之歌》及《最蓝的眼睛》中的20世纪三四十年代黑人北迁后的生活状态,《秀拉》以及《爱》中的第二次世界大战后黑人民权运动,《家园》的20世纪50年代美朝战争,再到《天堂》中的20世纪70年代美国大环境对鲁比镇黑人生活的影响,莫里森展现在读者面前的是一幅关于黑人民族发展的恢宏画卷。

第二节 莫里森作品经典化与后殖民理论思潮

在近五十年的时间里,国内出现了一股研究托妮·莫里森作品的热潮,从近几年相关成果的产出时间及总量分析,这股热潮仍在持续。虽说近五十年的时间(莫里森的第一部小说出版于1970年)对确立文学作品的经典地位显得短了些,但自从莫里森于1993年获得诺贝尔文学奖之后,学界一直把她的作品列入世界经典加以研究,没有人否定过其作品的经典地位。本节旨在探究究竟是什么因素能在这么短的时间内把莫里森作品推入经典化的进程。当然,起推动作用的因素少不了哈罗德·布鲁姆观念中的意识形态、评论界、经典性、各类奖项、学校教育等,但除了这些因素,笔者认为始于20世纪80年代末,并于90年代进入全盛状态的后殖民主义理论思潮起着决定性的作用。

1. 后殖民主义理论与黑人女性作品的契合

迈克尔·帕克(Michael Parker)和罗杰·斯塔奇(Roger Starkey)在《后殖民文学》一书的前言中把英语后殖民文学的发展列为20世纪文学最令人瞩目的特征之一。[①] 后殖民主义理论家戴安娜·布莱登(Diana Brydon)则在《后殖民主义》的序言中指出:“在20世纪末,要进入人文学科的研究而不承认受到后殖民理论的影响几乎是不可能的。”[②]从20世纪80年代末开始,我国的外国文学研究也不可避免地受到了后殖民主义理论思潮的影响。在族裔文学研究领域,尤其是黑人女性文学研究领域,

---

① M. Parker & R. Starkey (ed.): *Postcolonial Literature: Achebe, Ngugi, Desai, Walcott*. London: Macmillan, 1995, p. 1.

② Diana Brydon (ed.): *Postcolonialism: Critical Concepts in Literary and Cultural Studies*. New York: Routledge, 2000, p. 3.

这种影响特别明显,可以说,这个理论思潮在很大程度上引导并推动了我国的黑人女性文学研究,直接催生了一股托妮·莫里森研究热潮,从而把莫里森的作品推入经典化的进程。

后殖民主义理论以1978年爱德华·赛义德(Edward Said)的《东方主义》出版为标志,20世纪80年代迅速兴起,90年代趋于成熟,影响波及人文社科各个研究领域。该理论思潮在20世纪80年代末"旅行"到我国,并为学界接受,这与当时的国内形势是分不开的。80年代后期,我国商品经济迅速兴起,学界的政治意识渐趋淡化,商品化倾向日益明显。伴随着我国改革开放的深入和西方文学理论、文化思潮的不断涌入,学界刮起了一股强劲的反传统潮流,其结果是出现了过分认同西方价值观的现象。针对这种情形,学界精英通过各种途径加强民族归属意识,反映在文化和文学研究领域,就是民族主义的兴起,以"东方主义"为核心的后殖民主义理论正好回应了当时建构民族文化的呼声,并为阐释中国当时的种种文化现象提供了理论依据。正如王岳川指出,"第一世界掌握着文化输出的主导权。可以把自身的意识形态看作一种占优势地位的世界性价值,通过文化传媒把自身的价值观和意识形态编码在整个文化机器中,强制性地灌输给第三世界。而处于边缘的第三世界文化则只能被动接受,他们的文化传统面临威胁,母语在流失,文化在贬值,意识形态受到不断渗透和改型"。[①] 类似现象确实引起了我国知识分子及学术界的高度重视,他们在后殖民理论中看到了当时中国需要的东西。

后殖民主义理论家赛义德运用福柯(Michel Foucault)的权力与知识关系理论解构文学与文化文本中隐含的政治霸权,他的《文化与帝国主义》对西方文化进行了全面的审视,不仅时间跨度很大(从18世纪的作家简·奥斯汀直至近几年仍有很大争议的萨尔曼·拉什迪),文本类型也颇具多样性,涉及诗歌、小说、新闻媒体报道,以一个比较文学学者和社会科学研究者的双重身份,促进了跨学科学术研究。斯皮瓦克(Gayatri Chakravotry Spivak)从女性主义视角出发,论证了对经典文本的解读策略。她认为,这些经典文本中存在着一条明晰的线索,从中可以看出构成这些伟大作品的政治伦理因素和文学研究的体制问题,她进而指出所谓事实、生活与实践无不是按照某种文化文本方式加以世界化的结果,它将某些弱势阶层的主体性无情排斥在历史叙事之外。霍米·巴巴(Homi

---

① 王岳川:《后殖民主义与新历史主义文论》,济南:山东教育出版社,1999年版,第115页。

Bhabha)则以其混杂理论而著称,他在《文化的定位》(*The Location of Culture*)中一再指出,在多元文化主义色彩纷呈的虚伪外表下面,往往掩盖着对少数族裔权利的漠视,因而提倡一种文化差异观念,伸张少数民族的表意权或叙述权。

后殖民主义理论思潮关注第三世界,关注弱小民族,反抗西方文化霸权,反抗男性霸权,能为阐释各种文化现象提供新的视角和理论支撑,适合中国当时的理论需求,所以很快地传播开来。王宁、赵稀方等学者先后就后殖民文学与经典的形成进行了深入研究,揭示其背后的权力运作,展现了文学研究与社会政治现实之间的密切关系,从而拓宽了文学研究的视野。

在后殖民主义理论的指导下,专家学者纷纷研究少数族裔及第三世界文学作品,从其边缘地位揭示文学经典形成背后的各种政治因素,从而把艺术和政治的关系清晰地呈现在读者面前。政治和艺术融为一体的现象存在于美国黑人文学传统的灵魂深处。黑人女作家深受种族歧视和性别歧视的双重影响,对社会问题有其独特的洞察力,这种双重边缘身份成为她们文学艺术创作的一大优势,而后殖民主义理论关注的正是边缘群体,无论是性别的,还是种族的,黑人女性都正好迎合了后殖民理论的精神,其作品的边缘地位也给后殖民理论提供了很好的案例。

托妮·莫里森和爱丽丝·沃克(Alice Walker)等黑人女性作家都是黑人民族文化的积极推崇者和坚定的守护者,同时又是文学作品中政治性的肯定者和实践者。莫里森曾说:"所有好的艺术历来都是有政治性的,没有一个真正的艺术家不曾表现自己的政治倾向"。[1] 同时,黑人女性作家还擅长于把政治话语和黑人民族文化在作品中有机地结合起来,在一些政治问题上,如女权主义、种族歧视等,融入黑人民族文化内涵,形成了黑人女性文学的创作特色。她们通过对种族对立、民族融合、身份建构、文化冲突等主题的尝试和探讨而表现出来的文化多元倾向给生活在全球化时代的人们带来了很大的启示,从而凸显出这一时期美国黑人女性文学作品的社会价值。

黑人女性作品文化内涵丰富,政治性强,往往涉及种族、性别、阶级、边缘化生存等话题,后殖民理论的关键词它全都涵盖了,而且正好契合了

---

① Jill Matus: *Toni Morrison*: *Contemporary World Writers*. Manchester: Manchester University Press. 1998, p. 13.

全球化语境下文化多元化的走向，也回应了少数族裔从边缘走向中心的呐喊，所以在后殖民理论思潮影响下，我国出现了美国黑人女性文学作品研究热潮；同时，由于托妮·莫里森在黑人女性文学，乃至世界文学中的重要地位，这个研究热潮在我国外国文学研究领域渐渐演变，聚焦在莫里森身上，形成了托妮·莫里森作品“研究热”，并快速把其作品推入经典化的进程。

2. 莫里森作品的经典性内涵

上文所述的后殖民主义理论思潮为莫里森作品的经典化进程创造了适宜的社会环境和理论氛围，是促使我国莫里森作品研究热潮形成并持续升温的外部因素，换言之，就是促使莫里森作品经典化的社会文化政治因素。哈罗德·布鲁姆(Harold Bloom)认为：“西方经典的内涵还具有高度的复杂性和矛盾性，而决不是一种统一体或稳定的结构……能成为经典的必定是复杂的社会关系斗争中的幸存者，但这些社会关系无关乎阶级斗争。”[①]布鲁姆强调精英文学，反对把审美范畴的文学作品跟政治、经济和阶级斗争挂钩，但从上述引文看，他并不否定经典是复杂的社会关系斗争所产生的必然结果，而从马克思主义理论来看，这种社会关系斗争不可能不涉及阶级斗争，也许他的经典生成观有些自相矛盾。他曾说：“我不知道还有什么比如下的句子更富于智慧和令人警醒：‘没有一个人的内心可以强大到不受外界因素的巨大影响’。憎恨派人士不需要这一告诫，而我要……多元决定是一个阴暗的真理，在生活和文学中都是如此，而个人意志和活力与社会和历史力量的竞争在这两个领域中都永不止息。”[②]布鲁姆是精英文学的倡导者和维护者，他对经典性的强调是学界众所周知，但他并没有绝对否定外部因素的影响；后殖民主义文学经典观被归入“憎恨学派”，它突出文学作品经典化的外部因素，强调经典形成背后的权力之争，但它并不否定经典性在此过程中的重要作用。所以，无论从精英学派的视角，还是从“憎恨学派”的视角，文学作品要想进入经典行列，外部因素和经典性都是必不可少的；而莫里森作品的经典性恰恰体现在后殖民文学的内涵上。

在经典生成的过程中，如果作品经不起考验，像莫里森作品“研究热”这种持续升温现象也不可能维持。小亨利·路易斯·盖茨(Henry Louis

---

① 哈罗德·布鲁姆：《西方正典：伟大作家和不朽作品》，江宁康译，南京：译林出版社，2011 年版，第 29—30 页。

② 同上书，第 270 页。

Gates, Jr.)曾说:“莫里森的小说象征着人类的共同命运,超越了性别、种族和阶级的界限。”[①]1993年诺贝尔文学奖的授奖词曾对托妮·莫里森的创作风格、叙事策略、作品的内涵及意义等予以高度的评价:“她的作品显得异乎寻常地协调和谐,但同时又是那么斑驳绚烂,多姿多彩。尽管她继承了福克纳的风格和拉美传统,但那巧妙的叙事手法,每部小说相互迥异的笔调,独特的情节,让读者从中汲取无穷的乐趣和欣慰……在博大的胸怀里,庄重严肃与诙谐幽默总是如胶似漆,难以剥离。这一点清清楚楚地反映在托妮·莫里森所写的第一部作品中,也真真切切地体现在她自己高度概括的一句话里:‘我的作品源自希望的愉悦,而非失望的凄怆’。”[②]从贩卖非洲黑人的中间通道、奴隶制时期、战后重建时期、20世纪二三十年代的黑人北迁大潮、五六十年代的民权运动、女权运动,一直到青年反主流文化等,莫里森笔下的黑人生活总是跟现实世界紧密地联系在一起,由此体现了后殖民主义理论家赛义德所倡导的高度的知识分子社会责任感。

“授奖词”对莫里森在继承传统方面予以充分肯定,而对传统的继承则是布鲁姆将其界定为经典的重要因素之一。他认为没有文学影响的过程就不会有感染力强的经典作品出现,“要想在丰富的西方文学传统中一再取得重大的原创性,人们就必须承担影响的分量。传统不仅是传承或善意的传递过程,它还是过去的天才和今日的雄心之间的冲突,其有利的结局就是文学的延续或经典的扩容”。[③] 为此,布鲁姆指出:“能够战胜传统并使之屈从于己,这是检验经典性的最高标准。”[④]莫里森的作品有一种不可限制的精神,一种脱离教条和简单化道德界定的自由,一种认知原创性,一种陌生性,而这些在布鲁姆看来都是进入经典的基本要求。莫里森的陌生性体现在她对奴隶制及奴隶经历的独特视角上,美国历史上最难以启齿、最为黑暗的一页竟然是以鬼魂的形象,即宠儿还魂归来的方式重现的,既有魔幻现实主义又有意识流的叙事手法把读者带入了一个曾经发生过却又令人陌生的环境。

---

① Henry Louis Gates, Jr. (ed.): *Toni Morrison: Critical Perspectives Past and Present*. New York: Amistad. 1993, p. xi.

② 斯图尔·艾伦:《1993年诺贝尔文学奖授奖词》,盛宁译,赵平凡编:《诺贝尔文学奖文库·授奖词与受奖演说卷》(下),杭州:浙江文艺出版社,1998年版,第315页。

③ 哈罗德·布鲁姆:《西方正典:伟大作家和不朽作品》,江宁康译,南京:译林出版社,2011年版,第7页。

④ 同上书,第23页。

莫里森在创作手法上继承福克纳的同时,也形成了自己独特的表征模式。她采取了多角度、复调叙事手法。这种手法既保证了阐述事件过程的客观性、公正性,又给读者更多的参与余地,读者可以根据不同的叙述进行判断,就某个事件形成自己的看法。莫里森还充分运用意识流小说的艺术感染力,使其作品呈现出时序相互倒置、相互渗透的多层次结构,具有很大的时空跨度。例如,《宠儿》中的宠儿、塞丝、丹佛都通过内心独白的方式让读者洞察她们的内心世界,理解她们彼此之间的那份亲情和思念,还有那份无奈和迫不得已;反映“中间通道”贩奴船上黑人非人遭遇的章节都采用意识流的手法,艺术地、立体地再现了那段惨绝人寰的历史,回应了该小说扉页上的“六千万甚至更多”。

布鲁姆认为经典文学作品应具有丰富的内涵、创造性、跨越时空性、持续可读性,而这四个方面莫里森的作品全都涵盖了,这不仅从诺贝尔授奖词中得到论证,也可以从文学评论界对其作品的研究中得到论证。后殖民主义理论家赛义德也曾就经典问题做过深入研究,并有全面的论述,董洪川、龙丹在《经典与帝国:萨义德的经典观》一文中进行了概述,认为“萨义德理解的‘经典’至少有三层内涵:一是经典承载着历史和文化的遗迹;二是重读经典的可能性和必要性;三是经典阐释是一个永不停止的事业,决非一劳永逸”。[1] 无论是布鲁姆的界定还是赛义德的论述,无论他们属于哪一流派,经典性的内涵基本是一致的。从上述四个方面考察,笔者认为莫里森作品自身的经典性把它们推入了经典化的进程。

3. 评论界对莫里森作品的青睐

正如哈罗德·布鲁姆在《西方正典:伟大作家和不朽作品》中指出:“批评家对文学作品的经典化作出了不可低估的贡献。”[2]而评论界对莫里森作品的青睐跟后殖民主义理论思潮是密不可分的。

莫里森在世界文学,尤其是后殖民文学中的稳固地位在很大程度上应该归功于后殖民主义理论家霍米·巴巴的推崇以及文学评论界的高度关注。巴巴在后殖民主义理论的扛鼎之作《文化的定位》中把莫里森推为后殖民文学的典型代表,而这部作品又是研究后殖民主义理论及文学的必读之作。在巴巴看来,莫里森的小说,尤其是《宠儿》,创造了一个特殊的空间,一个没有明确界限、始终处于边缘的空间,一个只属于黑人的空

---

① 董洪川、龙丹:《经典与帝国:萨义德的经典观》,《外国文学研究》,2008年第4期,155—163页。

② 哈罗德·布鲁姆:《西方正典:伟大作家和不朽作品》,江宁康译,南京:译林出版社,2011年版,第23页。

间,一个他称之为“非家的”空间,一个“第三空间”。霍米·巴巴认为:“家是一个隐蔽的空间,但它也已成为历史的最复杂部分能够侵入的场所。”[①]这个空间是黑人奴隶的叙事空间,因为“非家的时刻会把隐藏于个人心灵深处的创伤性模糊感同政治现实的更大断层联系起来”[②],把个人经历汇入民族经历之中,把个人生活同社会现实紧密联系起来。在这本著作中,霍米·巴巴还以《宠儿》中的奴隶母亲为例,经过深入分析后指出:“但从奴隶主的意识形态中解放出来之前,莫里森坚持给奴隶母亲的道德进行重新定位,这个问题很折磨人。这位奴隶母亲的确是从外部看奴隶世界内部的阐释场所,而这个‘外部’就是被她谋杀的女儿还魂归来,是她的另一个自我。”[③]在巴巴看来,对历史事件进行重新定位和重新阐释是少数族裔获得话语权必不可少的步骤。《宠儿》的女主人公塞丝为了女儿不再生活在奴隶制下,在遭遇奴隶主追捕时,亲手杀死了自己的女儿。塞丝的行为虽属个人选择,但用巴巴的话来,还是跟“当下的政治现实”有关,已经超越了简单的道德界定范畴,应该对此进行重新定位。

巴巴在《文化的定位》中对莫里森作品的阐释给黑人女性文学研究带来极大启发。巴巴指出:“研究世界文学也许就是研究各民族文化是如何通过‘他者’的投影来认识自己的。民族传统的传播曾经是世界文学的主要主题,现在我们可以说移民、被殖民者,或政治难民——这些边界以及边疆的状态——成了世界文学的研究范围。这类研究的重心将放在莫里森和戈迪默在他们‘非家’的小说中曾经表征的那些‘畸形的社会和文化移位’。”[④]莫里森作品中的“非家”空间、黑人和白人民族文化之间既对立又融合的现实、黑人两性之间既矛盾又相互依存的传统都解构了二元对立概念,为后殖民视域下的文学研究提供了典范。

除了巴巴之外,整个西方文学评论界对莫里森的作品也予以高度的关注,与我国的外国文学研究领域形成一种互动,推动着彼此的深入。20世纪70年代后,以独特的面貌崛起于美国文坛的黑人女性作家被认为是美国黑人文学、黑人研究进一步发展的能量中心。20世纪80年代之后黑人女性文学更是以1993年诺贝尔文学奖获得者托妮·莫里森和1983

---

① Homi Bhabha. *The Location of Culture*. New York: Routledge, 1994, p. 13. (注:笔者自译。)

② Ibid., p. 15.

③ Ibid., p. 13.

④ Ibid., p. 17.

年普利策奖及全国图书奖获得者爱丽斯·沃克而立于世界文学之林。《当代文学》(*Contemporary Literature*)、《现代小说研究》(*Modern Fiction Studies*)、《密歇根评论季刊》(*Michigan Quarterly Review*)、《非裔美国文学评论》(*African American Review*)等学术刊物都刊登了有关托妮·莫里森等黑人女性作品的相关研究文章,玛丽·伊凡斯(Mari Evans)、格洛丽亚·纳罗(Gloria Naylor)、吉尔·马特斯(Jill Matus)、大卫·米特尔顿(David Middleton)等国外专家学者分别从种族关系、女权主义、黑人身份建构、黑人主体建构、时空移位、历史叙事性、心理分析、叙述策略、多元文化争持角度进行阐述,并提出了许多独到的见解。此外,剑桥大学出版社、劳特利奇(Routledge)等也出版了多本黑人女性文学研究专集,使学界对黑人女性文学的研究在深度和广度上有了较大的突破。这些论文的切入点,如身份建构,文化争持、话语权力等,都是严格意义上的后殖民视角,有着强烈的后殖民批判意识,跟后殖民主义理论思潮一起推动着莫里森作品的经典化进程。

国外也出版过不少关于托妮·莫里森的访谈录,都是莫里森成名后各大新闻媒体对其的采访,有些刊登在类似《纽约时报书评》这样的报刊上,也有结集出版,其中谈到她的创作理念、民族意识、民族文化、种族关系;也有谈及她在构思某部小说时的灵感及创作源泉,对当时推广托妮·莫里森的作品起着积极的作用。采访莫里森次数最多的是纳莉·麦凯(Nellie Mckay),克里斯汀·戴维斯(Christian Davis)、罗伯特·B. 斯坦伯特(Robert B. Stepto)也做过采访。纳莉·麦凯本人就是一名作家,所以她提的问题比较专业。她在采访过程中曾谈及黑人女作家,认为她们"对世界有某种特殊的贡献。她们拥有独特的、强有力的艺术遗产,既不属于白人,也不属于男人"①。

肤色问题,或者说种族问题,是莫里森小说中永恒的主题。克里斯汀·戴维斯曾问莫里森就文学而言,非洲人或美国黑人当中最使她感兴趣的是什么,莫里森回答说:"颜色——肤色。在这个国家里,不同肤色所享有的特权是不同的。我不是说非洲不存在这个问题,他们一定有这个

---

① Nellie · Y. Mckay. "An Interview with Toni Morrison", *Contemporary Literature* 24, No. 4, 1983.

问题。审美的概念不同。"[①]莫里森也曾谈及其作品的语言:"我不愿别人说我的作品富有诗意,这让人感觉太奢侈;我想把黑人讲话的语言恢复到其原有的力量,这就需要一种丰富但并不华丽的语言。"[②]当问及她的作品与别的作品有什么明显区别时,莫里森回答道:"语言,只有语言。语言必须用得很仔细,而且读起来要自然流畅,不能让人累得流汗。"[③]其实,莫里森在采访中所谈及的问题也正是黑人女性文学研究领域的核心论题,因此这些访谈录不可小觑,它们不仅是最早的导读,也对早期推广莫里森的作品,并引导学界对之进行深入研究发挥了积极的作用。

从 20 世纪 80 年代末以来,国内的外国文学研究领域也深受后殖民主义理论思潮的影响,从不同的角度对莫里森作品进行了深入研究,在催生莫里森作品"研究热"并把它们推入经典化的过程中起着不可低估的作用。后殖民主义研究的主要术语,如种族、阶级、性别、身份、权力、文化、他者、边缘化、去中心化、霸权等,在外国文学研究领域也频繁复现,对文本中两性之间、种族之间的权力关系,各种文化之间的不平等现象,黑人的边缘化地位,黑人历史的叙事性质,以及文本中的各种话语建构都予以高度的关注,从而在后殖民主义理论思潮与外国文学研究领域出现了多个交叉点,形成了一种互动现象,推动着彼此的发展和深入,也推动着莫里森作品的经典化进程。

作为后殖民主义理论主要论题的种族关系在黑人女性文学中得到了高度关注,多位学者指出这是莫里森作品的永恒主题。例如,陈法春(2004)在《〈乐园〉对美国主流社会种族主义的讽刺性模仿》中指出在这部小说中,莫里森通过描述黑人群体建构新乐园的过程及其结果,对美国社会的主流意识形态,尤其是种族主义,进行了讽刺性模仿,而讽刺性模仿正是霍米·巴巴所倡导的边缘群体对主流社会应该持有的态度。[④] 巴巴认为当少数族裔面对主流社会时,为了自身的生存和发展,应该采取有效的手段,讽刺性模仿就是其中之一,模仿所产生的结果实则颠覆了白人的

---

① Davis, Christian. "Interview with Toni Morrison 1988", *Toni Morrison: Critical Perspectives Past and Present*, ed. Henry Louis Gates, Jr. and K. A. Appiah, Amistad Press, Inc. 1993. p.416.

② Robert Stepto. "Language Must Not Sweat", *Folk Roots and Mythic Wings in Sarah Orne Jewett and Toni Morrison*, ed. Marilyn Sanders Mobley, Louisiana State University Press, 1991. p. 371.

③ Ibid., p. 373.

④ 陈法春:《〈乐园〉对美国主流社会种族主义的讽刺性模仿》,《国外文学》,2004 年第 3 期。

价值体系。李有华在《黑人性、黑人种族主义和现代性——托妮·莫里森小说中的种族问题》一文中发表自己的观点,认为莫里森对黑人民族中存在的种族排外现象是很担心的。他认为批判黑人身上的种族主义内化正是莫里森小说的主题。[①] 这位学者没有提到巴巴的杂糅概念,却论及莫里森作品中所表现出来的对建立在种族融合、求同存异基础上和平共处状态的一种向往。

莫里森被冠以"女权主义作家"的称号,虽然她本人并不怎么接受,但却是学界认同的,因为在她的作品中,女性形象总是那么光彩夺目,或悲壮凌云,或独立自强,或颇具宁为玉碎、不为瓦全的气概;相比之下,她笔下的男性人物则显得幼稚、卑劣、懦弱。多位学者,如乔雪英(2007)等,曾发表文章,研究黑人女性主体意识及其身份建构;还有学者,如章汝雯等,通过深层的文本分析,指出她的女权主义不是普通意义上的女权主义,而是有着黑人民族特色的女权主义,黑人女性在追求自我价值的过程中都以民族为先,然后才是自身,这就决定了黑人女性和黑人男性之间的关系并非西方女权主义者心目中的那种二元对立,而呈现出黑人民族所特有的两性关系,用爱丽斯·沃克的术语来表达就是"妇女主义"。乔雪英认为莫里森理想中的家庭模式应是两性和谐共处,民主平等,共同承担责任的家庭。

后殖民主义理论体系中的民族关系、两性关系在黑人女性作品中都打破了二元对立的框架,女性的追求变得更加多元,视野变得更加宽广,这点在我国近四十年的黑人女性文学研究中已经呈现明显倾向。曹威的论文《给黑色的亚当命名——托妮·莫里森小说中黑人男权批判意识流变》对黑人两性关系的演变做了总结,指出黑人女性对黑人男权批判意识历经三次流变:失望后愤懑燃烧,沉默后灵魂独舞,博弈后两性交融。[②] 可以看出,受到后殖民主义理论思潮的影响,专家学者在后殖民文学文本中挖掘出来的是黑人妇女追求两性和谐的生活,西方女权主义的普适性被解构了,其观念中的二元对立关系淡化了,或者说这种观念正在改变,这也符合全球化语境下的多元化态势。

文学作品中的政治性是后殖民主义理论家斯皮瓦克反复强调的问

---

① 李有华:《黑人性、黑人种族主义和现代性——托妮·莫里森小说中的种族问题》,《东北师大学报》(哲学社会科学版),2009年第2期,第98—102页。

② 曹威:《给黑色的亚当命名——托妮·莫里森小说中黑人男权批判意识流变》,《外语学刊》,2009年第2期,第138—142页。

题,这在我国黑人女性作品研究中也得到了高度重视,尤其是黑人历史的叙事性质得到了前所未有的揭示。王玉括(2007)等人从新历史主义角度研究莫里森作品中文本的历史性和历史的文本性,指出莫里森的创作动机十分明显,即通过让宠儿复活,把历史置于现实场景,促使人们反思历史,从而改写被主流社会边缘化的黑人民族的历史。[①] 笔者认为这是后殖民主义理论所强调的去中心化,历史的叙事性,以及从边缘走向中心的呐喊在文学作品中的具体反应。历史及其重构是《乐园》的主题,认为莫里森创作这部作品旨在说明历史可以被权力阶层根据自己的需要改写、重构,既然如此,鲁比镇的女性也能够在历史的建构和现实生活中发挥积极的作用,成为消解男性种族主义和性别主义的重要力量。荆兴梅在《〈宠儿〉的后现代黑奴叙事和历史书写》中认为莫里森在该部小说中继承了黑奴叙事书写历史的传统,认为白人主流社会为了其统治的需要虚构了黑人的历史,迫使黑人群体始终生活在沉默和失语状态,但通过"宠儿"的还魂归来,莫里森赋予小说人物以话语权,帮助黑人群体从他者的凝视中走出来,从困惑和迷失中走出来,以主体身份重新书写历史,建构自身的主体性[②]。重构、改写、话语权、历史的叙事性、他者等概念是后殖民主义理论的核心论题,它们在文学研究领域的频繁复现反映出两个领域在研究方面存在着许多交叉点,它们彼此影响,在理论上相互支撑,推动着文学研究的深入和理论思潮的发展。

从文本的话语结构与权力关系角度研究黑人女性作品的学者也表现出较强的后殖民主义批判意识,如章汝雯的《〈所罗门之歌〉中的女性化话语和女权主义话语》(2006)、《〈最蓝的眼睛〉中的话语结构》(2004)等都受福柯理论的启发,从文本的话语结构入手,分析各个群体的权力关系,从而揭示黑人女性的生存状态和整个黑人群体被美国主流社会边缘化的事实,同时也展现黑人民族为改变自己的生存状态而进行的抗争和颠覆性活动。

此外,莫里森作品中的民族文化、民族融合、伦理诉求等都是外国文学评论界重点研究的主题。文学评论界的学术争鸣在把某部作品推上经典地位的过程中起着不可低估的作用。经典往往是历经几代,甚至几十代,乃至更长时间,在反复争论、反复阐释中逐步形成的。莫里森的作品

---

① 王玉括:《在新历史主义视角下重构〈宠儿〉》,《外国文学研究》,2007 年第 1 期,第 143 页。

② 荆兴梅:《〈宠儿〉的后现代黑奴叙事和历史书写》,《国外文学》,2011 年第 2 期,第 143 页。

能在相对较短的时间内进入经典之列显然得益于像巴巴这样具有大师地位的学者兼评论家，得益于后殖民主义理论思潮以及在其推动下的文学评论界。

4. 主流意识形态的选择

在莫里森作品的经典化进程中，作为后殖民主义理论关键元素之一的意识形态是一个不可忽视的因素，在我国的莫里森作品研究热潮中该元素显得尤为重要。正如阿尔都塞所言，“人本质上是意识形态的动物”。[①] 就文学领域而言，在选择研究对象的过程中意识形态对于个体或群体的影响作用都是不容忽视的。虽然学界就意识形态的定义问题尚未形成一致的表述，但基本能接受这种定义，即意识形态是一种世界观，一种信仰，一种表现在社会意识中，并使它们统一起来的价值体系；人们是通过它去理解世界、进行价值判断的，它是社会集团成员所共有的，具有社会性和政治性的双重特征。鉴于它的双重特征，意识形态的复杂程度也可想而知，其呈现的形式也多种多样的，它可能是某种主张和原则，也有可能是某个庞大的机构和体系。诺曼·费克拉夫（Norman Fairclough）曾用非常简洁的语言给意识形态下了一个定义，“人们无需思考就会运用的制度性的东西，往往包含着诸多假设，这些假设直接地或间接地使现存权力关系合法化了……意识形态权力是指把某个人或某个群体的操作办法普适化、常识化，是对经济和政治权力的重要补充”。[②] 在大多数的社会语境里，意识形态都是从社会学或经济学的角度进行界定的，这就不可避免地涉及社会权力和阶级属性问题，也可以看到意识形态的操控功能，例如外国文学研究和翻译领域，在建国后相当长的历史时期内，主流意识形态以其特定的方式操控文本的选择，苏联文学成了当时研究和翻译的热点。

正因为意识形态的作用，莫里森的作品受到大学教育的关注和和各种奖项的青睐。莫里森的作品在 20 世纪 80 年代末编入美国学校教材，“美国黑人研究、美国文学、妇女研究等课程都选用莫里森的作品，最具标志性的事件就是《最蓝的眼睛》入选《诺顿妇女文学选集》，毫无疑问，莫里森已经进入经典行列”。[③] 与此同时，莫里森本人获得的各类奖项也推动了国内外的莫里森作品“研究热”，并把它们推入经典之列。如本章开头

---

① Louis Althusser. *Essays on Ideology*. London: Verso, 1984, p. 45.

② Norman Fairclough. *Language and Power*. London: Longman, 1989, p. 33.

③ Nellie Y. Mckay. *Critical Essays on Toni Morrison*. Boston: G K Hall & Co. 1988, p. 7.

所述,从1977年莫里森的小说《所罗门之歌》被评为年度最佳小说奖,到1993年莫里森由于"在小说中以丰富的想象力和富有诗意的表达方式,把美国现实的一个极其重要的方面写活了"而获得了诺贝尔文学奖,她进入世界文坛,赢得了学界非同寻常的关注。

在我国,莫里森的作品也于2000年起编入《美国文学选读》和《20世纪英美文学选读(后现代主义卷)》等高校教材。在国内的莫里森作品研究热潮中,高校外国文学专业的硕士和博士学位论文占了不小的比例,截至笔者撰写此章之时,相关学位论文共217篇,其中博士论文十余篇。黑人从种族角度来说属于弱小种族,妇女从性别角度来说属于弱势群体,这种双重的弱势地位和边缘身份使黑人女性文学契合了后殖民主义理论思潮,成为族裔文学研究的热点,也同本章探讨过的其他因素一起催生了国内的托妮·莫里森"研究热",把它们推入了经典化的进程。

莫里森已有七部作品被译成汉语,大多得以重译或再版。在文学翻译领域,"译什么""怎么译""由谁译"这三个问题被列入意识形态考察范畴,始终是学者们关注的焦点。冯·弗洛托认为:"在女权主义时代,或在一个深受女权主义思想影响的时代,翻译思想对翻译实践的影响是很大的。首先,译者都积极地搜寻当代女性作品,把它们译入自己的文化……其次,因为妇女运动把语言界定为强有力的政治工具,生活在'女权时代'的许多妇女也面对翻译中的干预及审查制度问题。"[①]弗洛托进一步指出处于女权时代的译者均显示出对文本政治取向的高度敏感,并采取各种方式有意抵制或消除原作在政治态度上含混不清的表达。莫里森的作品被翻译成汉语,大多得以重译或再版,虽然目前学界很少有人关注其作品的汉译质量,但汉译本的发行为国内更多专家学者加入莫里森作品研究领域扫除了语言障碍,可以说,在一定程度上助推了这股研究热潮。可见,受意识形态影响的翻译界也在一定程度上加速了莫里森作品在我国的经典化进程。

5. 翻译与传播

外国文学评论界的关注程度往往可以用来衡量某部作品或某类作品的生命力,会对翻译活动产生不可低估的影响。根茨勒认为:"翻译与文

---

① Luise von. Flotow, *Translation and Gender*. Shanghai: Shanghai Foreign Language Education Press, 2004, p. 14.

学批评之间并没有像人们通常假设的那样存在裂缝。"[①]这个观点足以引导学界深入研究，揭示翻译与文学批评之间的密切关系。笔者通过分析发现在文学评论界越受关注的作品，在翻译界也就越受青睐，例如，莫里森的《所罗门之歌》和《宠儿》。

翻译跟文化思潮之间同样有着千丝万缕的联系。霍米·巴巴在《文化的定位》中曾就文化翻译问题做过深入的探讨。巴巴认为："要想保持文化的差异性、象征性、影响力、可识性，文化就必须得到翻译、传播、辨别，文化必须是跨学科的，互文的，国际性的，跨种族的。"[②]无论是当年从非洲贩卖到美洲的奴隶，还是第二次世界大战后，第三世界去西方各国定居的经济、政治难民，他们的旅行都是跨国的，他们都带去了各自的民族文化。在霍米·巴巴看来，文化作为一种生存策略，是可译的；但问题是，"文化的变迁和迁移，如流散、移位、重新定位等属于翻译层面的事，使文化翻译过程变成了复杂的表征形式。"[③]通过缜密的论证，巴巴指出："文化翻译使文化优越性的透明假设失去神圣光环，这种翻译行为要求有一个特异性，一种在少数族裔内的历史区分。"[④]巴巴的《文化的定位》深化了翻译的文化转向，指明了翻译的跨学科、跨民族、跨种族性质，为拓宽译学研究领域提供了理论支持。

后殖民翻译理论对我国译界产生了深远的影响。在巴巴、斯皮瓦克、罗宾逊、韦努蒂等人的翻译思想引导下，译界学者纷纷撰文，深入研究翻译中的暴力行为，批判西方文化霸权，揭示翻译中隐藏的政治及意识形态问题。与此同时，译界对后殖民文化中的差异性和杂糅性表现出高度的关注，并把这种杂糅看作是一种优势而不是弱点，指出要把握好"杂糅"的度，只有适度，"杂糅"才可能最终为目的语文化所吸收，从而达到融合和丰富目的语文化的目的，达到文化间彼此对话、交流、商讨、理解和共同发展的目的。

译学研究领域的后殖民批判氛围也推动了同时期的翻译活动。文化翻译研究者认为选择文本进行翻译总是有某种动机的："这种动机源于原文本即将要被移入的那个语境，它会在那个语境中被翻译，被阐释，被引

---

① Edwin Gentzler. *Translation and Identity in the Americas: New Directions in Translation Theory*. London and New York: Routledge, 2008. p. 37.

② Homi Bhabha. *The Location of Culture*. London and New York: Routledge, 1994. p. 195.

③ Ibid., p. 247.

④ Ibid., p. 327.

用,被概括,并被编进文集。”[①]阿勃兰科(Nicolas Perrot d'Ablancourt)也认为有两个因素是跟翻译密切相关的:“一个涉及翻译作品的选择,另一个涉及翻译策略或怎么译。这群人会说我不应该翻译这部作品,另一群人则会说我不应该这样译。”[②]显而易见,翻译作品和翻译策略的选择有着深层次的原因,个别作品看似是随意选来翻译的,但究其背景,不难发现这种选择还是有一定的社会文化原因。因此,勒弗菲尔认为:“翻译应该跟权力、赞助人、意识形态、诗学结合起来进行研究,把重点放在各种各样支持或削弱现存意识形态或诗学的企图上面。”[③]笔者认为莫里森、沃克、赫斯顿等黑人女性作家的作品被译为汉语跟当时“旅行”到中国的后殖民主义理论思潮是分不开的,可以说在很大程度上是这股理论思潮选择了她们的作品。

勒菲弗尔认为对翻译活动的操控手段主要有两种:“一种是内部的,指评论家、译者、教师等专业人士;另一种则是外部的,即赞助人。前者操控诗学,后者则操控意识形态。赞助人可以是个体,也可以是团体,如宗教团体、政党、社会阶层、皇室宫廷、出版商,最后但同样重要的是,媒体,如报刊以及较大的电视公司。赞助人试图协调文学体系和其他体系之间的关系,这些体系一起构成了一个社会,一种文化。”[④]

近三十年来,黑人女性文学作品颇得我国翻译界的重视,笔者认为原因有三:其一,黑人女性作为黑人、作为女性的双重边缘身份和她们历来的弱势生存状态正好契合了后殖民主义理论的主旨,也迎合我国的意识形态观念;其二,出版社起到了很大的推动作用,成了勒菲弗尔理论体系中理想的赞助人,莫里森和沃克等人所获得的各类奖项大大推进了其作品的销售,为出版社带来了巨额利润;其三,评论家、教师等专业人士已就她们的作品进行了深入研究,这些研究成果与其他因素一起确立了她们在世界文学中的重要地位,按勒菲弗尔的说法,这属于内部操控。如此内外结合,黑人女性作品一时成为译界“宠儿”也是必然的。

莫里森作品的翻译活动都发生在三十年左右的时间里。1978 年在

---

① Andre Lefevere. *Translating, Rewriting and the Manipulation of Literary Fame*. Shanghai: Shanghai Foreign Languages Education Press, 2010, p. 56.

② Andre Lefevere. *Translation/History/Culture: A Sourcebook*. Shanghai: Shanghai Foreign Languages Education Press, 2010, p. x.

③ Ibid., p. 10.

④ Ibid., p. 15.

广州召开了全国外国文学研究规划会议，在所提出的四项任务中，第一项就是研究和介绍当代外国文学的新成果、新趋向。20 世纪 80 年代后期，随着商品经济的兴起，以出版社为主的赞助人在文学翻译和出版发行中的作用越来越突出。20 世纪 90 年代市场经济的发展促进了我国多元文化的形成。这个阶段，出版社性质的改变使得他们在译本的选择、出版、发行方面享受更大的自由度，经济利益也成为选择文本的重要因素之一，所以在翻译黑人女性作品的过程中，出现了重译和多次再版等现象，其间可见后殖民主义理论思潮对译界的影响和推动。

在我国外国文学研究领域高度关注美国黑人女性文学作品，并出现托妮·莫里森作品"研究热"的同时，译界也不甘落后。

在托妮·莫里森的作品中，最早译为汉语的是《所罗门之歌》，译者是胡允恒，于 1987 年 3 月由外国文学出版社出版；1988 年，胡允恒又把《秀拉》译成汉语，并由中国社会科学出版社出版，这与《她们眼望上苍》和《紫色》的汉译几乎是同时的。看得出来，美国黑人女性作品的汉译起始时间与后殖民主义理论思潮进入中国的时间几乎一致；进入 20 世纪 90 年代，舒逊重译了《所罗门之歌》，并于 1996 年由中国文学出版社出版；2008 年雷芳又重译了《所罗门之歌》，由天津科技翻译出版公司出版；2007 年、2010 年，上海译文出版社和南海出版公司分别再版了胡允恒译的《所罗门之歌》，由此可见该小说在国内拥有广泛的读者群。笔者认为中国社会科学出版社、外国文学出版社以及中国文学出版社等人文社科领域的权威出版机构在此过程中起着不可忽视的作用。韦努蒂曾说："学院与出版业的联合，可以特别有效地铸造广泛的共识，因为这两者都拥有足够强大的文化权威……"[1]

在莫里森的小说中，*Beloved* 是我国外国文学领域研究最多、最透，也是最为全面的一部，1989 年由王友轩翻译，湖南人民出版社出版，书名译为《娇女》；2003 年，该小说由徐颖重译，并由天津科技翻译出版公司出版；2006 年，潘岳和雷格再译为《宠儿》，由南海出版公司出版，从外国文学研究领域相关图书的发行量看，这个汉译本目前所拥有的读者群是最大的。莫里森的其他小说都是 2000 年之后被译成汉语的。2003 年，石琳节译了《最蓝的眼睛》，由天津科技翻译出版公司出版，并于 2009 年再

---

[1] Lawrence Venuti. *Rethinking Translation: Discourse Subjectivity Ideology*. London and New York: Routledge, 1992, p. 367.

版;2005 年,胡允恒、陈苏东把《最蓝的眼睛》全部翻译成汉语,由南海出版公司出版;同年,胡允恒还翻译了莫里森的另外两部小说,《柏油孩子》和《天堂》,前者由南海出版公司出版,后者由上海译文出版社出版。2006 年,潘岳和雷格把 *Jazz* 译成汉语,题名译为《爵士乐》,由南海出版公司出版。

我们向来同情受压迫的群体。正如王建开指出:"在现代中国的翻译文学中,介绍弱小民族文学始终是一个主要传统。其中,美国黑人文学的译介,是表征此一接受和选择的另一重要现象……现代中国文坛在译介过程中始终把黑人文学单独列举,塑造出一个既是受欺压的另类,又是抗争者的形象,以适应国情的需要。"①该作者认为虽然相关译作不多,只涉及休斯等人的诗歌、赖特的小说,还有斯托夫人的《汤姆叔叔的小屋》等,但这个观念是一直存在的。

此外,笔者认为莫里森作品的大量汉译除了后殖民理论思潮和文学评论界的推动外,也得益于她获得的诺贝尔文学奖。奖项的力量是不可低估的。例如,南非作家库切于 2003 年 10 月获得诺贝尔文学奖,半年时间内,他的五部作品就被翻译成中文;奥地利女作家耶利内克(Jelinek)2004 年获诺贝尔文学奖,三个月后她的几部作品也被翻译成中文。同样,莫里森作品的汉译活动,尤其是重译和再版,也都发生在 1993 年她获得诺贝尔文学奖之后。再者,笔者认为莫里森获诺贝尔文学奖在很大程度上也得益于后殖民主义理论思潮。在百年诺贝尔文学奖得主里,第三世界或少数族裔作者为数不多,而且他们也都是在 1985 年之后才获奖的,如 1986 年尼日利亚作家沃莱・索因卡,1991 年南非作家内丁・戈迪默,2003 年南非作家库切,之前几乎都被欧美等国的作家包揽了。后殖民理论思潮反抗文化霸权,让世界听到了第三世界和少数族裔从边缘走向中心的呐喊,这对于改变世界文化格局,走向文化多元化起到了不可低估的推动作用。

在莫里森作品的汉译过程中,胡允恒的贡献最大,七部汉译作品中,他译了五部。他最先毕业于北京外国语学院英文系,获文学学士学位,1981 年毕业于中国社会科学院研究生院外国文学系,获文学硕士学位,先后做过大学老师、人民文学出版社的编辑、编审,他还是鲁迅文学奖的

---

① 王建开:《五四以来我国英美文学作品译介史(1919—1949)》,上海:上海外语教育出版社,2003 年版,第 244—245 页。

评委，中国作家协会会员，编撰过美国文学史，也写过文学评论，是一位严格意义上的文学专业人士。从他为《秀拉》《所罗门之歌》的汉译本所撰写的序言中可以看出他具备深厚的文学素养和学术积淀。翻译《宠儿》《爵士乐》的潘岳曾做过报刊编辑，可以说也是从事文学相关工作的；最早翻译《娇女》的王友轩旅居英国，从事文化交流，同时也著书，如《佛教哲学与解构主义——比较符号学初探》等，而且他在《娇女》的译者序中也表现出深厚的文学研究功底。

在美国黑人女性作品的汉译活动中，胡允恒翻译得最多，其次是潘岳和雷格，其他译者好像都是凑巧为之。因无法获悉几位译者的其他翻译活动，所以暂时难以确定他们是否已经形成各自的翻译风格。在不到三十年的时间里，重译和再版现象最多的是《所罗门之歌》《宠儿》以及《最蓝的眼睛》；而中国的外国文学研究领域关注最多的也是这三部作品。后殖民主义理论思潮在中国的流行和传播催生了黑人女性作品研究热潮，同时也带动了这些作品的翻译活动。

相比较而言，针对黑人女性文学作品汉译本所做的研究却存在明显的滞后现象。学界也有结合新历史主义和女性主义，探讨存在于翻译活动中的权力博弈，强调在翻译文本中突显差异性，建构弱小群体或少数族裔的文化身份。此外，还有直接运用后殖民主义翻译理论进行译本研究，揭示译本中存在的种种操纵行为和政治目的。可以说，类似的译学研究超越了语言中心主义模式，突破了二元对立的局限，使得翻译学科在深度和广度上都得到了拓展。但学界对莫里森作品所做的译介研究数量和质量都有上升空间。笔者认为这跟后殖民文学的译本性质有着很大的关系。因为从广义上来说，后殖民作家自己就是译者，他们往往都有双重，甚至多重文化身份，他们在创造过程中需要不断地进行文化转换，从这个意义上来说，他们本来就在从事翻译工作，所以他们的作品往往表现出较大的杂糅成分，可以说一部后殖民文学作品本身既是原文也是译文，杂糅迹象明显，这对传统的翻译观提出了很大的挑战。其次，原作和译作的关系问题历来是译学研究界争论的中心论题之一。传统观点一般都把原作与译作放在二元对立的地位，原作是本源的、中心的、至高无上的；而译作则是派生的、边缘的、从属的。两者之间存在着明显的不平等权力关系。所以，我国后殖民文学研究领域把重心都放在对原作的研究上。从事黑人女性文学作品研究的专家学者大都利用英语文献，在引用莫里森小说时，多半都是根据需要自己翻译的；虽然莫里森的作品已经成为我国翻译文学的重要组成部分,但译学研究领域对其译本质量的关注却并不能令人满意。

综上所述,在黑人女性文学作品的汉译过程中,从文本的选择,翻译策略的优选,出版发行,无一不受到后殖民主义理论思潮的影响。理论思潮、文学研究、翻译活动、译学研究之间存在着较强的互动关系,这在国内的莫里森作品“研究热”现象中得到很好的印证。这种互动效应也在很大程度上拓宽了外国文学研究范围,推动了该学科的进一步发展。

文学作品的经典化是外因和内因共同作用的成果,如果莫里森的作品缺少布鲁姆所说的丰富内涵、创造性、跨越时空性和持续可读性,即使有后殖民主义理论思潮的影响和其他外围因素,也不可能进入经典的行列;反之,如果没有后殖民主义理论思潮的推动,莫里森的作品也不可能在这么短的时间内搭上经典化的航帆,因为经典地位的确立需要几代,甚至几十代的演变。在莫里森作品的经典化进程中,后殖民主义理论思潮是一种助推器。通过剖析其在莫里森作品经典化进程所起的作用,笔者希望把文学研究、理论思潮及社会现实结合起来,在拓展外国文学研究疆界的同时,以期更多地承担赛义德所说的知识分子社会责任。

第三节 莫里森的文学思想及文学贡献

在当代美国文学和文化研究中,关于性别和种族的建构问题争论最为激烈,莫里森是这方面的领军人物。她不仅评论自己的作品,也评论其他作家的作品。她拒绝让种族问题徘徊在文学话语的边缘,也拒绝主流社会把黑人文学和艺术边缘化。莫里森在《黑暗中的游戏》中指出,黑人及黑人文学是美国文学必不可少的组成部分。她用自己的实力向世人证明了她的民族以及该民族的文学不仅在美国文学中具有重要的地位,在世界文学中同样占着一席之地。她在文中指出:“一段时间以来,我一直在思考文学史家及文学评论家广为认可并当作‘知识’传播的某一套看法是否正确,我怀疑它根本就不堪一击。这种‘知识’坚持认为传统的、主流的美国文学中没有或不受黑人文学的影响,而实际上他们先是以非洲黑人、后以美国籍黑人的身份已经在美国生存四百多年了。根据这种‘知识’,曾经影响美国政体的形成、宪法的产生,并推动美国文化发展的黑人在该文化得以产生的文学源头和发展过程中是没有一席之位的,也没有什么影响；更有甚者，这种'知识'还认为我们国家的文学特色源自一种'美国性'，而这种'美国性'跟黑人的存在是没有任何关系的。文学界的学者们差不多一致认为美国文学显然都是由白人男性的观点、才华和力量组成的，所以跟美国众多黑人的存在没有任何关系，或者说离得很远。他们竟然这样看待黑人民族！我认为这种观点大大妨碍了我们国家文学的发展。对于黑人存在问题的思考是理解我们国家文学的关键。这个问题应该成为中心，不允许在文学想象力边缘徘徊。"①莫里森认为要研究种族等级制、种族排他性、种族脆弱性对那些持有、抵制、探索和改变这些观念的人所产生的影响。"研究奴隶的心理、想象力、行为的学问固然有价值，但认真探索种族主义意识形态对奴隶主的心理、想象力及行为的影响同样重要。"②

莫里森坚持认为种族问题确实是存在的，没什么可回避的，关键是如何正确地对待这个问题。"如果认为文学是'普遍的'，而且'没有种族之分'，这种批评就会冒着使这种文学失去活力的危险，还可能削弱它的艺术性及艺术家的地位。"③无论是美国黑人作家还是白人作家，在一个完全种族主义化的社会里，都不可能逃避具有种族主义气息的语言。莫里森说："生活在一个明确无误属于种族主义的世界里，对美国文化及历史的种族主义现象作出反应的不可能只有我一个人。我开始意识到我所尊敬的、但又厌恶的文学是如何与种族主义意识形态发生冲突的。是的，我想确认美国文学什么时候成了制造种族主义的同谋；同样重要的是，我想看看文学是如何突破并削弱种族主义的。这些问题仍是次要的。更为重要的是看看非洲黑人角色、叙事方式、俗语俚语是如何刻意地影响文本、丰富文本，思考这些影响对作品意味着什么。"④

莫里森认为在美国文学作品中，白人形象总是跟黑人象形成鲜明的对照，出现在白人旁边、用以反衬白人的黑人往往都是无能的、僵死的、或是完全受白人控制的。这种令人眩目的白人形象似乎就是用来消除它的"影子"（即黑人）的。这个黑暗而持久的阴影用恐惧和欲望震憾了美国文学的中心及其文本。

莫里森的文学思想在其作品中得到了很好的体现，这不仅为黑人民

---

① Toni Morrison. *Playing in the Dark*. Cambridge: Harvard University Press, 1992, p. 4.

② Ibid., p. 11.

③ Ibid., p. 12.

④ Ibid., p. 16.

族对美国文学的贡献正名，也让文学界看到了莫里森本人对美国文学的贡献。她的作品，不管是描述奴隶制时期的黑人，还是北迁大潮中的黑人，或是民权运动中的黑人、战争后的黑人，不管整个故事基调多么压抑，当读者读完她的作品时，都能看到黑人民族的希望，也许这正是托妮·莫里森作品的魅力所在，即"我的作品源于希望的愉悦而非失望的凄怆"。莫里森对自己的民族始终是充满信心的，她曾说："迄今为止，我从未遇到过一个无聊的黑人。你只需透过外表往里看就会发现真正的黑人是什么样的。"[①]与此同时，莫里森并不回避黑人同胞身上的弱点，《最蓝的眼睛》中心理有点扭曲的布里德拉夫及已经被"漂白"的布里德拉夫夫人，《所罗门之歌》中只想着赚钱敛财而不顾亲情的梅肯，《秀拉》中没有责任心的以波依波依为代表的黑人男性等。这些人物表现出来的都是人性共同点，是所有民族都无法回避的弱点。

在叙事策略方面，莫里森的贡献也颇得学界推崇。在莫里森的作品中，叙述声音不是单一的。她往往会安排某个角色作为主要的叙述者，然后，以这个叙述声音为中心，根据故事情节的需要，让小说人物从不同的角度进行补充，从而形成了多角度复调叙述的特点。这种手法既保证了阐述事件过程的客观性、公正性，又给读者更多的参与余地，读者可以根据不同的叙述进行判断，就某个事件形成自己的看法。同时，莫里森还充分运用意识流小说的艺术感染力，使其作品呈现出时序相互倒置、相互渗透的多层次结构，具有很大的时空跨度。在《宠儿》中，莫里森采用内心独白的表现手法来展示人物瞬间的内心活动及思想变化，如宠儿、塞丝、丹佛的内心独白，反映"中间通道"贩奴船上黑人非人遭遇的章节都采用意识流的手法，艺术地、立体地再现了历史。与此同时，莫里森把黑人民间传说、黑人传统习俗、黑人土语、黑人音乐等融合到作品中，充分表现了作者的民族身份，也为美国文学的多元化发展作出了卓越的贡献。

斯图尔·艾伦在1993年诺贝尔文学奖授奖词中说："尽管她继承了福克纳的风格和拉美传统，但那巧妙的叙事手法，每部小说相互迥异的笔调，独特的情节，让读者从中汲取无穷的乐趣和欣慰。托妮·莫里森的小说还唤起了读者在多种层次上的参与，在不同程度上的介入，令读者与小说中的人物休戚与共，息息相通……托妮·莫里森笔下的黑人世界，无论

---

① Wilfred · D. Samuels & Clenora Hudson Weems, *Toni Morrison*, Boston: Twayne Publishers, 1999, p. 1.

是现实生活或是古老传说,作者带给广大美国黑人的始终是他们的历史渊源,一幕又一幕历历在目。"[1]从贩卖非洲黑人的中间通道、奴隶制时期、战后重建时期、20 世纪二三十年代的黑人北迁大潮、20 世纪五六十年代的民权运动、女权运动,一直到青年反主流文化等,莫里森笔下的黑人生活总是跟现实世界紧密地联系在一起,由此体现了高度的知识分子社会责任感。

① 斯图尔·艾伦:《1993 年诺贝尔文学奖授奖词》,盛宁译,赵平凡编:《诺贝尔文学奖文库·授奖词与受奖演说卷》(下),杭州:浙江文艺出版社,1998 年版,第 315 页。

第九章
《生命中不能承受之轻》的生成与传播

捷克作家米兰·昆德拉(Milan Kundera, 1929—　)在当代世界文坛的经典地位毋庸置疑。他的每一部小说的主旨最终都指向存在主题,而这一主题和他的创作艺术水乳交融,构成了其经典性。本章主要探讨他的代表作《生命中不能承受之轻》(*The Unbearable Lightness of Being*,1984),从而揭示他作品的经典性和传播之路,包括在荧幕上的传播。

第一节　“诗化记忆”——《生命中不能承受之轻》的生成

《生命中不能承受之轻》是米兰·昆德拉最具影响的代表作之一,是昆德拉思想探索与艺术创新融合得最为完美的一部作品,也是他探索人类存在之本质的集大成之作。如果说,《玩笑》使他的名字和作品走出了捷克的国界,初为人知,那么,《生命中不能承受之轻》则使他的声誉如日中天,让他的作品带着一个弱小民族的苦难和自省走遍了全世界,也进入了中国读者的视野。可以说,《可笑的爱情》以性与爱情开启了对“存在”的探索之门,而《生命中不能承受之轻》则几乎达到了探索之巅峰,被公认为当代世界文学经典。

正如昆德拉自己所言:“领悟自我的非心理学方法是什么?在我,小说的经典性是由其内在的思想深度与艺术品格决定的。”在《生命中不能承受之轻》中,昆德拉把人类存在的各种具体生命内容形态提炼出来,沉淀为具有丰富内蕴的关键词,凝聚为具有内在张力的存在编码:重与轻、灵与肉、媚俗与脱俗、力量与软弱、神圣与普通、选择与被选择、自由与限制、人间与天堂、偶然与必然、反抗与妥协、瞬间与永恒等。利用这些关键词或存在编码，昆德拉深入探索自我，表达存在，揭示人类的可能性领域。……当然，存在的编码不是在抽象中被考察，它在行动、在境况中逐步揭示自身。”[①]而这些关键词、密码又是与昆德拉对历代宗教、文学、音乐和哲学经典的“诗化记忆”所形成的若干重要意象相关联的。可以说，正是这些反复出现的意象，成就了小说的思想深度和艺术品格，从而生成了《生命中不能承受之轻》的经典性。同时，这些反复出现的意象也为读者理解其小说迷宫提供了一个个诗意的路标。

(一)《圣经》:顺水漂来的篮子里的孩子

“对这个几乎不相识的姑娘，他感到了一种无法解释的爱。对他而言，她就像是个被人放在涂了树脂的篮子里的孩子，顺着河水漂来，好让他在床榻之岸收留了她。……既不是情人，也不是妻子。她只是个他从涂了树脂的篮子抱出来，安放在自己的床榻之岸的孩子。”[②]

在小说中，特蕾莎成为托马斯的妻子之后，“顺水漂来的篮子里的孩子”的意象出现了两次。当这个意象第三次出现，作家借托马斯的思考对此进行了进一步阐释：“他又一次对自己说，特蕾莎是一个被人放在涂了树脂的篮子里顺水漂来的孩子。河水汹涌，怎么就能把这个放着孩子的篮子往水里放，任它漂呢？如果法老的女儿没有抓住水中那只放了小摩西的摇篮，世上就不会有《旧约》，也不会有我们全部的文明了！多少古老的神话，都以弃儿被人搭救的情节开始！如果波里布斯没有收养小俄狄浦斯，索福克勒斯就写不出他最壮美的悲剧了。”[③]在这里，托马斯一连引用了两个重要的典故，一个出自《圣经》，一个出自希腊神话。一个小小的“篮子”，竟然连接起两大文化源流，通常来讲，西方文明就起源于这两个源头：希伯来文明和希腊文明。

摩西的故事是这样的：埃及王害怕生活在埃及的以色列人数量增长威胁到埃及王国的生存，一方面派大量的以色列人去服苦役，一方面命令

---

① 米兰·昆德拉:《关于小说艺术的对话》，见艾晓明编译:《小说的智慧——认识米兰·昆德拉》，长春:时代文艺出版社，1992 年版，第 31 页。

② 米兰·昆德拉:《不能承受的生命之轻》，许钧译，上海:上海译文出版社，2003 年版，第 7、8 页。

③ 同上书，第 11—12 页。

说,为希伯来妇女接生,男孩要一律杀掉,女孩才可以留下活命。摩西出生后,父母不忍看到他被杀害,就把这个刚满三个月的婴儿放在涂了油脂的摇篮里,放在河边的芦荻丛中。埃及法老的女儿正好到河边洗澡,对这个孩子非常喜爱,公主就决定收养他为自己的儿子。摩西住在王宫里受到良好的教育,学习并掌握了各种知识,成为一个很有学问的人。这为他后来充当以色列人的领袖,率领同胞们离开埃及,并制定"十戒",奠定了良好的基础。

与之相对应的是俄狄浦斯的故事。底比斯国王拉伊俄斯多年无子,他祈求阿波罗的神谕时得到神的警告,说他的儿子将会弑父娶母。因此,当王后伊俄卡斯忒生下一个儿子时,拉伊俄斯将婴儿的踝骨穿在一起("俄狄浦斯"意为肿脚),将其遗弃。一个牧羊人救了他。后来,膝下无子的科林斯国王波里布斯将他收为养子。俄狄浦斯长大后,得知了神谕,就逃离了科林斯,结果,在底比斯国土上与拉伊俄斯发生争执,并且杀死了父亲。此后,他破解了作祟于底比斯的怪兽斯芬克斯的谜语,为人民除掉了大祸患,因而被底比斯人拥戴为国王并娶孀居的王后为妻,与其生下4个子女。真相大白之后,伊俄卡斯忒自杀身亡,俄狄浦斯刺瞎自己的双眼,由儿女们陪同流亡到别的国家——在古希腊神话传说和索福克勒斯的《俄狄浦斯王》中,被遗弃的俄狄浦斯是由拉伊俄斯交给底比斯的牧羊人,并被要求丢弃到山沟里,牧羊人怜惜这个可怜无辜的孩子,把他转交给了科林斯的另一位牧羊人,后者将他送给科林斯国王夫妇,其中并没有与之相关的顺水漂来的篮子里的孩子这一传说。如果从考证的严格意义说起,或许是昆德拉此处发生了记忆的错误,但是,从更高的意义上来说,他对这个故事的误用,却在作品整体上有深意藏焉。

像这样的顺水漂来的篮子里的孩子的故事,可以看作叙事学中所讲民间传说的一个基本元素。这样的故事在东方也有,比如说《西游记》中的玄奘,小名就叫作"江流"。其父陈光蕊,当年少年才俊,一举考中状元,被殷丞相之女满堂娇抛绣球招亲,然后携妻赴江州上任。船夫刘洪贪恋满堂娇美貌,在渡江时将陈光蕊杀害,抛尸江中,船夫刘洪假冒为陈光蕊携满堂娇到江洲上任。有孕在身的满堂娇,为了腹中的孩子忍辱偷生,为陈光蕊留下血脉。玄奘出生后,刘洪要杀害他,满堂娇为了留下这个幼小的生命,将他放在木板上顺江水而下,金山寺的长老听到婴儿哭声,将其收养,取名为"江流","江流"从小就出家为僧。长大以后,玄奘了解了自己的身世,为父母报了仇,又自愿前往西天取经,追求神圣的真理。他长途跋涉，经磨历劫，克服了九九八十一难，终于取得大藏真经，演绎出曲折动人的传奇故事。

在托马斯这里，这个"顺水漂来的篮子里的孩子"的意象却导致了一系列始料不及的悲、喜剧情节。托马斯经过一次不成功的婚姻之后，对爱情感到失望，虽然他有众多的性伙伴，与女画家萨比娜还建立了良好的"性友谊"，但是他却总是对女性保持一定的距离。他同那些女性做爱，却从来不与她们同床共眠，把性爱与情感区分开来。乡间女孩特蕾莎，一心想逃离小镇，逃离母亲的专制，在非常偶然的场合遇到了托马斯，然后就找机会来到布拉格投奔他，并且被托马斯所接纳，改变了自己的命运，也使托马斯的一生发生了决定性的转折。其中重要的一笔，就是这个有深刻意蕴的意象。

托马斯在特蕾莎面前具有双重角色，既是一个不停追逐女性的中年男子，又是一个声誉不错的外科医生。作为一生与数百名女子有性关系的男子，托马斯恪守他的游戏规则，只做爱而不同眠，只满足欲望而不追求爱情，甚至千方百计地躲避与某一个女性产生更进一步的交集，以免陷入爱情的漩涡。托马斯的性原则也被那些女性们欣然接受。意外的是，远道而来的特蕾莎有两大留宿的理由：一是她没有别的住所，二是她在夜里发烧生病，身为医生的托马斯不能不对她进行治疗。直到一个星期之后，特蕾莎才痊愈离开。由此，通常的两性关系转变成为病人与医生的关系，两性关系中的平等也被转变成强弱差异的关系。在医生面前，病人总是处于弱势的、需要被援助的地位。托马斯恰恰是一个非常忠于职守的医生。更具有深意的是，偶然出现在托马斯面前的特蕾莎，被想象成为顺水漂来的篮子里的孩子，在故事传说中，弱小稚嫩的生命总是应该得到救助，得到爱怜的。在这一过程中，托马斯的同情怜悯之心被唤起，正所谓，关心产生了疼爱。托马斯从故事传说中得到了启示，也为自己与特蕾莎之间特殊关系的合理化找到了依据，进而放弃了自己的性原则，走进了婚姻。

"顺水漂来的篮子里的孩子"作为一个著名的情节模式，早就存在于诸多民族的神话传说和民间故事中。在托马斯这里，也许是突发奇想，兴之所至，让他对医治特蕾莎的过程产生了联想和比喻。可是，这偶然的一个比喻，却改变了他和特蕾莎的一生，而且是不断沦落的一生。顺水漂来的篮子这一意象，最初的意义是用来说明那些非凡的人物在婴儿阶段就与众不同、命运奇特；在时光的淘洗中，故事的宿命色彩渐渐消退，却让人们产生了想象和诗意，去想象并体味这故事后面的蕴藏。进一步而言，想象和诗意存在的理由，正是因为现实生活中有许多枯燥乏味的东西，让人们产生逃离的念头，哪怕是在虚幻中逃离也好。文学艺术，包括民间故事和神话传说，正是为了满足人们对想象、对诗意的渴求，这与摩西故事和俄狄浦斯故事一样，激发出无穷诗意想象。在托马斯将特蕾莎比作篮子里的孩子的比喻中，有一种意外和偶然发现的惊喜，也有通过比喻将他们的关系诗意化的因素。托马斯一向都将两性关系简单化地理解为性冒险的需要，他从来不和他的性伙伴发展感情，也不会留她们在家中过夜；只是因为特蕾莎无处可去，又"非常及时"地发高烧，需要他作为一个医生的职业救援，才改变了他的游戏规则。说起来，这多少有些勉强，并非托马斯的自觉自愿所为，但是，通过顺水漂来的篮子这一意象，他的现实行为不但获得了诗意，还化被动为主动，变成了心甘情愿的选择。这是偶然转变为必然的选择。

但是，由这个危险的比喻所造成的选择，又非常沉重，是难以承担到底的。在爱情和婚姻问题上，托马斯和特蕾莎一直陷溺于灵与肉的冲突和困惑中，从而形成了两人生命中不同的动机：托马斯的强大和背叛，特蕾莎的软弱和忠诚。爱有几分能说清楚，这是一个问题。托马斯对特蕾莎的爱就是如此。政局动荡时，他和特蕾莎流亡到瑞士，托马斯很快在一家医院找到了工作，但是，当他前去和萨比娜幽会的时候，特蕾莎却不堪忍受他的不忠，不辞而别，返回了被占领的布拉格。尽管特蕾莎的嫉妒总是让托马斯不胜烦恼，但是她的自动离去，像她的飘然而来一样，具有一种神秘的意味；短暂的轻松和解脱带来了欢欣，托马斯最终却无法忍受没有特蕾莎的日子。"星期六和星期日，他感到温馨的生命之轻从未来的深处向他飘来。星期一，他却感到从未曾有过的沉重。重得连俄国人的千万吨坦克也微不足道。没有比同情心更重的了。哪怕我们自身的痛苦，也比不上同别人一起感受的痛苦沉重。为了别人，站在别人的立场上，痛苦会随着想象而加剧，在千百次的回荡反射中越来越深重。"[①]为了追随他的妻子特蕾莎，托马斯迅速从瑞士医院里脱身，宁愿承担回国之后可能会遭遇的种种灾难，不避危险地回到特蕾莎身边，甘愿接受由此带来的严重后果。果然，他很快就受到占领者的追究，失去了自己酷爱的医生

① 米兰·昆德拉：《不能承受的生命之轻》，许钧译，上海：上海译文出版社，2003年版，第37页。

工作。

以后发生在他们生活中的所有幸福与灾难，都与这一次偶然紧密相关。当托马斯被各种偶然、必然的事件缠绕得心烦意乱时，他对那个顺水漂来的篮子的意象产生了强烈的疑惑；甚至对自己收留特蕾莎的往事产生了痛悔："在回家的路上，托马斯一边开着车，一边不停地在想，他们从苏黎世回到布拉格是个灾难性的错误。他目不转睛地盯着路面，好不去看特蕾莎。他心里在埋怨她。在他看来，她来到他身边纯属偶然，不能承受。为什么她会在他旁边？是谁把她放在篮子里让她顺流而下的？为什么她会停在托马斯的床榻之岸？为什么是她而不是别人？"[①]

因此可以说，顺水漂来的篮子里的孩子这一意象，成为《生命中不能承受之轻》的一个原点，一个偶然而生，转变为必然的内核。托马斯和特蕾莎生活中的种种遭遇，乃至整部小说都是由此生长起来的。

（二）索福克勒斯：关于俄狄浦斯的悲剧

"于是托马斯又想起了俄狄浦斯的故事：俄狄浦斯并不知道跟自己同床的女人是自己的母亲，然而当他明白所发生的一切之后，他绝没有感到自己是无辜的。他无法面对因自己的不知而造成的不幸，戳瞎了自己的双眼，黯然离开底比斯！托马斯常常听到人们声嘶力竭地为自己灵魂的纯洁性进行辩护，他心里想：'由于你们的不知道，这个国家丧失了自由，也许将丧失几个世纪，你们还说什么你们觉得是无辜的吗？你们难道还能正视周围的一切？你们难道不会感到恐惧？也许你们没有长眼睛去看！要是长眼睛，你们该把它戳瞎，离开底比斯！'顺水漂来的篮子里的孩子这一意象，作为托马斯的全部故事的生长点，从一个分支上长出了他与特蕾莎的生死冤家的缠绕，从另一个分支上长出了托马斯的现实选择，尽管这些选择也许并不都是出自理性的和自觉的。"[②]

特蕾莎的不期而至，让托马斯想到了顺水漂来的篮子里的孩子，想到了摩西和俄狄浦斯的命运，进而引起了他对索福克勒斯的悲剧《俄狄浦斯王》的阅读兴趣。接下来，正当托马斯反复玩味俄狄浦斯故事并从中受到启发时，他卷入了当时的政治论争中，并且因此改变了自己的一生。

这是1968年的春天，托马斯关于俄狄浦斯故事的随感以读者来信的

---

① 米兰·昆德拉：《不能承受的生命之轻》，许钧译，上海：上海译文出版社，2003年版，第270页。

② 同上书，第211页。

名目刊登在一家激进的报纸上,引起了人们的关注。可笑的是,那一家影响极大的报纸,为了一个语句的顺序,特意把托马斯找到编辑部去商讨,然后却不征求托马斯的意见,就粗暴地对文章大删大削,砍去了三分之一的篇幅。另一方面,那些受到这篇文章指责的人们,"一些还高声叫喊着自己无辜的人,他们害怕愤怒的群众会把自己推上法庭,每天都要去俄国大使馆门前抱怨以祈求他的支持。正好这时,托马斯的信发表了,这些人立即叫嚷起来:如今到了这个份上!有人竟敢公开写信要求剜去我们的眼睛!"①

在随后的日子里,对他这篇文章的追究,要求他收回这篇文章和进行自我忏悔的压力,不但来自当局方面,还来自他身边那些同事身上。同事们分作两类,却都认定他为了保住医生的职业,一定会向当局低头的:那些发表过收回"错误"言论的人们,希望能增加一个同谋,能够以别人的卑鄙行为掩盖自己的卑鄙行为;那些坚守自己的信念的人们,则过早地对他投来不信任和嘲讽的目光,从他的"变节"行为中证明自己的坚贞和崇高。结果,出乎所有人的意料,托马斯选择了拒绝,宁肯丢掉医生的职业,去当一个擦玻璃窗的清洁工人,沦落到社会的底层,也不去迎合当局的需要。

于是,那个危险的比喻,在个人生活上,结束了托马斯"快乐的单身汉"的生涯,使他陷入了与特蕾莎之间无穷无尽的灵肉冲突之中;在社会生活上,则把他置身于政治斗争的漩涡中,尽管对他来说,医生这一职业才是他视为生命意义的东西,而那篇关于俄狄浦斯的杂感却完全是即兴和偶然的,他曾公开表示"那篇东西,我是最不当回事了"。②

与此同时,那一本《俄狄浦斯王》,也给特蕾莎造成了情感的陷落,在那个勾引并且占有了她的工程师家中,特蕾莎在书架上发现了这本熟悉的书,一时间她神志迷乱,对往事的联想,对同样喜欢这本书的托马斯和工程师的混淆,使她失去了对现实的清醒判断力,毫不设防地落入工程师手中:"她走近书架,其中一本书攫住了她。是索福克勒斯的《俄狄浦斯王》的一个译本。多么奇怪,竟然在这样一个陌生人的家里找到这本书!几年前,托马斯曾把这本书送给特蕾莎,请她认真读一读,跟她讲了很多。后来他在一份报纸上发表评论,她认为就是那篇文章搅乱了他们的整个生活。她注视着书脊,逐渐平静下来。似乎托马斯故意在这儿留下他的

---

① 米兰·昆德拉:《不能承受的生命之轻》,许钧译,上海:上海译文出版社,2003年版,第212页。

② 同上书,第213页。

痕迹，留下一个表示自己已经安排了一切的信息。”[①]

由此可见，与俄狄浦斯王有关的故事也是小说的重要叙事线条之一，如同乐曲中一个反复出现的动机，不可或缺地推动并深化着小说的“存在”主题。

（三）尼采：“永恒轮回”和“轮回不再”的两难命题

“永恒轮回是一种神秘的想法，尼采曾用它让不少哲学家陷入窘境：想想吧，有朝一日，一切都将以我们经历过的方式再现，而且这种反复还将无限重复下去！这一谵妄之说到底意味着什么？永恒轮回之说从反面肯定了生命一旦永远消逝，便不再回复，似影子一般，了无分量，未灭先亡。即使它是残酷，美丽，或是绚烂的，这份残酷，美丽和绚烂也都没有任何意义。”[②]

《生命中不能承受之轻》开门见山地提出，在尼采所揭示的“永恒轮回”或者“轮回不再”的两难困惑面前，我们将如何对自己的人生进行选择？如果“永恒轮回”成立，那么，人在此生此时所作出的每一个判断和选择，在随后的成千上万次轮回中，这判断和选择所造成的种种不虞后果，它的得失利弊，都会一次又一次地显现出来，这不仅仅是俗语所谓“一失足成千古恨，再回首已是百年身”，而是一失足成千古万世恨，每一个过失都会在未来的无穷岁月中反复出现，让人何以有能力承担？反过来，如果人的生命果真就是一次性的，一去而不复返，那么，个人所作出的每一个决断，每一个选择，都将随着有限生命的逝去而化为乌有。既然如此，人们斟酌再三、殚精竭虑地思考，翻来覆去、苦思冥想地推敲，所作出的抉择又有什么必要，还有什么价值呢？

这一难题的提出，恰逢托马斯刚刚为特蕾莎治疗高烧，产生了关于那个著名比喻的联想，并且把自己封闭已久的感情投入了两人的关系之中。因此可以说，这一深刻的追问也是从那个“顺水漂来的篮子里的孩子”这一意象生发出来的。托马斯在情绪冷静下来之后，反思他和特蕾莎的情缘，对这个比喻以及相关的一切产生了怀疑：“可这是爱吗？他确信那一刻他想死在她的身边，这种情感明显是太过分了，他不过是生平第二次见她而已！或许这更是一个男人疯狂的反应，他自己的心底明白不能去爱，

① 米兰·昆德拉：《不能承受的生命之轻》，许钧译，上海：上海译文出版社，2003年版，第182页。

② 同上书，2003年版，第3页。

于是跟自己玩起了一场爱情戏？与此同时，他在潜意识里是如此懦弱，竟为自己的这场戏选了这个原本无缘走进他生活的可怜的乡间女招待！”[①]从内心来讲，他甚至想拒绝或者追回自己的选择，这从他将人生视作永恒轮回中可以看出来：“一次不算数，一次就是从来没有。只能活一次，就和根本没有活过一样。”[②]

当时，这样的想象当然是轻松的，托马斯根本无法预料他这一选择的后果会有多么严重。然而，生命中所有沉重的一切都不知不觉地降临到了他的身上：国家、民族、职业、爱情、家庭和父子等，都成为无法逃避的难题。当特蕾莎把她幡然悔悟所得到的一切，把她对于人生的回顾，倾诉给托马斯时，他又该如何作想呢？他的人生，果真一误再误，一错再错了吗？或者说，他还可以用上述那段话，“如果生命属于我们只有一次，我们当然也可以说根本没有过生命”来为自己开脱和排遣吗？

“永恒轮回”的动机，在此后一再出现。很重要的一次，就是在他面对儿子和那位严肃的报纸编辑作出拒绝签字的决定，又在听到那些签名者包括编辑都遭到迫害时，对自己的拒绝产生了怀疑。为寻找正确的答案而饱受困扰的他，“是大声疾呼，加速自己的死亡好？还是缄口不语，以换取苟延残喘好？”[③]处在悲观失望情绪下的托马斯再一次将问题上升到形而上的领域：“他再次冒出那个我们已经知晓的念头：人只能活一次，我们无法验证决定的对错，因为，在任何情况下，我们只能做一个决定。上天不会赋予我们第二次、第三次、第四次生命以供比较不同的决定。”[④]他还由此进一步联想到，也许捷克这个国家也像人的生命一样，会有一个确定的终结。

但是，托马斯最低沉的时候，也正是他灵感迸发的时候。在几天之后，他就否定了自己的悲观主义，产生了新的遐思：

> ……假设在宇宙中存在着这样一个星球，在那里人第二次来到世上，同时还清清楚楚地记得以前在地球上的人生和在尘世间获得的所有经历。
>
> 也许还存在着另一个星球，在那里人可以第三次来到世上。带

① 米兰·昆德拉：《不能承受的生命之轻》，许钧译，上海：上海译文出版社，2003年版，第8页。
② 同上书，第9页。
③ 同上书，第246页。
④ 同上。

着前两次活过的人生经验。

也许还有许许多多其他的星球，在那里人类可以不断地重生，每一次重生都会提高一个层次（也就是多一次人生经验），日臻成熟。

这就是托马斯心目中的永恒轮回。[①]

这让我们想到黑格尔辩证法中的否定之否定规律。马克思和恩格斯曾经用否定之否定规律论证人类历史的发展，托马斯却借用否定之否定规律来建立一个新的乌托邦设想，尽管后者是无法求证的。不过，这样的设想不但回答了作品开篇之初提出的那个两难命题，还闪耀着一种智慧的光芒、诗意的光芒，让我们感到生命的价值，感到想象的愉悦。

因此，当特蕾莎充满忏悔之情地向他倾诉自己的反省时，托马斯似乎没有任何沉吟和盘算。特蕾莎悔恨自己愚蠢地把托马斯生拉硬拽回布拉格："我是造成你一生不幸的人。"[②]而托马斯则非常平和地回答："使命？特蕾莎，那是无关紧要的事。我没有使命。任何人都没有使命。当你发现自己是自由的，没有任何使命时，便是一种极大的解脱。"[③]

在这里，尼采的"永劫回归"的思想和小说的"存在"主题浑然融为一体了。

（四）贝多芬："非如此不可"与"别样亦可"

"我们都觉得，我们生命中的爱情若没有分量，无足轻重，那简直不可思议；我们总是想象我们的爱情是它应该存在的那种，没有了爱情，我们的生命将不再是我们应有的生命。我们都坚信，满腹忧郁，留着吓人的长发的贝多芬本人，是在为我们伟大的爱情演奏'*Es Muss Sein*'。"[④]贝多芬的音乐是托马斯和特蕾莎生活的重要组成部分。托马斯正是通过与特蕾莎的相爱，接近了贝多芬，并且进一步地了解了贝多芬的音乐，即那个"非如此不可"（*Es Muss Sein*）的乐章。贝多芬创作这个乐章的过程，是把生活中的偶然事件转化为审美创造的对象，将现实的倏忽而过的片断升华为永恒的音乐动机和优美乐曲，这和作品中托马斯和特蕾莎把他们的生活经历与某种审美情境融合起来，将平淡的生活上升为艺术和美感，是非

---

① 米兰·昆德拉：《不能承受的生命之轻》，许钧译，上海：上海译文出版社，2003年版，第266页。

② 同上书，第374页。

③ 同上书，第375页。

④ 同上书，第42页。

常相似的——一个叫德门伯斯彻的人欠了贝多芬五十个福洛林金币;总是手头拮据的贝多芬有一天提起这笔欠账,德门伯斯彻伤感地叹了口气说:"非如此不可吗?"贝多芬开怀大笑:"非如此不可!"并且草草地记下了这些词与它们的音调。"贝多芬就这样将诙谐的灵感谱成了严肃的四重奏,将一句玩笑变成了形而上学的真理。"[①]

依照作家的交代,托马斯未必知道这个"非如此不可"后面的故事。尽管如此,"非如此不可"与"别样亦可"的音乐动机,从此就如影随形地出现在他们的生活中,经常促使托马斯在面对选择的困惑时作出一种坚定的抉择。若换一个角度来看,这种抉择其实非常有趣:它有的时候是以"非如此不可"的方式出现,有的时候却表现为"别样亦可"的态度。"我相信,托马斯在自己内心深处,早已十分恼火这一庄重、严肃、逼人的'Es Muss Sein!'于是在他身上产生了一种对改变的深切渴望,渴望按照巴门尼德的精神,把重变成轻。"[②]但是,托马斯并不能彻底否定"非如此不可",他反抗的是由于种种外在因素而导致的某种唯一的选择。比如,男性作为儿子、丈夫和父亲的家庭责任被先天地规定了,托马斯通过离婚以及与父母亲的决裂就成功地摆脱了它;同时,在他为自己争取到的"别样亦可"的宽松环境中,他却要听命于发自内心的"非如此不可",义无反顾地作出自己的决断。此后,当他的儿子和那位编辑要求他参与签名,甚至精心安排了那幅"公民,你在两千字宣言上签名了吗"的宣传画,希望用父亲在儿子面前表现出应有的凛然正义,造成一种"非如此不可"的态势(这当然是托马斯自己的理解)时,托马斯再一次选择了拒绝。许多评论者经常用这个细节指责托马斯和昆德拉——托马斯为追求个人的内心自由而忘记了民族大义,而昆德拉竟对这种行为采取了赞同态度。但是,书中有两个细节不容忽略:其一,在此之前,托马斯曾经两次拒绝了当局要他收回那封抨击"无知犯罪论"的读者来信并表示追悔的要求,而且连续两次失去了自己的工作职位;其二,在托马斯眼中,正像在萨比娜眼中一样(她参加过境外捷克人的集会),那些以正义面目出现的人们同样表现出一种强权姿态,居高临下,盛气凌人,似乎真理在手就可以为所欲为,迫使他人就范。

抗绝外在压力,坚持心灵自由,并不等同于任意而为,更不表示虚无

① 米兰·昆德拉:《不能承受的生命之轻》,许钧译,上海:上海译文出版社,2003年版,第234页。

② 同上。

主义。相反,对托马斯来说,这种抗争正是一种"非如此不可"的精神信念。"显然,这是一种外在的,由社会习俗强加到他身上的'Es Muss Sein!'而他对于医学的热爱这一'Es Muss Sein!'则是内在的必然。而恰恰这样更糟糕。因为内心的必然总是更强烈,总是更强力地刺激着我们走向反叛。"[①]在特蕾莎返回布拉格之后,托马斯选择追随她重返故国。为了向那位热情邀请他到苏黎世医院工作的瑞士医生辞职,难以启齿的他就采用了"非如此不可"的乐句,巧妙地化解了面临的尴尬,也表明了自己决心已定。托马斯的选择还有更深的一层意思:他是在追求一种更高的境界,是在向自己挑战,摆脱自己内心的"非如此不可"的思维定势,从而进入一种更高的、充满新的偶然性的境况之中。比如说,他放弃医生职业,这不仅是在精神上对当局的抗争,而且是要看一看,这会给他带来些什么。"当外科医生,即是切开事物的表面去看看藏在里面的东西。也许正是这样的渴望推动着托马斯去看看'Es Muss Sein!'之外到底还有什么。换句话说,要去看一看当一个人抛弃了所有他一直都以为是使命的东西时,生命中还能剩下些什么。"[②]说来真有些黑色幽默的味道,抛弃了"非如此不可"的医生职业,当了一个街头擦玻璃窗的清洁工,他体会到"长长的假日"的轻松,果真进入了巴门尼德所说的轻松自在的境界:

> 做的是自己完全不在乎的事,真美。从事的不是内心的"Es Muss Sein!"逼着去做的职业,一下班,就可以把工作丢在脑后,托马斯终于体会到了这些人的幸福(而从前他总是对他们心存怜悯)。在这之前,他还从来没有感受过不在乎带来的快乐。以往每当手术没有如他所愿,出了问题,他就会绝望,睡不着觉,甚至对女人都提不起兴致。职业的"Es Muss Sein!"就像吸血鬼一样吸他的血。[③]

此后,在特蕾莎的性嫉妒和惶恐不安中,托马斯再一次放弃了他追逐女色的爱好,再一次摆脱生命中的"非如此不可",和特蕾莎一起移居乡村。

放弃家庭和亲缘的责任,放弃留居在苏黎世的机会,放弃视为第二生命的医生职业,放弃充当险恶环境中挺身而出的英雄形象的表演,放弃布

---

① 米兰·昆德拉:《不能承受的生命之轻》,许钧译,上海:上海译文出版社,2003 年版,第 234 页。

② 同上书,第 234—235 页。

③ 同上书,第 235 页。

拉格和城市中的性冒险,在这样不断的放弃中,在一系列的“别样亦可”之后,还有什么是“非如此不可”的呢?还有什么能够证明托马斯的生命意义和价值选择呢?山高月小,水落石出,在摒弃了人生中种种的向往和欲望之后,托马斯对特蕾莎的爱才显得格外可贵,这是他生命中永远不能放弃的,是他每一次的重大选择中首当其冲的决定性因素,是他人生中最重要的“非如此不可”。

在托马斯和特蕾莎的生活中,偶然机遇和审美情致有机地融合在一起。偶然性在价值论上是否有意义姑且不论,在审美世界中它却是韵味无穷,并且由此得到了不可替代的生命价值,从而赋予了一次性存在的人生以积极和美妙的动机——“人生如同谱写乐章。人在美感的导引下,把偶然的事件(贝多芬的一首乐曲,车站的一次死亡)变成一个主题,然后,记录在生命的乐章中。”[①]比如说,托马斯和特蕾莎那生死相依的爱情,就是如此。如托马斯所想,自己的爱情故事并不说明“非如此不可”,而是“别样亦可”。特蕾莎是偶然之间走向托马斯的,如果没有遇到托马斯,她也许会和另外一个候选的男青年相爱并结婚,而且根本无法证明:她和托马斯结婚是最佳选择,还是和那个男青年成家为好?托马斯把他们的相遇描述为六个“碰巧”,六个“偶然”。这么多的碰巧,这么多的偶然,如果有一个环节出了差错,他们两个人也不会相遇,难道人的命运就悬在这偶然的游丝上,随时可能中断吗?

在昆德拉的笔下,这样的邂逅,却另有一番情致。昆德拉总是把一个故事、一个场面分解成几次加以叙述。在另一次回忆中,特蕾莎对这段往事的描述增添了很多细节,丰富并扩展了他们见面时的情景:托马斯坐在那里展卷读书,他突然抬头间看到了走过来的特蕾莎,就向她要一杯白兰地;这个在餐厅里读书的外来人显然吸引了特蕾莎,因为她一心向往外面的世界。喜欢读书,显然是一种文明程度高的象征,特蕾莎也正是通过喜欢读书和高雅音乐,而把自己与乡间封闭保守的人们区分开来:“这时候,广播里正播放着音乐。特蕾莎到吧台拿了一瓶白兰地,伸手拧了拧开关,调大了收音机的音量。她听出是贝多芬的曲子。她是在布拉格的一个弦乐四重奏小乐队到这个镇上巡回演出后,才知道贝多芬的。”[②]在这个乐队演出的现场,包括渴望上进的特蕾莎在内,听众只有三个人。“从此,贝

---

① 米兰·昆德拉:《不能承受的生命之轻》,许钧译,上海:上海译文出版社,2003年版,第63页。

② 同上书,第58页。

多芬对她来说成了‘另一面’的世界的形象，成了她所渴望的世界的形象。此刻，她正端着给托马斯的白兰地从吧台往回走，她边走边努力想从这一偶然之中悟出点什么，偏偏就在她准备给一个讨她喜欢的陌生男人上白兰地的一刻，怎么会耳边传来了贝多芬的乐曲呢？”[①]“如果不是托马斯，而是街角卖肉的坐在酒吧的桌子旁，特蕾莎可能不会注意到收音机在播放贝多芬的乐曲（虽然贝多芬和卖肉的相遇也是一种奇怪的巧合）。但是萌生的爱情使她对美感觉异常敏锐，她再也忘不了那首乐曲。每次听到这首乐曲，她都激动不已。那一刻发生在她身边的一切都闪耀着这首乐曲的光环，美轮美奂。”[②]因此，她就着意寻找话题，与托马斯进行更多的交流，并巧妙地定下了最初的约会，为他们后来关系的发展定下了富有诗意的情调。

（五）《安娜·卡列尼娜》的启迪

“晚上，她按响门铃，他开了门。她一直没有放下那本书。仿佛那就是她迈进托马斯世界的门票。她明白这张可怜的门票是她唯一的通行证，为此她真忍不住想哭。”[③]《安娜·卡列尼娜》的故事就是这样进入托马斯和特蕾莎的爱情悲欢的。特蕾莎第一次见到托马斯，注意到这个外来人与众不同，因为他在餐厅里阅读这一本书，书籍也正是少女特蕾莎借以了解外面的世界、借以将自己与平庸短视的小镇人分别开来的一个标志，她读书读到了狂热的地步：“一个女孩子，非但没有‘出人头地’，反而不得不伺候酒鬼们喝酒，星期天又得给弟妹洗衣服，这样一个女孩子，身上渐渐地积聚着一股巨大的生命潜能。对于那些上了大学，对着书本就打哈欠的人来说，是难以想象的。特蕾莎读的书比他们多，对生活了解得也比他们透彻，但她自己从未意识到这些。”[④]因此，当她去投奔托马斯的时候，就带着一部《安娜·卡列尼娜》。她腋下夹着这本书，在布拉格的街上游荡了一整天。

特蕾莎选择了带《安娜·卡列尼娜》到布拉格来，同样是非常偶然的。但是，《安娜·卡列尼娜》的故事，从此也融化到她的生活之中。关于两者

---

① 米兰·昆德拉：《不能承受的生命之轻》，许钧译，上海：上海译文出版社，2003 年版，第 59 页。

② 同上书，第 62 页。

③ 同上书，第 65 页。

④ 同上书，第 67 页。

之间的关联性,大致体现在三个方面。

其一,是作家所论述的小说的动机,火车轧死人的场景反复出现所形成的艺术情调:“她到托马斯家去的那天,胳膊下夹着一本小说,在这本小说的开头,写安娜和沃伦斯基相遇的情况就很奇特,他们相遇在一个火车站的站台上,那儿,刚刚有一个人撞死在火车下。小说的结尾,则是安娜卧在一列火车下。这种对称的布局,同样的情节出现在开头和结尾,看来或许极富‘小说味’。”[①]“安娜可以用任何一种别的方式结束生命,但是车站、死亡这个难忘的主题和爱情的萌生结合在一起,在她绝望的一刹那,以凄凉之美诱惑着她。人就是根据美的法则在谱写生命乐章,直至深深的绝望时刻的到来,然而自己却一无所知。”[②]在作家看来,即便是痛苦的死亡,都因为美感,因为富有诗意的动机的存在,而增添了审美意味。这样的陈述,和贝多芬音乐中“非如此不可”的动机,相映成趣,充分证明了无论是喜剧还是悲剧,无论是处境尴尬还是濒临绝望,种种生活偶然可以升华为艺术必然。

其二,《安娜·卡列尼娜》的故事融入了托马斯和特蕾莎的日常生活,这就是那条被错误地命名为卡列宁的雌狗。在艰难的漫长的生活中,在托马斯的一系列风流韵事造成的烦恼和嫉妒中,在落寞和恐慌中,特蕾莎对卡列宁的情感与日俱深,卡列宁也成为她情感的重要寄托——当特蕾莎告别苏黎世,只身返回布拉格的时候,唯一陪伴着她的,就是卡列宁。在《生命中不能承受之轻》的七个篇章中,第七章就命名为“卡列宁的微笑”,这只狗在作品中的重要性可想而知。连一向不以思考见长的特蕾莎,在与卡列宁的朝夕相处中,在衰老生病、即将不久于世的爱犬面前,也忽然获得了智慧的灵感。

比人与人的关系更能测量出人类道德状况的,是人与动物的关系。在作品中,特蕾莎对那些少年人活埋一只乌鸦的残暴行为,表现出了痛心疾首。反之,特蕾莎对于动物的关爱,丝毫不带功利目的,因而是真正的善良。在许多时候,卡列宁对于特蕾莎,其重要性还要超过托马斯。“在这混乱的思绪中,一个亵渎神明的想法在特蕾莎的脑海里萌生,怎么也摆脱不了。将她与卡列宁连接在一起的爱胜于她与托马斯之间存在的爱。这份爱更美好,而不是更伟大。特蕾莎谁都不怪,不怪自己,也不怪托马

---

① 米兰·昆德拉:《不能承受的生命之轻》,许钧译,上海:上海译文出版社,2003年版,第62—63页。

② 同上书,第63页。

斯。她也不想断言她和托马斯还会更相爱。她倒是觉得人类夫妻的这种创造,本来就是让男女之爱从根本上就不及人与狗之间可能产生的爱(至少是多种爱中最好的),这真是人类史上的怪现象,造物主当初或许并没有打算这样安排。"[①]特蕾莎对这种友爱,给出了诸多理由:

这是一种无我的爱,不求任何回报的爱;这是一种保持了卡列宁的原初状态的爱,从来没有试图去改变它什么,从来不像要改造丈夫的妻子或者是改造妻子的丈夫;还有,这是一种不受任何强迫的、完全自愿的爱,而不是那种建立在人际关系之上的规定性的义务:母女之爱,夫妇之爱;最后,也是最重要的是,"任何一个人都无法将牧歌献给另一个人。只有动物能做到。因为它没有被逐出伊甸园。人与狗之间的爱是牧歌一样的。这是一种没有冲突,没有撕心裂肺的场面,没有变故的爱。"[②]

而且,濒临死亡的卡列宁在特蕾莎的梦中也染上了一种奇幻的色彩,非常富有诗意:"卡列宁产下两个羊角面包和一只蜜蜂,它吃惊地看着这么两个奇怪的孩子。羊角面包乖乖的,一动不动,可惊恐的蜜蜂则摇晃着身子,不一会儿它振翅而飞,消失得无影无踪。"[③]这样妙不可言的梦境,冲淡了卡列宁即将离去的悲痛,使这个重要的情节浸润在奇特的意境之中。

其三,安娜最终在火车站自杀的命运,是否与托马斯跟特蕾莎在小说结尾处遇到车祸,双双死去有更深刻的关联性?死亡,恐怕是安娜所能够设想出来的最好的结局。在失去了沃伦斯基的爱情之后,还有什么东西吸引着安娜,让她留恋这个世界呢?同理,在特蕾莎和托马斯的共同生活中,特蕾莎一直在为托马斯的不忠而苦恼万分;反过来,她惶恐不安的心态影响着托马斯,也让托马斯不得安宁。当他们来到农村,托马斯终于切断了与那些女性的联系,特蕾莎最后的疑惑终于冰释;反过来,特蕾莎也觉悟到对托马斯的歉疚感,自己使得他一生命运每况愈下,这也得到了托马斯的谅解。在这样的时刻,两个人的灵与肉的爱情最终合二为一,他们的人生已经没有什么遗憾。他们最后于同一车祸事故中死去,这也是艺术作品中最好的结局了。

---

① 米兰·昆德拉:《不能承受的生命之轻》,许钧译,上海:上海译文出版社,2003年版,第357—358页。

② 同上书,第359页。

③ 同上书,第350页。

综上所述,《生命中不能承受之轻》的整体构思,是建立在诸多反复出现的关键词、情节或意象之上的,它们仿佛是乐曲中的一个个动机,不断推动着情节的展开和主题的深入。而这些关键词或意象显然来自作家的"诗化记忆"。所谓"诗化记忆",昆德拉是这样解释的:"看来,大脑中有一个专门的区域,我们可称之为诗化记忆,它记录的,是让我们陶醉,令我们感动,赋予我们的生活以美丽的一切。自从托马斯认识特蕾莎之后,没有任何女人能够在他大脑的这个区域留下印记,哪怕是最短暂的印记。"[①]在此,我们姑且把昆德拉在小说中对世界文化史上众多经典意象的精妙融汇,也称作"诗化记忆"。于是,就是这样,"诗化记忆"让我们从小说所讲述的平常和琐碎的生活细节中感悟到生命的瞬间所闪现的美感,将生命与审美、生命与艺术融通在一起。顺水漂来的篮子里的孩子、俄狄浦斯的故事、贝多芬的音乐,加上文学巨匠列夫·托尔斯泰的《安娜·卡列尼娜》,几个不同民族、不同时代、不同艺术样式的作品所显现的动机和意象,就是这样地融合到托马斯与特蕾莎的生命与爱情之中,让他们将偶然的瞬间化作生命中的审美永恒——艺术之所以迷人,审美情境之所以令人神往,就是因为它把生活中一些只具有偶然性和一次性的东西,予以恒定的形式感,将其保留下来,可以多次地进行欣赏和体验,可以跨越时间空间的阻隔,可以被多少代的无数人所接受。在此意义上,昆德拉受尼采启发而形成的"永恒轮回"论也可以这样表述:人们在现实中经历的一次性的、貌似无足轻重的生活,不是在另一个更高级的星球上予以更高形式的重演,而是在艺术的审美境界中得到诗意的升华,得以无数次地重现,以其美感和诗意引人入胜,又将现实中人们的感触和体验再次融入其中。这也许就是"经典"存在的意义和价值之所在吧。

第二节 米兰·昆德拉在中国的传播

米兰·昆德拉的小说创作始于20世纪50年代末,但直到80年代中期,他才被正式介绍到中国。在这之前的1977年,捷克语翻译家杨乐云在文章《美刊介绍捷克作家伐措立克和昆德拉》中简单介绍了昆德拉的短

---

① 米兰·昆德拉:《不能承受的生命之轻》,许钧译,上海:上海译文出版社,2003年版,第248页。

篇小说集《可笑的爱情》。然而，由于该文刊登在中国社会科学院外国文学研究所主办的内部学术刊物《外国文学动态》上，并未产生大的影响。李欧梵先生于1985年在《外国文学研究》上发表了《世界文学的两个见证：南美和东欧文学对中国现代文学的启示》，向中国文学界热情推荐"世界级"的小说家昆德拉。文章将昆德拉与哥伦比亚作家、《百年孤独》的作者加西亚·马尔克斯相提并论，这既是对昆德拉的高度推崇，又有着20世纪80年代中期中国特定的文学氛围。马尔克斯于1982年荣获诺贝尔文学奖，他和拉丁美洲的其他作家迅即被介绍到正在积极引进外国文学和各种哲学思潮的中国文坛，并且被冠以"爆炸文学"之称，迅速风靡了中国文学界，主导了文学演进的潮流，尤其是在青年作家中，一时间形成了一股马尔克斯旋风，效法者竞起。那种盛况，是后来者难以想象的。

介绍一位尚不为中国人所知的捷克作家，居然会径直与马尔克斯并称，这对昆德拉是一个高度的评价。之后，昆德拉引起了中国读者的注意。《可笑的爱情》是最早翻译为中文的作品，同时它也是米兰·昆德拉作品里中文译本最多的一部。在沈阳编辑出版的《中外文学》，1987年第4期和第6期，分别刊发了将作者"昆德拉"翻译作坎德拉的《搭车游戏》和《没有人会笑》两部作品；此后，该刊还陆续刊发了《永恒欲望的金苹果》和《性的喜剧两篇：〈讨论会〉和〈哈维尔博士十年后〉》。随后，单行本的《可笑的爱情》也先后问世；1989年7月，以《欲望的金苹果》为书名的书由湖南文艺出版社出版，曹有鹏、夏有亮译；1992年9月，另一个版本的《可笑的爱情》由安徽文艺出版社出版，伍晓明、杨德华、尚晓媛译；2000年，《不朽》由敦煌文艺出版社出版。此外，由高兴、刘恪译，书海出版社2002年1月出版的《欲望玫瑰——米兰·昆德拉经典作品鉴赏系列之一》也收录了两人翻译并逐篇评析的《可笑的爱情》。1987年，由韩少功、韩刚合译的长篇小说《生命中不能承受之轻》最早在中国出版，立刻产生了很大的震撼，征服了众多读者。而国内大众对米兰·昆德拉的熟知很大程度上得益于以这部小说改编而成的电影《布拉格之恋》。不久，景凯旋、徐乃建又合译出版昆德拉的《为了告别的聚会》。其后几年间，昆德拉的主要小说及文论作品陆续被译介到中国。2002年，上海译文出版社首次购得昆德拉13部作品在中国的中文版权。2003年，《生命中不能承受之轻》由南京大学法语教授许钧从法文版重译，书名改为《不能承受的生命之轻》，在此前后《为了告别的聚会》(重译名为《告别圆舞曲》)、《玩笑》和《生活在别处》等均由法文版重译，并形成了昆德拉作品系列全集。迄今为止,中国翻译界先后译介了昆德拉近200万字作品,几乎所有作品都有重译,有些甚至有多个译本。由此,米兰·昆德拉在中国成了流行最广泛、知名度最高的当代外国作家之一。

伴随着昆德拉作品的翻译,研究成果也陆续出现,杨乐云的《他开始为世界所瞩目——米兰·昆德拉小说初析》是中国第一篇较为全面地介绍昆德拉系列作品的文章。其后近十年来的昆德拉研究,无论在各部作品的整体把握方面,还是在个体作品的分析方面,都取得了较大的进展,而论著尤以对个体作品的分析为最。整体研究方面的成果有:艾晓明《昆德拉:对存在疑问的深思》、陈玲玲《米兰·昆德拉小说艺术初探》等,个体作品研究主要集中在对昆德拉代表作《生命中不能承受之轻》《告别圆舞曲》等作品的评论。20世纪90年代前国内论者主要侧重于介绍生平、作品及其存在主义哲学观,而对较为敏感的政治与性爱话题论及较少。

20世纪90年代初,伴随着海德格尔哲学研究的热潮,从哲学角度解读昆德拉小说的成果增多,较早就"存在"对昆德拉小说进行论述的是乐黛云教授,她于1992年在《复杂的交响乐》一文中提到,只有小说以它自己的方式,通过它自己的逻辑,依次发现了"存在"的各种不同维度。而小说的历史就是小说家不断开发人的"存在"的历史。[①] 艾晓明在《昆德拉:对存在疑问的深思》一文中,非常明确地提到,"在昆德拉看来,如果说现代哲学和科学确实已忘了人的存在的话,那么,从现代世纪之初,随着塞万提斯出现的欧洲小说艺术不是别的,正是对这一被遗忘了的存在的探询。"[②]周国平在《探究存在之谜》中写到,跟仅仅在政治层面上思考的作家相比,"立足于人生层面的作家有更耐久的写作生命,因为政治淡化原本就是他们的一个心灵事实。他们的使命不是捍卫或推翻某种教义,而是探究存在之谜。教义会过时,而存在之谜的谜底是不可能有朝一日被穷尽的。"[③]盛宁在《关于米兰·昆德拉的思考》中也认为,不应该把昆德拉的作品仅仅看成他对他所背离的那个社会的抨击,而是应该从"存在"的意义上去把握,真正窥见他作品中某种超意识形态的、更深层次上的

① 乐黛云:《复杂的交响乐》,见李凤亮、李艳编:《对话的灵光》,北京:中国友谊出版公司,1999年版,第197—221页。

② 艾晓明:《昆德拉:对存在疑问的深思》,见李凤亮、李艳编:《对话的灵光》,北京:中国友谊出版公司,1999年版,第279页。

③ 周国平:《探究存在之谜》,见李凤亮、李艳编:《对话的灵光》,北京:中国友谊出版公司,1999年版,第423—430页。

思考。

20世纪90年代中后期，昆德拉研究在中国得到深化，论者渐渐把眼光转向对昆德拉小说理论的研究，主要研究重点在昆德拉小说的复调理论及实践、存在主义哲学思想、昆德拉与国内小说家的比较、政治与性爱主题、幽默小说观、辞典式结构形式等方面，出现了一批较有深度的研究成果，如李凤亮、李艳所编《对话的灵光：米兰·昆德拉研究资料辑要》一书收集了一些评论昆德拉的重要文章。该书较为全面地整理了当时国内外对昆德拉研究的现状。从中我们可以看出，当时研究界对昆德拉的研究除了集中于他在实践与理论两方面对小说艺术形式所做的革新与创造上，还有一些就是单篇探讨昆德拉某部作品的研究文章，而少有系统全面地探讨昆德拉小说内涵的研究。但由于当时研究者们对于昆德拉小说中的“政治”与“性爱”内容采取谨慎和回避的态度，使本来起步就较晚的昆德拉研究被局限于作家的存在主义思想和小说艺术范围内。

20世纪90年代末，刘小枫和余杰的研究较为引人瞩目。1998年刘小枫在《沉重的肉身》一书中，从伦理学角度，与基斯洛夫斯基的现代伦理观相对照，指出昆德拉怀疑一切价值的伦理观是一种拒绝区分善恶的自由主义生存伦理观，批评昆德拉在对专制道德拒绝的同时也遁入了道德消解的眩晕之中。1999年余杰在《昆德拉与哈维尔：我们选择什么，我们承担什么》一文中，则对昆德拉小说中知识分子的道德立场提出了质疑。在余杰看来，昆德拉的怀疑主义态度，表现了知识分子一种明哲保身的“智慧”，而非知行合一的社会责任感。这两种研究虽然关注的角度不同，但基本上都对昆德拉小说内涵的价值立场提出了批评，都指出了昆德拉文学讽刺背后的信仰缺失问题。

2000年以后，昆德拉研究仍然较热，研究文章与专著收获丰富，内容涉及作品讨论、小说思想研究、存在主义思想研究、政治与性、叙事结构、与中国作家比较研究等多个方面。李平和杨启宁的《米兰·昆德拉——错位人生》详细分析了昆德拉的人生经历与大部分作品的主要内容，李凤亮根据博士论文改写出版的《诗·思·史：冲突与融合——米兰·昆德拉小说诗学引论》较为系统、全面地分析了昆德拉小说诗学的内容、价值与意义，成就较高。2003年，生活·读书·新知三联书店推出了吴晓东的《从卡夫卡到昆德拉》，作者在回顾并盘点20世纪现代派文学的大背景下，分析昆德拉的多部代表作品中对存在的勘探意义，令读者感到阅读不再是一种消遣和享受，而已成为严肃的甚至痛苦的仪式。2005年，由高兴编写的国内第一本昆德拉的传记《米兰·昆德拉传》出版,作者以生动的文笔描绘了昆德拉的人生轨迹:在捷克的成长、成名经历及移居法国后的写作生涯,同时以不少篇幅分析了他与众不同的创作特色与艺术成就。同年,华夏出版社出版了仵从巨主编的《叩问存在——米兰·昆德拉的世界》,多位作者围绕"存在"这一主题专门撰写,从不同的角度,以不同的风格,完成自己对米兰·昆德拉作品的解读,从而引领读者穿越昆德拉的经典文本。同时也有部分论著从叙事学的角度对昆德拉小说的叙事艺术进行了研究,但主要侧重于对单个作品的叙事分析,如刘心莲的《论〈生命中不能承受之轻〉的叙事节奏》、张驰的《昆德拉〈生活在别处〉的叙事分析》,以及李夫生的《米兰·昆德拉的叙事策略》等。

第三节 《布拉格之恋》:哲理的感性体验与小说的视觉转换

米兰·昆德拉的小说《生命中不能承受之轻》英文版于 1984 年出版,当年即被《纽约时报》评为年度十佳书籍之一。好莱坞导演菲利普·霍夫曼于 1988 年将其改编为同名电影,影片在美国和世界上多个国家上映,并通过电视、光盘等渠道发行。影片一经问世,就获得了多个国际电影奖项及提名,其中有 1989 年的奥斯卡最佳摄影奖、最佳改编剧本奖两项提名,1989 年英国电影学院奖最佳改编剧本奖,1989 年美国国家影评人协会奖最佳导演奖、最佳影片奖等。

改编影片诞生至今,也引起不少批评,其中以小说作者本人的意见最为突出。在小说捷克语版的序言中,米兰·昆德拉认为影片与小说的品质没有任何关系,今后再也不会同意把自己的小说改编成电影。[①] 尽管如此,从小说《生命中不能承受之轻》到电影《布拉格之恋》[②],它是一次成功的"变身",这是不争的事实。这种"变身",也就是一种特殊的经典化过程,其成因值得深探细究。

---

① 维基百科:http://en.wikipedia.org/wiki/The_Unbearable_Lightness_of_Being,访问日期:2019 年 1 月 9 日。

② 改编影片有多个中文译名,有"不能承受的生命之轻""沉重浮生""布拉格之春"及"布拉格之恋"等,其中以"布拉格之恋"流传最广。笔者更倾向于直译为"生命中不能承受之轻",因为影片本身就与小说同名,但在此遵从习惯译名《布拉格之恋》。

(一) 是"欧洲电影",抑或是"美国电影"?

影片《布拉格之恋》的成功,是小说《生命中不能承受之轻》经典化的重要一环,跟它对"欧洲电影"和"美国电影"的兼收并蓄有关。

"虽然是好莱坞导演,考夫曼的改编带上浓浓的欧洲文艺电影风味,有着欧洲艺术电影中一贯对'性'的大胆表现。"[①]类似上述从"欧洲电影"角度出发解读《布拉格之恋》的立场,成为相关电影评论的一个重要基础。的确,从某些方面看,《布拉格之恋》都很像一部"欧洲电影"。由于性题材很敏感,主要演员都从欧洲挑选,其中男主角托马斯(Tomas)的扮演者丹尼尔·戴-刘易斯(Daniel Day-Lewis)来自英国,特蕾莎(Tereza)的扮演者朱丽叶·比诺什(Juliette Binoche)来自法国,萨比娜(Sabina)的扮演者莉娜·奥琳(Lena Olin)则来自瑞典。好莱坞电影制作主要受制于票房,而票房最高的一直是G级影片,即大众级(任何人都可以观看的影片),因此制片人、导演与演员对涉性题材影片的选择都非常谨慎。的确,在涉性题材的表现上,欧洲电影往往比好莱坞更少约束。但是,如果因此就将《布拉格之恋》看作一部"欧洲电影",显然有简单化、表面化之嫌。换言之,简单地在《布拉格之恋》和"欧洲电影"之间画等号,既是对"欧洲电影"的误解,也是对改编影片《布拉格之恋》的误读。

苏珊·海沃德(Susan Hayward)认为:"从美国来看,特别是从好莱坞的角度来看,从1920年代以来,欧洲电影已经被建构为一种世界性的观念,并且被认为意味着(至少)两种不同的事物。第一,欧洲电影主要是艺术电影(art cinema),比本土出品的影片带有更明显的性内容。第二,它是好莱坞唯一的真正对手,所以要不惜任何代价对它进行渗透和控制。……因为好莱坞在西方文化中占据统治地位,它就不断成为参照点。因此,在欧洲,一个国家的电影的界定,一定程度上要取决于它不是什么(也就是说,'不是好莱坞的'),即被一个'他者'所界定。"[②]苏珊的定义包含了两点广为接受的看法:其一,"欧洲电影"主要是指"艺术电影",它具有一些明显不同于美国商业电影的表现手法与叙事特征,而不是仅仅指有明显性题材的电影,这就把"欧洲电影"的内涵大大扩展了;其二,"欧洲

---

① 申卉:《〈不能承受的生命之轻〉电影改编中"存在之思"的流失》,《时代文学》(下半月),2012年第8期,第220页。

② 苏珊·海沃德:《电影研究关键词》,邹赞、孙柏、李玥阳译,北京:北京大学出版社,2013年版,第157页。

电影”与“美国电影”(以好莱坞电影为主要代表)存在着文化与经济上的权力博弈关系。由此可见,苏珊对于“欧洲电影”的定义,主要集中在艺术电影,而非局限于性题材方面。更何况,人们很难以涉性题材作为界定欧洲电影或美国电影的依据。

事实上,艺术电影不仅仅指涉题材上的某些特点,而且更重要的是表现手法与叙事技巧。美国电影理论家大卫·波德维尔(David Bordwell)曾指出:“‘艺术电影’与经典好莱坞电影的叙事模式相比,主要有四点差异,其一,用较为松散的事件取代好莱坞影片紧密的因果关系;其二,重视人物塑造以取代好莱坞重情节的刻画;其三,多表现时间的扭曲,这种扭曲的时间受到柏格森所说的心理时间的游戏,而非牛顿时间定律的影响;其四,较为突出的风格化技巧的运用——如不常见的摄影机角度、醒目的剪辑痕迹、大幅度的运动摄影、布景或者灯光非写实的转换,或是以主体状态来打破客观写实主义,乃至用直接的画外音进行评论等。”[1]这些概括比较符合艺术电影的一般特点,但对于具体的影片来说,情形要复杂得多。事实上,要判定一部电影是不是艺术电影,往往并非取决于它是否同时具备或不具备上述四个特点。

就《布拉格之恋》而言,它只是比较符合波德维尔概括的第二个特征。它的故事主要发生在布拉格、日内瓦和乡下,主要围绕外科医生托马斯与特蕾莎、萨比娜的爱情纠葛展开,同时将他们之间的爱情纠葛置于布拉格之春及苏军入侵捷克的大背景之下。相对于好莱坞电影中环环相扣的因果链条,《布拉格之恋》中的事件显得相对比较松散。这主要是因为该片跟许多现代小说一样,是以人物塑造为中心,而非以情节冲突为中心。艺术电影的第二个特征,即“重视人物塑造”,在《布拉格之恋》中表现得最为明显,这一点是真正符合“欧洲电影”特征的。因此我们可以说,《布拉格之恋》只是吸收了艺术电影“重视人物塑造”这一个别特征,而“时间的扭曲”并不存在,“风格化技巧”也只是在少数场面中有所体现。如果未经深入影片内部文本的分析辨别,就把该片归结为一部艺术电影或欧洲电影,那就过于草率,难以具备说服力。

关于这个问题,帕·卡特里斯曾直截了当地指出:“尽管这部影片在主题上和生产上与欧洲有着联系,但它首先是为美国观众生产的一部美

① 大卫·波德维尔:《电影叙事:剧情片中的叙述活动》,李显立等译,台北:远流出版事业股份有限公司,1999年版,第431—438页。

国作品。经济及其他制片方面的数据还表明,影片制作者们的首要动机是拍摄一部标准的好莱坞故事片。因此,将它的功能减约为针对文学价值的一种公共关系工具,似乎有悖于事实。"[①]"首先为美国观众"拍摄,这是比较真实、可以求证的动机,因为只有抓住观众的眼球,才能收回不菲的投资。资料表明,《布拉格之恋》的预算约为1700万美元,美国本土票房达1000万美元,加上海外票房与光盘、电视台等渠道的发行收入,收回成本应该没有问题。[②] 如果《布拉格之恋》真的被拍摄成一部标准意义上的欧洲电影或艺术电影,收回成本恐怕无望,更别说盈利了。业内人士都很清楚,历史上很少有艺术电影能够收回投资。当然,以往的投资也很少达到《布拉格之恋》的额度。

如何抓住观众呢?好莱坞对此有一套比较成熟的经验,这种经验不应仅仅看作生意经。我们同时应该看到,影片还包含一整套表现方法与叙事技巧,后者在从小说文本《生命中不能承受之轻》向改编电影文本《布拉格之恋》传译的过程中,表现得尤为明显。片长就很能说明问题:一部标准的好莱坞影片一般不超过两小时,而《布拉格之恋》片长171分钟,这本身就标志着在小说与影片之间的一种妥协。

更重要的是,影片对小说结构进行的线性整合。小说文本《生命中不能承受之轻》的情节结构是比较松散的,大段的哲学思考成为不少章节的主体,人物行动断断续续,最为显眼的是在小说第三部"不解之词"中,竟然三次插入大段的词语阐释。作者写道:"如果让我再历数萨比娜与弗兰茨之间交流的狭径,列出他们互不理解之事,那可编成一部厚厚的词典。我们还是只编一部小小的词汇集吧。"[③]这些词汇集分别以"3.不解之词简编(第一部分)""5.不解之词简编(续)"和"7.不解之词简编(终)"为题,分三次插入原本就松散的叙事线条中,还间隔了第4小节和第6小节。[④]而在改编影片中,事件的发生、发展与人物活动的时间,基本上遵循了一条清晰可辨的顺序,相应的空间转换则经由布拉格和日内瓦,再到布拉格和乡下,全片的因果关系与线性特征非常明显,其结构更加符合观众的接

① 帕·卡特里斯:《〈生命中不能承受之轻〉:从不同的视角看电影改编》,王义国译,《世界电影》,1999年第3期,第18—19页。

② 数据来源:http://www.boxofficemojo.com,访问日期:2019年1月9日。

③ 米兰·昆德拉:《不能承受的生命之轻》,许钧译,上海:上海译文出版社,2003年版,第107页。

④ 三组插入的词语分别是:1)"女人""忠诚与背叛""音乐""光明与黑暗";2)"游行""纽约之美""萨比娜的祖国""墓地";3)"阿姆斯特丹古教堂""力量""活在真实里"。

受习惯。

由此可见,仅仅凭表面上的性题材,就将《布拉格之恋》判定为一部欧洲电影,这是十分草率的。不过,问题的复杂性在于,《布拉格之恋》既不是欧洲电影,又不是传统意义上的好莱坞电影,而是两者兼而有之,或者说是两者创造性融合的结果。

也就是说,小说《生命中不能承受之轻》在荧幕上的经典化,既得益于好莱坞制片人成熟的经验,又得益于欧洲艺术电影的表现方法与叙事技巧。我们首先必须承认,虽然《布拉格之恋》包含了一些传统好莱坞影片所很少采用的手法或风格,如运动摄影、实景拍摄、打破时空连续性、使用自然光以及常常即兴对话的非专业演员等,但是据此就判定它为欧洲艺术影片,那就有悖于实际情形。诚然,欧洲艺术电影的手法或风格确实得以采用,但是就整部影片的篇幅和比例而论,它们并不占据主导地位。

不过,尽管未占主导地位,上述手法或风格却在影片中熠熠生辉,并使之区别于一般的好莱坞商业电影。略举数端如下:

其一,苏联军队占领布拉格广场一幕。此处使用了捷克导演詹·尼梅克(Jan Němec)的资料镜头,当时尼梅克正与同事拍摄一部关于布拉格的纪录片,名为《布拉格清唱剧》(*Oratorio for Prague*)。尼梅克被看作捷克新浪潮电影的代表人物之一,同时也是菲利普·考夫曼拍摄《布拉格之恋》时的顾问。将纪录片资料镜头直接插入影片,凸显了一种"真实电影"的风格,与意大利新现实主义电影、法国新浪潮电影的特征不谋而合。

其二,改编影片多处运用长镜头及表现性剪辑手法。片中两处长镜头的运用尤为出色:一处是托马斯毅然从流亡地重回布拉格,途中在狭长的小巷里驾车缓缓前行;另一处是在影片最后,托马斯与特蕾莎出车祸身亡前,驾车穿越林中小径返回农场的途中。两处镜头的时值都长达40秒,与音乐相配合,留给观众无限的想象空间,与好莱坞的蒙太奇叙事风格形成了鲜明的对比。另外,表现性剪辑风格也很明显。例如,在托马斯发现特蕾莎不辞而别,重返布拉格以后,围绕一盆仙人掌、旋转木马和白天鹅的三组镜头,全部是表现性的,充满浓郁的抒情风格,与好莱坞电影再现性剪辑为主的规则形成强烈的反差。

其三,最后一部分的时间顺序是颠倒的,结尾是开放式的。在影片最后的一个大段落里,托马斯、特蕾莎夫妇与合作社主席一行去镇上一个酒馆喝酒、跳舞找乐子;当托马斯注视特蕾莎与舞伴翩翩起舞时,忽然插入远在纽约的旧好萨比娜作画的镜头,接着是萨比娜收到噩耗的镜头——

托马斯、特蕾莎二人出车祸亡故，萨比娜沉浸于无声的悲痛，于是出现萨比娜泪流双颊的特写，不料镜头又突然切回到欢乐的舞会现场。运用这种"闪进"(flash foward)手法，将未来发生的事情插入至当下的叙事进程中，打破了好莱坞电影时空连续性的经典套路。在闪进的基础上，影片的结尾不再显得可靠，不再是好莱坞当时惯用的封闭式结局。最后一个镜头的落幅用白闪技巧，后接黑场，再出片尾字幕，给了观众一个开放式结尾。

所有这些手法和技巧，既是对好莱坞电影模式的改造，也是对欧洲电影艺术的发展。正是这种创新式的交融，吸引了大量的观众，同时也反哺了小说原著——《布拉格之恋》在荧幕上的走红，使得越来越多的人去关注小说《生命中不能承受之轻》，因而也为后者的经典化作出了贡献。对于本书的主题，这种经典化得益于不同电影手法/技巧的兼收并蓄；落实到《布拉格之恋》，则得益于"欧洲电影"和"美国电影"的碰撞和交融。

(二)哲理反思与视觉体验

一部经典小说要变身为经典影片，就要符合一个前提，即保留并传递原作的精神内核。《布拉格之恋》也不能例外。

昆德拉的小说改编成电影以后，评论界有一个较为普遍的看法，即小说原著中多处现代主义式的哲理反思在电影中流失了。例如，有研究者认为："从小说《生命中不能承受之轻》到电影《布拉格之恋》，两种不同文本的先后出现，似乎也暗喻了现代主义式的拷问有意无意地化为了后现代主义式的轻舞飞扬的碎片……淡化了哲理性的思索而强化了视觉的感性审美。"[①]还有研究者认为："电影中偶然性与非理性的消失，失去对'不确定性'的关注，虽然故事内涵上趋于饱满，但也正是电影'存在之思'流失的关键因素。"[②]如果上述指责属实，那么对一部经典小说的电影改编来说，基本上就是失败的了。因为"现代主义的拷问"和"存在之思"是这部小说的精神内核，所以无论传译成何种媒介形式，一旦失去这个精神内核，就将变成与小说原著相去甚远的文本了。

然而，改编影片《布拉格之恋》也属于这类情况吗？如果我们仔细梳理那些对它的指责，就不难发现，发难者大都从"文学中心论"的固有立场

① 金丹元、张大森：《"颠覆"后的另一种读解——从〈生命中不能承受之轻〉到〈布拉格之恋〉的思考》，《中国比较文学》，2003年第4期，第36、38页。

② 申卉：《〈不能承受的生命之轻〉电影改编中"存在之思"的流失》，《时代文学》(下半月)，2012年第8期，第221页。

出发,不顾影片拍摄与表现的独特规律,而是用小说艺术的标准来衡量电影创作。就像卡特里斯批评的那样:“这些反应又大多固守于传统的批评,即从原著本文出发的常规电影改编。尤其在分析对于大作家作品的改编时,批评家们除了把原著文学文本看作可能的‘灵感的来源’之外,并没有对它的重要性进行任何连带的分析。只有享有盛名的文学原著文本才被认为是模型,而且批评的重点集中于出现在电影改编中的文学特征、或在大多数情况下所匮乏的文学价值和文学特征。在这一讨论中,人们甚至并不去考虑,如果改编本确实把所有的文学成分都包括进去的话,那么会成为什么样子。”[①]在改编理论中,文学中心主义之所以大行其道,与从小说到电影传译过程中产生的“媒介折扣”有很大关系。

“媒介折扣”一词引申自“文化折扣”(Cultural Discount)。霍斯金斯(Colin Hoskins)和米卢斯(R. Mirus)在1988年发表的论文《美国主导电视节目国际市场的原因》中提出“文化折扣”一词,意指因文化背景的差异,国际市场上的文化产品不被其他地区的受众认同或理解,而导致其价值亏损的现象。[②] 通常而言,文化折扣比喻文化传播过程中遭遇的障碍,含有一种消极和悲观的色彩。笔者在此提出“媒介折扣”,试图从客观的角度赋予其中性色彩,指涉在一种文本向另一种文本传译过程中,原文本的某些成分不适合其他文本媒介的特性,因而被删除的现象。换言之,导致媒介折扣的根本原因,是不同文本媒介特性对创作的制约性,而非新旧文本的权力关系。

拿《生命中不能承受之轻》到《布拉格之恋》的改编来说,百分之百的传译是一个根本就不可能实现的目标。首先,小说本身就有多种语言版本的存在。作品最早是用捷克文写成的(*Nesnesitelná lehkost bytí*),然后是法语版率先出版(*L'Insoutenable légèreté de l'être*),再后来就是英语版本(*The Unbearable Lightness of Being*),还有多个汉语版本,可见小说文本早已经历了多重“语言折扣”。其次,导演原计划由捷克人担任,后因为政治敏感性而作罢,改由美国人担任,多多少少会存在一些“文化折扣”。最后,从小说到电影跨越了不同的媒介,因而“媒介折扣”不可避免。经历了这三重折扣,百分之百的传译变成了一种不切实际的要求,而

---

① 帕·卡特里斯:《〈生命中不能承受之轻〉:从不同的视角看电影改编》,王义国译,《世界电影》,1999年第3期,第15页。

② Hoskins, C., and Mirus, R., “Reasons for U.S. Dominance of the International Trade in Television Programmes”, *Media, Culture & Society*, 10 (1988), pp. 499—515.

且根本没有必要。假如没有法语版、英语版、汉语版等跨语言传译，假如没有捷克之外的导演拍摄，假如没有从小说到电影的改编，小说文本《生命中不能承受之轻》还会在世界范围内产生如此大的影响吗？媒介折扣的存在是一个事实，关键问题在于我们如何看待它，如何积极合理地运用它，而不是简单化地站在文学本位主义的立场，按照小说的标准来对改编影片横加指责。

帕·卡特里斯提出的"多模型"理论有助于我们更好地理解这一问题。首先是确立电影改编的独立性。卡特里斯强调："传统的、以原著文本为中心的规范研究完全集中于改编过程，以及改编的适当性。然而，一般说来，电影改编本首先是一部由电影摄制者为电影观众摄制的影片。换句话说，电影改编本的功用首先是某一具体电影语境中的影片……本片根据昆德拉小说改编这一事实，只是在第13个位序上才被提到(指影片演职员字母表——引者注)。影片'制作者们'的这一排位还反映在伴随着影片发行的'超文本'之中(请比较新闻资料、海报等)。这就意味着昆德拉及其作品的地位次于那些作为影片摄制模式的其他符号学技法。"[①]很显然，卡特里斯强调了电影改编是一种独立的艺术创作，而非一种亚文学传播，因此不能把小说的文学属性凌驾于电影改编创作之上。在此基础上，卡特里斯提出了电影改编的"多模型理论"，即小说文本只是电影改编的模型之一；作为一种独立的创作，电影改编需要更多其他的符号学模型。卡特里斯理论的价值在于，他在反对文学本位主义的同时，适当地承认了文学文本在电影改编中的应有价值："显然，小说在许多方面具有模型的功能。例如，在故事的层次上，影片大致展现出相同的重要情节和人物。"[②]除了情节和人物，人们还会发现，小说中的对白也以某种形式存在于改编影片中；除了这几方面之外，剩下的都是电影本身的事了。

如果我们用卡特里斯式的、更加积极的新型开放立场来看待从小说到电影的跨媒介文本传译，就会发现有些"折扣"势在必行，是编导依据电影创作的规律，对小说文本的主动裁剪。因此，我们不必感到沮丧。例如，小说开头有大段关于历史的议论，其文风无拘无束，天马行空，这在荧幕上是无法表现的，必须予以舍弃，因为"影像与文字相比，因其视觉的直观性和阅读的综合性和迅捷性，不适宜进行大段议论和过于深度的主题

---

① 帕·卡特里斯：《〈生命中不能承受之轻〉：从不同的视角看电影改编》，王义国译，《世界电影》，1999年第3期，第17—18页。

② 同上，第19页。

挖掘。……无论是关于希特勒、法国大革命的表述还是关于非洲部族战争的说法,所表达的都是一种作者个人对于历史的思考。而镜头语言一般擅长表现的是动作化了的形象。"[①]也就是说,电影放弃的是那种全部依赖语言的表现形式,而非思考的内容本身。

需要一提的是,有些"折扣"并没有真的发生,只不过是用另外的手段来表达罢了,是一种"被误读的流失"。尤其是小说原著中的"哲理性"和"存在之思",在改编影片中并未被弃之不顾,而是通过电影的手段得以传达。如果说,小说文本用大段的语言来表达"存在之思",那么电影是用镜头语言来表达的,而且表现得非常出色。

以群众游行遭镇压后的清查一幕为例:导演用了系列短镜头快速剪切,虚实镜头交叉,清查现场的彩色与游行的黑白照片对比,哭泣、尖叫、枪炮声与间歇性的提琴音混杂,控诉了残暴、恐怖、令人窒息的强权政治。这一段主要运用了蒙太奇手法,表现力不输小说文本的大段文字。

再以托马斯从被动流亡瑞士,到主动选择返回布拉格的情形为例。导演选择用长镜头来加以表现:托马斯驾车驶入小巷,后景是一支送葬队伍(沿着横向的墙角,伴着送葬哀乐,跟随抬棺人在小巷的尽头缓慢移动),而前景是驾驶室内的托马斯,他行驶在逼仄的空间,左右两边的纵向高墙与后景的横向高墙相互映衬,上方是逆光的车顶横边,这就形成了一个封闭的空间,给人以极大的压迫感。托马斯一边缓缓前行,一边默默注视着这一切。这个镜头长达40秒,观众的视角不时与托马斯重叠,有限的荧幕空间与超长的荧幕时间形成强烈的反差,预留给观众以无限的想象空间,由"境"生"意",以"意"统"境",情理、形神合一,臻于化境。在同一部影片中,能将蒙太奇剪切与长镜头调度运用得如此出色,实属不易。可见,小说文本《生命中不能承受之轻》中的"哲理性"和"存在之思"并没有在电影文本《布拉格之恋》中流失,而是以另一种艺术形式呈现了出来,而且呈现得更为感性,更为丰富。换言之,由于电影改编这一经典化环节呵护了改编对象的精神内核,因此小说原著的经典性得到了根本性保证。

(三)民族音乐与音画交响

除了上面提到的"媒介折扣"之外,改编影片《布拉格之恋》对于小说

① 金丹元、张大森:《"颠覆"后的另一种读解——从〈生命中不能承受之轻〉到〈布拉格之恋〉的思考》,《中国比较文学》,2003年第4期,第37页。

原著还有大量的“媒介增益”，这些不仅仅体现在艺术手段上，也体现在思想文化内涵上。因为电影具有画面与声音两大表现手段，所以具有很丰富的艺术表现空间。《布拉格之恋》大量运用了具有捷克民间音乐文化特色的电影音乐，这是“媒介增益”的一个重要体现。

昆德拉的父亲是一位钢琴家、音乐艺术学院教授，这使他自幼便受到良好的音乐熏陶与教育。青年时代，他写过诗和剧本，画过画，搞过音乐，并在捷克的一所电影学院从事过电影教学。在小说《生命中不能承受之轻》中，昆德拉借人物弗兰茨之口表达了对音乐的看法：“最接近于酒神狄俄尼索斯那种狂醉之美的，是艺术。靠小说和画幅难以自遣，但是听贝多芬的《第九交响曲》，巴托克的《钢琴二重奏鸣曲》，或是披头士的一支歌，就能自我陶醉……对他来说，音乐是救星；它将他从孤独、幽闭和图书馆里的灰尘中解救出来，它在他的身躯上打开了多扇门，使灵魂得以释放……音乐是对词语的否定，音乐是反话语。”[①]此外，作者还在小说的第三部分“不解之词”中专门阐释了“音乐”词条，可见音乐的重要性。昆德拉曾经坦言，自己的小说“每个章节就好比每个节拍。这些节拍或长或短，或者长度非常不规则……我小说中的每一部分都可以标上一种音乐标记：中速、急板、柔板等。”[②]然而，小说毕竟只能采用文字性的描述，与音乐本身的存在形式无疑相隔千里。导演成功地捕捉到了这一文本信息，在电影中增加了 19 世纪末至 20 世纪初捷克民族乐派作曲家莱奥什·亚那切克(Leoš Janáĉek，1854—1928)的多支曲子，使之成为改编电影艺术成就的重要组成部分。

民族音乐一般包括直接来自民间的音乐，以及带有浓郁民族风格的创作音乐。电影《布拉格之恋》配乐中共出现 13 支音乐作品，除一首捷克传统民谣“Joj，joj，joj”和一首披头士的改编曲《嘿，裘德》(*Hey Jude*)以外，其余的主要电影配乐全部来自作曲家莱奥什·亚那切克的音乐作品，并贯穿电影的始末。即使是那首披头士的英文歌《嘿，裘德》，歌词也被巧妙地用捷克语来替换演唱，看似导演欲着力彰显电影的民族特色。

电影原声中一共采用了 13 个音乐片段。对于这些音乐片段，我们不妨从“三个结合”的角度来解读。

首先，将各支不同的乐曲结合起来解读。

---

① 米兰·昆德拉：《不能承受的生命之轻》，许钧译，上海：上海译文出版社，2003 年版，第111—113 页。

② 米兰·昆德拉：《小说的艺术》，董强译，上海：上海译文出版社，2004 年版，第 126 页。

最有代表性的是男女主角的音乐主题。影片一开始，在亚那切克《童话故事》第三乐章的旋律中，刚刚做完一次外科手术的男主角托马斯与女护士调情；接下去一场就是托马斯与萨比娜裸体躺在床上，此时的配乐仍然是这支曲子。小提琴活泼的律动，以及钢琴戏谑性的曲调，营造出一种轻松欢快的场景效果。这一支乐曲在片中多处运用，可以看作属于托马斯的音乐主题。有研究者认为它“象征托马斯对待生活的轻浮态度，只因为‘轻’，所以无牵绊、自由自在，托马斯的生活才会如配乐般无忧无虑、轻快和愉悦。影片中多次出现托马斯的轻佻行为均有这段音乐相随，几乎成为代表托马斯的主题音乐”[①]。在某种意义上，这支曲子的确象征了托马斯的轻浮和玩世不恭，甚至有点儿放荡不羁的生活态度。然而，如果将这支乐曲的含义仅仅看作托马斯轻佻行为的象征，则不但误读了小说，而且也误读了影片。我们不能孤立地看待这支曲子，而应该把它与女主角特蕾莎的音乐结合起来分析。

特蕾莎的音乐源自亚那切克第一组曲中的第四首《弗里德克的圣母玛利亚》，旋律质朴而柔美，和声简洁明晰，象征特蕾莎对待爱情如圣母玛利亚一样虔诚，也象征她的圣洁，以及追求美好生活的心性。与托马斯轻快随性的音乐主题比较起来，特蕾莎的音乐在虔诚与圣洁中隐含着某种克制与悲凉，显得格外沉重。特蕾莎的音乐主题与托马斯的音乐主题中的幽默和喜剧性氛围形成了鲜明对比。影片以幽默轻松的基调开始，以沉郁悲凉的基调结束，象征托马斯所追求的世俗生活在强权统治下难以为继。考夫曼在一次访谈中明确说明他的图景意识：“我想以一种喜剧的方式开始，如一些在1968年前后拍摄的捷克电影……那里的氛围刚开始是轻松的，那是布拉格之春的一部分。”[②]然而，这种童话般的、轻快的诗意生活很快淹没在苏军坦克的轰鸣声中。这一“轻”一“重”好比和声的两个声部，奏响了男女主角在肉体与灵魂、世俗世界与牧歌世界、个人与民族之间不断挣扎的心灵哀歌。但这一“轻”一“重”两个声部并未缠斗至终；在影片结尾，托马斯和特蕾莎林间驾车意外身亡一幕出现时，相伴而行的是特蕾莎的音乐主题，而且是全片中唯一一次完整地出现，最后轻轻地归落到主调的主和弦上，象征着生命的完结。

影片从序幕的《童话故事》乐章开始到钢琴曲《弗里德克的圣母玛利

---

① 李娜娜：《电影〈布拉格之恋〉中民族音乐的运用》，《电影文学》，2011年第6期，第129页。

② 帕·卡特里斯：《〈生命中不能承受之轻〉：从不同的视角看电影改编》，王义国译，《世界电影》，1999年第3期，第27页。

亚》闭幕，配乐的旋律和节奏都紧扣小说的节奏、意蕴和主题。首尾呼应，从结构上与内涵上都堪称完美。这种完美的音乐效果，尤其是上述一"轻"一"重"两个声部的回响交流，是跟小说原著的主题——生命的"轻"与"重"——十分契合的，因而可以看作经典传播的重要环节。

其次，将片中不同的有源音乐结合起来分析。

有源音乐是指音乐来源出现在镜头内，是由镜头里的人或物体（如录音机）等发出的，与影片情节有着直接关系。《布拉格之恋》中亚那切克所作的曲子属于无源音乐，因为其音乐源不直接出现在镜头里。由于影片本身采用了不少有源音乐，因此有必要将有源音乐与无源音乐结合起来解读。影片中比较著名的有源音乐出现在泥人酒吧那一场景。起初，酒吧乐队演奏的是狂欢的爵士乐，人们尽情地喝酒，跳舞，聊天，忽然几个苏联人蛮横地要求乐队演奏严肃高亢的苏联歌曲，并摔碎酒杯以示威胁。托马斯与同事们正坐在一起，谈论着眼下的当政者和古希腊的俄狄浦斯王，称前者不如后者，不会像后者那样在犯错后弄瞎自己的双眼，主动承担责任。此时的两种音乐形成了鲜明对比：个人生活与国家民族矛盾，交织在一个小小的酒吧里演奏的不同曲目上，音乐含义与剧情天然地结合，极大地丰富了影片主题。考夫曼正是用这两种音乐强烈的对照，让人深切感受宏大高调的荒诞和可笑。另外，托马斯从流亡地返回布拉格，在街头遇到送葬队伍，乐队演奏的哀乐，与托马斯的重返布拉格的心境极为吻合，渲染了人物命运的悲剧性。

最后，把声音与画面结合起来分析。

电影配乐与纯音乐作品不同，它不是以抽象的形式而独立存在，而是要与电影画面结合起来诉诸观众。声画结合是电影表现手段的重要特点；要准确理解电影配乐，就不能不结合具体的画面来分析。例如，片中苏军坦克占领布拉格广场那一场景：一面捷克国旗盖在被苏军射杀的抗议者尸体上；此时传来的有苏军坦克履带轧过布拉格广场的声音，以及特蕾莎拍照的快门声，更有那耐人寻味的背景音乐——娅尔米拉·索拉库娃主唱的捷克传统民谣"Joj, joj, joj"，音乐与画面内容的强烈反差类似复调音乐中的对位法，造成了 1+1>2 的独特艺术效果。

声画结合，可以有效地平衡两种元素表现力的差异。例如，在埋葬特蕾莎心爱的小狗卡列宁那一幕里，音乐的处理就很好地弥补了画面表现的不足。这一幕与小说第七章"卡列宁的微笑"相对应。就小说文本而言，第七章的安排有其深意。从表面上看，小说从第一章到第五章，至少从结构形式上完成了昆德拉所推崇的“永恒轮回说”:轻与重——灵与肉——不解之词——灵与肉——轻与重。那么,为何又要增加第六章“伟大的进军”和第七章“卡列宁的微笑”呢?文学批评家弗朗索瓦·里卡尔(Francois Ricard)就曾表示:“《生命中不能承受之轻》最后几页题为“卡列宁的微笑”的文字,曾使我,且至今仍令我感到炫目而又困惑……在这样的一个世界上,怎能出现牧歌?《生命中不能承受之轻》的最后一部分怎么可能由一条垂死之狗的微笑而变得如此温馨和明媚?”[①]然而,通过重读昆德拉的作品,他意识到“‘卡列宁的微笑’无疑是其作品中看到的最精心设计或最精心维护的牧歌形象……说这是其作品的重大主题之一毫不为过。”[②]如果说,昆德拉在第六章对“伟大的进军”式的“大写的牧歌”进行了无情嘲讽与批评,那么他在第七章则试图通过“卡列宁的微笑”式的“经验的牧歌”从正面表达自己的立场:一条垂死之狗的微笑,远胜于伟大进军的号角!

问题接着来了:改编影片如何来传译如此重大的主题?在影像的世界里,卡列宁不过是一条普通的狗而已,如何能表现出小说结尾那么丰富的思想意义?这时候,音乐发挥了异乎寻常的作用。导演一边用画面语言讲述托马斯与特蕾莎夫妇埋葬卡列宁的过程,一边配上亚那切克的《弦乐牧歌》中最为悲凉的第五乐章。“缓慢的节奏、如泣如诉的下行旋律线,如哀歌般地道出了特丽莎的心境。特丽莎埋葬的不是卡列宁,而是她对美好生活的想象……即便诗的语言也没有能力触及这美好的身体灵魂遭毁灭的哀情,只有无词的音乐才能蕴涵和表现。”[③]换言之,当画面语言表现重要而抽象的含义力有不逮时,音乐语言的恰当运用起到了关键作用。亚那切克具有民族风格的音乐作品为改编影片锦上添花,很好地传译了米兰·昆德拉小说中内在的音乐性,也就是传达了它的经典性。

有研究者指责《布拉格之恋》“这部影片不仅从思想上抹平了原著的深沉度,也从形式上颠覆了昆德拉的‘复调’结构,它采用了好莱坞商业电影的经典叙事模式……这一模式把原小说复杂的多线索结构、多声部复合叙述改写为清晰的单线性结构,而且把原小说那种开放性、对话式表

---

① 弗朗索瓦·里卡尔:《大写的牧歌与小写的牧歌——重读米兰·昆德拉》,收录于米兰·昆德拉:《不能承受的生命之轻》附录部分,许钧译,上海:上海译文出版社,2003年版,第377—378页。

② 同上书,第379页。

③ 李娜娜:《电影〈布拉格之恋〉中民族音乐的运用》,《电影文学》,2011年第6期,第129页。

述，改写为单线性展开、指向明确的全知叙述”。[①] 殊不知，电影文本中画面语言与声音语言、画内乐曲与画内乐曲、画外乐曲与画外乐曲、画外乐曲与画内乐曲之间，完全可以组成多重形式的复调，共同形成了影片的综合艺术感染力。也就是说，影片用另一种方式，巧妙地传递了小说原著的深度，传递了昆德拉那具有经典意义的“复调”结构。

总而言之，由于小说《生命中不能承受之轻》具有较强的哲理性，因此在改编成电影时面临“哲理性”流失的风险。然而，由于改编者能尊重电影艺术自身的表现手段，依据电影改编的规律，用新的媒介形式去传达原著的经典性，因此将风险一一化解。导演菲利普·考夫曼既做到了充分尊重小说文本的精神特质，同时又不拘泥于后者的固有形式，而是大胆地进行二度创作，拍摄出了一部既有可看性，又留有想象空间的出色影片。其中，对于捷克传统民族音乐的创造性运用，更是令这部改编影片锦上添花，使之成为经典文学名著跨媒介传译的又一成功案例。

① 金丹元、张大森：《“颠覆”后的另一种读解——从〈生命中不能承受之轻〉到〈布拉格之恋〉的思考》，《中国比较文学》，2003年第4期，第42—43页。

第十章
《百年孤独》的经典生成与传播

第一节　传统意识和现代神话

加西亚·马尔克斯(Gabriel García Márquez 1927—2014)的长篇小说《百年孤独》(*Cien años de soledad*,1967)是拉丁美洲文学史上的里程碑,出版后在欧美文坛引起"一场文学地震",被译成多种语言在世界各地流传,造成极为广泛而深刻的影响。小说以虚构的马孔多小镇(Macondo)为背景,叙述布恩地亚(Buendía)家族七代人的命运,象征性地再现哥伦比亚和拉丁美洲近百年来的历史进程。作者将传统意识和现代神话融为一炉,透过魔幻的棱镜表述现实生活,展现一种新颖的创作手法。它跨越真实和虚幻的界限,呈现一个丰富奇幻、令人困惑的神话世界,既有印第安人和黑人文化、加勒比民间迷信和和吉卜赛传说的融合描绘,又有哥伦比亚及其他拉美国家的政治历史及日常生活的真实再现;既包含人类千百年来生存斗争形成的情感经验和原始意象的深层积淀,也包含现代人对自我、家园、存在、孤独、命运和前途的内在焦虑和探索。这是一部气势恢宏、意蕴丰富的"仿史诗"创作。

单从创作手法来看,《百年孤独》使用的魔幻手法主要是以下几种:

一是夸张和荒诞描写,通过显然是不合常理的叙述展示事物的离奇古怪。例如,小说写何塞·阿卡迪奥·布恩地亚在外被枪打死,伤口的鲜血像一股溪水流到街上,沿人行道流去,流到街角后穿过街道,流到对面人行道上,然后又流到一个街角,流过街道,最后登上台阶流进布恩地亚家门，把这桩不幸事件报告给家人；为了不搞脏地毯，还在房间里拐了几个弯。这种夸张的细节描写具有一种荒诞的隐喻性力量。又如，奥雷良诺上校在母腹中就会哭，出生时睁着眼睛，割脐带时脑袋转来转去，好奇地观望众人；俏姑娘雷梅苔丝抓着风中床单冉冉飞升上天；马孔多下了4年11个月零2天的雨；佩特拉·科特性欲旺盛，其情欲甚至能刺激家畜生长等。此类夸张和荒诞的描写，和现实事件的叙述交织在一起，令人真假难辨，具有浓厚的拉美文化风味。

二是象征和预兆的描写，在小说中也比比皆是。小说第三章对马孔多集体失眠症的描写就是一例：全村人几天几夜不睡觉，从而导致遗忘症，人们不得不给物品贴上标签，说明名称和用处；他们用刷子和墨水给每件东西写上名字，如牛、山羊、猪、鸡、木薯和香蕉等。这种瘟疫般的病症，用以隐喻族群的精神历史，显然具有深刻的象征意义。此外，小说大量描写黄颜色的事物，如小黄花、黄玫瑰、黄蝴蝶、金黄色的马、黄色钱币和黄色小金鱼等，用来象征死亡、疾病和灾祸。再如，小说中反复出现的"镜子城"既带有预言功能，又富有毁灭色彩。事实上，小说中的预兆描写俯拾皆是，最突出的莫过于下面一例：奥雷良诺上校在外打仗，忽然派人送信回家，要母亲好好照顾父亲，理由是他父亲快要死了；没过几天，他父亲果然去世了，就像他孩提时预言汤锅要从桌上掉下来一样。这类描写弥漫着神秘色彩，是"魔幻"现实不可或缺的组成部分。

三是打破生死界限，描写鬼魂和活人的交流。这是典型的魔幻创作手法，在南美魔幻现实主义的先驱、墨西哥作家胡安·鲁尔福(Juan Rulfo,1917—1986)的创作中也十分令人瞩目。例如，被布恩地亚用长矛刺穿喉咙的阿吉拉尔，死后一直在布恩地亚家中出现，甚至向活人诉苦，讲述阴间的寂寞痛苦。又如，和吉卜赛人一起来到马孔多的墨尔基亚德斯(Melquíades)，他早就死在亚洲的一片海滩上，却在马孔多复活，是一个不受生死约束的人，没有人知道他的来往行踪，但他留下的羊皮书却预言了马孔多一百年的兴衰以及布恩地亚家族七代人的结局。小说中的这种生死观主要基于印第安人的古老信仰：死亡是无限循环的生命运动的一个环节，生命在死亡中延续，生死的界限并不是绝对的。小说中打破生死界限的描述，拓宽了叙事艺术对人物心理和下意识的表现，呈现加勒比地区独特的现实观和生死观。

四是轮回的时间观念。富于古老印第安传统的轮回时间观，成为小说主要的时间观和叙事方式，形成了《百年孤独》循环往复的叙事方式和结构,与胡安·鲁尔福的《佩德罗·巴拉莫》(*Pedro Páramo*,1955)的结构有相似之处。它一反传统按时间顺序的叙述,以某一将来时间为端点,从将来回到过去。小说著名的开篇就是一例:“许多年之后,面对行刑队,奥雷良诺·布恩地亚上校将会回想起,他父亲带他去见识冰块的那个遥远的下午。”[①]接着,作者调转笔锋,讲述了马孔多初建时期的历史。这样的叙述角度是立足于某个时间并不明确的“现在”,指向“许多年以后”的将来,又从这个“将来”回溯“那个遥远的下午”。我们看到,小说的情节也处理成这种循环的轮回模式,例如,令人恐惧的乱伦总是在布恩地亚家族的每一代人身上重演,从第一代的表兄妹结合生下一个猪尾巴婴儿,到结尾的姨妈和外甥之间的乱伦,也生下一个猪尾巴婴儿,完成一个大循环。在漫长的家族史中,不仅人名经常重复,人物类型也经常有意重复,使得每个相对独立的情节片段最终被纳入首尾相接的环形封闭结构中,暗示马孔多社会的封闭、落后、停滞和循环的怪圈,这种轮回的时间观和循环往复的叙事结构,使得主题的寓意具有深刻的现实性和真实性。[②]

以上列举的四种魔幻创作手法都具有鲜明的拉美文化特色,尤其是后面两种手法,即打破生死界限的叙述和轮回的时间观。它们赋予小说“一个象征性的神话结构”,[③]从而展示一个富于神话色彩的世界。《百年孤独》的创作特色——它的经典性特色——也正在于此:它把迷信及非理性因素连同其民俗学基础扩展为小说总体的框架性结构,而不拘泥于被规范、被解释和被局限的那些部分,因而获得了“神话化诗艺”[④]这一赞誉。神话化诗艺在小说创作中居于异常重要的地位,而且其神话学谱系有多种来源:它融合了加勒比地区的民间迷信和印第安人的古老信仰,也汲取了《圣经》和阿拉伯神话等不同元素,而且跟文学史经典作品有内在的关联。例如,家族的迁移和马孔多的初创,反映了《旧约·出埃及记》的模式;洪水和飓风的描写则出自《旧约》典故;马孔多的终结和毁灭隐含《圣经·启示录》的视角;小说中的升天、飞毯、魔术等情节带有《一千零一夜》的烙印,而墨尔基亚德斯的羊皮书令人想起诺查丹玛斯的《世纪预言》

---

① 加西亚·马尔克斯:《百年孤独》,黄锦炎、沈国正、陈泉译,上海:上海译文出版社,1989年,第1页。

② 有关四种魔幻手法的总结和表述,详见郑克鲁主编:《外国文学史》(下),北京:高等教育出版社,1999年版,第69—74页;朱景冬、孙成敖:《拉丁美洲小说史》,天津:百花文艺出版社,2004年版,第443—447页。

③ 郑克鲁主编:《外国文学史》(下),北京:高等教育出版社,1999年版,第71页。

④ 叶·莫·梅列金斯基:《神话的诗艺》,魏庆征译,北京:商务印书馆,1990年版,第426页。

等。这个谱系的生成是非常开放的，包含互文性和异质性，具有多元文化生成的典型特色。作家借助象征、影射、夸张、荒诞、神话典故和象征意象等方式描绘人鬼交融、时空迷乱的世界，将拉美魔幻现实主义文学推向了高峰。

《百年孤独》的魔幻创作手法及其神话化诗艺的运用，使这部反映拉美社会现实的小说不同于传统的现实主义创作。所谓魔幻现实主义(Magic Realism)，并非一般意义上的"现实"加"幻想"——这个界说过于笼统，外延太过宽泛，也不是某个手法的特点能单独加以说明的。众所周知，"夸张""象征""怪诞"等手法并非魔幻现实主义所特有，在传统现实主义和现代主义创作中也都有所表现。那么，《百年孤独》特别在哪里呢？或者说，经典在哪里呢？就经典在它对现实的魔幻表述上：其象征性的神话结构和综合性的"神话化诗艺"打破了主流现实主义的叙述模式，提供了一种透视现实的新模式。

有关魔幻现实主义概念的定义，学界争议颇多，迄今未达成一致意见。最早的定义认为，魔幻现实主义就是"现实和幻想融为一体"，而不同的意见则认为，魔幻现实主义"反映了对现实生活中的奥秘的一种发现"。后来还有人总结说，魔幻现实主义是"把现实作为魔幻事物加以描述"；所谓的"神奇现实"只是对拉丁美洲客观存在的奇奇怪怪的事物给予现实主义的描述。[①] 以上几种说法较有代表性，另外还有许多定义和解说，从不同方面阐释其本质特点。总的说来，魔幻现实主义的主要创作特征是"对现实生活的魔幻表述"，通过隐喻性的神话结构和综合性的"神话化诗艺"表征历史现实，"变现实为幻想而不失其真"，[②]概括地反映加勒比地区落后、矛盾和痛苦的社会状况，是一种神话主义和历史主义相互渗透的新颖创作手法。它的出现，标志着第三世界文学在现代性的催化之下加速发展和"变异综合"的结果，具有历史发展的必然性，正如叶·莫·梅列金斯基所指出的那样：

> ……在拉丁美洲和亚非的小说中，古老的民间创作传统和民间创作—神话意识尽管也属遗存，却与纯欧洲式的现代主义唯智论同

---

① 曾利君：《魔幻现实主义在中国的影响与接受》，北京：中国社会科学出版社，2007年版，第8—22页。

② 柳鸣九主编：《未来主义·超现实主义·魔幻现实主义》，北京：中国社会科学出版社，1987年版，第421页。

> 时并存,诸如此类多层次现象,是这些民族的文化在20世纪(特别是战后)"加速"发展的结果。这一特殊的文化一历史态势,使历史主义因素和神话主义因素、社会现实主义因素与名副其实的民间创作性因素之间同时并存和相互渗透成为可能(这种相互渗透有时甚至臻于有机的综合);对民间创作性的阐释,实质上摇摆于浪漫主义对民族特殊性的讴歌与现代主义对迭次复现的原始型的探求两者之间。[1]

这是对《百年孤独》以及拉美魔幻现实主义生成的宏观阐释,说明其文化生成的杂糅性或"混血儿"的特点难以用单一透明的定义概括。这种杂糅性构成了拉美魔幻现实主义创作的本质,它把历史主义观念(马孔多兴衰演变)、神话主义视角(马孔多的轮回时间观和启示录式的终结)、社会现实主义描写(党争、军事叛乱、香蕉热、大罢工、大屠杀等政治事件)、浪漫主义讴歌(民间迷信、口述故事及民族特殊性的表现)和现代主义精神(孤独的存在论主题、乌托邦的神话意识和多层次创作语言)结合起来,既打破主流现实主义创作规范,也突破现代主义美学范畴,具有高度的混杂性和颠覆性。正如约翰·巴思(John Barth)所说,在《百年孤独》中,"直率与诡诈、现实主义与魔法和神话、政治热情与非政治的艺术、人物塑造与漫画化、幽默与恐怖等的综合贯彻始终"[2],而这种神话主义和历史主义自相矛盾的结合,造就了20世纪60年代拉美魔幻现实主义文学非同凡响的勃兴。

第二节 跨国多元文化的转换与生成

此外,《百年孤独》的混杂性也体现在它的语言;它试图消除语言"纯正性"的幻想,甚至有关"恰当性"的一切幻想。阿尼巴尔·冈萨雷斯(Aníbal González-Pérez)在《翻译与家谱》一文中指出过《百年孤独》大量

---

① 叶·莫·梅列金斯基:《神话的诗艺》,魏庆征译,北京:商务印书馆,1990年版,第418页。

② 转引自曾利君:《魔幻现实主义在中国的影响与接受》,北京:中国社会科学出版社,2007年版,第21页。

引用外语的情况，[①]并强调了书中“翻译”行为的重要性。确实，小说中体现语言杂糅性的例子很多，如仆人维斯塔希恩教会阿卡迪奥和阿玛兰塔说瓜西罗语；墨尔基亚德斯除了说西班牙语和吉卜赛语等多种语言之外，还会说一种“复杂的混杂语”；何塞·阿卡迪奥·布恩蒂亚在被捆绑到栗子树上后，说一种奇怪的语言，后来证明是拉丁语；何塞·阿卡迪奥的拉丁语混杂着水手的习语，而且他的性器官上刺满了蓝色和红色错杂在一起的几国语言；墨尔基亚德斯的羊皮纸手稿是用梵文写的，为了翻译这份手稿，奥雷良诺·布恩地亚不仅学梵语，还学习了“英文、法文和一点拉丁文以及希腊文”，还有帕皮阿门托语，不一而足。[②] 如此凸显的语言杂糅性，用意究竟何在呢？

小说最新中译本的译者这样断言：“《百年孤独》可以读作一则关于翻译的寓言。”这无疑是正确的。除了上引冈萨雷斯文中所列举的语言之外，《百年孤独》还包括意大利语、加泰罗尼亚语、费尔南达矫揉造作的个人语言，以及阿玛兰塔对她的戏仿……由此而来的是几乎无所不在的翻译行为，从恋爱中的克雷斯皮将彼特拉克十四行诗译为西班牙语，到小说结尾处第六代奥雷良诺终于破译羊皮纸手稿，“这著名的结尾同时结束了‘原文’(羊皮纸手稿)、‘译文’(如果我们把读者手中这本记载了整部家族史、名为《百年孤独》的小说看作羊皮手稿的某种镜像的话)以及‘译者’奥雷里亚诺作为小说人物的生命。然而另一位‘隐形的译者’仍在场：借助博尔赫斯式的(或者应该说塞万提斯式的)乾坤挪移变形术，‘原作者’加西亚·马尔克斯成功换位变为‘译者’，而他笔下的人物吉卜赛智者梅尔基亚德斯反成了‘原作者’”。[③]

此一现象的揭示让我们看到，《百年孤独》通过多种族语言所强调的文化“差异”意识，以及通过“翻译行为”所呈现的“自我虚构和自我指涉”的倾向，使得这个文本的书写具有较为鲜明的后殖民和后现代特点。

事实上，约翰·巴思在《重添活力的文学——后现代派小说》一文中就称加西亚·马尔克斯是“一位杰出的后现代派作家”，并把《百年孤独》

---

① Richard Cardwell and Bernard McGuirk eds.,“Translation and Genealogy: One Hundred Years of Solitude”, in *GabrielGarcía Márquez: New Readings*, Cambridge: Cambridge UP, 1987, pp. 65—79.

② 见安德烈·布林克：《小说的语言和叙事：从塞万提斯到卡尔维诺》，汪洪章等译，上海：上海人民出版社，2010年，第231—233页。

③ 范晔：《〈百年孤独〉译余断想》，《文艺报》，2010年2月13日第7版。(笔者按：引文中“奥雷里亚诺”是“奥雷良诺”的另一种中译。)

视为体现后现代文学特征的典范文本之一;而让·彼埃尔·杜里克斯则把魔幻现实主义与“后殖民文学”联系起来,认为魔幻现实主义的创作原动力是缘于被殖民者对殖民者强加给他们的关于现实和历史的意象与定义的一种反应。[①] 我们看到,《哥伦比亚美洲小说史》涉及拉美“文学爆炸”和加西亚·马尔克斯创作的两个专章的标题均未采纳“魔幻现实主义”(Magic Realism)这个通行的称谓,而是分别以“后现代现实主义”(Postmodern Realism)和“拉丁美洲小说”(Latin American Fiction)为题加以论述,论述角度与前二十年的概念之争也有所区别,更重视加西亚·马尔克斯的创作与“全球化”浪潮之间的关系,而不是仅仅从拉美本土文化的角度考察其创作。琳达·哈钦(Linda Hutcheon)在《“环绕帝国的排水管”:后殖民主义和后现代主义》一文中总结说:“‘魔幻现实主义’的形式技巧(及其把幻想与现实的独特混合)已经被许多批评家挑选出来,作为后现代主义和后殖民主义的一个连接点。”[②]欧美批评家把魔幻现实主义纳入后殖民和后现代范畴中,使得以前一直被划定为第三世界,尤其是拉丁美洲及加勒比地区的“爆炸”文学,被置于一个更宽泛的后现代文化语境之中。

拉美魔幻现实主义最初起源于20世纪中叶拉丁美洲的“寻找民族特性”运动;在促进拉美人民大团结和“拉丁美洲意识”发展的思想背景下,产生了米格尔·阿斯图里亚斯、阿莱霍·卡彭铁尔、胡安·鲁尔福、加西亚·马尔克斯等人的魔幻现实主义创作,这是一个不容忽视的历史条件。[③] 拉美本土批评家多半不认同后现代主义的说法。中国也有学者质疑把加西亚·马尔克斯的创作定位为“后现代主义文学”的说法,认为20世纪中期的拉丁美洲社会尚缺乏后现代主义滋生的成熟土壤;拉美社会在并未进入后工业时代的前提下,何以能够对现代性基本价值进行逻辑上的反省和消解?[④] 这就涉及《百年孤独》文化生成的一个重要问题,即跨国多元文化的转换和生成与拉美“新小说”的关系问题。仅凭拉美社会缺乏相应的成熟土壤,就质疑其后现代主义文学的生成,这是否合理呢?

---

① 见曾利君:《魔幻现实主义在中国的影响与接受》,北京:中国社会科学出版社,2007年版,第21页。

② 罗钢、刘象愚主编:《后殖民主义文化理论》,北京:中国社会科学出版社,1999年,第493页。

③ 柳鸣九主编:《未来主义·超现实主义·魔幻现实主义》,北京:中国社会科学出版社,1987年版,第413页。

④ 曾利君:《魔幻现实主义在中国的影响与接受》,北京:中国社会科学出版社,2007年版,第31页。

假如合理,那么拉美的经济和文化同样未充分经历现代化,我们是否就能因此而质疑其现代主义文学的合法性呢?

答案无疑是否定的。首先,文化的传播和接受既是一个按照时序渐进的现象,也是一个跨越空间距离的播散和互动现象;文化传播和生成过程是允许出现某种不平衡的,也就是允许出现某种“滞后”或“加速”的状况,甚至出现“滞后”与“加速”并存的混杂性。其次,作为一种社会文化思潮的后现代主义,未必是专指对现代性基本价值的精确反省和消解,更多地是指原先处于边缘的群体(例如女性主义者、有色人种、犹太人和同性恋等群体)对主流话语提出质疑;它要强调的不是价值的同质性或中立性,而是异质性和差异性的权利。[①] 因此,将魔幻现实主义归入后现代范畴,理论上讲并非悖谬。再次,拉美文学“爆炸时期”的这一代作家,包括加西亚·马尔克斯、胡利奥·科塔萨尔、卡洛斯·富恩特斯和巴尔加斯·略萨等,是在接受欧美现代主义文学洗礼中成长起来的;卡夫卡、福克纳等现代派作家是其创作上的导师;跨国文化转换和生成是其文化主体建构的核心,而其文化主体建构具有双重边缘的属性,一方面是处在西方主流文化的边缘,另一方面是处在本土社会的边缘。用伊恩·麦克唐纳的话说,他们的创作是“对西方文化和本土文化的双重介入和双重逃离”[②]。这种双重边缘属性是其跨国多元文化转换和生成的结果,并给这一代拉美作家提供了观察美洲大陆的新视角——在展示一系列矛盾冲突的平衡关系中体现其真实性:幻想和现实,个体和族群,创造和毁灭,神话主义和历史主义,本土经验和异国情调,在充满讽喻和戏仿的文本之中得以协调起来。

由此可见,魔幻现实主义往往以带有原始色彩的农村生活为题材,涉及前现代及其封闭村落为主体的生存形态;它本身却不是一种乡村意识的单纯反应,它的神话也不是一种土著神话的单纯再现。它的美学所要克服的恰恰是地区性和乡土性的狭隘意识,试图在一种“超时空的浓缩”中完成对多元文化的审视和吸收。没有这种对多元文化的审视和吸收,就没有《百年孤独》的经典性。

从后现代语境考察加西亚·马尔克斯的创作,会弥补过去理论考察

---

① Emory Elliott ed., *The Columbia History of the American Novel*, 北京:外语教学与研究出版社,2006年,第521—522页。

② Salvador Bacarisse, *Contemporary Latin American Fiction: Seven Eassys*, Edinburgh: Scottish Academic Press, 1980, p. 14.

上的一些不足。例如,那种单纯将黑人文化和印第安文化视为《百年孤独》魔幻现实主义表现基础的观点,与文本制作的情况并不完全相符,容易导致本土文化一元论的错误结论。它也容易导致对民族本位主义和教条式的本土主义的过分关注,忽视了跨国多元文化的转换所形成的"混合空间",而这个"混合空间"正是拉美新一代作家文化活动的场域。

霍米·巴巴(Homi Bhabha)在谈到"后殖民主体建构"时提出了"混合空间"的说法,认为这种跨国和转换的文化其实是一种"生存文化";"生存文化与欧洲古典主义、浪漫主义、现实主义传统所维系的民族文化强调的民族历史传承不同,其主要特征是跨国性和转换性。文化跨越国界……文化同时又是不同文化的转换,因为后殖民话语关注的文化置换不仅是宗主国与殖民地、第一世界与第三世界历史差异的结果,更是跨越空间距离的文化传播与接收,是不同地缘空间之间的文化互动。"[①]从文化观上打破第三世界和第一世界之间的二元对立结构,这与拉美现代化的要求是一致的,或者说与它现代化要求的超前性和迫切程度是一致的。与其说这一代作家是"本土题材加现代技巧",还不如说他们是进行"文化置换"的有力实践者,使得"地缘空间"的认知向度也发生改变,不再以历史决定论的眼光看待其自身的文化主体建构,而是着眼于跨国多元文化的转换和生成。何塞·多诺索在《文学"爆炸"亲历记》中指出:"我们这一代小说家差不多一味地朝外看,不仅朝西班牙语美洲之外看,而且也越过同一种语言,朝美国、朝撒克逊语言国家、朝法国、朝意大利看,去寻找养分,开放自己,让自己传染各种从外部来的'不纯粹'的东西:宇宙主义的、时髦的、外国化的、唯美主义的,在当时人们单纯的眼光中,新小说家采取的是离经叛道的做法。"[②]拉美魔幻现实主义的兴起,是现代诗学意识与拉美民间文化及殖民文化之间的"变异综合"的结果,表明新一代作家兼收并蓄的文化视野和迫切的现代意识。加西亚·马尔克斯的创作既不代表传统的土著主义和地区性文学,也不是严格意义上的现实主义和现代主义范式,而是一种融合多种文化成分、以现代人的批判意识审视民族深蕴心理的创作,代表着第三世界观念意识的一个飞跃,给人带来认识论上的启迪和精神解放的力量。

---

① 陶家俊:《理论转变的征兆:论霍米·巴巴的后殖民主体建构》,《外国文学》,2006年第5期,第82页。

② 何塞·多诺索:《文学"爆炸"亲历记》,段若川译,昆明:云南人民出版社,1993年版,第15页。

《百年孤独》是一部试图囊括美洲现实的"仿史诗"小说，它的创作是以对文化观念的解构和语义重构为前提的。此处所说的解构和重构主要有三个具体含义。

其一，将家族历史、民间传说和政治记忆等非主流话语纳入官方版的权威历史话语中，企图以颠覆的方式改写哥伦比亚历史。[①]

其二，试图通过混淆真实和虚幻的界线，形成某种再现和观察事物的新方式，这是在传统摹仿论和叙事学意义上进行解构和重构的尝试。

其三，在缺乏艺术主导原则和范式的前提下，转向带有戏仿、讽喻和谐俗倾向的嬉戏；打破精英文化和流行亚文化之间的藩篱，通过文本的自我指涉肯定游戏和想象的力量。这第三个层面的解构和重构的尝试，尤其带有鲜明的后现代色彩，从伊哈卜·哈桑对后现代特点的描述、霍米·巴巴对后殖民主体建构的阐释中，这一点可以看得更为清楚。

可以说，《百年孤独》作为经典的生成是一个当代文化事件。它不仅标志着某一个流派或创作手法（魔幻现实主义）的成熟与确立，而且标志着跨国多元文化转换和生成的新空间，我们透过创作者的美学意识，看到的其实是一种不同的历史体验。所谓神话主义和历史主义的自相矛盾的结合，意味着"一种有别于过去和现在或传统与现代之间'进步主义'式分界的新体验"[②]。马孔多的创造与毁灭，一方面表达本土政治的悲剧和历史性绝望，一方面则暗示一种普世主义的乐观和社会转型的新蛊惑；小说甚至吸收了种种亚文化元素（大量的性描写及通俗文化意识），以刺激"不同地缘空间之间的文化互动"，表达"生存文化"的新体验。

国内对《百年孤独》的研究，对上述方面关注得还不够充分，尤其是对性描写及通俗文化伦理意识的渲染关注不够，而后者因其激进主义的色彩，在小说叙述中占据了突出地位；正如何·戴·萨尔迪瓦所言，它使小说的叙述徘徊于"高层次文化和群众文化"之间，即在"高层次文学结构和法兰克福学派奠基人霍克海默和阿多诺所谓的'文化产业'"之间进行协调。[③]这种跨越精英文化和通俗文化分界的尝试，本质上属于后现代文化范畴，也意味着传统"纯文学"规范的某种解体。《百年孤独》通过对"文学和文化结构的改组"，带来颠覆性的创作手法和深刻广泛的文化影响力，

---

① Emory Elliott ed., *The Columbia History of the American Novel*，第 526—528 页。

② 陶家俊：《理论转变的征兆：论霍米·巴巴的后殖民主体建构》，《外国文学》，2006 年第 5 期，第 83 页。

③ 林一安编：《加西亚·马尔克斯研究》，昆明：云南人民出版社，1993 年版，第 313 页。

既是融合拉美传统意识和现代神话的一种再创造,也成为"后现代主义和后殖民主义的一个连接点",因而标志着文学全球化时代的到来。

第三节 《百年孤独》的传播和影响

可以毫不夸张地说,《百年孤独》的出版给20世纪中期趋于疲乏的小说创作注入了活力,促使魔幻现实主义成为20世纪后半期最具影响力的一个文学流派。布恩地亚家族的百年兴衰史,其光怪陆离的幻象、生存斗争的历史和孤独毁灭的寓言,也成为人们重新审视自身社会文化的一面镜子。

《百年孤独》于1967年由阿根廷南美出版社出版,问世之后获得巨大成功,当年就有两家欧洲出版社买下版权,译本在法国和意大利出版后引起轰动,小说迅速被译成二十多国语言。此后一版再版,风靡世界文坛。1982年,加西亚·马尔克斯被授予诺贝尔文学奖,奠定了魔幻现实主义大师的地位。半个世纪以来,《百年孤独》在世界各地广泛流传,获得了巨大声誉,被誉为"20世纪最伟大的小说";它的出版发行也"成为一家真正的无烟工业,每天都在创造巨大的利润和崭新的记录"。[①] 据人民网中文版2007年3月30日报道,西班牙皇家语言学院为纪念作家80周岁生日、《百年孤独》问世40周年以及作家获诺贝尔文学奖25周年发行该书简装纪念版,于3月26日在哥伦比亚上市,共发行50万册,平均每秒卖出一本。中国推出的《百年孤独》正式全译本于2011年6月出版,据《重庆晚报》2011年12月9日报道,半年内销量已达一百万册。该书持久的声誉和惊人的销量堪称奇迹,它的流传和影响也改变了20世纪文学的格局,不仅使得拉美魔幻现实主义文学备受世人瞩目,也标志着拉美作家真正摆脱了文学上受影响和受支配的从属性地位,对当代欧美文学的发展起到反哺作用,也对世界文学创作产生了主导性的美学影响。这种影响迄今仍在世界文学中发挥作用,其结果事实上是难以全面而精确地加以统计的。

《百年孤独》的巨大文学影响可以从以下三个方面概述:

第一,对推广和传播拉丁美洲西班牙语文学的贡献。《百年孤独》的

---

① 陈众议:《加西亚·马尔克斯传》,北京:新世界出版社,2003年版,第155页。

传播在世界文坛掀起了一股“拉丁美洲文学热”，使得西班牙语拉美文学开始备受世人关注。美洲西班牙语的一些伟大作家，如博尔赫斯和胡安·鲁尔福等，他们的创作此前已受到北美和欧洲文坛瞩目，但是其影响一直囿于精英知识分子圈内，没有形成较为广泛的声势，而拉美的魔幻现实主义文学，尽管由于阿斯图里亚斯于1967年荣获诺贝尔文学奖而受到国际文坛的肯定，作为一个流派的创作和繁衍主要还是局限于拉美，尚未像《百年孤独》那样给欧美和第三世界的文学带来冲击。只是在《百年孤独》的带动之下，拉美“先锋派”和“文学爆炸”的两个作家群体才开始受到广泛阅读和关注，使得拉美、北美、英国、意大利、西班牙等地的书刊发表了大量文章，对当代拉美文学创作进行系统研究。拉美魔幻现实主义文学成为文坛宠儿，其史诗性的格局和生气勃勃的叙事技巧给20世纪中期趋于疲乏的小说创作注入了活力。在“爆炸”一代作家中，加西亚·马尔克斯成名最晚，却风头最健，他对拉美文学及其传播的贡献也最大，他让世界读者的目光转移到了拉美文学身上。在他的带动之下，当代拉美西班牙语文学真正成为一个跨国界的文学现象，是国际文坛上的一支生力军。

第二，魔幻现实主义成为20世纪后半期最具影响力的文学流派。在《百年孤独》出版之后的二十年间，拉美魔幻现实主义的传播势头达到最高峰，不仅对拉美“爆炸”后的一代小字辈作家，也对世界其他地区的作家产生了广泛而深入的影响。

在拉美文学“爆炸”后的持续繁荣时期，智利作家伊莎贝尔·阿连德(Isabel Allende)的《幽灵之家》(*La casa de los espíritus*, 1982)成为又一部轰动文坛的魔幻现实主义作品。小说的主角是塞维罗·德尔·瓦列家族的两个女儿，俏姑娘罗莎和明姑娘克拉腊。前者是《百年孤独》俏姑娘雷梅苔丝的翻版(美貌超越尘世，令人难以企及)，后者擅长圆梦，用超感官的力量移动盐瓶等器皿，通过三条腿的桌子与阴间的死者沟通，这一切分明打着马孔多家族的神奇烙印。还有那座迎送了无数亲友来客的“大宅院”，历经兴旺衰败；那个已经分不清岁数的老奶奶，是宅院几代人之间的纽带；还有老处女菲鲁拉、舅舅马科斯、海梅和尼古拉斯两兄弟等；这些怪癖的、疯疯癫癫的、性格孤僻的家族人物，坚硬执拗的女性和缺乏男子气的男人，都和马孔多的家族人物有着血缘关系。作家秉承《百年孤独》的家庭编年史手法和魔幻叙事技巧，在魔幻叙事中穿插震撼人心的政治悲剧，奉献了又一部魔幻现实主义力作。另外，墨西哥作家劳拉·埃斯基韦尔(Laura Esquivel)的《恰似水之于巧克力》(*Como agua para chocolate*, 1989)也是一部融合魔幻手法的佳作。此书对幽灵、魔法和炽热情欲的描写十分动人。从其创作精神看,通过神话化的想象和诗艺来"构筑一个使自由和对话成为可能的文学空间",这正是《百年孤独》的创作所开辟的道路。

《百年孤独》更大的影响体现在后殖民文学和"泛美叙事作家群"的创作之中。例如,被公认为"后殖民文学教父"的印裔英籍作家萨尔曼·拉什迪(Salman Rushdie),还有1993年诺贝尔文学奖获得者、美国黑人作家托妮·莫里森(Toni Morrison)等,他们的创作深受加西亚·马尔克斯的魔幻现实主义启发;前者挖掘印度文化古老的魔幻资源,后者回溯黑人文化丰富的魔幻特性,以其神话化诗艺和批判性目光,展现一个全球化、多种族和多元文化冲突的世界。

托妮·莫里森也被誉为善用魔幻现实主义手法描绘"现代神话"的作家,其代表作《宠儿》(*Beloved*, 1987)和《所罗门之歌》(*Song of Solomon*, 1977)已经跻身于魔幻现实主义经典行列。《宠儿》描写美国南方重建时期黑人悲惨的历史,讲述主人公两岁时被杀死、18年后借尸还魂的故事;小说情节在人与鬼魂之间展开,将生者与死者放置同一时间层面上,打破真实与虚幻的界限,将历史、隐喻、象征、黑人传说和《圣经》典故结合起来,形成小说的多重叙事结构,揭示奴隶制时期黑人的精神创伤,具有深刻的艺术感染力。在《所罗门之歌》中,戴德一世的鬼魂、奶娃与神话小说中寻宝人经历相似的自我发现之旅,取材于黑奴传说"飞回非洲的黑人",使得小说的叙述充满魔幻现实主义的神秘因素。托妮·莫里森的创作植根于黑人文化意识和西方文学传统,运用魔幻现实主义的技巧和手法,形成了自己独特的艺术风格,在当代美国文学中占有十分重要的地位。

魔幻现实主义实际上已成为一个国际性的创作流派,尤其是在《百年孤独》问世后的二十年间,成为世界文学具有代表性的一种创作模式。戴维·洛奇在《小说的艺术》中总结说:"魔幻现实主义——写实叙述里发生奇异的、不可能的、匪夷所思的事件——这种文学手法与当代拉丁美洲的关系特别密切(比如,哥伦比亚小说家加夫里埃尔·加西亚·马尔克斯),但也存在于其他各大洲的作家作品中,比如说,君特·格拉斯、萨尔曼·拉什迪、米兰·昆德拉等。"[1]日本存在主义作家大江健三郎也把他的创

---

① 戴维·洛奇:《小说的艺术》,卢丽安译,上海:上海译文出版社,2010年版,第134页。

作与拉美“爆炸文学”联系起来，并在谈到他的1994年诺贝尔文学奖获奖作品时说：“在我创作《万延元年的football》的前后十年间，以拉美地区为核心，不断出现以神话般的想象力和与此相适应的方法（魔幻现实主义这个词汇可以适用于这个方法）进行表现的小说。这些小说描述了前面说到的那个与中心相对抗的民众，以及他们自立的政治构想和文化。我发现，自己的《万延元年的football》所指向的目标，与它们有着很深的血缘关系。”[①]我们看到，以《百年孤独》为代表的拉美“爆炸”文学不仅席卷欧美，也蔓延至遥远的东亚，成为一股融合传统意识和现代神话的强大美学源流。大江健三郎甚至在1971年就预言：“无论在想象力的质量上，还是在叙述的方法上，从这个源流中接受影响的小说一定会出现在中国。”[②]

第三，《百年孤独》对中国新时期文学的影响。林一安在《加西亚·马尔克斯研究》的“前言”中指出：“80年代在中国掀起的‘拉丁美洲文学热’，以哥伦比亚著名作家、1982年诺贝尔文学奖得主加西亚·马尔克斯的不朽巨著《百年孤独》及其《家长的没落》《霍乱时期的爱情》和《中短篇小说集》等诸多作品中译的相继面世而达到高潮。今天，几乎所有的中国作家，特别是中青年作家，都读过或了解这位举世闻名的拉丁美洲经典作家……”文中还引用著名作家王蒙的话，后者认为，改革开放十余年来对中国文学影响最大的作家“当首推加西亚·马尔克斯”[③]。一个来自拉美的作家，对中国当代文学产生如此巨大的影响，确实是极为罕见的现象。

这种影响的具体程度和结果，在曾利君的《魔幻现实主义在中国的影响与接受》一书中有着较为系统的梳理和考察。曾利君考察了魔幻现实主义在中国的译介和研究过程，主要从“寻根文学”“西藏小说”和“新笔记小说”三个方面阐述魔幻现实主义对中国新时期文学的影响。以1985年前后兴起的颇具规模的“寻根文学”为例：除了韩少功、阿城、李杭育、郑万隆等人之外，还有王安忆、扎西达娃、乌热尔图、贾平凹、李锐、郑义等一批作家加入“寻根”行列；他们在拉美魔幻现实主义创作的启发下，从对传统文化和民族生活的挖掘中开辟新的创作路子，而“西藏小说”的代表作家扎西达娃、色波、子文、金志国等，也借鉴加西亚·马尔克斯等拉美作家的创作方法，融合现实、宗教和民族文化因素，表达西藏这块“神奇的土地”。此外，莫言、阎连科、范稳等人的创作也体现拉美魔幻现实主义在中国的

① 大江健三郎：《我在暧昧的日本》，王中忱、庄焰等译，海口：南海出版社，2005年版，第81页。

② 同上书，第81页。

③ 林一安编：《加西亚·马尔克斯研究》，昆明：云南人民出版社，1993年版，“前言”第1页。

影响与接受,从20世纪80年代到21世纪头十年,持续实践本土文化和现代叙述技巧的结合,取得了令人瞩目的创作成就。2012年诺贝尔文学奖颁发给莫言,便是对中国魔幻现实主义创作成就的巨大肯定。

莫言早期的"红高粱家族"系列和后来的《丰乳肥臀》《酒国》《檀香刑》等长篇小说,对拉美魔幻现实主义进行借鉴和转化,形成了独具特色的"高密东北乡"神话国度。在《二十一世纪的对话:大江健三郎VS莫言》(2002)中,大江健三郎指出,莫言作品中"那种形象的飞跃和假想"属于魔幻现实主义范畴;而《红高粱》"从一开始就写了神话里国家的形成,世界的被创造,以及家族的诞生等,这样把中世纪的历史、近代史、现代史相连的写法也是魔幻现实主义的表现手法之一"。[①]诺贝尔评奖委员会高度称赞莫言"通过魔幻现实主义(笔者按:此译法有争议,见下文解释)将民间故事、历史与当代社会融合在一起"。[②]这个概括和评价,也表明拉美魔幻现实主义在中国新时期文学领域里的一种繁衍和发展。译得并不准确的"魔幻现实主义"概念,指向莫言创作的主要渊源和范畴,因为莫言创作是在魔幻现实主义创作方法影响下形成的,深受福克纳和马尔克斯的启发,其基本面貌还是属于魔幻现实主义的。

综上所述,《百年孤独》的传播对世界文学创作产生了巨大影响,为后现代和后殖民语境中的文学创作以及全球化时代第三世界的文学现代化实践提供了可资借鉴的新模式,也为我们研究文学经典的生成与传播提供了新的启示。

---

① 大江健三郎:《我在暧昧的日本》,王中忱、庄焰等译,海口:南海出版社,2005年版,第55—57页。

② 引自傅伟中:《傲慢与偏见》,《出版广角》,2012年第12期,第1页。

第十一章
博尔赫斯文学经典的生成与传播

20世纪拉美文学的繁荣是在从本土化与全球化的碰撞中产生的。评论界通常认为拉美文学以20世纪60年代为分水岭，前期偏向地域主义和乡土化，后期呈现出全球化面貌，进而带来了拉美文学的“爆炸”。阿根廷作家博尔赫斯(Jorge Luis Borges，1899—1986)的发展轨迹是个例外。由于神秘的禀赋和个人经历的独特性，他在20世纪30年代就超前地完成了这种转换，而且基本上是独自完成的。本章试从“宇宙主义”(cosmopolitanism)和电影艺术两个方面，探寻博尔赫斯经典的生成与传播跟他的世界性写作之间的关系。

第一节 “宇宙主义”与博尔赫斯经典的生成

对任何作家的归类都是对该作家的简化。对于博尔赫斯来说，就更是如此了。评论界每逢讨论博尔赫斯创作的类别，都会引发诸多争议。然而，在提及博尔赫斯创作中的“宇宙主义”特征时，批评者和拥护者们达成了惊人的一致。博尔赫斯的作品不仅涉及了英国、美国、法国、德国、俄罗斯和意大利，还写到了希腊、埃及、捷克、以色列、日本、中国和印度等国。有耐心的读者如能根据博尔赫斯作品中提到的地名给世界地图上色，会发现半个地球已被描画，另有一些地名则无法在我们的星球上找到。正因为这样，莫洛亚(André Maurois)把博尔赫斯称作“精神上没有祖国的世界性作家"[①]。陈众议也指出:"与马尔克斯不同,博尔赫斯一开始写作就遵循了'宇宙主义'的世界性写作路数。"[②]

宇宙主义在拉美文学中的发端,见于墨西哥作家巴斯康塞洛斯(Jose Vasconcelos)的一本小书《宇宙种族》(*The Cosmic Race*,1925)。书中写道:"拉丁美洲种族的显著特点是其多元性,这种多元性决定了它具有无比广阔的宇宙主义精神。"[③]提出这一观点后,巴斯康塞洛斯在拉丁美洲各国游说,使众多作家(如聂鲁达、米斯特拉尔和雷耶斯等人)自觉地扩大了创作视野。博览群书的博尔赫斯于 1921 年开始积极参加阿根廷文学界的活动,想必他对上述风潮有所耳闻,但没有确切资料表明他是为了响应巴斯康塞洛斯的号召而开始世界性创作的。从现有资料来看,博尔赫斯创作的"宇宙主义"精神主要源自他自身的成长经历和人生际遇。

博尔赫斯出生于布宜诺斯艾利斯的书香门第。他的父亲是一名律师,兼任现代语言师范学校心理学教授,热爱文学,拥有大量私人藏书;母亲出身望族,阅读广泛,精通英语和西班牙语;祖母是英国人。博尔赫斯童年早慧,十岁前已能熟练使用英语和西班牙语两门语言:七岁时他用英文缩写了一则古希腊神话,八岁用西班牙文写作了《致命的头盔》,九岁把王尔德的《快乐王子》从英文翻译成西班牙文,并发表在《国家报》上。1914 年,博尔赫斯的父亲眼疾加剧,几近失明,无法继续工作,博尔赫斯举家迁往日内瓦,一个更为广阔的语言世界对博尔赫斯敞开了。在那里,他学会了法语、德语、意大利语和拉丁语,几乎是不加选择地阅读了欧美各国文学。在《文学乐趣》(*Literary Pleasure*)一文中,博尔赫斯说自己读的东西五花八门,没有统一性。他称自己"是一个好客的读者,是他人生命的彬彬有礼的探索者,总是热情顺从地去接受所有事物"[④]。由于家族遗传因素,他四十多岁时就视力衰退,后逐渐失明,但是他依然购买大量图书,甚至学习新的语言。六十多岁时,博尔赫斯学会了古斯堪的那维

---

① André Maurois, in Donald A. Yates and James E. Irby ed., *Preface to Labyrinths: Selected Stories and Other Writings by Jorge Luis Borges*, trans. Sherry Mangan, New York: New Directions, 1964, p. ix.

② 陈众议:《全球化? 本土化? ——20 世纪拉美文学的二重选择》,《外国文学研究》,2003 年第 1 期,第 5 页。

③ Jose Vasconcelos, *The Cosmic Race: A Bilingual Edition*, trans. Diden T. Jaen, Baltimore: Johns Hopkins University Press, 1997, p. 10.

④ Jorge Luis Borges, *Literary Pleasure*, quoted in Borges: *On Writing*, Suzanne Jill Levine, ed., New York: Penguin Books, 2010, p. 72.

亚语，去世前几周他还请了一名埃及老师教他阿拉伯语。他既博闻又强记：1976年，77岁高龄的博尔赫斯背诵了八首罗马尼亚文诗歌，这几首诗歌是1916年他在日内瓦时从一位罗马尼亚难民那里听来的。最令人惊奇的是，博尔赫斯竟不识罗马尼亚语。[1]精通多门语言的博尔赫斯也是个翻译大家，翻译过卡夫卡、乔伊斯、王尔德的多篇作品，惠特曼的《草叶集》、弗吉尼亚·伍尔夫的《奥兰多》和《一间自己的屋子》也都是由他翻译并介绍进西班牙语世界的。他甚至还转译了一些中国古典诗歌。他曾留下过一句名言："我心里一直都在暗暗设想，天堂应该是图书馆的模样。"[2]事实上，他自己就是一座行走着的图书馆，是一个文学百宝箱。

这林林总总的书籍，纷纷投影到博尔赫斯的创作中来。博尔赫斯是先成为诗人，后成为小说家的。他之所以迟迟没有开始写小说，是因为他读书太多，认为故事已被前人写尽，不知从何下笔。后来博尔赫斯找到了写作门径，那就是对前人作品进行改写。1935年博尔赫斯出版第一本小说集《恶棍列传》(*A Universal History of Infamy*)，其中的内容大都是对已有故事的重写。在1954年版的《序言》中，博尔赫斯说："这是一个害羞的人的不负责任的游戏，他当时不敢自己写小说，只能以篡改和歪曲他人的故事自娱。"[3]他还在该书末尾附上了资料来源，以示诚恳。例如，《心狠手辣的解放者莫雷尔》跟马克·吐温的《密西西比河上》相关，《女寡妇金海盗》来自菲利普戈斯的《海盗史》，《杀人不眨眼的比尔·哈里根》改写自《枪手一百年》和《小子比来传奇》；其他作品则参考了《日本古代故事》《波斯史》和阿拉伯故事等。[4] 在以后几十年中，博尔赫斯对这种写作手法越来越着迷，也越来越得心应手。他常在文中宣称，他想写的那本书前人已经写了，他只是对已经存在的书做评论，或对其中某个细节做考证和拓展。那个所谓的"前人"有时真有其名。荷马、维吉尔、但丁、塞万提斯、莎士比亚、弥尔顿、叔本华、卡夫卡、乔伊斯、切斯特顿、爱伦·坡等作家都曾出现在他的作品中。例如，《叛徒与英雄的主题》(*Theme of the Traitor and the Hero*)一开篇就承认受到了切斯特顿和莱布尼茨的影

① 博尔赫斯：《博尔赫斯谈诗论艺》，陈重仁译，上海：上海译文出版社，2008年版，第129页。

② 博尔赫斯：《关于天赐的诗》，林之木译，见林一安主编：《博尔赫斯全集》(诗歌卷)(上)，杭州：浙江文艺出版社，1999年版，第150页。

③ Jorge Luis Borges, Preface to the 1954 Edition of *A Universal History of Infamy*, quoted in Borges: *On Writing*, Suzanne Jill Levine, ed., New York: Penguin Books, 2010, p. 151.

④ 博尔赫斯：《〈恶棍列传〉资料来源》，王永年译，见林一安主编：《博尔赫斯全集》(小说卷)，杭州：浙江文艺出版社，1999年版，第68页。

响,接着又说作品中的主人公曾在勃朗宁和雨果的诗歌中出现过。在另外一些时候,那个所谓的“前人”则是博尔赫斯虚构的。例如,《接近阿尔莫塔辛》就是假托一位印度作家在1932年出版了一本题为《接近阿尔莫塔辛》的书,作者对此作出评价,并把它收录在《评注两则》之中。这篇文章最初在《南方》杂志发表时,读者误以为这真是博尔赫斯对一位印度作家所作的评论。又有一些时候,在同一部作品中会出现好几本书。博尔赫斯最负盛名的短篇《交叉小径的花园》(*The Garden of Forking Paths*)是这方面的典型例子。作品先从利德尔·哈特《欧洲战争史》第242页记载的历史事件入手,力图揭开一个历史谜团;接着以青岛大学前英语教师余准的口吻写了一篇证词,来构建小说的全文。证词中又提到另一本书,为余准的爷爷云南总督崔彭所写。崔彭晚年辞去高官厚禄,耗时13年写就一部巨著,其中的人物比《红楼梦》里的还要多。事实上,他建造了一个谁都走不出的迷宫。正是崔彭的这本迷宫似的书构成了《交叉小径的花园》的核心情节。由于在同一本小说里包含了多本真假莫辨、虚虚实实的其他书籍,因此审美空间得以拓宽,作品的神秘感也得以增强。可以说,书是博尔赫斯作品的第一主角,没有哪个作家的作品中出现过这么多的作者名和书名。卡尔维诺曾把博尔赫斯称为“作家中的作家”,而我们不妨把他的作品称为“书之书”。

博尔赫斯对西方文学如数家珍,对东方文学亦向往之至,其中对中国文化最为着迷,在创作中也多有借用。他盛赞《水浒传》和《红楼梦》。博尔赫斯把《水浒传》称作13世纪的流浪汉小说,他认为这本小说没有说教,情节的展开像史诗般壮阔,而且书中超自然的魔幻描写令人信服,他认为这部小说比17世纪西班牙的流浪汉小说更为出色,甚至可以与这一类小说中最古老、最优秀的作品——古罗马的《金驴记》相媲美。[①] 当博尔赫斯读到《红楼梦》第六章“初试云雨情”时,他说这些章节“使我们确信见到了一位伟大作家”[②]。而第十章“贾瑞误照风月镜”更令博尔赫斯震动,他甚至把自己最崇敬的两位作家爱伦·坡和卡夫卡一起搬出来作比,似乎只有这样才足够赞美这部伟大的小说。后来博尔赫斯把这面风月镜写进了短篇小说《阿莱夫》(*El Aleph*)中。博尔赫斯还读了爱德华小姐编

---

① 博尔赫斯:《施耐庵〈梁山泊好汉〉》,徐尚志译,见林一安主编:《博尔赫斯全集》(散文卷)(下),杭州:浙江文艺出版社,1999年版,第459页。

② 博尔赫斯:《曹雪芹〈红楼梦〉》,徐鹤林译,见林一安主编:《博尔赫斯全集》(散文卷)(下),杭州:浙江文艺出版社,1999年版,第376页。

写的《龙之书》，摘抄了“惟求寿终正寝”“便宜没好货”“良宵苦短”“有钱是条龙，没钱是条虫”[①]等中国谚语，写作了题为《东方文学巡礼》的评论文章。在这篇评论结尾，他写到了“庄周梦蝶”的故事。庄子梦见蝴蝶后醒来，不知道自己到底是曾经梦见自己是蝴蝶的男人，还是现在梦见自己是个男人的蝴蝶。梦幻世界和现实世界的相互侵蚀和重叠正是博尔赫斯最喜爱的主题，我们在博尔赫斯的《南方》《等待》等众多小说中都可以看到“庄周梦蝶”式的追问。

日本文学和阿拉伯文学也是博尔赫斯常常挖掘的东方富矿。他通读过麦克里沃的《日本文学史》，对日本古代文学尤为熟悉。当东方学家阿瑟·韦利翻译的《源氏物语》(1935)在伦敦出版时，博尔赫斯撰写书评，称“愿向所有阅读这段文字的读者推荐这部小说”[②]。博尔赫斯不仅读了该书的英文译本，还对法文和德文译本也做过了解。他称赞该书精致，感情细腻。《源氏物语》中有一人站在窗前“看到雪花飞舞后面的繁星”[③]，这个意境让博尔赫斯大为叹服，称这是神奇而令人难以置信的一笔。博尔赫斯不仅阅读日本文学，他还曾模仿日本短歌和俳句进行创作。精致的小诗表现的是博尔赫斯的主题，但的确具有日本文学的语调。阿拉伯文学中最吸引博尔赫斯的当属《一千零一夜》，这是他在父亲的图书馆里最早读到的书。后来博尔赫斯曾写《一千零一夜的译者们》《安东尼加朗选编一千零一夜》《一千零一夜》和《〈一千里一夜〉的比喻》等多篇文章加以评论。博尔赫斯甚至认为《一千零一夜》的书名也是世界上最美的，因为“一千夜”已是无穷无尽的夜晚，说“一千零一夜”则是给无穷无尽再一次添加。博尔赫斯觉得这种表达十分动人，使他想起英语中的“for ever and a day”，以及彭斯的诗句“我将爱你至永远及之后”。[④]“比最多还要再多一点”的美学意蕴在博尔赫斯的很多作品中也得到了体现。

博尔赫斯就像一个神秘的工匠，用世界各地光怪陆离的传说和文本作零件，组装出一件件独具风格的玩具。这不仅是博尔赫斯的写作手法，也是他创作理念的表达。在博尔赫斯看来，每个作家作为个体的重要性

① 博尔赫斯：《东方文学巡礼》，徐少军、王小方译，见林一安主编：《博尔赫斯全集》(散文卷)(下)，杭州：浙江文艺出版社，1999年版，第527页。

② 博尔赫斯：《紫式部〈源氏物语〉》，徐少军、王小方译，见林一安主编：《博尔赫斯全集》(散文卷)(下)，杭州：浙江文艺出版社，1999年版，第462页。

③ 同上。

④ 博尔赫斯：《一千零一夜》，陈泉译，见林一安主编：《博尔赫斯全集》(散文卷)(下)，杭州：浙江文艺出版社，1999年版，第94页。

是很小的，一个伟大的作家必然处于文学的连续整体之中。在《柯勒律治之花》中，他举例说乔治·穆尔和乔伊斯都在自己的作品中融进了别人的篇章和词句，而奥斯卡·王尔德则常常奉献故事情节让别人去创作。博尔赫斯在世界各国最伟大的文学作品中感到了妙不可言的共同性，从而得出所有诗人都是一个诗人的结论，他说："可以说世间所有的作品都是由一个人写出来的；这些书的中心如此统一，以至无法否认都是出自一位无所不知的博学先生之手。"[①]只是这个人的名字在变，他有时候叫惠特曼，有时候叫曹雪芹。我是他人，他人是我，这种人生观也构造出了博尔赫斯作品中很多迷宫的回廊和幽暗之地，是让博尔赫斯陶醉其中的文学本质。

然而，"宇宙主义"创作的意义绝不局限于博尔赫斯本人的美学追求之中，它有着更为广泛的文学价值和文化意义。这一层意义可结合博尔赫斯的文论作品《阿根廷文学和传统》(*The Argentine Writer and Tradition*)来理解。这是一篇写于1951年的演讲稿。当时在庇隆政府的专制统治下，人们批评博尔赫斯对当地生活表现得冷漠和傲慢，甚至妖魔化地称其为"那个欧洲人"，[②]博尔赫斯撰写此文以作反击。博尔赫斯认为文学的民族性没有必要刻意表现在具体意象上。他以《古兰经》为例，说这本书里没有出现一只骆驼，但是没有人会否认它是一部阿拉伯文学典籍，因为只有旅行者和外乡人写到阿拉伯时才会写骆驼，穆罕默德作为一个阿拉伯人是没有理由去写骆驼的。博尔赫斯说："我想我们阿根廷人可以效仿穆罕默德，相信自己即便不渲染地方色彩，也依然能够做阿根廷人。"[③]博尔赫斯还追溯了自己的写作经历来证明这一点。他说自己早年曾试图使用阿根廷特有的语言去描写阿根廷郊外的特有景色，但他那个阶段的作品只给人们留下了很浅的印象。当他写作《死亡与指南针》(*Death and the Compass*)时，他故意把出现在作品中的街道改了名字，表现了一个扭曲的布宜诺斯艾利斯，结果朋友们说终于在他的作品里找到了布宜诺斯艾利斯特色。博尔赫斯指出，阿根廷是一个曾经被殖民统治

---

① 此处博尔赫斯引用了爱默生的话来表达自己的见解。博尔赫斯：《柯勒律治之花》，黄锦炎译，见林一安主编：《博尔赫斯全集》(散文卷)(上)，杭州：浙江文艺出版社，1999年版，第343页。

② 民族主义者和博尔赫斯之间的争论详见 James Woodall, *Borges, A Life* , New York: Basic Books, 1996, pp. 185—186.

③ Jorge Luis Borges, *The Argentine Writer and Tradition*, quoted in Donald A. Yates, ed., *Labyrinths: Selected Stories and Other Writing*, New York: New Directions Books, 2007, p. 181.

的小国,因此它的作家们不应该揽镜自照,孤芳自赏,而是应当把整个西方文化当作阿根廷的传统。他还拿犹太文化和爱尔兰作家作比,认为这些看似附属的文化或文学之所以能够在欧洲文化中出类拔萃,是因为他们参与进了欧洲的文化活动,但同时又不因特殊的偏爱而被这种文化所束缚,博尔赫斯认为阿根廷的处境有其相似之处。他最后得出的结论已不局限于西方传统,而是放眼世界,他说:"我们不应该害怕,我们应该把宇宙看作我们的遗产;而且我们可以尝试任何题材,不能为了做阿根廷人就把自己局限于纯粹的阿根廷题材……作为阿根廷人或许只是一种做作(affectation),一个面具(mask)。"[1]博尔赫斯所做的这番阐述是源自多年创作实践的经验之谈,虽然没有使用什么术语,却具有极强的理论前瞻性。三十多年后,德勒兹(Gilles Deleuze)和瓜塔列(Felix Guattari)才在他们影响深远的文论作品《卡夫卡:走向少数文学》(*Kafka: Toward a Minor Literature*, 1986)中提出类似思想。在该书中,德勒兹和瓜塔列以卡夫卡为例,阐述"少数文学"(minor literature)产生于"多数文学"(major literature)内部,又对"多数文学"进行抵抗和消解的逻辑。作为一个用德语创作的布拉格犹太人,德语是卡夫卡的母语,但德语文化跟他祖先的文化并不一致,这使得他的作品在德语文学内部产生极强的革命性。德勒兹和瓜塔列把"少数文学"所具有的这种革命性称为"解域化"(deterritorialization)。他们又引用卡夫卡自己的话,把卡夫卡的"解域化"创作概括为"从摇篮里抱走孩子"。[2] 德勒兹和瓜塔列的思想跟博尔赫斯的观点一脉相承,而且跟博尔赫斯一样,也以爱尔兰文学和犹太文化为佐证,但全书没有提及一名阿根廷作家。

博尔赫斯出生在地处拉丁美洲南端的前殖民地国家,说着西班牙语和英语,跟阿根廷本土的高乔文化传统几近脱离。这些原本都是产生经典作品的不利条件,但是博尔赫斯和卡夫卡一样,把阻碍当作财富,用拥抱代替疏离,创造出了已有规律无法解释的文学景致。

---

① Jorge Luis Borges, *The Argentine Writer and Tradition*, quoted in Donald A. Yates, ed., *Labyrinths: Selected Stories and Other Writing*, p. 185.

② Gilles Deleuze and Felix Guattari, *Kafka: Toward a Minor Literature*, trans. Dana Polan, Minneapolis: University of Minnesota Press, 1986, p. 19.

第二节 电影艺术在博尔赫斯经典的生成和传播中的作用

博尔赫斯的世界性创作不仅体现为他对不同文化、不同地域的文学兼收并蓄,还体现在他对不同艺术门类的热爱和借鉴之中。在他的早期作品中,细心的读者可以看到歌剧和探戈的艺术影响,但是对他作品的生成和传播影响最大的艺术门类应当是电影艺术。

博尔赫斯对电影的接受,跟电影工业的兴起以及电影艺术在阿根廷的传播相联系。1921年,博尔赫斯从欧洲学成归来,适逢电影艺术传播到阿根廷,成为新兴的大众娱乐项目,多家电影杂志在布宜诺斯艾利斯创刊。在这种文化工业的冲击下,风华正茂的博尔赫斯成了一个地道的电影迷。他年轻时代的好友卡萨雷斯(Aldofo Bioy-Casares)说:"如果博尔赫斯列出一个年轻时感动过他的作品单子来,我可以大胆预测,里面定然有很多是电影。"[①]博尔赫斯也坦承他的小说创作深受电影影响。在《恶棍列传》出版序言中,他说创作这部小说的起因之一是看了好莱坞导演冯·斯登堡(Von Sternberg)的前期电影。[②] 1931—1944年间,博尔赫斯为阿根廷文学杂志《南方》(*SUR*)写了很多影评,对当时的热门电影《公民凯恩》《城市之光》《罪与罚》《金刚》和《西线无战事》等都做了及时点评。晚年的博尔赫斯曾经说:"这些影评只是一些应该被遗忘的乱涂乱画。"[③]读过作品后,我们知道这不过是自谦之词。虽然影评中的个别观点略嫌偏颇,但对于我们今天研究博尔赫斯经典的成因,这些影评依然弥足珍贵。

从上述影评中可以看到,当大多数艺术家推崇法国艺术电影或小众电影的时候,博尔赫斯大力支持好莱坞电影。他批评德国电影充满"阴郁的象征、同义反复或类似形象的徒劳重复、猥亵、对畸形的爱好,甚至邪

---

① Edgardo Cozarinsky, *Borges in and on Film*, trans. Gloria Waldman and Ronald Christ, New York: Lumen Books, 1988, p. 1.

② 博尔赫斯:《〈恶棍列传〉初版序言》,王永年译,见林一安主编:《博尔赫斯全集》(小说卷),杭州:浙江文艺出版社,1999年版,第3页。

③ Edgardo Cozarinsky, *Borges in and on Film*, trans. Gloria Waldman and Ronald Christ, p. 5.

恶”,[1]而苏联电影“绝对取消性格,纯属相片选集、委员会粗糙的教育”。[2]论及法国电影时,博尔赫斯说:“我不谈法国人,到目前为止,他们的全部努力纯粹是为了不与美国电影雷同——我保证,他们确实没有冒这个风险。”[3]从多篇影评中可以看出,博尔赫斯当时的影评标准,取决于所评电影是否具有好莱坞电影的叙事技巧和风格。

虽然博尔赫斯直接参与电影制作是后来的事情,但是早在20世纪30年代,他就已开始尝试电影剧本创作,而电影艺术对他的小说和散文创作的影响已十分明显。

首先表现为蒙太奇手法的运用。博尔赫斯用笔经济,有着数学般的精确。其作品的美学特征之一是碎片化(fragmentation)和快速转换意象,往往三言两语就勾画出一个场景或一个人物形象。这得益于他对蒙太奇手法的熟练运用。我们试以《杀人不眨眼的比尔・哈里根》为例。小说这样开头:

> 亚利桑那的土地比任何地方都更壮阔:亚利桑那和新墨西哥州的土地地下的金银矿藏遐迩闻名,雄伟的高原莽苍溟蒙、色彩炫目,被猛禽叼光皮肉的动物骨架白得发亮。那些土地上还有“小子”比来的形象……[4]

光看这段译文,似乎没有不凡之处,只是交代了小说三要素中的两个——环境和人物。这只能怪译者过于善良,为便于读者理解,在原文基础上添加了很多连接词和动词,使原文的蒙太奇艺术手法变得不明显了。然而,只要我们对照一下英文译文,就会一目了然:

> An image of the desert wilds of Arizona, first and foremost, an image of the desert wilds of Arizona and New Mexico—a country famous for its silver and gold camps, a country of breathtaking open spaces, a country of monumental mesas and soft colors, a country of bleached skeletons picked clean by buzzards. Over this whole

---

① Edgardo Cozarinsky, *Borges in and on Film*, trans. Gloria Waldman and Ronald Christ, p. 23.

② Ibid., p. 23.

③ Ibid., p. 23.

④ 博尔赫斯:《杀人不眨眼的比尔・哈里根》,王永年译,见林一安主编:《博尔赫斯全集》(小说卷),杭州:浙江文艺出版社,1999年版,第34页。

country, another image—that of Billy the kid. ①

这里总共只有两句话:第一句是一个交代环境的"image",第二句则是交代人物的"another image",没有谓语动词。这不是小说的写法,而是电影剧本通常的写法。中文译文通过补全成分,调整语序,各意象之间的逻辑变得严密了,语言也比原文流畅了,却抹去了博尔赫斯原作的美学特色,使读者无从感受他独特的语调。博尔赫斯不仅在小说写作中使用蒙太奇,在散文和诗歌中也大胆使用这一手法。即便是在写给他母亲的一小段独白里,我们也能领略到他那独特的魅力:

> ……父亲、诺拉、祖父母和外祖父母,你的记忆以及由此而引发的长辈的记忆(庭院、奴隶、送水的挑夫、秘鲁轻骑兵的进袭和罗萨斯带来的耻辱),你勇陷囹圄而我们这些男人却默不作声,帕索德·尔莫利诺,日内瓦和奥斯汀的清晨,共同度过的黎明和黄昏,你刚刚开始的晚景,你对狄更斯和埃萨·德·克罗兹的痴迷,妈妈,你本人。②

这是一句很长的话,由无数纷繁的意象拼接而成,没有谓语动词,没有明确的逻辑联系。但这一连串断断续续的、漂浮的能指为最后指向"妈妈,你本人"这个所指做了极好的铺垫,使最后的呼喊情感充沛。在读这段文字时,细腻的读者一定能感受到摄像机的运动所带来的韵律感和音乐美。

电影艺术对博尔赫斯创作的另一种影响是对小说情节的推崇。跟其他类型的电影相比,好莱坞电影是以情节取胜的,每部电影都会有完整的故事,这也是博尔赫斯推崇好莱坞电影的最大原因。他曾在赞美一部阿根廷电影时说:"这部电影的主要优点是连续性(continuity)……故事清澈地流淌,像美国电影的做法。"③在弱化叙事和实验小说盛行的时代,博尔赫斯坚称短篇小说的魅力在于情节。他曾批评《1938 年英美最佳小说选》的作者们标新立异,不注重小说情节,并且强调:"事实是有启迪作用

---

① Jorge Luis Borges, *A Universal History of Infamy*, trans. Norman Thomas di Giovanni, New York: Dutton, 1972, p. 61.

② 博尔赫斯:《献给莱昂诺尔·阿塞韦多·德·博尔赫斯》,林之木译,见林一安主编:《博尔赫斯全集》(小说卷),杭州:浙江文艺出版社,1999 年版,第 13 页。

③ 这是博尔赫斯在评论阿根廷电影"La Fuga"时写下的话。Edgardo Cozarinsky, *Borges in and on Film*, trans. Gloria Waldman and Ronald Christ, New York: Lumen Books, 1988, p. 47.

的。从《一千零一夜》到卡夫卡，短篇小说的情节总是最重要的。”[①]博尔赫斯本人的短篇小说情节都是精心构筑的，大都有令人意外的结局，像是在破案或解密。没有哪位读者在第一次读《交叉小径的花园》时，能猜到“我”坐火车去某地杀一个陌生人，是因为这个人的名字跟“我”要传递给上司的情报中的地名相同。也没有哪位读者能料到，《刀疤》的“我”所讲述的故事里，那个懦弱可恨的告密者“他”其实是讲述者本人，而故事中的“我”已然去世，而且正是被讲述者出卖伤害的那个人。把短篇小说写作当作智力游戏，把情节视为短篇小说的灵魂，这就是博尔赫斯的风格，从中我们可以看到好莱坞电影艺术的痕迹。

博尔赫斯还从电影艺术中领悟到一些安排小说情节的具体技巧，其中最为突出的是注重故事发展进程的偶然性。在《叙事艺术和魔幻》一文中，博尔赫斯找到了小说情节安排跟弗雷泽(James George Frazer)的《金枝》(*The Golden Bough*)中的巫术原理之间的相通性。弗雷泽把原始部落的巫术规律概括为：距离相异的事物间有着不可避免的联系，或是由于他们的形象一样——模仿巫术(homeopathic magic)，或是由于它们以前是相邻的——传染巫术(contagious magic)。博尔赫斯认为，这些规律也同样支配着小说，具体表现为一句极不要紧的话、一个很偶然的行动或一缕飘忽而过的思绪，为全文的结局埋下了伏笔。他指出：“小说应该是一个有关注意力、回音和近似性的精巧计划。在细心构筑的叙事作品中，所有细节都有向后发展的可能。”[②]这一点在他自己的小说中得到了充分体现：一些不显眼或不相关的人物和细节，却往往起到关键作用，或引起悲剧，或解开谜团。例如，《门槛旁边的人》中那个蜷缩在门槛边的老人是那么不起眼，现实世界对他而言只是模糊的嘤嘤声；人流不断从他身边走过，如同时间流逝，没有任何人会为他停留。然而，“我”在他身边停了下来，向他打听一个人的下落。老人答非所问地对“我”讲了一个历史上的谋杀故事。“我”跟他告别后，立即发现正是在“我”听故事的这段时间里，“我”要救的那个人被杀害了，他的死亡方式跟老人故事里那个人的死亡方式毫无二致。这个不会让任何人起疑的老人，用故事预言了悲剧，又用讲故事的方式拖延了“我”的救人计划，促成了悲剧。无意乎？必然乎？

---

① 博尔赫斯：《一部短篇小说集》，徐少军、王小方译，见林一安主编：《博尔赫斯全集》散文卷(下)，杭州：浙江文艺出版社，1999年版，第501页。

② Jorge Luis Borges, *Narrative Art and Magic*, quoted in Eliot Weinberger, ed., *Jorge Luis Borges, Selected Non-fiction*, New York: Penguin Books, 1999, p. 81.

留给读者的,是无尽的思索。博尔赫斯这些令人赞叹的情节设计技巧,主要是从侦探小说和电影中学来的。在谈及偶然性的重要意义时,博尔赫斯说:“怀有目的的语言和情节在好的电影作品里随处可见。”[①]他随后列举了《光明磊落地玩牌》《下层条律》和《声名狼藉》等电影,来阐明这一技巧的具体运用方式。由此可见,博尔赫斯从电影艺术中汲取了充足的养分。

如同动物界的反哺现象,博尔赫斯的经典著作一方面受电影艺术哺育,另一方面又反过来哺育电影艺术本身。他的作品深受几代电影人的喜爱,在意大利、法国、美国、俄罗斯和阿根廷电影界都不乏追随者。迄今为止,根据博尔赫斯短篇小说改编的电影已达二十多部,《交叉小径的花园》《埃玛·宗兹》(*Emma Zunz*)、《玫瑰角的汉子》《叛徒与英雄的主题》《武士和女俘的故事》《釜底游鱼》和《第三者》等作品均已被搬上荧幕。事实上,晚年的博尔赫斯曾与他的老朋友卡萨雷斯合作,写过《入侵》(*Invasion*)和《另一些人》(*The Others*)两个电影剧本,均由他的学生乌戈·圣地亚哥(Hugo Santiago)拍摄成电影。这些影片的拍摄和播映,都或多或少地对博尔赫斯经典作品的传播和进一步经典化起到了作用。

以《埃玛·宗兹》为例:以它为脚本的电影迄今已有三部,分别为阿根廷导演莱奥波尔多·托雷·尼尔森拍摄的《仇恨的日子》(1954)、法国导演阿兰·马格鲁的《埃玛·宗兹》(1969)和美国导演莱安德鲁·卡茨(Leandro Katz)的《分裂》(*Splits*, 1978)。第一部影片由博尔赫斯授权并亲自参与拍摄,但是他对结果很失望。第二部影片拖沓、重复,似乎是法国电影在印证并报复博尔赫斯曾给予它们的差评。第三部影片虽然只有27分钟,但是比前两部要成功得多。影片开头,埃玛收到一封信,随后进入睡梦中,梦见一艘船正在下沉。广场上人流涌动。有人在高喊:“这是美国吗?这是自由吗?这是民主吗?”人群回答:“不是!不是!不是!”这些高喊口号的场面显然不可能在博尔赫斯的作品中出现,是导演借助影片来表达自身的文化诉求和政治关怀。这部影片的最大特色是:它把为父复仇的埃玛分裂为两个人,影片中有两个不同的声音在说话,有时候一起说,有时候分开说,中间还不断转换人称。这虽然也是原著中所没有的,但是其安排却顺理成章。这种改编方式不仅很好地体现出了主人公

---

① Jorge Luis Borges, *Narrative Art and Magic*, quoted in Eliot Weinberger, ed., *Jorge Luis Borges, Selected Non-fiction*, p. 81.

埃玛的丧父之痛,以及报仇雪恨前的复杂心理,而且对博尔赫斯经常追问的人生命题——“我是我自己,还是另一人?”——做了阐发,因而对传播博氏经典具有积极意义。

根据博尔赫斯小说改编的影片中,最有影响的一部是意大利导演贝尔纳多·贝特鲁奇(Bernardo Bertolucci)的《蜘蛛的谋略》(*The Spider's Strategem*, 1970)。它改编自《叛徒与英雄的主题》,情节上做了较多改动。小说里的故事发生在19世纪的爱尔兰。说书人瑞安的祖父是爱尔兰秘密抵抗组织的领袖弗格斯·基尔帕特里克,在起义胜利前夕被人暗杀。一百年过去了,凶手是谁依然无人知晓。在他逝世一百周年纪念日到来时,瑞安着手对此案进行调查。瑞安发现他祖父死亡前后的很多细节,跟恺撒大帝死亡前后的情形极为相似,这几乎让他怀疑祖父几世前就是凯撒本人。经过史料查证,又得知一名乞丐曾在他祖父临终前对他说过几句话,那些话全都来自《麦克白》。生活模仿了艺术,这让瑞安更为吃惊。最后,瑞安揭开了谜团:1824年,当弗格斯领导的秘密组织准备揭竿起义时,种种迹象表明内部出了叛徒,弗格斯下令由他的好友诺兰调查此案。调查的结果是弗格斯本人出卖了这场起义。为了使追随者不丧失信心,诺兰跟弗格斯共同想出一个计划:抵抗组织内部把弗格斯处死,但谎称这位英雄死于神秘的刺客之手。为增强弗格斯死亡的戏剧性和神秘感,曾把《裘力斯·恺撒》翻译为爱尔兰盖尔语的诺兰照搬了莎剧中的众多细节。一言以蔽之,弗格斯的死亡,是一场由他自己和好友诺兰共同安排的表演。

贝特鲁奇改编后的电影有较强的政治意味:把故事从19世纪的爱尔兰转换到了20世纪的意大利,死者和主角的关系由祖孙变成了父子。一个名叫小亚索斯(Athos Magnani, Jr.)的年轻人来到意大利小镇塔拉。1936年,他的父亲大亚索斯在此地被法西斯秘密杀害。为纪念这位英雄,广场上矗立着他的雕像。大亚索斯的情人认为,三十年前的行凶者是当地人,希望小亚索斯找出真凶。几经周折,小亚索斯发现他父亲当年是一个反抗组织的领袖,他们曾计划去当地剧院谋杀墨索里尼,但是这个秘密被人告发了,墨索里尼取消了访问。后来查明,告密者正是大亚索斯本人。大亚索斯给自己判了死刑。为了凝聚反法西斯力量,他和同志们精心策划了自己的牺牲,让大家以为他是纳粹暴力的牺牲者。查明真相的小亚索斯有一种幻灭感,但在离开小镇前去广场做了一次演讲,并借此盛赞父亲,以延续人们早已接受的英雄神话。这部影片完整地体现了博尔赫斯原著的主题:对历史真相的怀疑,对理想主义和英雄主义的怀疑。同时,贝特鲁奇把故事搬到自己的家乡意大利,对20世纪30年代法西斯统治下整个社会蒙混不清的道德观进行了反思,为作品增添了现实意义。然而,原著中的现实生活和历史事件,现实生活与莎士比亚戏剧之间那种若隐若现的对照关系,及其所带来的神秘感和宿命感,是很难在电影中得到呈现的。尽管贝特鲁奇在影片中恰到好处地用意大利歌剧和名画来增加影片的历史感和视觉效果,却依然无法完全再现原著带来的震撼。这或许是所有经典名著改编都要遭遇的"灵氛"(aura)减损的命运吧。

在《适用于任何人的墓志铭》里,博尔赫斯写道:"有人狂妄地盲目祈求长生不死,/殊不知他的生命已经确实融进了别人的生命之中。/其实你就是/ 没有赶上你的时代的人们的镜子和副本,/ 别人将是(而且正是)你在人世的永生。"[①]是的,所有人都处于一条神秘的链条之中,都是前人的副本,在文学里也没有任何人是亚当。不过,有时候特殊的机遇和禀赋会使某一个体成为整个文化事件的微缩风景。博尔赫斯的文学历程,正是整个拉美文学从本土化走向全球化的标本和模型。或者说他是20世纪拉美文学"爆炸"的领跑员更为准确。同时,博尔赫斯也是全球化时代文学经典生成奥秘的先知。他所在的时代,见证了艺术形式的日益多样化,国与国疆界的日益模糊化,以及各民族文化既融合又误解的扑朔迷离景象。博尔赫斯的世界性写作,正好是对这种新时代、新形势的回应,因而为后人的文学创作提供了经典性的启示。

---

① 博尔赫斯:《适用于任何人的墓志铭》,林之木译,见林一安主编:《博尔赫斯全集》(诗歌卷)(上),杭州:浙江文艺出版社,1999年版,第30页。

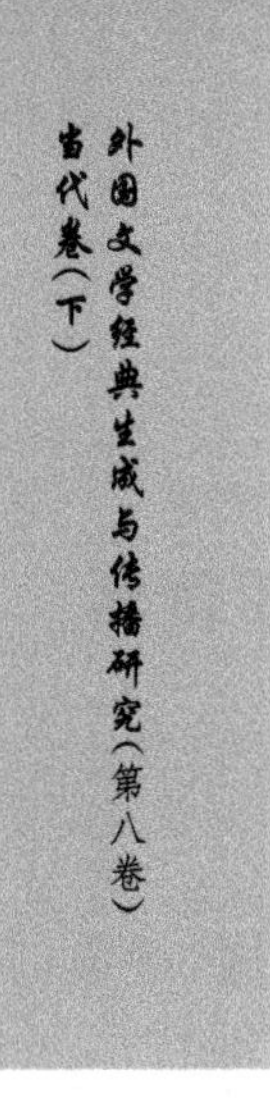

第十二章
《伊豆的舞女》生成与传播

当代日本文学经典,无疑以川端康成为代表。川端康成(Kawabata Yasunari,1899—1972)是享誉世界的日本小说家,曾获日本政府的文化勋章、法国政府的文化艺术勋章等,并于1968年荣获诺贝尔文学奖,其理由是他"以敏锐的感受,高超的叙事技巧,表现了日本人的精神实质"。[①] 他的代表作有《雪国》(『雪国』,1935—1937,1948)、《千只鹤》(『千羽鶴』,1949—1951)、《山之音》(『山の音』,1949—1954)和《古都》(『古都』,1961—1962)等。

《伊豆的舞女》是他早期文学生涯中的一部作品。虽然它诞生于20世纪上半叶,但是它的传播——尤其是在我国的译介,以及通过电影改编而形成的传播——主要是在20世纪下半叶,因此把它放在本卷中讨论是顺理成章的。本章分两节探讨这部小说的经典性和经典化。第一节从作者的生活经历入手,进而分析作品的生成原因;然后从小说的故事情节、叙事结构和人物塑造等方面入手,探析它的经典性,并从它在我国的翻译和研究状况来探讨它的经典地位。第二节旨在分析《伊豆的舞女》在荧幕上的经典化历程,揭示它的传播过程如何跨越小说与电影两种表现媒介之间的鸿沟。

---

① 川端康成:《雪国》,"前言",高慧勤译,北京:人民文学出版社,2008年版,第10页。

第一节 《伊豆的舞女》的内在品质与纸质传播

(一) 作者与《伊豆的舞女》

川端康成的小说《伊豆的舞女》(『伊豆の踊子』)的初稿《汤岛的回忆》[①]完成于1923年,之后分两部分发表在1926年的《文艺时代》上——其中1月号刊登了一至四节,2月号则以《续伊豆的舞女》为标题,刊印了五至七节。1927年1月,它被收入作者的短篇小说集《伊豆的舞女》中,由金星堂出版发行。

许多经典的生成,跟作家的生活经历有着紧密关系,尤其早期的作品更是带有生活的印记。《伊豆的舞女》也不例外。

川端康成出生于日本大阪,两岁丧父,三岁丧母。父母死后,他跟随祖父母回到老家。七岁时祖母去世,十岁时失去了唯一的姐姐,五年后,他又失去了人世间最后的亲人——祖父。亲人一个个地去世,对幼小的川端来说,设法活下去始终是他人生的第一欲望。至于家庭、社会的温暖、纯洁而幸福的爱情等,对于童年的他,甚至在他青年时代都近乎一种奢侈,是无法想象和追求的东西。这样,川端从小就养成了一种孤僻、胆怯、悲伤的性格。在《十六岁的日记》里,他不禁悲叹:"我自己太不幸,天地将剩下我孤零零一个人了!"[②]

1917年9月,川端康成考入东京第一高等学校英文科。告别家乡,来到陌生的首都,他依然孤独,冷漠,缺少关爱。第二年(即1918年)秋季,20岁的川端康成独自去伊豆半岛旅行。关于这次旅行的动机,他后来在纪实性回忆录《汤岛的回忆》中说明:一是由于"幼年时代残留下来的精神疾患",二是由于厌烦"高等学校的宿舍生活"。[③]这两点显然都是精神上的原因,归根结底还是由于作者从小失去亲人,累积而成的孤独感。死亡和别离对他忧郁、孤独、冷漠、胆怯性格的形成产生了决定性的影响,

---

① 参见叶渭渠编:《独影自命——川端康成文集》,第六章第三节,桂林:广西师范大学出版社,2002年版,第123页。

② 叶渭渠编:《冷艳文士川端康成传》,北京:中国社会科学出版社,1996年版,第12页。

③ 叶渭渠编:《独影自命——川端康成文集》,第六章第三节,桂林:广西师范大学出版社,2002年版,第124页。

同时也造就了他的一个梦寐以求的愿望,即用自己的言行引起他人的注意,甚至得到他人的赞许,这也成了他早期文学作品的主题之一。这一主题在《伊豆的舞女》中有充分的体现。

小说主人公"我"是个 20 岁的大学预科生[①],故事在"我"的伊豆之旅中展开:"我"在途中遇到了一群四处演出的流浪艺人,其中有个 14 岁左右的舞女阿熏[②]引起了"我"的注意。"我"与她们结伴而行,一路上阿熏和艺人们的天真、善良、纯朴深深地打动了"我"的内心。几天后,"我"要乘船回东京,不得不与艺人们告别。临行前,阿熏前来送"我",紧闭双唇,默默无语。船开了,舞女的身姿渐渐远去,直到消失。"我"躺在床上,任凭眼泪往下淌……

上述情节的背后有着川端康成 1918 年第一次去伊豆旅行的踪影。从此之后约十年间,他几乎每年都要去伊豆汤岛(笔者注:汤岛为伊豆半岛上的一个地名)旅行,并住上几个月的时间。可见,伊豆汤岛在他的心中占有特殊的地位。根据何乃英的记载[③],1918 年那次旅行从 10 月 30 日起至 11 月 7 日止,行程如下:10 月 30 日从东京第一高等学校出发,在三岛乘骏豆线火车到终点站大仁下车,步行至修善寺住一夜。次日抵汤岛。中途在汤川桥附近迎面碰到前往修善寺等四处演出的流浪艺人一行,于是川端夜宿汤岛,等待艺人们再转回来。11 月 2 日离开汤岛,和艺人一行在天城山茶馆见面,并同行至汤野。在汤野留宿两夜后,4 日早晨准备上路,但由于艺人一行仍在睡觉,希望延期出发,于是在汤野又住了一夜。5 日与艺人们一起离开汤野,当日抵达下田。6 日早晨与艺人们分别,乘船离开下田,并于 7 日回到学校。

小说中的时间、地点、人物均与作者 1918 年 10月的伊豆之旅基本一致,所以《伊豆的舞女》有些自传性的特点,但我们绝不能因此将作品中的叙述者"我"视为川端康成本人。同理,小说中舞女阿熏的原型也并非是一个人。在第一高等学校读书期间,川端在校友会文艺部发行的《校友会杂志》上曾发表过作品《千代》。他以淡淡的笔触,诉说了自己跟三个同名

---

① 小说原文中使用的是"高等学校",实指东京第一高等学校,相当于大学预科。我国部分译者直译为"高等学校"。这所学校和其他高等学校的学生日后大多升入东京大学、京都大学等,当时颇受人尊敬。

② 本书行文中舞女的名字用"阿熏",书中引用其他译著中用的有"熏""熏子"等各不相同的译名,尊重原译。

③ 何乃英:《〈伊豆的舞女〉探析》,《日语学习与研究》,1996 年第 1 期,第 50 页。

的“千代”姑娘恋爱的故事。《伊豆的舞女》中的舞女阿熏既有第二位“千代”姑娘的元素，也有川端在伊豆旅行时接触到的旅馆服务员和流浪艺人的身影。“我在二十四岁那年夏天的汤岛，连发表的想法都没有时写下的作品，二十八岁时逐渐将它一点一点修改成篇。后来也想过要加一些风景描写进去，但没有成功。当然，人物被美化了。”[①]1948年，川端康成发表了长篇小说《少年》，并借此进一步详尽地回忆了当时的心境：

> 我二十岁时，同巡回演出艺人一起旅行的五六天，充满了纯洁的感情，分别的时候，我落泪了。这未必仅仅是我对舞女的感伤。就是现在，我也以一种无聊的心情回忆起舞女，莫不是她情窦初开，作为一个女人对我产生了淡淡的爱恋？不过，那时候，我并不这样认为。我自幼就不像一般人，我是在不幸和不自然的环境下成长的。因此，我变成了一个顽固而扭曲了的人，把胆怯的心锁在一个渺小的躯壳里，感到忧郁与苦恼。所以别人对我这样一个人表示好意时，我就感激不尽了。[②]

这段回忆清楚地说明了川端创作《伊豆的舞女》的动机。至于小说发表后的情景，有一段这样的记载：“小说问世不久就被日本文部省选入中学语文教科书里，成为中学生议论的主题。不少中学生和中学语文老师给他写信，提出各种问题来探讨。他一出门，就被人们认出是《伊豆的舞女》的作者。许多少男少女一遇见他就围拢上来，同他握手、攀谈，还有人请他签名。”[③]但《伊豆的舞女》发表之初并未在文坛引起多大反响，也缺少像样的评论文章。作家铃木彦次郎在同年的《文艺时代》上发表了《我读1月的创刊号》一文，其中有对这篇作品的最早评价：

> 这是山涧流出的清泉水，这是在清冽和新鲜中奔流向前的泉水，它也极大限度地包容了伴随这泉水流淌的浮想联翩的感觉。它洋溢着川端氏的精神美，我为它所动情，被这一表现所感动，觉得这位伊豆友人就在自己桌旁。去年7月在《文艺春秋》发表的该君的随笔已显示出这种清澄鲜活的风格。在11月、12月以及本期发表的数篇作品里不是重现了这一点吗？伊豆那清净的天地育成了清闲，这只

---

① 参见叶渭渠编：《独影自命——川端康成文集》，第六章第三节，桂林：广西师范大学出版社，2002年版，第125页。

② 叶渭渠：《冷艳文士川端康成传》，北京：中国社会科学出版社，1996年版，第59页。

③ 同上书，第63页。

> 是一方面,但是这绝不是那种闲逸怠惰之情,我对如新泉喷涌的无与伦比的川端的性格真是赞叹之至。[①]

虽然川端的创作风格立即被得到肯定,但直到1933年,《伊豆的舞女》被首次搬上荧幕(五所平之助导演、田中绢代主演),社会上才开始有更多读者关注这篇小说。也就是说,小说发表于1926年,而真正在社会上引起读者关注的是1933年,造成这种延迟的原因固然很多,但战争迫使人们远离文学,这也是其中之一。关于电影改编对该小说的传播的影响,将在本章第二部分详细阐述。

从日本学者林武志收集和整理的《〈伊豆的舞女〉研究小史》[②]中可知,1945年之前,日本学者在研究和评论《伊豆的舞女》时,基本上都立足于作家论的立场。战后的研究开始朝作品论方向发展,但由于受战前研究方法的影响,战后仍有一段作家论和作品论并存的时期。山本健吉在《近代文学欣赏讲座13》(角川书店、1959年)中认为《伊豆的舞女》描写了"一个渴望人间真爱的孤儿在尝到了人间温暖后所表现出的喜悦"[③]。1957年,濑沼茂树发表论文,将《伊豆的舞女》与长篇小说《少年》及未发表的《汤岛的回忆》等联系起来分析,指出了《伊豆的舞女》中流淌着因为旅途孤寂、怀念少年清野和失去初恋情人伊藤初代等悲伤情绪所造成的"孤儿情结",以及在此基础上形成的川端康成的文学世界。濑沼茂树还认为,《伊豆的舞女》与其说描写了20岁的"我"在旅途中邂逅了14岁的舞女,倒不如说描写了"我"被舞女的纯洁所感动,仿佛回到了真正的自我。[④] 矶贝英夫、川鸠至、林武志、长谷川泉等学者也持大致相同的意见。[⑤]

日本学者对这篇小说的研究和评价是正确的。在短短几天的时间里,一个被誉为天之骄子的大学预科生为受人蔑视、四处卖唱的艺人的言

---

① 蔡鸣燕:《爱的延伸——从〈伊豆的舞女〉到〈雪国〉》,中国海洋大学研究生学位论文,2006年,第3—4页。

② 林武志:《川端康成〈伊豆的舞女〉》,《国文学(作品别)·近代文学研究事典》,东京:学灯社,1988年版,第136页。

③ 同上。

④ 详见濑沼茂树:《论作品〈伊豆的舞女〉的成立》,《国文学·作品与鉴赏》,1957年2月版。

⑤ 分别详见矶贝英夫:《雪国——作品分析的方法》,《日本文学研究资料丛书》,东京:有精堂,1980年版;川鸠至:《川端康成的世界》,东京:讲谈社,1969年版;林武志:《川端康成战后作品研究史》,《文献目录》,东京:教育出版中心,1984年版;长谷川泉:《伊豆的舞女·十六岁的日记》,东京:讲谈社,1972年版。

行所感动和激励,这种故事题材所表现出的价值观和审美观,不仅是日本民族拥有的,同样也是世界各民族所共同拥有的。可以说,小说的这一主题思想保证了其经典地位的生成。

(二) 心灵的洗礼

短篇小说《伊豆的舞女》全文不足两万字,却以清新哀婉的笔调和精致细巧的表现力,呈现了"我"的内心转变,同时描写了少男少女之间纯洁而青涩的爱慕之情。这篇小说带给读者恬淡的意境,在一代又一代的读者心灵深处产生了强烈的共鸣。

小说中的"我"与舞女们结伴而行,只有短短四天的旅程,即天城岭—汤野两天和下田两天。然而,就在这短暂的四天里,艺人们——尤其是舞女阿熏——天真无邪、朴实善良的行为影响并改变了"我"孤僻、麻木、胆怯的扭曲性格,心灵受到了洗礼,"我"开始懂得人间的温暖,并积极主动地帮助别人。这是小说想要表达的主题。

从叙事结构来看,小说使用的是第一人称叙述的方式,即通过"我"的视角来讲述故事,以"我"的眼光来看待舞女,感受舞女。这样的话,我们有必要弄清"我"最初是一个什么样的人;"我"当时最渴望得到的是什么东西;为什么"我"会对一个贫困的、受人蔑视的舞女产生好感;从第一次见到舞女到最后的分别,"我"的内心经历过何种变化。以下就让我们来分析这篇小说的叙事特点和故事情节,探明情节的展开是如何上升到心灵的洗礼这个主题的。

从人物描写来看,"我"这样剖析自己:"我都二十了,由于孤儿脾气,变得性情乖僻。自己一再苛责反省,弄得抑郁不舒,苦闷不堪,所以才来伊豆旅行。"[①]正因为这种孤僻,所以初次见到舞女时便产生"一股天涯羁旅的情怀"(第3页),大有"沦落天涯,同病相怜"的意思。当时,"我"误以为舞女应该深谙男女之情,加上受茶店老婆婆轻蔑话语的煽动,又看她们是下等的流浪艺人,晚上住宿不定,"我"便一时燃起邪念,心中暗想:"既然如此,今晚就让那位舞女到我屋里过夜吧。"(第5页)然而当"我"和流浪艺人开始结伴而行,逐渐了解她们之后,才发现流浪艺人们是多么朴实、善良和友好。尤其是舞女阿熏的天真无邪,深深地触动了"我"的内

① 高慧勤译:《伊豆舞女》,参见《雪国》,北京:人民文学出版社,2008年版,第3页。本书第254—257页出自同一文本的引文,皆在引文后的括号内注明页码。

心。例如，小说中描写当“我”追上她们一行后，舞女阿熏一见“我”走过来，随即默默地“让出自己的坐垫，翻过来放在旁边”留给“我”坐；看“我”掏出香烟，阿熏“又把女伴面前的烟缸挪到我身旁”。（第3页）相比之下，“我”由于内心慌乱又故作正经，当场连一个点头致谢的动作都没有。在此，舞女的朴实、善良和“我”的乖僻、胆怯的内心跃然纸上，一目了然。后来，“我”无意中又看到了浴池里舞女阿熏那天真无邪的举动：

> 忽然，一个裸女从昏暗的浴池里头跑出来，站在更衣场的尖角处，那姿势就像要纵身跳下河似的，张开双臂，喊着什么。她一丝不挂，连块手巾都没系。她正是那舞女。白净的光身，修长的两腿，像一株幼小的梧桐。……她还是个孩子啊。看见我们（注：指“我”和阿熏的哥哥），竟高兴得赤条条地跑到光天白日里，踮起脚尖，挺着身子。（中略）我好开心，爽朗地笑个不停。仿佛尘心一洗，头脑也清亮起来。脸上始终笑眯眯的。
>
> 舞女那头秀发非常浓密，我当她有十七八了呢。再说，她打扮成大姑娘的样子，以至于我才会有那么大的误会。（第10页）

此时，“我”不但立刻打消了让舞女“来我屋里过夜”的邪念，而且内心也随即得到了净化，豁然开朗。随即“我”开始以大学预科生的身份来对待小妹妹一般的舞女，也仿佛理所当然地对阿熏产生了爱怜之情，生怕她在卖艺时被人欺负：“鼓声一停，我就受不了。身心仿佛已沉没于暴雨声中。……今晚舞女会不会遭人玷污呢？”（第9页）接下去作者通过几段小景，一方面表现“我”内心一次次净化的过程，同时巧妙地展现“我”与阿熏之间看似平静却朦胧、青涩的爱慕之情。比如，养母让舞女给“我”送茶，舞女局促不安，将茶水洒在地上；接着是下棋的情形：“因为屋里只有我们二人，起初她离得老远的，要伸长胳膊才能下子。渐渐地，她忘其所以，专心致志，上身竟遮住了棋盘。那头美得异乎寻常的黑发，简直要碰到我的胸脯。蓦地，她脸一红跑开了”（第15页）；当“我”爬上山顶小憩时，舞女赶快为“我”让座、掸土；看到路边有一堆捆扎好的竹子，她挑了最粗的一根给“我”做手杖等。后来，“我”与流浪艺人们结伴而行，无意中听见舞女们小声夸奖“我”是“好人”时，真是感激不尽，进而朴实地感觉到自己真的是个好人。小说里有这样一个插曲：为了替漂泊中夭折的婴儿送葬，“我”慷慨解囊，以至囊中羞涩，只好借口说学校即将开学，由下田乘船回东京。次日当“我”来到码头时，舞女竟已在那里。她没有说一句话，也没有任何的表情,只是默默地为"我"送行。"渡船摇晃得厉害。舞女依旧紧紧地抿着嘴,望着一边。我抓住绳梯,回过头去,她似乎想道一声珍重,却又打住了,只是再次点了点头。渡船已经返航归去,荣吉不停地挥舞着我方才送他的那顶鸭舌帽。直到轮船渐渐离去,舞女才扬起一件白色的东西。"(第 23 页)船开了,舞女从"我"的视野中渐渐消失。"我"回到船舱,"任凭眼泪簌簌往下掉。脑海仿佛一泓清水,涓涓而流,最后空无一物,唯有甘美的愉悦。"(第 24 页)

虽然"我"与舞女萍水相逢,但彼此的心中渐渐充满了倾慕。舞女的天真、烂漫、清纯,和温柔的举止,如温暖的阳光照亮"我"内心的孤僻和阴影。"我"通过和流浪艺人——尤其是阿熏——四天的结伴旅行,从一个乖僻、胆怯、冷漠的人转变成为开朗、愿意帮助别人的人。在小说的第七节,当矿工请求"我"一路上照顾一位老太婆时,"我"爽快地答应了。"我甚至想,明天一早,带老婆婆去上野站,给她买张去水户的票。那也是自己应该做的。"(第 24 页)帮助别人成为"自己应该做的"事情,可见流浪艺人们的质朴和善良已经对"我"的性格产生了潜移默化的影响。它标志着"我"那孤僻、阴郁、麻木的性格已经彻底改变。

小说通过细腻生动的心理描写,将人物形象刻画得栩栩如生,饱满灵动;无形之中,仿佛唤起了读者埋藏于记忆深处的初恋情结。另外,小说还刻意描写巡回艺人们的艰辛生活:他们常年漂泊,风餐露宿,却无忧无虑,自由自在,互相之间充满着和谐的家庭氛围。他们所处的社会地位虽然低微,但精神上却是充实的。虽然到处都写着歧视他们的标语,但是他们仍然以温暖和关爱待"我"。离开他们,就意味着离开了温暖,再回到那个令人厌烦的高等学校的宿舍生活。

在这篇小说中,读者可以看到这样一条叙事链:①"我"想和巡回艺人们结伴而行(渴望)——②"我"能和巡回艺人们同行(满足)——③"我"不得不离开巡回艺人们(回味)。从另一个角度来看,也可以理解为"不知温暖——尝到温暖——回味温暖"的过程。《伊豆的舞女》所描写的"我"与舞女之间的朦胧恋情令人感伤,但也让人体会到青春的美丽与忧郁,也许正因为如此,这部小说才会穿越时空,至今仍然感动着众多读者的心灵,成为日本抒情文学史上难以超越的经典佳作。

川端康成在《汤岛的回忆》里写道:"舞女说的,千代子答应了。好人,这个词在我心里吧嗒一声爽快地落了下来。是好人吗? 是的,我对自己说,是一个好人。我明白在平凡的意义上好人是什么意思。从汤野到下田，即使无意识地回想起来，我也只是想着自己作为一个好人成了她的旅伴，为能这样而高兴。在下田时隔着一扇拉门也好，在汽船上也好，被舞女说你是一个好人时我感到的自我满足，以及对我说我是好人的舞女的倾慕之情，让我畅快地流下了泪水。现在想来，这真是一件不可思议的事，是尚未成熟的标志。”[①]这一段文字无疑包含了作者对《伊豆的舞女》的肯定，而且也是这篇小说为读者所喜爱的另一个理由。

我国部分读者往往将川端康成的《雪国》作例子，认为川端康成的小说——包括《伊豆的舞女》在内——都缺少故事情节，没有高潮，因而将《伊豆的舞女》仅仅看作一个懵懂少男少女的恋爱故事。假如这一见解成立，那么《伊豆的舞女》绝不会成为一个经典。事实上，《伊豆的舞女》绝非仅仅讲少男少女的爱情，而是讲一个性格乖僻、胆怯的学生改变成一个性格开朗、愿意帮助他人的人的经过。可以说，将《伊豆的舞女》简单地视为懵懂少男少女的恋爱故事，不免有失偏颇。它更重要的意义在于讲述了一个性格乖僻、胆怯的大学预科学生获得心灵洗礼，开始积极融入社会的故事。生活在社会最底层的流浪艺人，感动了大学预科学生；人情的温暖、人与人之间的关怀打动了读者，带来了阅读的愉悦，这才是《伊豆的舞女》成为日本文学经典的根本原因。

（三）《伊豆的舞女》在中国的译介

目前中国出版的川端文集中，影响较大的有韩侍桁（注：笔名侍桁）的译本（1981 年由上海译文出版社出版）、叶渭渠的译本（1996 年由中国社会科学出版社出版）、高慧勤主编的《川端康成十卷集》（2002 年由河北人民出版社出版）。从 20 世纪 80 年代至今的三十余年间，这三个译本不仅成为中国广大读者认识并欣赏川端康成作品的捷径，同时也成为改革开放四十年来我国日本文学翻译发展的一个见证。

不同的翻译在不同程度上也对外国文学经典的传播起了引导作用。三十多年来，我国的日本文学翻译界针对《伊豆的舞女》的几种译本，提出了各种意见和翻译方法。笔者在此将这些批评作一些必要的归纳和总结，以此对三个译本作出客观评判。

首先是译本中的一些硬伤。比如：

---

① 参见叶渭渠编：《独影自命——川端康成文集》，第六章第三节，桂林：广西师范大学出版社，2002 年版，第 124 页。

原文:

「紙屋さん、紙屋さん。」

「よう…」と、六十近い爺さんが部屋から飛び出し、勇み立って言った。

「今晩は徹夜ですぞ。打ち明かすんですぞ。」

私もまた非常に好戦的な気持ちだった。[①]

韩译:

“纸老板,纸老板!”

“噢……”快六十岁的老爷子从房间里跳出来,精神抖擞地答应了一声。

“今天夜里下通宵。跟你说明白。”

我这时充满非常好战的心情。[②]

叶译:

“老板!老板!”

“哦……”一个年近六旬的老人从房间里跑出来,精神抖擞地应了一声。

“今晚来个通宵,下到天亮吧。”[③]

我也变得非常好战了。

高译:

“老板!老板!”

“来咯……”快六十的老头子,从屋里跑出来,劲头十足地答应着。

“今晚杀他个通宵!下到天亮!”我也斗志昂扬起来了。[④]

---

① 日语原文出自川端康成:《雪国·伊豆舞女》,叶渭渠译,长春:吉林大学出版社,日汉对译版,2009年,第238页。译文下划线为本书笔者所加。

② 川端康成:《雪国》,韩侍桁译,上海:上海译文出版社,1981年版,第127页。以下同一文本的引文皆在其后用括号方式注明页码。

③ 川端康成:《雪国·伊豆舞女》,叶渭渠译,长春:吉林大学出版社,2009年版,第239页。以下出自同一文本的引文皆在其后在括号内注明页码。

④ 川端康成:《雪国》,高慧勤译,北京:人民文学出版社,2008年版,第13页。以下同一文本的引文皆在其后在括号内注明页码。

通过查阅日文辞典《广辞苑》(第五版),可知原文中“打ち明かす”的意思的确是“毫无隐瞒(地表达)”,因此若仅从字面上讲,韩侍桁的翻译并没有错。然而,如果从逻辑上来推敲,“今天夜里下通宵。跟你说明白”这两句无疑让人读后一头雾水,不知其意。再看看叶渭渠和高慧勤的译本,意思是明白了,但字典中“打ち明かす”并没有“下到天亮”的本义。实际上,“打ち明かす”是复合动词,由“打ち”和“明かす”两个相对独立的意思组成。“下围棋”日语说成“碁を打つ”,而“明かす”的意思是“玩什么东西到天亮”,所以叶渭渠和高慧勤的译法是准确的。不过,从经典传播的角度来看,虽然翻译过程有着这样或那样误区,但是由于有不同译本的产生,读者(尤其是学者)的兴趣会更大,反应面也会更大,因而对《伊豆的舞女》的传播起到了推波助澜的作用。

再如:

原文:

そこへこの木賃宿の間を借りて鳥屋をしているという四十前後の男が襖をあけて、ご馳走をすると娘たちを呼んだ。踊子は百合子といっしょに箸を持って隣りの間へ行き、鳥屋が食べ荒したあとの鳥鍋をつついていた。(246)

韩译:

这时,住在小旅店里的一个四十岁上下的鸟店商人打开了纸隔扇,叫几个姑娘去吃菜。舞女和百合子拿着筷子到隔壁房间去吃鸟店商人剩下的鸡火锅。(131)

叶译:

这时一个四十开外的汉子打开隔扇叫姑娘们去用餐。他是个鸟商,也租了小客店的一个房间。舞女带着筷子同百合子一起到了贴邻的小房间吃了火锅。(247)

高译:

这时,有个四十来岁的汉子,打开隔扇,叫姑娘她们过去吃东西。听说他在小客店租了间屋,是个卖鸡肉的。舞女便和百合子拿上筷子到隔壁去,吃他吃剩的鸡肉火锅。(15)

此处韩译和叶译都犯了一个不大不小的错误。日文中的“鳥”指的是

"鸡、鸡肉",而"屋"应该指"从事某种行业的商贩",所以此处的"鳥屋"应理解为"鸡肉店老板"。就这一处理而言,三个译本中,只有高慧勤的译文是正确的。虽然存在着这些硬伤,但是三种译本都对《伊豆的舞女》在中国的传播起到了不可磨灭的作用。尤其是作为20世纪外国文学丛书系列,1981年由上海译文出版社出版、韩侍桁译的《雪国》(内含《雪国》和《伊豆的歌女》两篇)一书,对川端康成小说的传播起到了引领作用。该书既具有经典意义,又具有普及意义。事实上,中国读者是通过它才开始接触川端康成文学的。不过,从总体质量来看,高慧勤的译文比其他的版本更准确一些,因此它在普通读者群中的口碑似乎更好。

也就是说,正确的译文更有助于经典的传播。除此以外,译文风格的简洁与否也会影响经典的传播程度。在过去几年里,高慧勤的版本相对更受欢迎,因为它不仅更加准确,而且简洁易懂。我们不妨以小说刚开始的一段为例,把三种译本加以对照:

原文:

道がつづら折りになって、いよいよ天城峠に近づいたと思うころ、雨足が杉の密林を白く染めながら、すさまじい早さで麓から私を追って来た。(218)

韩译:

道路变得曲曲折折的,眼看着就要到天城山的山顶了,正在这么想的时候,阵雨已经把丛密的杉树林笼罩成白花花的一片,以惊人的速度从山脚下向我追来。(117)

叶译:

山路变得弯弯曲曲,快到天城岭了。这时,骤雨白亮亮地笼罩着茂密的杉林,从山麓向我迅猛地横扫过来。(219)

高译:

山路变成了羊肠小道,眼看就到天城岭。这时,雨脚紧追着我,从山麓迅猛而至,将茂密的杉林点染得白茫茫一片。(3)

可见,韩的译文略显冗长,叶和高的译文较为简洁,如果从忠实于原文的角度来评判的话,高的译文更胜一筹。"染め"一词译成"点染"比较合适,而叶译的"横扫"是原文没有的意思,似有过度演绎的嫌疑。再如下面的一段：

原文：

「高等学校の学生さんよ。」と、上の娘が踊子にささやいた。私が振り返ると笑いながら言った。

「そうでしょう。それくらいのことは知っています。島へ学生さんが来ますもの。」(226)

韩译：

“是位高等学校的学生呢，”年长的姑娘对舞女悄悄地说。我回过头来，听见舞女笑着说：“是呀，这点事，我也懂得的。岛上常有学生来。”(121)

叶译：

“他是高中生呐。”大姑娘悄声对舞女说。我一回头，舞女边笑边说：“可能是吧。这点事我懂得。学生哥常来岛上的。”(227)

高译：

“是高等学校的学生哪。”大姑娘跟舞女悄悄说道。我一回头，舞女正笑盈盈地说：“就是嘛！这我也看得出来。学生也到岛上来的呀。”(6)

此处的“そうでしょう”是赞同对方的说法，没有不确定的意思，所以不应译为“可能是吧”。而高译“就是嘛”比韩译的“是呀”在语气上更能表现舞女的天真，翻译得既正确，又贴合人物形象。又如：

原文：

踊子の髪が豊か過ぎるので、十七八に見えていたのだ。その上娘盛りのように装わせてあるので、私はとんでもない思い違いをしていたのだ。(234)

韩译：

由于舞女的头发过于丰盛，我一直认为她有十七八岁，再加上她被打扮成妙龄女郎的样子，我的猜想就大错特错了。(126)

叶译：

舞女的黑发非常浓密，我一直以为她已有十七八岁了呢。再加上她装扮成一副妙龄女子的样子，我完全猜错了。(235)

高译：

舞女那头秀发非常浓密，我当她有十七八了呢。再说，她打扮成大姑娘的样子，以至于我才会有那么大的误会。(10)

韩译使用的头发“丰盛”一词，颇令人费解。从各种汉语词典的解释来看，都找不到它跟头发搭配的例子。这种搭配不当的情况多了，恐不利于经典的传播。此外，小说中的舞女天真无瑕，译成“妙龄女郎”或“妙龄女子”显然不妥，而高译“大姑娘”则很妥帖，当然也就更能传递原文的风貌。还须再提一例：

原文：

「私は身を誤った果てに落ちぶれてしまいましたが、兄が甲府で立派に家の跡目を立てていてくれます。だから私はまあ入らない体なんです。」(242)

韩译：

“我耽误了自己的前程，竟落到这步田地，可是我的哥哥在甲府漂亮地成家立业了，当上一家的继承人。所以我这个人是没人要的了。”(129)

叶译：

“我耽误了自己，最后落魄潦倒。家兄则在甲府出色地继承了家业。家里用不着我罗。”(243)

高译：

“我自误终身，落得穷途潦倒；哥哥在甲府继承了家业，兴旺发达。我这个人，唉，成了多余的了。”(14)

韩译“漂亮地成家立业”和叶译“出色地继承了家业”虽然忠实地体现了原文的意思，却不符合汉语表达习惯。此处的“立派に家の跡目を立てていて”应理解为“家の跡目を立てていて，立派にやっている”，即“继承

了家业，干得很出色”。高慧勤的翻译既照顾了中日两国各自的表达习惯，即遵循了“信”的原则，同时又体现了“达”的原则。所有这些例子表明，简洁而准确的译文是确保《伊豆的舞女》在中国广泛传播的重要因素。

我国的读者与研究者对《伊豆的舞女》的研究和评论也不少。据笔者初步统计，从1996年至2011年约15年里，我国学者共发表相关论文六十余篇。这些论文虽然多囿于“朦胧爱情小说”这一标签，但通过从各种角度的分析，丰富了我们对该小说的认知。1996年第1期《日语学习与研究》上刊载了何乃英的论文《〈伊豆的舞女〉探析》，从小说创作的由来、过程、创作方法、思想内容四个方面做了详细的归纳和分析。论文写道：“这篇小说几乎没有什么象样的情节，结构也极其单纯，但读者却不知不觉地被充溢其中的美妙情趣所打动，久久难以忘怀。它通篇像是一首优美的抒情诗歌贯穿着一种动人的感情。”[①]孟庆枢在《再谈〈伊豆舞女〉的主题及其他》中指出：“大概每位读过《伊豆舞女》的读者都会被作品的浓郁的抒情性所感动。……爱是《伊豆舞女》的主旋律是显而易见的。但是，在小说里，这爱的乐章又主要是通过这个高校生的男主人公与14岁的舞女薰之间的交往演奏的。”[②]吴艳萍以关键词作为切入点，运用广义修辞学理论从修辞技巧、修辞诗学、修辞哲学三个层面对《伊豆的舞女》进行文本分析，其中写道：

> [小说中端茶部分]展现了舞女羞涩，情窦初开的一面，这是“我”与舞女朦胧恋情的萌芽，然后浴场中“像一棵小桐树似的”裸体的薰子，卧铺上妆容未卸害羞的薰子，温泉旅馆里棋艺很好的薰子，沉浸在故事书中的薰子，跟着我爬险峻山路的薰子，……男女主人公的朦胧恋情逐渐明晰，小说文本也顺理成章地铺陈开来，最后在我要离开时，“舞女蹲在海滨的身影扑进我的心头。”在分别之际舞女无声地摇头、点头道出了心中的无限依恋、感伤和不舍。主人公在船上的任流的泪水和甜蜜的愉快更是舞女形象在“我”心中的升华，未果的恋情带给他的是心灵的舒畅和宁静，而之前抑郁的心结也随之化解了。[③]

杨莉则从叙事学的角度指出：“作品中叙事艺术的成功运用对人物形象的塑造和情景的渲染起到了关键的作用，从而使《伊豆的舞女》远远超

---

① 何乃英：《〈伊豆的舞女〉探析》，《日语学习与研究》，1996年第1期，第52页。

② 孟庆枢：《再谈〈伊豆舞女〉的主题及其他》，《日本学论坛》，2001年第2期，第19页。

③ 吴艳萍：《〈伊豆的舞女〉修辞分析》，《文艺生活·下旬刊》，2012年第1期，第58页。

越了简单的爱情故事,而成为具有深刻的社会价值诉求和人格反省力量的经典之作。"[①]李明华分析了文本中舞女阿熏的形象,指出:

> 川端在《伊豆舞女》中写"要纯朴地表达感谢"的"我",可以看出是对一直存在于自己心中的孤儿根性的冲刺,是描写除去孤儿意识的过程及成果。就像《伊豆舞女》中所描述的"我"在旅途中,邂逅了美丽文雅、身世悲惨的舞女"熏子",两人产生了似恋非恋的爱慕之情。舞女一行的苦难、悲哀的印象,同"我"孤寂、忧郁的心灵产生了强烈的共鸣。他们的举手投足、音容笑貌都在"我"心灵的湖面上泛起了涟漪,使"我"的灵魂得到了一次又一次的洗礼和升华。[②]

这些评论实际上从各个侧面揭示了《伊豆的舞女》的经典性所在,同时在客观上起到了传播这部小说的作用。

还有一些学者运用文本细读的批评方法,对《伊豆的舞女》的行文特点和行文效果进行了饶有趣味的探讨,如刘腾的点评:"《伊豆舞女》的行文特点概括为断续的行文,这种行文营造了内容丰富的文学之美。具体表现为:作者用表面断续的行文,实际构建了逻辑思维缜密的段落,使段落构成呈现严谨之美;把流浪艺人情况的交待穿插于经典情节之中的断续行文,使小说凸现散文之美;在主人公的心理描写上,采用明暗交错的断续行文,形成了心理描写的朦胧之美。"[③]这样的点评从较深的层次揭示了《伊豆的舞女》的审美维度,而正是这些审美维度确保了小说的经典地位。

《伊豆的舞女》的经典之路,还在不少中国作家的创作中得到了延伸。换言之,《伊豆的舞女》对"'寻根文学'和'先锋派文学'的领军人物贾平凹、余华和莫言的创作产生过至深的影响"[④]。1989 年 11 月,余华在《川端康成与卡夫卡的遗产》一文中曾经这样回忆道:"我最初读到川端康成的作品,是他的《伊豆的舞女》。那次偶尔的阅读,导致我一年之后正式开

---

① 杨莉:《〈伊豆的舞女〉叙事艺术》,《河北联合大学学报》(社会科学版),2012 年第 6 期,第 211 页。

② 李明华:《〈伊豆舞女〉的世界——永恒的"熏子"》,《西安外国语大学学报》,2007 年第 3 期,第 66 页。

③ 刘腾:《〈伊豆舞女〉的行文之美》,《江苏工业学院学报》(社会科学版),2010 年第 1 期,第 80 页。

④ 王志松:《川端康成与八十年代的中国文学——兼论日本新感觉派文学对中国文学的第二次影响》,《日语学习与研究》,2004 年第 2 期,第 54 页。

始的写作。"[1] 1991年,王晓鹰在《外国文学评论》上发表了《从川端康成到托尔斯泰》一文,其中也回忆道:"初登文学殿堂之时,心境迷乱。那时给予我的艰难跋涉以直接影响的外国文学大师是日本的川端康成。《伊豆的舞女》《雪国》和《古都》,一读便觉得意味无穷悠悠不尽,入迷般地爱上了文中露出的那股孤独的清新的淡淡的忧愁,以及那文章的工整、绚丽、精美。""特别是川端并不以故事情节取胜,只着重对人物的感情和内心的描写,心理与客观、动与静、景与物、景与人的描写是那样地和谐统一,对我有很大的启发,触动了我的创作灵感。"[2]川端文学以这种错位的方式在中国的亮相,是经典作品生命力的体现。它从另一个角度昭示了经典传播的轨迹。

综上所述,《伊豆的舞女》在我国走过了一个漫长的传播之旅,由早期的译介和探析性的论文,发展到涉及主题、人物、叙事和创作技法的深入研究,还表现为替中国作家"捉刀代笔"的形式——激发后者的创作灵感。特别要强调的是,学界研究视角的不断变化,反过来又促进并加深了读者和研究者对《伊豆的舞女》的理解。事实上,研究视角不断地改变这一现象在日本文学的经典传播中具有代表性,其他如森鸥外的《舞姬》、芥川龙之介、志贺直哉的系列小说、川端康成的《雪国》和《古都》等,在我国的研究过程中也出现过类似的情况。《伊豆的舞女》在我国的经典之旅,本身就是经典。

第二节 《伊豆的舞女》:非电影化小说改编的困局与突破

和其他经典小说一样,《伊豆的舞女》也曾被改编成电影文本,而且电影本身产生了国际性的影响。毋庸讳言,小说《伊豆的舞女》的电影改编是成功的。然而,这种成功来之不易,因为按照主流电影改编的标准来看,这部小说并不适合电影改编。电影理论家齐格弗里德·克拉考尔(Siegfried Kracauer,1888—1966)曾经指出:"每一种手段都有一种特殊

---

① 余华:《温暖和百感交集的旅程》,出自作者随笔集《我能否相信自己》,济南:明天出版社,2007年版,第9页。

② 王小鹰:《从川端康成到托尔斯泰——外国文学与我》,北京:《外国文学评论》,1991年第4期,第127页。

的本性,它给某几类东西造成有利的表达条件,而给另几类东西造成障碍。"[①]由此出发,我们不妨把"凡是在内容上不越出电影的表现范围"[②]、更有利于实现成功电影改编的小说称为"电影化小说",反之则称为"非电影化小说"。电影改编的成功与否,跟小说自身元素的状况有很大关系。

与一般"电影化小说"不同,《伊豆的舞女》是一部具有典型"新感觉派"风格的小说。关于"新感觉派",川端康成在《新作家的新倾向解说》一文中有过这样的说明:"新感觉派"是"西方多种现代流派的混合……强调的是人的主观感觉,新感觉派是通过这种感觉认识生活和表现生活的"[③]。从电影改编的角度来看,《伊豆的舞女》的表现手法偏重人物主观感觉,而电影则侧重一种"实体的美学",其基本表现手段是"物质现实的复原"[④],二者形成了强烈的反差,因而给电影改编带来非同一般的困局。《伊豆的舞女》电影改编是如何超越上述媒介障碍,形成一种崭新而成功的叙事文本,进而走上新的传播之路的呢?这是本节要探讨的核心问题。

(一)媒介转译概述

中篇小说《伊豆的舞女》自 1926 年诞生以来,就不断地被改编成电影、电视剧、动画片、广播剧、舞台剧等多种媒介文本,显示了小说巨大的文化衍生能量。由小说改编的电视剧共有 4 个版本(1961,1973,1992,2002),时间跨度从 20 世纪 60 年代至 21 世纪初,跨越四十多年,余热不断。期间,还交叉出现过两个版本的同名舞台剧(1957,1969)、电视动画片(1986)和广播剧(1991)。

在各类改编文本中,产生世界性影响的主要是电影文本。早在 1933 年,就出现了根据小说改编的第一部电影作品,此后又分别拍摄了 5 个版本(1954,1960,1963,1967,1974)的电影作品。值得注意的是,第一部电影改编作品是默片,这对于一部充满内在冲突、极少有画面感的小说来说,改编的难度可想而知。在 6 个版本的电影改编中,1963 年版与 1974 年版在世界范围内的影响最大,男女主角分别是高桥英树、吉永小百合以

---

① 齐格弗里德·克拉考尔:《电影的本性——物质现实的复原》,邵牧君译,北京:中国电影出版社,1981 年版,第 3 页。

② 同上书,第 305 页。

③ 转引自何乃英:《论日本新感觉派》,《现代日本经济》,1989 年第 5 期,第 19 页。

④ 齐格弗里德·克拉考尔:《电影的本性——物质现实的复原》,邵牧君译,北京:中国电影出版社,1981 年版,第 3 页。

及三浦友和、山口百惠，而导演都是西河克己（1918—2010）。在中国，广为观众熟知的也是这两个版本。其中1963年吉永小百合版由上海电影译制片厂配音，1974年山口百惠版由中央电视台配音。除非特别说明，本文讨论的主要对象是1974年版。

要评价小说《伊豆的舞女》的电影改编是否成功，需要明确三个大前提：

第一，是基于"自由的改编"，还是"忠实的改编"？

"自由的改编"很少注意原著的精神。乔治·布鲁斯东（George Bluestone）指出："在根据小说拍摄的影片中，许多'小说化'的元素不可避免地被抛弃掉了。这种抛弃的严重程度，使得新的作品在严格的意义上说，已经和原作很少相似之处。……影片摄制者只不过是将小说当作素材，最后创作出自己独特的结构。"[①]对这一类改编作品进行评价，须涉及更广泛的方面，但有一点是确定无疑的，即改编成功与否跟小说自身的特点几乎没有多大关系。正因为如此，人们看到过不少根据二三流小说改编的出色影片。

"忠实的改编"则不同。它虽然不等于逐字照搬，而是出于荧幕表现的特定需要，对原作有所改动，但是仍然表现了"一种保全原著的基本内容和重点的努力，至于成功与否，姑且不论"。[②]相比而言，"忠实的改编"往往更多地涉及经典小说，因而较容易受到人们的关注，引起的争议也较大。由于经典小说的巨大影响力，因此改编者往往承受着巨大的压力。

改编时，究竟是采用"自由的改编"，还是"忠实的改编"？这取决于改编者。对于一部已经完成的改编作品来说，要识别其属于哪一种改编，这并非难事。从总体上看，人们总是可以很方便地将其归类。两种改编方式本身并无优劣之分，评价改编成功与否不在于改编偏向前者还是后者，改编一旦被归为其中某一类，人们很自然地有理由按照该类改编的标准来进行评价。

《伊豆的舞女》的改编显然属于"忠实的改编"。小说中几乎所有重要的人物、场景、对话、行动和道具都原封不动地出现在了电影中。因此，它的改编是在"忠实的改编"这一前提下进行的。

---

① 乔治·布鲁斯东：《从小说到电影》，高骏千译，北京：中国电影出版社，1981年版，第2—3页。

② 齐格弗里德·克拉考尔：《电影的本性——物质现实的复原》，邵牧君译，北京：中国电影出版社，1981年版，第304页。

第二,是基于艺术电影,还是商业电影?

在这里,我们无意卷入艺术电影与商业电影孰优孰劣的历史纠葛,而只想按照人们公认的艺术电影和商业电影的叙事特征,先将其大致归类,为我们评价《伊豆的舞女》的改编确立一个基本框架。如果用艺术电影的标准去衡量商业电影,或者相反,就很难对一部改编影片做出合理的评价,而这种情况的发生却并不在少数。

通常所说的"艺术电影"(art film, essai cinématographique)是一个广义的概念,包含了形形色色的变体,如诗性电影、纯电影、散文电影、先锋电影、实验电影、欧洲电影、文艺片或现代派电影等许多变体。这些变体既互相叠印,又互相区别,涵盖了不同时期、不同国别、不同风格的影片,很难取得准确的一致性。但是,在有意识地拒斥商业电影(以好莱坞电影为典型代表)这一点上,这些变体却又表现出惊人的一致性。美国著名电影理论家大卫·波德维尔(David Bordwell)曾对二者做过具体的比较:

> 古典好莱坞电影中,通常有心理背景明确的人物,试图解决某个明显的难题,或者达到某些目标。在这过程中,人物与他人或外在环境产生冲突。故事以一个关键性的胜败收场,或是问题解决,或是目标达成或失败。……在古典的故事框架中,因果关系是最主要的整合原则。[①]
>
> "艺术电影"与经典好莱坞电影的叙事模式相比,主要有四点差异,其一,用较为松散的事件取代好莱坞影片紧密的因果关系;其二,重视人物塑造以取代好莱坞重情节的刻画;其三,多表现时间的扭曲,这种扭曲的时间受到柏格森所说的心理时间的游戏,而非牛顿时间定律的影响;其四,较为突出的风格化技巧的运用——如不常见的摄影机角度、醒目的剪辑痕迹、大幅度的运动摄影、布景或者灯光非写实的转换或是以主体状态来打破客观写实主义,乃至用直接的画外音进行评论等。[②]

对于好莱坞电影的叙事规则,人们并无多大分歧,分歧在于如何看待并运用这些叙事规则。假如仅从上述对比的情况来看,小说《伊豆的舞

① 大卫·波德维尔:《电影叙事:剧情片中的叙述活动》,李显立等译,台北:远流出版事业股份有限公司,1999年版,第335—336页。

② 同上书,第431—438页。

女》虽然受到西方现代主义思潮的影响,被视为川端康成的一部典型的"新感觉派"小说,但是改编影片《伊豆的舞女》却在总体上更接近传统商业电影。尽管它的人物动机不够明确,与他人或周围环境的冲突也并不激烈,各场次之间的因果链条也不甚紧密,但它跟艺术电影的距离则更远。因此,我们没有理由不将其归入商业电影的名下,进而在此基础上研究它与小说文本的跨媒介转译。

第三,是基于小说的客观因素,还是改编者的主观因素?

从小说到电影的改编是否成功,不但取决于小说自身的特点是否适合于电影的手段,而且更取决于改编者与导演的创作能力。就"忠实的改编"而言,小说自身的特点对改编成功与否的制约作用相对来说更突出一些。让我们暂且撇开千变万化的个人因素,只专注于小说文本的客观因素对改编造成的影响,就像齐格弗里德·克拉考尔那样,"只检查一个方面:它们能在多大程度上满足电影手段的要求",而这样做的前提是"先假定改编者和导演都是技巧完美、感觉敏锐的专家"。[①]

也就是说,有两大问题摆在我们面前:在忠于原著的前提下,将小说《伊豆的舞女》改编成一部商业电影,会面临哪些客观的阻碍?改编者与导演又是如何克服这些障碍的?下文将尝试着回答这些问题。

(二)"非电影化小说"改编的困局

《伊豆的舞女》电影改编遇到的困局不仅仅来自一般意义上的跨媒介转译,而且来自小说自身的"非电影化"元素,因而比一般小说的改编难度更大。这些"非电影化"的元素主要表现在三个方面:(1)以主观现实为核心内容的"新感觉";(2)与主流电影相悖的"小情节"模式;(3)隐喻手法。

首先,以主观现实为核心内容的"新感觉"。

1924年10月,"新感觉派"文学的主阵地《文艺时代》创刊,川端康成和横光利一等发起了"新感觉派"文学运动。1925年,川端康成发表了《新近作家的新倾向解说》,可以说它是"新感觉派"理论的指导性文章。在这篇著名的论文中,他认为日本的"新感觉"表现在认识论上与欧洲表现主义的理论相同,二者都主张艺术家应当完全从自我出发,从主观出

---

① 齐格弗里德·克拉考尔:《电影的本性——物质现实的复原》,邵牧君译,北京:中国电影出版社,1981年版,第304—305页。

发,表现自我的主观现实,小说到处充满“浮想联翩”“心里七上八下”“内心纷乱如麻”“焦灼万分”“胡思乱想”“猛然联想到自己”“心里这么想”“心烦意乱”等描述内在世界的语句;而小说《伊豆的舞女》正发表于1926年1月和2月的《文艺时代》上,因而在较大程度上体现出“新感觉派”文学的特色,其实有引领潮流的意思。[①]

小说突出表现的“主观现实”给电影改编带来了困难,因为“主观现实”超出了电影摄影机所能再现的领域。比如茶馆躲雨那一幕,小说里写道:

> “今天晚上那些艺人住在什么地方呢?”
>
> “那种人谁知道会住在哪儿呢,少爷。什么今天晚上,哪有固定住处的哟。哪儿有客人,就住哪儿呗。”
>
> 老太婆的话,含有过于轻蔑的意思,甚至闪起了我的邪念:既然如此,今天晚上就让那位舞女到我房间里来吧。
>
> 雨点变小了,山岭明亮起来。……[②]

这个“邪念”不论对小说还是改编影片都很重要,如果没有此处的“邪念”,就没有后面“我”看到舞女裸身跑出浴场时的感觉,即“仿佛有一股清泉荡涤着我的心……脑子清晰得好像被冲刷过一样”的感觉,也就无法凸显女主角的纯真与美好。然而,“邪念”却是很难用摄影机直接再现的主观现实,很难找到它的客观对应物。1963年版和1974年版的《伊豆的舞女》对此的处理方式引人关注。它们都出自同一位导演西河克己之手,但是对这一重要的“邪念”却有着不同的处理方式。在1963年版的影片中,“邪念”被外化为一场梦境——“我”在深夜潜入舞女的房间,被舞女的哥哥发现,接着被扔下万丈深渊。电影叙事只有一个时态,那就是现在进行时;而在当下的叙事进程中插入一场梦境,打断了主叙事进程,显然是生硬的。这种手法在20世纪三四十年代电影语言成熟之后就渐遭淘汰。1963年版的影片之所以还这么做,想必编导既感到了“邪念”的重要性,却又很难找到符合摄影机拍摄需要的方法。

面对同样的难题,1974年版则不但放弃了梦境,而且连“邪念”内容本身也删除了。虽然放弃了陈旧的手法,却又造成了重要内容元素的流

---

① 何乃英:《川端康成小说艺术论》,北京:北京师范大学出版社,2010年版,第100—115页。

② 川端康成:《川端康成文集·伊豆的舞女》,叶渭渠译,北京:中国社会科学出版社,1996年版,第77页。着重号为本书作者所加。

失，真可谓旧憾刚除，新憾又生。

对于小说中男主人公其他多处的心理活动，影片改编者干脆用画外音的方式来呈现。比如，当“我”回想舞女裸身跑出温泉冲我挥手的情景时，影片用了如下画外音：

> 她真像一个天真无邪的孩子，也许是看到我们了，所以她高兴得光着身子跑了出来。看着她高兴的样子，我的心突然像被清水洗涤过一样，有一种透心凉的感觉。

克拉考尔曾以普鲁斯特的意识流小说《追忆似水年华》不适合改编成电影为例，指出：“文学作品所描绘的生活常常会伸展到某些绝非电影所能再现的领域……电影绝无可能暗示出这些对比和随之而来的沉思默想，除非他求助于某些不正当的手法和人工的设计；而电影一旦乞灵于它们，它当然就立刻不成其为电影了。”[①]画外音造成电影声音与画面两种手段的分割，形成以声压画的弊端，正是典型的不适合电影表现的“不正当手法”之一。旁白、内心独白的多处运用，正是《伊豆的舞女》这类非电影化小说改编困境的一个突出表现，一个不得已的解决办法，时至今日还未得到很好的解决。

除了直接描写主观现实外，小说《伊豆的舞女》中的外部事件，也大都渗透了强烈的主观色彩，表现的是一种克拉考尔所说的“精神的连续”，含有某些非电影所能吸收的元素。它不像有些文学作品，描绘的是一种可以通过物质现象的连续来加以再现和模拟的精神现实。因此，即便就外部事件而论，小说《伊豆的舞女》跟电影也相去较远，不像其他一些小说那样跟电影较为接近。[②]

其次，与主流电影相悖的“小情节”模式。

美国电影理论家布鲁斯东在《从小说到电影》(*Novels into Film*, 1957)中提及，情节奇特的事件，尤其是19世纪的通俗历史画、戏剧或流行的蜡像中常见的那种血淋淋的事件，是早期活动电影最合乎观众口味的三种题材之一。[③] 匈牙利的电影美学理论家巴拉兹·贝拉(Balázs Béla)提出过相似的观点，他认为确有可能把一部小说的题材、故事和情

---

① 齐格弗里德·克拉考尔：《电影的本性——物质现实的复原》，邵牧君译，北京：中国电影出版社，1981年版，第302页。

② 同上书，第304—305页。

③ 乔治·布鲁斯东：《从小说到电影》，高骏千译，北京：中国电影出版社，1981年版，第7页。

节改编成一部完美的电影剧本。[①]然而,小说《伊豆的舞女》在情节上可谓先天不足,它讲述的是一个尚未开始就已结束的故事,没有电影经常从小说借用的完整情节,有的顶多只是罗伯特·麦基(Robert McKee)所说的“小情节”。所谓“小情节”(Miniplot),是指介于大情节(Archplot)和反情节(Antiplot)[②]之间的一种情节模式。大情节是指一种经典设计,具有突出的因果关系、闭合式结局、线性时间、外在冲突、连贯现实、主动主人公等特征,是“世界电影的主菜,过去一百多年来,它滋养着绝大多数备受世界观众欢迎的影片”[③]。反情节是一种现代设计,类似于文学领域的反小说或新小说和荒诞派戏剧,以偶然性、非线性时间、非连贯现实等为特征。小情节则是指对大情节的突出特征进行提炼、浓缩、削减或删剪,但又没有滑向彻底的反情节、反线性叙事的程度,它以开放式结局、内在冲突、被动主人公为特征。[④] 罗伯特·麦基更倾向于将小情节归结到反情节,从而与大情节形成对峙。

上述对比分析表明,小说《伊豆的舞女》缺乏主流电影情节所需要的几乎全部特征。男主人公“我”虽然对小舞女萌生爱意,但自始至终都是欲言又止,欲行又止。这份爱意是如此模糊不清,一直被“闷”在心里,形成不了明确的人物动机,当然也就没有外化为语言,更谈不上采取行动,因而也就难以形成一个贯穿全片的真正冲突,结尾只能是无果而终的开放式结尾。基于忠实原著的要求,改编影片不可能再造或夸大人物的欲望和行动,从而导致改编影片因果链条极为松散和薄弱。虽然改编影片保留了小说的线性时间链条,男女主人公结伴同行的五天四夜,清晰可辨,但也只是自然时间的变化,缺少戏剧性内涵,最终只能沦为可有可无的时间空壳。

再次,隐喻手法。

隐喻是小说借以突出事物相似之处的特殊方法。小说《伊豆的舞女》中有多处这样的隐喻,如温泉浴场里一段:

> 洁白的裸体,修长的双腿,站在那里宛如一株小梧桐。我看到这

---

① 巴拉兹·贝拉:《电影美学》,何力译,北京:中国电影出版社,2003年版,第276页。

② Robert McKee, *Story: Substance, Structure, Style and the Principles of Screenwriting*, New York: Harper Collins, 1997, p. 44.

③ 罗伯特·麦基:《故事——材质、结构、风格和银幕剧作的原理》,周铁东译,北京:中国电影出版社,2001年版,第55页。

④ 同上书,第53—55页。

幅景象，仿佛有一股清泉荡涤着我的心。我深深地吁了一口气，噗嗤一声笑了。……我更是快活、兴奋，又嘻嘻地笑了起来。脑子清晰得好像被冲刷过一样。脸上始终漾出微笑的影子。[1]

小说还有许多与这一段中的隐喻手法相似的地方，仅再举一例：当舞女一行因故推迟行程，不能按约定与“我”一起动身去下田时，“我顿时觉得被人推开了似的”[2]。以上两例都不是一两句简单的描绘，而是直接涉及人物内心体验，事关人物行动。如小说所述，“我”性格中有扭曲的孤儿气质，正是因为受不了那种令人窒息的忧郁，“我”才去伊豆旅行。“我”在与舞女一行结伴旅行途中，开始真正变得开朗，时常不经意间流下喜悦的泪水。而当舞女一行不能与“我”继续同行时，“我”的失落感无疑是巨大的。这份由悲转喜、又由喜转悲的混合情感构成了整部小说的情感基调。现在的问题是，小说中这两处重要隐喻的内涵如何用电影化手段来表现？或者说，这几处隐喻给电影化改编带来了哪些难以克服的障碍？

用隐喻的目的不在于让读者在想象中“看见”洁白的裸体、修长的双腿，而在于通过小梧桐的形象作比较，将肉体的层面跃升至精神的层面，突出舞女给“我”带来的精神面貌的变化，因此裸体不仅仅是裸体。这一点，小说用读者熟知的事物（“小梧桐”“清泉”）和动作（“荡涤”“冲刷”“推开”）就轻而易举地做到了，而对于电影来说就很成问题了。除非运用内心独白这一陈旧的手法，电影似乎只能停留在肉体展示的层面。虽然电影用了全景急推近、切换成上半身近景的镜头语言，以强化视觉冲击带来的心理变化，但观众看到的裸体终究还是裸体！

小说中的“看见”与电影中的“看见”有着很大的不同。小说家约瑟夫·康拉德（Joseph Conrad）曾说：“我试图要达到的目的，是通过文字的力量，让你们看见。”[3]而16年后，美国电影导演格里菲斯（D. W. Griffith）总结自己的主要意图时也曾表示：“我试图要达到的目的，首先是要让你们看见。”[4]虽然小说家与电影导演的意图相同，但是布鲁斯东

① 川端康成：《川端康成文集·伊豆的舞女》，叶渭渠译，北京：中国社会科学出版社，1996年版，第84页。着重号为本书作者所加。

② 同上书，第86页。

③ 引自汪培基等译：《英国作家论文学》，北京：生活·读书·新知三联书店，1985年版，第336页。着重号为本书作者所加。

④ 刘易斯·雅各布斯：《美国电影的兴起》，北京：中国电影出版社，2000年版，第126页。着重号为本书作者所加。

认为:“人们可以通过肉眼的视觉来看,也可以说通过头脑的想象来看,而视觉形象所造成的视像与思想形象所造成的概念两者间的差异,就反映了小说和电影这两种手段之间最根本的差异。”①

电影当然也可以有自己的隐喻方式,最为常见的手法是在剪辑时,通过两个镜头的对列在彼此之间建立新的含义。苏联蒙太奇学派常常运用这一方法,如导演普多夫金在《母亲》一片中将工人游行示威的镜头与春天河水解冻的镜头组接在一起,用以隐喻革命力量势不可挡。爱森斯坦也曾在电影《战舰波将金号》中切入来自不同地方、与剧情毫无关系的三只石头狮子的形象,用它们卧倒、抬头、跃起的三个镜头衔接来隐喻人民的觉醒与反抗。然而,上述手法很快就被电影创作者所抛弃,因为它们代表了电影语法形成期的积极探索,但是结果并不算成功。电影运用隐喻所受的限制要大得多,正如布鲁斯东所言:“可以有一种特殊的电影借喻,只是它必须服从电影的语言:它必须是自然而然从背景中产生的……将不同的事物比较时,电影借喻有一个先决条件,就是必须彻底消除它们的现实感。”②

《伊豆的舞女》中的隐喻要么无法用影像传达,要么是无法消除现实感,而依旧保持自身的存在,导致喻体与本体“抢夺眼球”。例如,电影改编中增加舞女阿君之死这条线,就是简单而铺张的借喻。在小说文本中是没有阿君这一人物线索的。值得注意的是,1963 年版与 1974 年版都增加了阿君形象,其用意非常明显,即用阿君从卖艺沦落到卖身、最后得病而亡的悲惨经历来暗示女主人公阿熏的命运。但问题在于,由于影像自身复制物质现实的特性,阿君故事的现实感很难彻底消除,这就造成了一个不可调和的矛盾:一方面阿君的故事作为喻体必须为本体阿熏的故事服务,另一方面却又具有自身的完整性,难免与阿熏的故事分庭抗礼,游离于主人公阿熏的故事之外。电影无法像小说那样借用语言手段,用 A 来说明 B,而需要向观众直接展示 A。因此,虽然编导明显在阿君这个隐喻性质的人物身上下了很大的功夫(同一位导演的两个改编版本都保留了阿君的完整故事线),但是仍然面临着跨越媒介的巨大障碍,最终与上述普多夫金、爱森斯坦等人的隐喻一样,都是很难令人满意的。弗吉尼亚·伍尔夫的忠告也许能给人以更多的启示:

---

① 乔治·布鲁斯东:《从小说到电影》,高骏千译,北京:中国电影出版社,1981 年版,第 1—2 页。

② 同上书,第 23 页。

> 即使是这样一个简单的比喻:“我的爱人像一朵红红的玫瑰,六月里迎风初开”,也能在我们心中唤起:晶莹欲滴、温润凝滑、鲜艳的殷红、柔软的花瓣等多种多样而又浑然一体的印象;而把这些印象串连在一起的那种节奏自身,既是热恋的呼声,又含有爱情的羞怯。所有这一切都是语言能够——也只有语言才能够达到的;电影则必须避免。[①]

以上几点足以说明,从“忠实改编”的角度看,小说《伊豆的舞女》绝非电影的近亲,顶多只能算是电影的远亲。不过,《伊豆的舞女》的导演对此并非束手无策。因为这部小说毕竟不像普鲁斯特《追忆似水年华》那样的纯意识流小说,并不仅仅表达一种“精神的连续”;若果真那样,就会把电影改编逼上“非电影化”的绝路。就《伊豆的舞女》而言,只要编导善于找到与本体相对应的形象化喻体,用具体的形象或戏剧动作将小说文本固有的内在特性加以外化,小说文本中的隐喻依然可以转译到影片文本中。例如,男主人公“今天晚上就让那位舞女到我房间里来”的心理活动,本是很隐秘的内心诉求,但是影片通过纸商、鸡肉店老板对女主人公阿熏的动手动脚,折射“我”的焦躁难安,以此构建一种替代性的隐喻,这就非常符合电影的视觉化要求。正因为如此,《伊豆的舞女》为改编者朝着“电影化”方向前进留下了一丝希望。

(三)电影化改编的突破

蒙太奇理论的主要创始人之一、苏联导演 C. M. 爱森斯坦(Сергей Михайлович Эйзенштейн,1898—1948)在《狄更斯、格里菲斯和今日电影》一文中提到,他从狄更斯作品中获得了重大启示,因为狄更斯的有些小说是很电影化的。[②]狄更斯是现实主义作家,爱森斯坦从其小说中发现电影化元素是不足为怪的。不过,如果认为“只有现实主义的和自然主义的小说才能改编成令人满意的影片,那就是完全出于误解了。事情并非如此。实际上,一部小说的改编可能性并不决定于它是否专门描写物质世界,更重要的是看它的内容是否具有心理—物理的对应。一部显然是现实主义的小说对外部世界的描绘,可能是出于根本不适合于电影表现

---

① 转引自乔治·布鲁斯东:《从小说到电影》,高骏千译,北京:中国电影出版社,1981 年版,第 23 页。

② 同上书,第 2 页。

的题材和主题的需要。反之,一部小说以内心生活过程为内容,并不一定就因而成为一部不可改编的叙事作品"[①]。

从电影改编的一般情况来看,《伊豆的舞女》作为一部具有"新感觉派"风格与手法的小说,的确存在上述诸多改编困局。但在"忠于原著"的前提下,编导面对一部非电影化小说,仍然实现了电影化的改编。其主要的手法有三:(1) 突出运动性场景;(2) 突出民俗的可视性;(3) 强化线性叙事。

先看运动性场景。

希区柯克曾表示"追赶是电影手段的最高表现"[②]。弗拉哈迪认为西部片之所以受人欢迎,是"因为在原野上策马奔驰的景象是叫人百看不厌的"[③]。克拉考尔对此作了进一步解释,他认为多种多样的运动是最上乘的电影题材,是真正"电影的",因为"只有电影摄影机才能记录它们"。[④]小说《伊豆的舞女》中当然没有西部片中那种"策马奔驰"的追赶场面,有的只是男主人公的一趟旅行经历。然而,旅行本身就是一个动态的过程,可以带来空间的不断变化,从而大大增强了影片的可看性。

小说主体部分写到了途中茶馆、汤野客店以及下田小客店三处主要的固定场景,期间穿插的正好是三段山间赶路的场景,这三个场景都在电影改编中得以完整保留。这是一种很电影化的选择。

第一个场景出现在影片序幕阶段,"我"与一群流浪艺人在山路上穿行,忽遇雷雨,到一家茶馆避雨。第二个场景是雨停后,一行人继续赶路去汤野。第三个场景是离开汤野去下田的山路。几位流浪艺人与一位旅行的学生在山路上结伴行走,其紧张激烈当然比不上西部片中你死我活的追赶场面,但影片《伊豆的舞女》的赶路场景绝不可视同一般的旅游风光片,因为这三次场景的时值越来越长,戏份越来越重,对人物关系走向及主题基调产生了重大影响。如果说第一个赶路场景中两拨人各走各的,没有交集,雷雨设计顶多也是并不高明的"巧合",那么第二个场景中男女主人公有了初次的正面交谈、交流,预示着电影已经从运动带来视觉上的可看性升华为人物内在的吸引力。在第三个赶路场景中,通过阿熏挑竹竿给"我"当拐杖,以及阿熏和"我"单独在山巅相处这两个分场景,赶

---

① 齐格弗里德·克拉考尔:《电影的本性——物质现实的复原》,邵牧君译,北京:中国电影出版社,1981年版,第307页。着重号为本书作者所加。

② 同上书,第52页。

③ 同上书,第53页。

④ 同上书,第52页。

路已经从通常的过场戏转化为主场戏。

运动性场景除了增加可看性之外,还对叙事结构产生了一定的影响。以运动为特征的山路为外景,与固定场景交替出现,影片的整体结构从视觉上富于变化,产生了视觉的愉悦。

值得一提的是,小说文本中还提到"我"初见舞女也是在途中,当然也是充满运动性的素材,但是电影文本弃之不用。这也是比较可以接受的做法,因为初次见面时只是"我不时地回头看看她们",没有她们与"我"的互动性[①],缺乏后面几次同行时越来越强的戏剧性,毕竟最吸引观众的不是一次竞走比赛,也不是沿途的自然风光,而是行走中的人物身上发生的故事。

总之,将运动性场景与戏剧性融合在一起,是《伊豆的舞女》实现电影化改编的重要方法之一。

再看民俗的可视性。

小说《伊豆的舞女》虽然汲取了欧美现代派小说的某些观念与技巧,但是这些观念与技巧仍是为了表现一种东方情调。电影文本承继了小说中的东方元素,并且尽力将这些东方元素视觉化,以适合电影的表现手段。

电影文本中作为视觉符号的民俗元素处处可见。比较突出的有温泉、日式小木屋、服饰、三弦琴和日式传统舞蹈等。果戈理说:"真正的民族性不在于描写农妇穿的无袖长衫,而在表现民族精神本身。诗人甚至描写完全生疏的世界,只要他是用含有自己的民族要素的眼睛来看它,用整个民族的眼睛来看它,只要诗人这样感受和说话,使他的同胞们看来,似乎就是他们自己在感受和说话,他在这时候也可能是民族的。"[②]《伊豆的舞女》中充满这些民俗元素,但它们不仅仅是符号,不是为了展示而展示,而是与人物关系、情节走向、人物命运等结合在一起。

比如,日式温泉不但是故事发生的主场景,而且也很自然地向观众展示了一幅民间风俗画。大大小小、档次不一的温泉旅馆,有钱人在这里寻欢作乐,阿君们在这里卖身丧命;温泉既是舞女们赚钱谋生的舞台,也是"我"接触市井、排遣孤独的所在。从这个意义上讲,温泉已经不仅仅是一种可视化的场景,其本身也成为"有充分资格的演员。从无声喜剧片里的

① 川端康成:《川端康成文集·伊豆的舞女》,叶渭渠译,北京:中国社会科学出版社,1996 年版,第 75 页。

② 梁仲华、童庆炳:《文学理论基础读本》,北京:北京广播学院出版社,1988 年,第 374 页。

自动楼梯、倔强的隐壁床和疯狂的汽车……它们以主人公的姿态出现”[①]。可以说,没有修善寺温泉、汤岛温泉、汤野温泉,就没有“我”和舞女的故事。反之,如果仅仅作为孤立存在的故事背景,那众多温泉就是可有可无的,温泉的设置也是非电影化的。

舞女的发式在改编成电影时也得以充分表现。在小说中,第一人称的视角用“丰厚”“非常浓密”“秀美”等词语多次赞美阿熏头发之美。电影文本没有忽略这个重要的视觉元素,许多涉及头部的镜头都运用近景或特写,使得发式必然成为视觉注意中心。同时,电影文本还保留了小说中与阿熏头发有关的一个重要的细节,即阿熏和“我”下棋时,她的头发几乎碰触到我的胸脯(电影中碰到的是“额头”),引起两人的羞涩与局促不安。不止于此,电影文本还另外增设了两处关于梳子的情节:在去下田的山顶上,当两人独处之时,阿熏的梳子掉落在地,“我”帮阿熏捡起,并亲自给她别在发髻上;最后离别时,阿熏赠送梳子给“我”。小说文本中对头发属性的名词和形容词的描述具有一种静态和抽象的特征,这就给电影化改编带来了很大的困难,但下棋时头发碰到男主角,这改变了小说中的静态特征,而梳子的设计也较好地克服了抽象化文字的不足。

最后看线性叙事的强化。

如上所述,布鲁斯东和巴拉兹都认为,奇特的情节对于成功改编具有重要作用。然而,小说《伊豆的舞女》讲述的是一个尚未开始就已经结束的初恋故事,人物没有明确的主导动机,没有果断的行动,因而难以形成直接的戏剧冲突,没有一波三折的传统戏剧套路,男女主角不但欲言又止,而且欲行又止,属于淡化情节的类型,故事线索比较松散。针对这一情况,电影改编者努力强化了线性叙事,整部影片也由此而更加电影化。

在小说文本中,缺乏行动的男主人公不时沉浸于自己的内心世界,结构上显得零散。而电影却提取了小说中几乎所有相对完整的事件,努力构建一条贯穿全影片的线性叙事链条,大致形成了主流故事片采用的“线性结构”,即全片分为开端(beginning)、中端(middle)、结尾(end)三幕,三部分对应的戏剧功能分别是建置(setup)、对抗(confrontation)、结局(resolution)[②],这种叙事主线的设计与小说有了很大的区别。小说主要

---

① 齐格弗里德·克拉考尔:《电影的本性——物质现实的复原》,邵牧君译,北京:中国电影出版社,1981年版,第57页。

② 悉德·菲尔德:《电影剧本写作基础》,鲍玉珩、钟大丰译,北京:中国文联出版公司,1985年,第2页。

以第一人称“我”来聚焦并叙述故事，按照旅行的自然时序来展开，而且叙事重点一直在男主人公的内在情绪上，外界的一切包括女主人公都不过是“我”的感觉的外化与投射，难以形成传统意义上的冲突，因为双方并不享有平等的叙事权利。电影则赋予男主人公一个很强烈的动机——“一个希望”，希望和舞女们一道旅行，和舞女下棋，甚至和舞女亲热。有了这个希望，才导致男女主人公采取行动试图接近对方，彼此一步步由陌生到熟悉，由熟悉到互相爱慕，也才有了最后无奈分手的哀伤。

另外，新增的舞女阿君也是一条完整的故事线。在1974年版的电影中，阿君这条线索完整性更加突出。就连男女主人公之间作为信物的一把梳子，在电影文本中也有始有终；梳子多次出现，而且牵扯的情感纠葛也越来越复杂。

综上所述，虽然《伊豆的舞女》小说文本具有一些非电影化小说的特点，给这部小说的电影化改编增添了额外的难度，但是电影编导在现有小说文本的基础上，依据电影语言的表现规律，通过突出运动性场景、突出民俗的可视性、强化线性叙事等处理手段，使得《伊豆的舞女》的电影改编成为非电影化小说改编的一个成功典范。

小说《伊豆的舞女》在长达大半个世纪的时间里跨越多种媒介文本，并且在同一个类型媒介的转译中出现多个版本，不但体现了小说经典的持久魅力，而且也是对小说文本这一元文本的丰富与深化。传统的改编理论常常带着一种偏见，哀叹从小说文本到电影文本转译过程中的损失，而忽视了小说从中得到的东西。[①]《伊豆的舞女》无论是小说还是改编电影，在中国都有不同的版本，都拥有众多的受众，片中男女主角的扮演者成为中国家喻户晓的演员。爱弥儿·左拉（Émile Zola，1840—1902）曾经说过：“每个世纪的递嬗变化必然会体现于某种特定的文学形式，如果说17世纪是戏剧的世纪，那么19世纪将是小说的时代。”[②]同理，20世纪则是小说与影视并行不悖的时代，多部文学经典的跨媒介改编呈现了各种艺术形式互动交融的新文化景观。

① Robert Stam and Alessandra Rengo eds., *Literature and Film: A Guide to the Theory and Practice of Film Adaptation*, Oxford: Blackwell, 2005, p. 3.

② 转引自徐岱：《小说叙事学》，北京：中国社会科学出版社，1992年版，第1页。

第十三章
俄罗斯后现代主义小说的生成与传播

一些文学史家总是喜欢借用金属的属性来形容文学的发展，于是，就有了文学的“黄金时代”等一些相应的称呼。俄苏文学也不例外，相对繁荣的文学发展时期也都被冠以金属的名称。普希金时代的文学被冠以“黄金时代”，19世纪末至20世纪20年代的文学，被冠以“白银时代”，20世纪六七十年代的文学被冠以“青铜时代”。按照这样的逻辑，文学的发展似乎就是从辉煌走向衰落了。即使再度辉煌，也没有合适的金属来进行形容了。

这一金属属性对于俄苏文学来说，倒是在一定程度上得以应验了。因为，自从1991年年底苏联解体之后，俄罗斯文学无论从体量上还是从文学在社会生活中的地位上，都无法与苏联时代的文学相提并论了。但是，在文学领域所发生的各种变化和转型以及相应的成就也是我们不能忽略的。尤其在后现代主义小说创作领域所取得的辉煌成就，是应该予以充分关注的。

第一节 俄罗斯后现代主义小说生成语境

俄罗斯后现代主义小说创作的繁荣，是与特定的俄罗斯社会文化语境密切关联的。苏联解体之后的几十年间，“科技、媒介、政治、经济政策、艺术、普通公民的日常活动等，都在不断地重塑着俄罗斯及其文化”[①]。俄罗斯文学也以新的姿态谋求在社会生活中应有的地位，努力折射社会生活的发展与变更。

随着 80 年代末 90 年代初社会政治的巨变以及苏联的解体，延续了七十余年的苏联文学不复存在，被俄罗斯文学以及其他各民族文学所取代，同样，作为主导的社会主义现实主义创作方法也完成了自己的历史使命，逐渐让位于后现代主义、新现实主义等文学思潮。尤其是后现代主义小说，成就颇为突出。这一现象的出现，与苏联解体后的社会语境的变更不无关系。因为，苏联解体后，不仅仅是政治以及经济体制发生了变更，更为主要的，是俄罗斯人民的文化层面的身份认同危机的产生，固有的民族性格特征，以及相应的“历史使命”，都发生了突然的变更，人们必然为新的文化身份的建构而探寻。与此同时，即使在意识形态以及经济体制发生重大变革之后，苏联时期的一些文化传统依然根深蒂固地作用于作家的创作，尤其是影响着在苏联时期富有成就的老一辈作家的创作，从而形成了多元的文化格局。

苏联的解体，虽然是一场政治事件，但是对俄罗斯文学创作所产生的影响却是翻天覆地的。文学已经不像苏联时代那样受到社会的关注，文学家本身也不再像苏联时代作为“人类灵魂的工程师”而受到人们的尊敬，而是从“高雅的殿堂”被无情地抛向了世俗的人间。正如我国学者黎皓智先生所述：“苏联解体后文学的首要变化就是：它再也不必像过去那样与国家的整体事业联系在一起，文学再也不受国家的监督、扶植与保护，而是抛向了‘野蛮的’市场。”[②]更何况作为原苏联民族文学组成部分的乌克兰文学、白俄罗斯文学、拉脱维亚文学、爱沙尼亚文学等，纷纷成为独立国家的民族文学，就连与文化生活密切相关的语言，也发生了相应的变更。这些独立的国家纷纷在文化和教育中推行自己的民族语言，不再使用统一的俄语，甚至连地名也发生了变化，纷纷恢复过去的地名，很多具有苏联以及革命色彩的地名也全都回到了十月革命以前或者沙俄时代的状态。

不过，尽管文学创作受到了相当严重的影响，但是，并没有出现停滞的局面，而且，随着时间的推移，一部分作家慢慢开始意识到文学应当发

① Mark Lipovetsky and Lisa Ryoko Wakamiya eds. *Late and Post-Soviet Russian Literature: A Reader*. Boston: Academic Studies Press, 2014, p. 10.

② 黎皓智：《俄罗斯小说文体论》，南昌：百花洲文艺出版社，2001 年版，第 293 页。

挥的社会作用,以自己的独到的眼光来重新审视社会,拓展文学创作的空间,适应时代的发展变化。由于受到时代的影响,文学家降为商品的生产者。一些严肃的作家为了生存的需求,也不得不开始撰写博取眼球的低俗作品。甚至有些作家无视文学作为精神产品的属性,为适应市场需求,见风使舵,追名逐利,以凶杀、色情等强烈感官刺激的描写,来满足部分读者的低俗需求。当然,也有一些作家在新的语境下,坚守自己的文学理想,创作出了许多重要的作品。

俄罗斯后现代主义小说,便是一批俄罗斯作家为俄罗斯文学所作出的突出贡献。这些作家在借鉴西方后现代主义文学的创作手法的同时,也热衷于对俄罗斯传统文化的解构,对社会进行新的折射。

俄罗斯后现代主义小说的产生和发展,既是对流行于世界的后现代主义思潮的一种呼应,同时也是适应俄罗斯社会历史语境的一种需求,所以,这一思潮在一定程度上具有了俄罗斯本土文化的特性。“俄罗斯后现代主义文学作为从西方引进的一种文学品种,一方面,它保存着原有的特点,另一方面,它被移植到俄罗斯的土壤后,由于这里的社会生活基础和文学传统有所不同,就不能不发生某些变异,有时这种变异甚至是不以作家们的意志为转移而发生的。”①

第二节 俄罗斯后现代主义小说生成轨迹

俄罗斯后现代主义(постмодернизм)文学思潮形成和发展大致经历了三个发展时期。

(一)形成时期

俄罗斯现代主义小说形成时期主要在20世纪60年代末至七八十年代。主要小说成就有比托夫的《普希金之家》、叶罗费耶夫的《从莫斯科到佩图什基》、索罗金的《排队》等作品。

① 张捷:《苏联解体后的俄罗斯文学(1992—2001年)》,北京:中国社会科学出版社,2011年版,第188页。

安德烈·比托夫(Андрей Георгиевич Битов,1937—　)的长篇小说《普希金之家》(«Пушкинский дом»)创作于1964—1971年,1978年在美国出版后,在苏联被禁,直到1987年获准在苏联面世。这部长篇小说被誉为俄罗斯后现代小说的开山之作。《普希金之家》塑造了奥多耶夫采夫一家祖孙三代知识分子的形象,"描述了三代知识分子在不同的历史时期的不同的命运和生存状态"[①]。在这部长篇小说中,作者所着重描述的是20世纪60年代知识分子的典型代表——语言学家廖瓦·奥多耶夫采夫的形象,书写他生命中一段重要的经历,从他从中学毕业开始,直到他进入俄罗斯文学研究所"普希金之家"工作的这段经历。

这部长篇小说的一个显著特点是作品的整体结构极为独特,全书由"序幕"开始,以"注释"结束,主体内容共分三部,包括序幕和三个部分的篇名,都是以一部俄国文学名著的名称来命名的:序幕为《怎么办?》(«Что делать? »);第一部为《父与子》(«Отцы и дети»);第二部为《当代英雄》(«Герой нашего времени»);第三部为《穷骑士》(«Бедный всадник»)。而且每一部中也有不少章节直接取自俄国经典作品名称,尤其是普希金和莱蒙托夫作品的名称,如第一部中有《暴风雪》,第二部中有《宿命论者》,第三部中有《射击》等。在第一部《父与子》中,主要描述廖瓦·奥多耶夫采夫与祖父以及父亲等家庭成员之间的关系,以"父与子"的关系来折射时代的变迁。他的祖父在斯大林执政时期因学术问题而受到迫害,流放到穷乡僻壤。他祖父与他父亲之间的关系并不融洽。有一次,老奥多耶夫采夫从流放地归来,他不愿见自己的儿子,只想见见孙子。于是,廖瓦·奥多耶夫采夫怀着激动的心情,前去看望祖父。为了讨好祖父,廖瓦当着祖父的面,说起了自己父亲的坏话。谁知,这一行为却触犯大忌,像父亲当年背叛爷爷那样,这也意味着他背叛了自己的父亲。祖父容不得家族中的背叛行为,于是将孙子轰了出去。小说的第二部《当代英雄》聚焦于"当代",瓶贴"当代"的生活,所描写的是廖瓦·奥多耶夫采夫与非家庭成员之间的人际关系,尤其是他与法伊娜、阿尔宾娜及柳芭莎等三名女性之间的暧昧关系,以其映照"当代"的伦理道德和社会现实。在第三部《穷骑士》中所叙述的一些内容与"普希金之家"这一场景更为有关。其中包括十月革命节期间廖瓦·奥多耶夫采夫被安排在"普希金之家"的值班。他尽管很不情愿,但是由于学位论文答辩在即,他不得不服

① 赵丹:《多重的写作与解读》,哈尔滨:黑龙江人民出版社,2005年版,第18—19页。

从。在值班之夜,米季沙季耶夫和弗兰克先后来到"普希金之家",于是,值班以纵情狂饮开始,以普希金的捍卫者廖瓦·奥多耶夫采夫与亵渎普希金的米季沙季耶夫之间的决斗而告终。

作品在结构上还有一个有趣的特征是在小说的末尾使用了"注释",对正文中出现的各种人物和一些历史事件进行了进一步的解释,并且对该小说的创作经历等方面进行说明。类似于学术著作的《注释》,实际上是作品内容的有效的组成部分。

叶罗费耶夫(Венедикт Васильевич Ерофеев,1938—1990)的《从莫斯科到佩图什基》(«Москва—Петушки»)也被誉为俄罗斯后现代主义小说的开山之作,写于苏联时期的1969—1970年间。一开始,这部小说以地下出版物的形式流传,而后于1973年在以色列的一家杂志上发表,随后又于1977年在法国出版,直到1989年,才作为"回归文学",正式在苏联出版。

作品的主人公是一个酗酒的知识分子韦涅奇卡,他从莫斯科乘坐电气火车前往一百多公里之外的佩图什基,去看望自己的恋人和三岁的儿子。作品叙写的依然是在火车上的酗酒以及各种感悟。然而,作为目的地的佩图什基,从叙述者的口中可以看出,似乎完全是一个不可能到达的乌托邦。"在佩图什基,鸟儿从未停止歌唱,不管白天还是黑夜,在佩图什基,茉莉花从未停止开放,不管春秋还是冬夏。也许世上真有原罪这么回事,但是在佩图什基,没有人会觉得有心理负担,在那儿,即使那些没把自己一天到晚泡在酒坛里的人,他们也有一双清澈见底的眼睛。"[①]正是因为总是处于醉酒的状态,所以即使偶尔清醒的时候,他也时常出现种种奇特的幻觉。

《排队》(«Очередь»)的作者是弗拉基米尔·格奥尔吉耶维奇·索罗金(Владимир Георгиевич Сорокин,1955—),他于1985年在巴黎句法出版社出版了长篇小说《排队》。苏联解体之后,他于1992年3月在《电影艺术》杂志上发表了原来在巴黎出版过的但经过删节的《排队》,算是一种"回归",从而赢得了广泛的读者。《排队》的基本内容是由排长队买东西的人们断断续续的对话以及队伍里发出的各种声音所体现的,作品中没有一句作者—叙述者的话,也没有说明人们排队究竟是为了买什么东西。小

① 韦涅季克特·叶罗费耶夫:《从莫斯科到佩图什基》,张冰译,桂林:漓江出版社,2014年版,第46页。

说的独特之处是将苏联时期人们日常的生活比拟成没完没了的排队。

(二)鼎盛时期

20世纪七八十年代到苏联解体后的90年代,达到了其发展的鼎盛时期。

这一时期,俄罗斯后现代主义文学最主要的代表是索罗金和佩列文两人,皮耶楚赫、叶罗费耶夫、沙罗夫、马卡宁、希什金、托尔斯泰娅等后现代主义作家也在小说创作方面有所贡献。比较重要的作品有皮耶楚赫的中篇小说《中了魔法的国家》(« Заколдованная страна »,1992)、沙罗夫的长篇小说《排演》(« Репетиции »,1992)、马卡宁的长篇小说《地下人,或当代英雄》(« Андеграунд, или Герой нашего времени »,1998)、希什金的长篇小说《攻克伊兹梅尔》(« Взятие Измаила »,1999)、索罗金的《马琳娜的第30次爱情》(« Тридцатая любовь Марины », 1995)、《蓝色脂肪》(« Голубое сало »,1999),以及佩列文在90年代接连出版的《奥蒙·拉》(« Омон Ра »,1991)、《夏伯阳与虚空》(« Чапаев и Пустота »,1996)、《"百事"一代》(« Generation »,1999)等长篇小说。

皮耶楚赫(Вячеслав Алексеевич Пьецух,1946—)的中篇小说《中了魔法的国家》创作于1992年,后于2001年出版同名作品集。这部作品以五个人物聊天的方式,以及作品中"我"的思维活动,审视了俄罗斯的历史以及人类的历史,当然,他在审视俄罗斯历史和人类历史的时候,大多采取嘲讽、抨击甚至否定的态度。在五人聊天的间隙,男主人公"我"展开了自身思维的漫游,在"我"的头脑中,不仅出现了20世纪之前的俄罗斯历史文化,而且还追溯到了人类的起源,以及世界上埃及、希腊、印度、中国等一些文明古国。该作品正是在聊天和思维漫游中对俄罗斯以及人类文化进行深刻的审视和讽喻。

我们仅仅从马卡宁(Владимир Семёнович Маканин,1937—2017)著名长篇小说《地下人,或当代英雄》这部作品的题目来看,很容易联想起陀思妥耶夫斯基的《地下室手记》的主人公"地下人"以及莱蒙托夫《当代英雄》中"多余的人"毕巧林,似乎是这两部作品名称的叠加。在陀思妥耶夫斯基的《地下室手记》中,主人公是一个不得志的八等文官,可见,"地下人"是没有父母,没有姓名的"小人物"形象,而在莱蒙托夫《当代英雄》中,莱蒙托夫时代的"当代英雄"是出身于贵族家庭、受过良好教育但是没有行动能力的"多余人"。陀思妥耶夫斯基的人物与莱蒙托夫的人物似乎出自两个不同的社会阶层,因此,似乎两者很难“叠加”。不过,这部作品中的“地下人”指向是明确的,是指勃列日涅夫时代从事“地下文学”创作的作家。2004 年,在圣彼得堡与俄罗斯师范大学学生进行交谈时,马卡宁曾经谈到这部作品的创作动机,他说:

> “地下人”—— 是一个复杂的现象,具有两面性。首先,是指对当局持反对态度的人,这个当局呼出的气息让人们明白,它不会长久。这是在民主社会缺失情形下俄罗斯反对派的变异。一旦发生变更,这样的地下人便成为权力机构,而且以适当的方式,占据我们的钱财和最高的位置。但是也有另一种“地下人”,代表着在任何政权变更的时候都不可能占据最高位置的人们。这是整整一代牺牲的,但是拥有精神力量的英勇的人们。为了怀念这些人们,我创作了这部长篇小说。[①]

可见,“地下人”是具有 20 世纪新的时代特征的人物典型,是在继承莱蒙托夫、陀思妥耶夫斯基等经典作家传统艺术技巧的基础上所进行的富有特性的新的开拓。这些地下人的作品虽然得不到发表的机会,也不被当时的社会所接受和承认,因而过着似乎与世隔绝的地下的生活,但是,他们坚守自己的立场和观点,坚信自己的创作成就,憧憬自己的未来,因而有着自己的真正的生活,也是真正意义上的“时代的主人公”。这样的地下人的代表是彼得罗维奇,“彼得罗维奇既不想丧失个性,又不愿与现实面对面地抗争,于是只好转入地下。同时,他身上又有许多缺点、劣迹,正如马卡宁作为这部小说的题词所引用的莱蒙托夫的《当代英雄》中的话:‘英雄……是一幅肖像,但不是一个人的肖像,而是我们整整一代人及其全部发展史上的劣迹所构成的肖像。’”[②]彼得罗维奇也像陀思妥耶夫斯基笔下的人物一样崇尚超人,并且两次杀人,不过他没有悔意,反而有拉斯科尔尼科夫最初所坚持的“杀人者未必有罪”的超人理论的意味。“大家都在杀人。在世界上,现在杀人,过去也杀人,血像瀑布一样地流,像香槟酒一样地流,为了这,有人在神殿里戴上桂冠,以后又被称作人类的恩主。”[③]当然,与陀思妥耶夫斯基的“地下人”相比,马卡宁的“地下

---

① «Учительская газета», (14 декабря 2004).

② 侯玮红:《自由时代的“自由人”——评马卡宁的长篇新作〈地下人,或当代英雄〉》,《俄罗斯文艺》,2002 年第 2 期,第 73—73 页。

③ 马卡宁:《地下人,或当代英雄》,田大畏译,北京:外国文学出版社,2002 年版,第 512 页。

人"已经赋予了当代的特色,内涵已经得以深化。马卡宁也在作品中不断探索"地下人"的新的确切定义:"地下人是社会的潜意识。地下人的意见无论怎样都是集中的。它无论怎样都是有意义的,有影响的。即使它永远(哪怕以流言的形式)也不会出现在光天化日之下。"[①]作者有关地下人是社会的潜意识的观念是非常重要的定义。

希什金(Михаил Павлович Шишкин,1961—)的长篇小说《攻克伊兹梅尔》,是后现代文学的一部力作,给希什金赢得了巨大的文学声誉,2000年,该作品获得俄罗斯布克文学奖。伊兹梅尔是乌克兰的港口城市,"攻克伊兹梅尔"是一种寓意象征,表示主人公战胜生活。这部小说涉及的内容很广,虽是一部多线条情节结构的小说,但是却没有主要的情节线索,从最开始描述的法律案件,到奥尔加死于癌症以及病理解剖学家莫得因见死不救而判刑,整部作品没有首尾相贯的情节,线索似乎很多,但总是中途中断。如果说该作品一定有一个什么主题的话,那么这个主题就是相互审判。如果说这部作品有什么思想意义的话,那么正如该作品的中译本译者所言,这部小说"所影射的是俄罗斯20世纪的历史,尽管由于时空排序的错位,情节线索的交汇,历史构图显得'杂乱无章',但作者笔到之处的事件和场景都让人不难想起20世纪的俄罗斯:战争年代的饥饿与寒冷、鲜血与死亡,和平年代的镇压与流放、冤假错案,70、80年代的性病、酗酒、贫穷、杀人放火、道德滑坡等,所有这些构成一个非人的环境"[②]。

索罗金的《马琳娜的第30次爱情》写于1982年至1984年,于1995年在俄罗斯面世。这部作品讲述女主人公马琳娜·阿列克塞耶夫娜通过被拯救而逐步丧失个性的故事。这位音乐教师尽管有着多次的性体验,但是,真正使得她感到满足的却是女伴,尤其是第29次恋情。

《蓝色脂肪》是最为典型的后现代小说。作品的主人公就是"蓝色脂肪",这是一种在作家进入休眠状态才能流出的物质,是创作的源泉,也是引起人们纷争的一种物质。

佩列文在20世纪90年代出版的一系列长篇小说,使得他声名远扬,成为俄罗斯文坛耀眼的新星,在俄罗斯文化界产生了一定的影响。

《奥蒙·拉》是佩列文所创作的第一部长篇小说,属于成长小说的范

---

① 马卡宁:《地下人,或当代英雄》,田大畏译,北京:外国文学出版社,2002年版,第633页。

② 希什金:《攻克伊兹梅尔》,吴嘉佑译,桂林:漓江出版社,2003年版,第19页。

畴,其基本情节是作者所认为的一个惊天骗局。主人公名为奥蒙·克里沃玛佐夫(Омон Кривомазов),"奥蒙"是特警队的缩写,而书名中的"拉"(Pa)则是古代埃及的太阳神的名称。小说从奥蒙的童年时代开始写起,他出生在第二次世界大战之后,十多岁的时候,他就产生了一种要冲破地球的引力,前往太空,以摆脱苏联社会的限制的愿望。中学毕业后,他考入一所培养飞行员的军事学院。但是他很快发现,这所学校里根本不是培养飞行员——为了被培养成像阿列克赛·马列西耶夫一样的"无腿飞将军"和"真正的人",学员将要截去下肢。不过,奥蒙被选拔到由莫斯科克格勃总部管理的绝密军事基地,开始接受"无人驾驶"的登月训练。实际上,本来应该以机器进行实验的项目,苏联政府却用人来代替,以便训练其"英雄主义"。奥蒙也是一样,本以为他真的会驾驶宇宙飞船奔向月球,历经艰险,谁知只是在一段被废弃的地铁隧道内做虚假的表演,而为了这虚假的表演,学员们常常付出的却是真实的生命。他是因为执行自杀指令的枪支启动失败才免于灾难,死里逃生。可见,这部作品有着对苏联时代的意识形态中的"真正的人"以及"英雄主义"的戏仿。

在长篇小说《夏伯阳与虚空》中,作品展现出两个时空层面,即十月革命不久后的夏伯阳部队和苏联解体后的莫斯科疯人院。1919 年的历史事件中,折射着发生在当代的 1991 年的转变。

这部长篇小说是以第一人称叙事的。作品的主人公彼得·虚空在 1919 年的时候,是夏伯阳红军师里的一个政委,可是在 1991 年,他则是疯人院里的一个患者。两种存在的对比,突出主人公的身份含混和自我迷失,以及对内在现实与周围外在真实的迷惑。

这部作品中的"我"不断地做梦,作品也是在两个时空层面展开情节,"我"既与夏伯阳讨论着什么是真实、什么是虚空的话题,也与精神病院里的几个病友讨论和交流各自的梦境,在寻找精神寄托时,也总是陷于虚空之中。

而且,与真实和虚空相对应的是,作品中的梦境描绘也经常充满不同时空的对照:

> 前方横亘着两座不高但却陡峭的山丘,中间是一条狭窄的过道。两座山丘构成一道浑然天成的大门,而且相当对称,俨然两座耸立了许多世纪的古塔。它们犹如一条分界线,过了这条分界线地形与这边的就不一样,尽是连绵起伏的山冈。好像不一样的不只是地形,一方面,我分明感觉到有风扑面而来,另一方面,却又分明看到显然离

我们已经很近的篝火升起的烟柱是笔直笔直的，这让我困惑不已。[①]

真实与幻境，过去与现在，无论是否有着对应的经历，但是给人一种对应的感悟。如西方学者所说："小说中的大部分内容无疑是以对偶这一'诗学'原则进行组织的，一系列的联结并不构成线型情节，而是强调俄罗斯历史上的两个时期的相似性和类比性。当然，最为突出的回声是心理层面的，以及伴随这两个社会政治变革时期所出现的社会断层和迷惑。"[②]

《"百事"一代》所描写的是选择喝"百事可乐"的年轻一代。作品通过神话时空与现实时空的相互交织，糅合了神话要素，书写了小说主人公瓦维连·塔塔尔斯基从一个颇有潜质的文学青年变身为广告界首富的经历。出于对文学的喜爱，他从一所技术学校毕业后，考上了文学院。然而，在苏联解体之后，他发现文学的意义已经丧失，于是，抛开了文学事业，做起了售货员的工作，后来又通过同学的引荐，进入一家公司，在广告公司担任策划，在权力与欲望所主宰的都市社会里，他经过磨炼，终于获得事业上的成功。

佩列文作为俄罗斯后现代主义代表作家之一，其作品"以鲜明的后现代主义风格颠覆了强权主义的话语模式，但在其荒诞的艺术世界背后却隐藏着俄罗斯作家所特有的对民族历史、对俄罗斯人的悲剧性命运的探索和体悟"[③]。他的作品以后现代主义的情节结构以及荒谬的风格见长，混杂着佛教母题，汲取了神秘主义传统以及讽刺科幻小说的营养，从而受到读者一定的追捧，作品被翻译成多种文字出版。佩列文以自己的创作力图传达他所理解的 20 世纪以及苏联解体后的俄罗斯社会生活的现实图景，"流露出作者对整个 20 世纪俄罗斯社会历史的虚无主义态度"[④]。

（三）衰落时期

进入 21 世纪之后，俄罗斯后现代主义热潮开始逐渐消退，但是在其

---

① 维克多·佩列文：《夏伯阳与虚空》，郑体武译，此处转引自黄铁池主编：《外国小说鉴赏辞典·20 世纪后期卷》，上海：上海辞书出版社，2010 年版，第 280 页。

② Boris Noordenbos. *Post-Soviet Literature and the Search for a Russian Identity*. New York: Palgrave Macmillan, 2016, p. 34.

③ 赵杨：《后现代元素与民族文化底蕴的结合——维克多·佩列文和他的自由王国》，见森华编：《当代俄罗斯文学：多元、多样、多变》，北京：外语教学与研究出版社，2010 年版，240 页。

④ 李新梅：《现实与虚幻：维克多·佩列文后现代主义小说的艺术图景》，上海：复旦大学出版社，2012 年版，第 68 页。

衰退过程中,也有一些较为出色的作品面世。其中包括托尔斯泰娅的长篇小说《野猫精》(« Кысь »,2001)、斯拉夫尼科娃的长篇小说《不朽的人》(« Бессмертный »,2001)、索罗金的《暴风雪》(« Метель »,2010)等。

托尔斯泰娅(Татьяна Никитична Толстая,1951—)的《野猫精》是她倾注了十多年的心血而创作的一部长篇小说。这部作品以国家政权作为情节得以展开的语境,并以童话语体的形式,对历史上的重要事件进行影射,对俄罗斯历史文化进行深刻的反思。小说中所叙述的重要事件是一场大爆炸,在大爆炸之后,整个俄罗斯退回到了蛮荒时代,不仅人们生活在爆炸之后的恶劣的环境中,而且社会道德也极度退化,甚至人的身体也发生了蜕化和变异。于是,故事又充满着神秘色彩:

> 费多尔一库兹米奇斯克城坐落在七个山丘上,周围是无边无际的原野,神秘莫测的土地。北方是昏昏欲睡的森林,被狂风吹折的树木,枝干交错,难以通行;带刺的灌木抓住裤子不放,枯枝把人头上的帽子扯下来。老人们说,有一只野猫精就住在这样的森林中。他蹲在黑糊糊的树枝上,粗野地、怨声怨气地叫喊:"咪一噢!咪一噢!"可是没人能看见他。若是有人走进森林,他就呼的一声从后面扑到他的脖子上,用锋利的牙齿咯吱一声咬下去,用爪子摸到主动脉,将它抓断,而人马上就变得神志模糊。他若是回家去,人不再是原来的人,眼睛不再是原来的眼睛;他认不出道路,活像月光下的梦游者,伸着双手,手指不住颤抖:人在行走,真实是在睡觉。①

发生蜕化和变异之后,有人浑身长满耳朵,有人长着鸡冠,还有人长着猫爪。人们的生活习性也发生了巨大的变化,他们喜欢食用老鼠,饮用铁锈水。在伦理道德方面,更是发生了根本的变化,人们变得残忍,以别人的苦难为乐,对权贵者阿谀奉承,对弱小者无端欺凌。小说打破时空界限,以蛮荒时代的种种荒诞的故事来影射当代人们的生存困境以及人性的扭曲,审视如何传承俄罗斯传统精神文化等命题。

斯拉夫尼科娃(Ольга Александровна Славникова,1957—)的长篇小说《不朽的人》发表于《十月》杂志 2001 年第 6 期。这部作品所讲述的是苏联解体后普通百姓的艰难的现实生活以及与命运抗争的故事。作品中的老退伍军人哈利托诺夫,曾经浴血奋战,在卫国战争中英勇杀敌,建

① 塔吉亚娜·托尔斯泰娅著:《野猫精》,陈训明译,上海:上海译文出版社,2005 年版,第 3 页。

立了功勋，然而，这样的“老革命”，却与妻子尼娜以及尼娜的非婚生女儿玛利亚生活在狭小的住房里，在勃列日涅夫的改革时代，他中风偏瘫之后，就卧床不起。苏联解体之后，他生活越发艰难。家人害怕社会生活的巨变超出老人的心脏承受能力，于是就想方设法在家里尽可能地营造苏联时期的生活氛围，墙上挂着苏联时期的领导人勃列日涅夫的肖像，电视里也播放着经过家人剪辑的过去的人们为建设发达的社会主义社会而努力奉献的苏联新闻，使得这个老军人生活在虚拟的“红色角落”。在艰难的社会现实面前，甚至连尼娜等人也在虚幻的时空中寻求心灵的慰藉。然而，虚幻毕竟是虚幻，最后，这位“不朽的人”还没有来得及作自我了结，就因听到了关于俄罗斯现实的谈话，超出了他心脏所能承受的能力，便告别了真实的世界。

索罗金著名的中篇小说《暴风雪》(« Метель »，2010)承袭传统题材，尤其是承袭了普希金、托尔斯泰、帕斯捷尔纳克等优秀作家的传统，甚至连作品名称也与19世纪的经典作家普希金、托尔斯泰的作品以及20世纪的经典作家布尔加科夫的作品相同，在创作手法方面，他在承袭传统的同时，更强调具有创新意识。我国有学者在评价《暴风雪》时认为：“索罗金的《暴风雪》糅合了真实与虚幻，在不失经典味道的同时又加入了后现代的元素。”[①]

后现代因素充分体现在作品的结构方面，小说尽管承袭了19世纪的文学传统，但多半是对19世纪文学经典的戏仿。甚至在时空方面，也充分体现了“无序”的特性，完全颠覆了传统文学中的逻辑概念。19世纪的“驿站”，20世纪的电话、电视频道，以及21世纪的一些要素都同时出现在作品的时空中，通过过去时空、现实时空、未来时空的交织，体现西方后现代主义文学中对传统思维模式进行颠覆、否定和重构的特性。

后现代性也体现在知识分子形象加林身上，主要通过这一形象来展现人性的矛盾和道德的荒谬。作品的开篇，是俄罗斯大地的冬天，42岁的加林医生必须乘车出诊，他拿着手提包，前往流行病爆发的偏远的乡村。他本是一位心系病人的医生。由于下起了暴风雪，驿站又没有马车了，尽管病人在等着他，可是他无法乘车给自己的病人送去疫苗，因而心急如焚。他思考着人们的病情，以及如何拯救村庄。因为村里所感染的

---

① 弗拉基米尔·索罗金：《暴风雪·译者前言》，任明丽译，北京：人民文学出版社，2012年版，第3页。

是“玻利维亚黑死病”(боливийская чёрна),患上这种病的人会具有一种特殊的魔力,能从坟墓里钻出来,吃自己的同类。

他想方设法,终于乘上了由50匹袖珍马所拉着的雪橇车。路途艰难,在途中,雪橇车撞了一个透明物体——金字塔,撞坏了滑板前端。雪橇车出现了故障,医生只得在磨坊主家过夜。急于赶路救人的医生,这时却全然不顾自己的职业道德底线,对磨坊主的妻子产生了性欲,他一看到并不好看的磨坊主的妻子,就感到“心怦怦乱跳,饥渴的热血不断翻涌着”[①]。加林医生未能抵御诱惑,从而与三十来岁的磨坊主的妻子发生了一夜情。对于金钱,他同样怀有贪婪。当他得知自己在途中扔掉的“金字塔”就是维他命人研发的新型毒品时,他为失去了赚钱的机会而感到十分难受。

这部作品于2010年面世之后,引起了强烈反响。关于这部作品中“暴风雪”意象,索罗金在一次采访中谈道:“暴风雪既是主体又是客体,既是人物又是舞台,既是主人公又是布景,在暴风雪中一切得以发生。这是一种决定人类生存及命运的要素,我主要想阐述的并不是国家制度而是某些原质的事物,是俄罗斯广袤的空间,在这种空间内,人的自我迷失,暴风雪定是这种空间所酝酿出来的唯一主角。”[②]可见,索罗金赋予暴风雪这一意象多重的文化内涵。

第三节 俄罗斯后现代主义小说在中国的传播

俄罗斯后现代主义小说在中国受到了较大的关注,它在中国的传播主要体现在两个方面,一是俄罗斯后现代主义理论探索以及文本阐释,二是代表性作品的系统翻译。

在理论探索方面,郑永旺等著的《俄罗斯后现代主义文学研究——理论分析与文本解读》一书,在研究的过程中,注重探讨俄罗斯后现代主义文学的理论模式与西方的后现代主义文化思潮之间的关系,并且以文本为依据,力图勾勒俄罗斯后现代主义文学的诗学体系。当然,作者也从俄罗斯社会文化语境中探讨俄罗斯后现代主义思潮的生成,该书作者认为:

---

① 弗拉基米尔·索罗金:《暴风雪》,任明丽译,北京:人民文学出版社,2012年版,第51页。
② 同上。

"俄罗斯后现代主义文学是在独特的意识形态语境中孕育并在市场经济时代疯狂生长的具有反极权主义色彩的文学形态。"[①]

李新梅所著的《俄罗斯后现代主义文学中的文化思潮》(中国社会科学出版社,2012),全书共分四章,作者通过对不同时期具有代表性的俄罗斯后现代主义文学文本的具体阐释,探究其中所蕴含的文化思潮。作者认为,作用于俄罗斯后现代主义的文化思潮主要包括虚无主义思潮、宗教文化思潮、反乌托邦思潮和大众文化思潮。

侯玮红所著的《当代俄罗斯小说研究》,(中国社会科学出版社,2013),全书共分七章,重点以苏联解体以后 20 年的小说为研究对象,其中的第六章论述了当代俄罗斯后现代主义小说,分别对佩列文、索罗金的后现代主义创作特性以及代表性作品进行了详尽的分析研究。

赵杨的《颠覆与重构:论俄罗斯后现代主义文学的反乌托邦性》(黑龙江人民出版社,2009),对于反乌托邦性在俄罗斯后现代主义文学中的体现,作了较为深入的探究,认为"反乌托邦性是俄罗斯后现代主义文学的天然本性"。

李新梅所著《现实与虚幻:维克多·佩列文后现代主义小说的艺术图景》(复旦大学出版社,2012)旨在对佩列文创作进行整体和综合研究。该书选择了佩列文《奥蒙·拉》《昆虫的生活》《夏伯阳与虚空》和《"百事"一代》等四部重要的作品,运用文化批评等理论视角,结合当代俄罗斯文化语境,对佩列文作品的创作理念、语言风格以及诗学手段等,进行了较为透彻的探讨。

俄罗斯后现代主义小说在中国的传播,除了理论与批评的引导,这类小说的系统翻译功不可没。

在俄罗斯后现代主义小说的中文译介过程中,刘文飞等学者组织翻译的"俄罗斯当代长篇小说丛书""俄语布克奖小说丛书"这两套丛书收集了佩列文、索罗金、马卡宁、希什金等多位后现代主义小说家的代表性作品,在传播俄罗斯当代小说方面,具有一定的学术影响,丛书中所选译的小说作品,代表着包括后现代主义小说在内的最新创作成就。

在俄罗斯后现代主义小说翻译方面,刘文飞所译的佩列文《"百事"一代》(人民文学出版社,2001)、郑体武所译的佩列文《夏伯阳与虚空》(上海

---

① 郑永旺等著:《俄罗斯后现代主义文学研究——理论分析与文本解读》,北京:人民文学出版社,2017 年版,第 1 页。

译文出版社,2004)、吴嘉佑所译的希什金《攻克伊兹梅尔》(漓江出版社,2003)、张冰所译的叶罗费耶夫《从莫斯科到佩图什基》(漓江出版社,2014)、田大畏所译的马卡宁《地下人,或当代英雄》(外国文学出版社,2002)、陈训明所译的塔吉亚娜·托尔斯泰娅《野猫精》(上海译文出版社,2005)、任明丽所译的索罗金《暴风雪》(人民文学出版社,2012)等,都为俄罗斯后现代主义小说在我国的传播作出了积极的贡献。尤其是刘文飞、郑体武等译家的译本,译文既忠实地传达了原文的风采,同时,又兼顾我国读者的阅读习惯,译者充分发挥译入语的优势,积极探索,力求归化与异化并举,为俄罗斯后现代主义小说在我国的传播和接受,为我国文学界借鉴俄罗斯当代文学艺术的精华,作出了卓越的贡献。

综上所述,1991 年苏联解体之后,俄罗斯文学一度陷入低谷,由于社会政治生活的转型,俄罗斯很多作家一度陷入迷茫,无论是创作思想还是作家本身,都面临着一个新的抉择。由于身份认同、原先所坚持的文学主张、所想象的作家的"历史使命",都遭遇到了前所未有的全面的危机,因此,传统的现实主义创作方法以及相应的创作主题都受到了严重的冲击,后现代主义等各种文学思潮和创作方法开始波及整个俄罗斯文坛,与原有的格局形成了强烈的冲撞。经过一段时间的徘徊,在后现代主义小说家等众多作家的努力下,俄罗斯小说创作逐渐恢复元气,走出低谷,许多小说家的作品从传统的审美转向了文化认知,而年轻的作家群更为苏联解体后的俄罗斯文学的生存与拓展努力探寻新的途径。

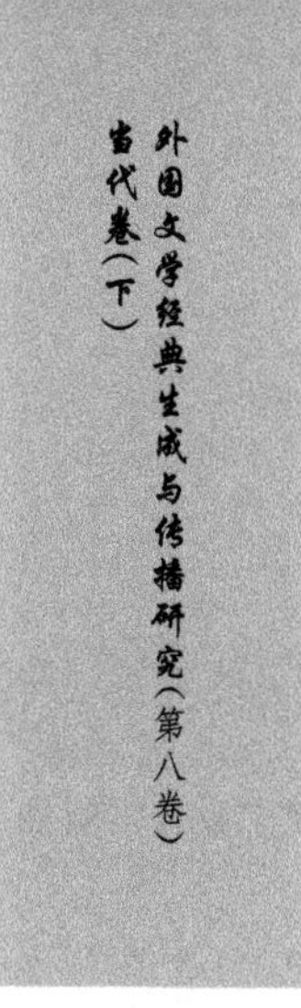

参考文献

中文文献

艾略特,T. S.:《艾略特诗学文集》,王恩衷编译,北京:国际文化出版公司,1989年版。
艾略特,T. S.:《艾略特文学论文集》,李赋宁译,南昌:百花洲文艺出版社,2010年版。
艾晓明编译:《小说的智慧——认识米兰·昆德拉》,长春:时代文艺出版社,1992年版。
贝拉,巴拉兹:《电影美学》,何力译,北京:中国电影出版社,2003年版。
波德维尔,大卫:《电影叙事:剧情片中的叙述活动》,李显立等译,台北:远流出版事业股份有限公司,1999年版。
博尔赫斯:《博尔赫斯谈诗论艺》,陈重仁译,上海:上海译文出版社,2008年版。
布林克,安德列:《小说的语言和叙事:从塞万提斯到卡尔维诺》,汪洪章等译,上海:上海人民出版社,2010年版。
布鲁克斯:《精致的瓮》,郭乙瑶等译,上海:上海人民出版社,2008年版。
布鲁姆,哈罗德:《西方正典:伟大作家和不朽作品》,江宁康译,南京:译林出版社,2005年版,2011年版。
布鲁斯东,乔治:《从小说到电影》,北京:中国电影出版社,1981年版。
布斯,韦恩:《修辞的复兴——韦恩·布斯精粹》,穆雷等译,南京:译林出版社,2009年版。
陈林侠:《从小说到电影——影视改编的综合研究》,北京:中国社会科学出版社,2011年版。
陈众议:《加西亚·马尔克斯传》,北京:新世界出版社,2003年版。
川端康成:《川端康成文集·伊豆的舞女》,叶渭渠译,北京:中国社会科学出版社,1996年版。
川端康成:《雪国》,高慧勤译,北京:人民文学出版社,2008年版。
川端康成:《雪国·伊豆舞女》,叶渭渠译,长春:吉林大学出版社,2009年版。
大江健三郎:《我在暧昧的日本》,王中忱、庄焰等译,海口:南海出版社,2005年版。
迪克斯坦,莫里斯:《伊甸园之门——六十年代的美国文化》,方晓光译,南京:译林出版社,2007年版。

多诺索,何塞:《文学"爆炸"亲历记》,段若川译,昆明:云南人民出版社,1993 年版。

飞白:《诗海——世界诗歌史纲》(现代卷),桂林:漓江出版社,1989 年版。

飞白:《诗海游踪》,杭州:浙江工商大学出版社,2012 年版。

飞白主编:《世界诗库》,第 7 卷,广州:花城出版社,1994 年版。

弗莱,诺思罗普:《批评的剖析》,陈慧、袁宪军、吴伟仁译,天津:百花文艺出版社,1998 年版。

弗罗斯特:《弗罗斯特集·诗全集、散文和戏剧作品》,曹明伦译,沈阳:辽宁教育出版社,2002 年版。

高莽:《诗人之恋:苏联三大诗人的爱情悲剧》,北京:外国文学出版社,1991 年版。

郭建中编著:《当代美国翻译理论》,武汉:湖北教育出版社,2000 年版。

海沃德,苏珊:《电影研究关键词》,邹赞、孙柏、李玥阳译,北京:北京大学出版社,2013 年版。

何乃英:《川端康成小说艺术论》,北京:北京师范大学出版社,2010 年版。

黄忠廉:《变译理论》,北京:中国对外翻译出版公司,2002 年版。

霍夫曼,丹尼尔主编:《美国当代文学》(下),北京:中国文联出版公司,1984 年版。

卡尔维诺,伊塔洛:《为什么读经典》,黄灿然、李桂蜜译,南京:译林出版社,2006 年版。

坎利夫,马库斯:《美国的文学》,北京:中国对外翻译出版社,1985 年版。

克拉考尔,齐格弗里德:《电影的本性——物质现实的复原》,邵牧君译,北京:中国电影出版社,1981 年版。

昆德拉,米兰:《不能承受的生命之轻》,许钧译,上海:上海译文出版社,2003 年版。

昆德拉,米兰:《小说的艺术》,董强译,上海:上海译文出版社,2004 年版。

李凤亮、李艳编:《对话的灵光》,北京:中国友谊出版公司,1999 年版。

林一安编:《加西亚·马尔克斯研究》,昆明:云南人民出版社,1993 年版。

林一安主编:《博尔赫斯全集》(诗歌卷、小说卷、散文卷),杭州:浙江文艺出版社,1999 年版。

令狐若明:《埃及学研究:辉煌的古埃及文明》,长春:吉林大学出版社,2008 年版。

刘海平、王守仁:《新编美国文学史》,上海:上海外语教育出版社,2002 年版。

柳鸣九主编:《未来主义·超现实主义·魔幻现实主义》,北京:中国社会科学出版社,1987 年版。

鲁迅:《文化偏至论》,《鲁迅全集》(第 1 卷),北京:人民文学出版社,1981 年版。

罗钢、刘象愚主编:《后殖民主义文化理论》,北京:中国社会科学出版社,1999 年版。

罗新璋编:《翻译论集》,北京:商务印书馆,1984 年版。

洛奇,戴维:《小说的艺术》,卢丽安译,上海:上海译文出版社,2010 年版。

马尔克斯,加西亚:《百年孤独》,黄锦炎、沈国正、陈泉译,上海:上海译文出版社,1989 年版。

麦基,罗伯特:《故事——材质、结构、风格和银幕剧作的原理》,周铁东译,北京:中国电影出版社,2001 年版。

梅列金斯基,叶·莫:《神话的诗艺》,魏庆征译,北京:商务印书馆,1990年版。
穆旦:《穆旦诗全集》,北京:中国文学出版社,1996年版。
纳博科夫,弗拉基米尔:《洛丽塔》,吴宇军译,兰州:敦煌文艺出版社,1999年版。
纳博科夫,弗拉基米尔:《洛丽塔》,于晓丹译,南京:译林出版社,2001年版。
纳博科夫,弗拉基米尔:《洛丽塔》,主万译,上海:上海译文出版社,2005年版。
纳博科夫,弗拉基米尔:《说吧,记忆:纳博科夫自传》,陈东飙译,长春:时代文艺出版社,1998年版。
聂珍钊:《文学伦理学批评导论》,北京:北京大学出版社,2014年版。
帕斯捷尔纳克,鲍里斯:《含泪的圆舞曲》,力冈、吴笛译,杭州:浙江文艺出版社,1988年版。
帕斯捷尔纳克,鲍里斯:《人与事》,乌兰汗、桴鸣译,北京:生活·读书·新知三联书店,1991年版。
帕斯捷尔纳克,鲍里斯:《日瓦戈医生》,顾亚玲、白春仁译,长沙:湖南人民出版社,1987年版。
帕斯捷尔纳克,鲍里斯:《日瓦戈医生》,力冈、冀刚译,杭州:浙江文艺出版社,2010年版。
钱满素编:《美国当代小说家论》,北京:中国社会科学出版社,1987年版。
阮炜、徐文博、李近军主编:《20世纪英国文学史》,青岛:青岛出版社,1998年版。
单德兴:《萨义德回忆录——格格不入》,北京:生活·读书·新知三联书店,2005年版。
斯特朗,贝雷泰:《诗歌的先锋派:博尔赫斯、奥登和布列东团体》,陈祖洲译,南京:南京大学出版社,2011年版。
宋兆霖主编:《索尔·贝娄全集》(十四卷),石家庄:河北教育出版社,2002年版。
索德格朗,艾迪特:《艾迪特·索德格朗诗选》,北岛译,北京:外国文学出版社,1987年版。
苏联科学院高尔基世界文学研究所编:《英国文学史:1789—1832》,北京:人民文学出版社,1984年版。
汪培基等译:《英国作家论文学》,北京:生活·读书·新知三联书店,1985年版。
王晓路等:《文化批评关键词研究》,北京:北京大学出版社,2007年版。
王佐良:《英国诗史》,南京:译林出版社,1997年版。
文言主编:《文学传播学引论》,沈阳:辽宁人民出版社,2006年版。
吴笛:《比较视野中的欧美诗歌》,北京:作家出版社,2004年版。
吴元迈主编:《20世纪外国文学史》,第四卷,《"运动"中的英国诗歌》,南京:译林出版社,2004年版。
希尼,谢默斯:《希尼诗文集》,吴德安等译,北京:作家出版社,2001年版。
雅各布斯,刘易斯:《美国电影的兴起》,北京:中国电影出版社,2000年版。
亚里士多德:《诗学》,见《诗学·诗艺》,北京:人民文学出版社,1962年版。
颜纯钧主编:《文化的交响:中国电影比较研究》,北京:中国电影出版社,2000年版。
阎景娟:《文学经典论争在美国》,北京:社会科学文献出版社,2010年版。
杨恒达主编:《外国诗歌鉴赏辞典·现当代卷》,上海:上海辞书出版社,2010年版。

叶渭渠编:《独影自命——川端康成文集》,桂林:广西师范大学出版社,2002 年版。
叶渭渠编:《冷艳文士川端康成传》,北京:中国社会科学出版社,1996 年版。
伊格尔顿,特雷:《二十世纪西方文学理论》,伍晓明译,北京:北京大学出版社,2007 年版。
殷企平著:《"文化辩护书":19 世纪英国文化批评》,上海:上海外语教育出版社,2013 年版。
曾利君:《魔幻现实主义在中国的影响与接受》,北京:中国社会科学出版社,2007 年版。
张保红:《汉英诗歌翻译与比较研究》,北京:中国地质大学出版社,2003 年版。
赵一凡:《美国文化批评集》,北京:生活·读书·新知三联书店,1994 年版。
郑克鲁主编:《外国文学史》(下),北京:高等教育出版社,1999 年版。
朱光潜:《诗论》,北京:生活·读书·新知三联书店,1984 年版。

外文文献

Auden, Wystan H., *Collected Poems*, New York: Vintage Books, 1991.
Bacarisse, Salvador, *Contemporary Latin American Fiction: Seven Eassys*, Edinburgh: Scottish Academic Press, 1980.
Bahlke, George, *Critical Essays on W. H. Auden*, New York: Macmillan Publishing Company, 1991.
Blair, John, *The Poetic Art of W. H. Auden*, Princeton: Princeton University Press, 1965.
Borges, Jorge Luis, *A Universal History of Infamy*, trans. Norman Thomas di Giovanni, New York: Dutton, 1972.
Brownlow, Kevin, *David Lean: A Biography*, New York: St. Martin's Press, 1996.
Byrne, Sandie ed. *The Poetry of Ted Hughes*, Cambridge: Icon Books Ltd., 2000.
Commins, Dorothy, *What is an Editor? Saxe Commins at Work*, Chicago: University of Chicago Press, 1978.
Cozarinsky, Edgardo, *Borges in and on Film*, trans. Gloria Waldman and Ronald Christ, New York: Lumen Books, 1988.
Daiches, David, *The Present Age: After* 1920, Vol. V, London: The Cresset Press, 1958.
Deleuze, Gilles and Guattari, Felix, *Kafka: Toward a Minor Literature*, trans. Dana Polan, Minneapolis: University of Minnesota Press, 1986.
Fass, Ekbert, *Ted Hughes: The Unaccommodated Universe*, Santa Barbara: Black Sparrow Press, 1980.
George, Diana Hume, *Oedipus Anne: The Poetry of Anne Sexton*, Urbana: University of Illinois Press, 1987.
Gifford, Terry, *The Cambridge Companion to Ted Hughes*, Cambridge: Cambridge University Press, 2011.

Gifford, Terry and Neil, Roberts, *Ted Hughes: A Critical Study*, London & Boston: Faber and Faber, 1981.

Gray, Richard, *American Poetry of the Twentieth Century*, London: Longman Group UK Limited, 1990.

Haffenden, John ed. *W. H. Auden: The Critical Heritage*, London: Routledge & Kegan Paul, 1983.

Hoffman, D., *Harvard Guide to Contemporary American Writing*, Cambridy: Harvard University Press, 1979.

Hughes, Ted, *Collected Poems*, New York: Farrar, Straus and Giroux, 2003.

Hughes, Ted, *Poetry in the Making*, Tokyo: NAN'UN-DO, 1980.

Hughes, Ted, *Winter Pollen*, Scammel, William ed., London: Faber and Faber, 1994.

Hynes, Samule, *The Auden Generation: Literature and Politics in England in the 1930s*, London: Faber and Faber, 1976.

Johnson, Samuel, "Review of a Free Inquiry into the Nature and Origin of Evil", *The Oxford Authors: Samuel Johnson*, Donald Greene ed., London: Oxford University Press, 1990.

Kimball, Roger, *Experiments Against Reality*, Chicago: Ivan R. Dee, 2000.

Levinas, Emmanuel, *Ethics and Infinity*. Trans. Richard A. Cohen, Pittsburgh: Duquesne UP, 1985.

McClatchy, J. D. ed. *Anne Sexton: The Artist and Her Critics*, Bloomington: Indiana University Press, 1978.

McKee, Robert, *Story: Substance, Structure, Style and the Principles of Screenwriting*, New York: Harper Collins, 1997.

Mendelson, Edward, *Later Auden*, London: Faber and Faber, 1999.

Nabokov, Vladimir, *Strong Opinions*, New York: McGraw-Hill International, Inc., 1973.

Nabokov, Vladimir, *The Stories of Vladimir Nabokov*, New York: Vintage International, 1995.

Newmark, P., *About Translation*. Clevedon: Multilingual Matters Ltd., 1991.

Parini, Jay ed. *The Columbia History of American Poetry*, New York: Columbia University Press, 1989.

Poetzsch, Markus, "Towards an Ethical Literary Criticism: the Lessons of Levinas", *Antigonish Review*. Issue 158, Summer 2009.

Richter, David H. ed. *The Critical Tradition: Classic Texts and Contemporary Trends*, Boston: Bedford/St. Martin's, Press 2007.

Sagar, Keith, *The Laughter of Foxes: A Study of Ted Hughes*, Liverpool: Liverpool University Press, 2000.

Sagar, Keith ed. *The Challenge of Ted Hughes*, New York: St. Martin's Press, 1994.

Scigaj, Leonard M. ed. *Critical Essays on Ted Hughes*, New York: Macmillan Publishing Company, 1992.

Smith, Stan, *The Cambridge Companion to W. H. Auden*, Cambridge: Cambridge University Press, 2004.

Spears, Monroe, *The Poetry of W. H. Auden: The Disenchanted Island*, New York: Oxford University Press, 1963.

Spender, Stephen, *World within World: The Autobiography of Stephen Spender*, New York: St. Martin's Press, 1994.

Spivack, Kathleen, *With Robert Lowell and His Circle: Sylvia Plath, Anne Sexton, Elizabeth Bishop, Stanley Kunitz and Others*, Boston: Northeastern University Press, 2012.

Stam, Robert and Rengo, Alessandra eds. *Literature and Film: A Guide to the Theory and Practice of Film Adaptation*, Beijing: Peking University Press, 2005.

Stauffer, D. B., *Short History of American Poetry*, New York: E. P. Dutton & Co., Inc, 1974.

Tolley, A., *The Poetry of the Forties in Britain*, Ottawa: Carleton University press, 1985.

Vasconcelos, Jose, *The Cosmic Race: A Bilingual Edition*, trans. Diden T. Jaen, Baltimore: Johns Hopkins University Press, 1997.

Vendler, Helen, *The Music of What Happens*, Cambridge: Harvard University Press, 1988.

Vendler, Helen, *Voices and Visions, The Poet in America*, New York: Random House, 1987.

Xerri, Daniel, *Ted Hughes' Art of Healing*, Palo Alto: Academica Press, 2010.

Берлин, Исайя, История свободы. Россия, М.: НЛО, 2001.

Пастернак, Б., Охранная грамота//Пастрернак Б. Воздушные пути. Проза разных лет. М., 1982.

Пастернак, Б., Переписка Бориса Пастернака. М.: Художественная литература, 1990.

Чуковский, К., Собрание сочинений. В 15 томах. Том 13. Дневник(1936—1969), Терра-Книжный клуб, 2007.

Цветаева, М. И., Пастернак Б. Л. Души начинают видеть: письма 1922—1936 годов. Вагриус, 2008.

索 引

F

G

H

J

K

L

M

N

O

P

R

S

T

W

X

Y

Z

后　记

国家社科基金重大招标课题“外国文学经典生成与传播研究”于2010年12月立项。光荏阴苒，岁月如梭，6年之后，经过课题组成员的共同努力，作为该项目最终成果的8卷系列专著终于在2016年12月完成，并提交结项。在2017年3月顺利获得国家社科基金办结项之后，在北京大学出版社的大力支持下，于2017年6月申报国家出版基金，并且顺利获得2018年度国家出版基金立项。

《外国文学经典生成与传播研究》中的“当代卷”原为1卷，由殷企平教授负责。在殷企平教授的精心组织下，“当代卷”部分顺利完成了容量较大的初稿。然而，考虑到各卷篇幅的大致平衡，后来将“当代卷”如同“古代卷”和“现代卷”一样，分为上下两卷，同时在经过调整之后篇幅得以容许的情况下，增添了一些章节。现在的“当代卷”上卷主要是从思潮流派等宏观的方面论述当代文学经典在各语种国家的生成以及在我国的传播，而下卷相对而言主要从微观的具体文本入手，探究外国文学经典的生成与传播。

《外国文学经典生成与传播研究》（第八卷）（当代卷·下）撰写分工如下：

绪论《外国文学经典的精神流传与文明分享》由温州大学傅守祥撰写；第一章《奥登的诗学精神及其诗歌经典性》由浙江财经大学人文学院蔡海燕撰写；第二章《弗罗斯特诗歌经典的生成与传播》由浙江越秀外国语学院吴笛撰写；第三章《塞克斯顿诗歌经典的生成与传播》由浙江工业大学人文学院张逸旻撰写；第四章《特德·休斯诗歌经典的生成与传播》由浙江科技学院凌喆撰写；第五章《索尔·贝娄作品的经典生成与传播》

由天津科技大学外国语学院籍晓红撰写;第六章《〈日瓦戈医生〉的生成与传播》的第一至第三节由浙江大学陈新宇撰写,第四节由上海师范大学谢晋影视艺术学院杨世真撰写;第七章《〈洛丽塔〉的生成与传播》的第一节和第二节由浙江工业大学何畅撰写,第三节由上海师范大学谢晋影视艺术学院杨世真撰写;第八章《托妮·莫里森作品的经典生成与传播》由浙江财经大学外语学院章汝雯撰写;第九章《〈生命中不能承受之轻〉的生成与传播》的第一节和第二节由浙江传媒学院彭少健撰写,第三节由上海师范大学谢晋影视艺术学院杨世真撰写;第十章《〈百年孤独〉的经典生成与传播》由浙江传媒学院葛闰撰写;第十一章《博尔赫斯经典的生成与传播》由浙江传媒学院许淑芳撰写;第十二章《〈伊豆的舞女〉生成与传播》第一节由浙江大学谢志宇撰写,第二节由上海师范大学谢晋影视艺术学院杨世真撰写;第十三章《俄罗斯后现代主义小说的生成与传播》由浙江越秀外国语学院吴笛撰写。

最后,感谢本卷撰写者的积极参与和孜孜不倦的工作热情;感谢"外国文学经典生成与传播研究"的各位子课题负责人——范捷平教授、傅守祥教授、蒋承勇教授、彭少健教授、殷企平教授、张德明教授,感谢各位在为本课题研究过程中所体现的合作精神以及为各卷最终完稿所作出的贡献。在此,要特别感谢殷企平教授为《外国文学经典生成与传播研究》(第八卷)(当代卷·下)所做的大量组织工作,还要特别感谢北京大学出版社张冰教授,感谢她为"外国文学经典生成与传播研究"系列专著的最终出版所给予的支持和付出的辛劳。

吴笛

2018年6月